W0252540

Le Cerisier du diable

Du même auteur

Bientôt toute l'œuvre du Dr Socquet dans la collection Savoie poche à La Fontaine de Siloé

Déjà parus :

Médecin des neiges, *2004. 2e édition : 2006*
Le Contrebandier du Val d'Arly, *2006*

À paraître :

Césarine ou la vie dans le Megève du XIXe siècle.
Megève et son passé.
Sous l'aile noire.

Charles SOCQUET

LE CERISIER DU DIABLE

Roman de sorcellerie

La Fontaine de Siloé

ISBN : 978-2-84206-376-4
© Charles Socquet,1988
© La Fontaine de Siloé, 2007.
Couvent des Dominicains,
Vieille-Rue – BP 65
73801 Montmélian Cedex
Tél. 04 79 84 27 24 – Fax 04 79 84 21 86

Table

À Nadine de Rothschild en hommage amical.

Je me dois de remercier tout particulièrement
mon ami, l'historien Paul Guichonnet,
membre correspondant de l'Institut de France,
pour son aide documentaire
à la rédaction de cet ouvrage.

La magie a toujours existé et existera toujours.
L'amour en est le témoin.
Cette alchimie magique entre deux êtres,
N'est-ce pas de la magie et parfois de la sorcellerie ?

Nadine de Rothschild

Le texte de ce roman historique comporte des dialogues écrits en français du XVIIe siècle.
Dès qu'une expression de l'époque apparaît, son interprétation se trouve en bas de page. Une seule fois. Mais un glossaire se trouve en fin de volume.

Chapitre 1

En pleine nuit, le bruit insolite a réveillé Jaquemine. Elle entr'ouvre ses yeux lourds de sommeil, n'osant bouger sur la paillasse où elle reste étendue sans « linceul [1] ».

Elle se demande si elle n'a pas rêvé. Le silence revenu est troublé seulement par le grondement obsédant du torrent tout près du moulin. Incomplètement rassurée, elle s'assied avec lenteur sur sa couche, dans un bruit de paille froissée.

Au loin retentit soudain l'aboiement rageur d'un chien, puis le hurlement désespéré des loups au cœur de la montagne toute proche.

Dans la pièce, l'obscurité n'est pas totale. Par l'unique petite fenêtre au vitrage de tissu huilé, la pleine lune, réapparue après un court mais violent orage, dispense chichement une légère clarté. Auprès de Jaquemine, Joseph, son mari poursuit son sommeil. Il a dû inconsciemment enregistrer les

1- Linceul : drap de qualité très moyenne.

mouvements de sa femme et le bruit de la paille remuée. Sans s'éveiller, il se retourne sur le dos, en enclenchant un ronflement rythmé. Le contact de leurs deux corps complètement nus laisse Jaquemine indifférente, d'autant plus que Joseph la dédaigne depuis cinq jours. Il n'apprécie pas chez elle ses « fleurs » au rythme lunaire. La toile de lin recouvrant la paillasse est toute tachée du sang de ses menstrues.

Le silence persiste. Jaquemine s'interroge encore. Le bruit insolite est peut-être dû à un choc. Celui d'un morceau de bois tombé sur le plancher du « galetas », la pièce où ils vivent tous deux.

Soudain le bruit se fait entendre à nouveau, plus assourdi. Il se prolonge un peu. Jaquemine tend l'oreille, s'efforce de scruter la partie obscure au fond du galetas. Son cœur bat plus vite. Une bouffée anxieuse lui fait se nouer les mains. Elle veut réveiller Joseph, le secoue. Mais son mari, fatigué après une journée de labeur dans le moulin, ne fait que grogner sans pour autant cesser son ronflement, ni interrompre son sommeil.

Pendant des heures, en cette journée d'automne, il s'est affairé à moudre près de quatre octanes[1] d'orge apportées dans de vieux sacs de toile par les paysans de la paroisse.

1- Une octane : soixante litres, ou trente-six kilos de grain environ.

L'angoisse étreint Jaquemine. Elle porte ses mains à la gorge. Elle n'ose insister pour réveiller Joseph. Le silence revenu la calme un peu. Enfin, décidée à se lever, elle repousse l'unique couverture de laine usagée qui les recouvre, dégage son visage en rejetant la masse de ses longs cheveux bruns aux reflets roux libérés de la coiffe de chanvre dont elle se pare chaque soir.

La fraîcheur de la pièce en ce mois de septembre la fait frissonner. Elle s'empare alors de sa chemise en toile grossière de lin écru, se lève lentement.

Encore troublée, elle se demande maintenant si ces bruits avaient leur origine dans le galetas. Ne serait-ce pas au-dessus, dans la grange, ou tout simplement à l'étage inférieur, dans le moulin, plus exactement dans la « cave du moulin » ? Là sont entreposés quelques sacs d'orge, de seigle et d'avoine. C'est bien tentant pour un voleur affamé.

En cet an de grâce mil six cent vingt-neuf, la récolte des céréales, de « la graine [1] » a été médiocre. Depuis le début du siècle, et surtout en ces deux dernières années, la température, même en été, fut toujours fraîche, en France et encore plus gravement dans l'ensemble du duché de Savoie. Aussi la famine sévit-elle partout cruellement, accablant davantage les pauvres gens, nombreux à mourir de faim. Deux nuits déjà, à la fin de l'été, un brigand avait pu pénétrer dans la cave du moulin et voler de la graine.

1- Graine : dialecte local.

Depuis, Joseph avait placé de gros barreaux de bois à la fenêtre et barricadé solidement la porte à l'aide d'un épar.

Si elle ne croit plus à une tentative de vol, Jaquemine craint cependant la présence d'un « starvan ». Ce petit génie, aussi malicieux qu'insaisissable, hante les maisons, surtout pendant les longues nuits d'hiver. Bien qu'on soit persuadé de son existence, on ne le voit jamais. On l'imagine partout. Il signale sa présence en se déplaçant dans les granges, dont le plancher de sapin craque sous ses pas. Il se faufile aussi dans les étables où il dérange les vaches dans leur sommeil et va jusqu'à les tacher de bouse. Il s'attarde parfois près d'une jument pour lui tresser minutieusement la crinière.

Jaquemine, toujours immobile, en est là de ses réflexions. Elle hésite. Soudain le bruit reprend, à peine perceptible.

Il est bien dans le galetas, au fond, vers la cheminée, près de la table. Quelque chose semble glisser sur le plancher rugueux. Serait-ce le starvan, ou même quelque mauvais esprit ?

À nouveau angoissée, Jaquemine fait le signe de croix. Elle invoque avec ferveur la sainte Vierge, qui entendra cette prière, croise les deux premiers doigts de chaque main pour conjurer elle ne sait quel sortilège.

Elle se décide enfin, gagne lentement le fond de la pièce vers la fenêtre. Soudain un être mystérieux autant qu'impalpable semble trottiner silencieusement sur le plancher. Il s'envole presque pour éviter un obstacle invisible, retombe avec un bruit mat, frôle délicatement les pieds nus de Jaquemine, disparaît, invisible dans le noir, s'évanouit dans l'ouverture donnant accès à la cave, dégringole l'échelle en poussant de petits cris plaintifs.

Alors c'est le drame.

Dans la profondeur obscure de la cave du moulin, un chat somnolait. Surpris par l'étrange apparition, il en termine aussitôt la course dans un affrontement inégal.

Jaquemine est maintenant rassurée.

L'être mystérieux n'était ni un starvan, ni même un esprit malin, mais tout simplement un rat. Le ventre creux, il s'était aventuré chez elle, attiré par l'espoir de quelque nourriture.

Ses congénères sont particulièrement nombreux depuis deux à trois années. Dès l'automne, ils envahissent le bourg et les fermes de la campagne environnante. Cet été, ils ont fait maintes incursions dans les chalets d'alpage, même situés loin dans les montagnes.

Insouciante de la fraîcheur de la pièce, Jaquemine en est là de ses pensées quand elle se met à éternuer bruyamment par trois fois. Joseph se réveille. Il réalise que sa femme n'est plus auprès de lui sur sa couche :

« Jaquemine, t'es levée ? Où t'es ?

– Là. J'ay ouï [1] grouiller près la cheminée. Un rat, je crois. Je guette [2] pourquoy ? »

Elle veut voir ce qui a attiré l'intrus. Elle va au fond, vers la cheminée. À l'aide d'une baguette, elle remue la cendre accumulée sur la large dalle de pierre, dégage du foyer un peu de braise rougeoyante. En soufflant à plusieurs reprises, elle parvient à enflammer quelques brindilles de sapin, s'efforce alors d'allumer le « créju » après s'être assurée que la mèche baigne dans un peu d'huile. Elle suspend la petite lampe à un clou sur la poutre de la cheminée au-dessus du foyer. Une faible lueur éclaire cette partie du galetas que Jaquemine parcourt des yeux.

Deux tréteaux de bois supportent une large planche adossée à la paroi. Ils sont intacts et bien en place. Elle s'aperçoit alors qu'elle a, contre son habitude, négligé de débarrasser cette table avant d'aller dormir.

Elle avait fui précipitamment vers sa couche, effrayée par un violent éclair suivi du grondement terriblement proche du tonnerre. L'orage s'était éloigné, peu après mais la peur maladive de la foudre chez Jaquemine l'avait jetée sur la paillasse.

1- Ouï : du verbe ouïr (entendre).

2- Guetter : chercher à voir (dialecte local).

Elle s'approche de la table, remarque l'absence d'une des deux écuelles de bois. L'autre n'est pas sur l'étagère fixée aux planches de la paroi où se trouvent posés un seau de bois, une « pôche » de cuivre, sorte de louche servant à puiser l'eau.

À cet instant, elle heurte du pied un objet sur le plancher, se baisse et ramasse l'autre écuelle encore imprégnée d'un peu de graisse. Avec Joseph, elle avait mangé au souper un morceau de lard. Il n'y a plus de doute sur l'explication du bruit insolite.

Poussé par la faim, le rat avait grimpé sur la table pour s'en prendre à l'écuelle pourtant laissée vide par Joseph. Maladroitement assaillie, elle était tombée sur le plancher.

Jaquemine se décide à regagner sa paillasse. Elle recouvre de cendres les braises du foyer puis se dirige vers la fenêtre. Elle l'entr'ouvre malgré la fraîcheur nocturne. Le clocher de l'église tout proche, de l'autre côté du torrent, se détache dans la nuit froide sur un fond de ciel à nouveau parsemé d'étoiles.

La pleine lune éclaire le village dont les vieilles maisons, bien délabrées, se pressent autour du cimetière adossé à l'église. Aucune lumière ne brille. Cependant, au loin, Jaquemine remarque une lueur assez vive, à l'orée d'un bois sur les pentes de la montagne. Une cassine [1], probablement incendiée par la foudre, achève de brûler.

1- Cassine : petite maison isolée.

« Pauvres d'eux » soupire-t-elle en songeant aux habitants qui ont ainsi tout perdu. À ce moment retentit le tocsin. Bien trop tardivement Il fait presque froid. Jaquemine frissonne. Elle referme avec peine la vieille fenêtre, regagne sa couche.

Dès prime[1], à l'aube, peu après le chant du coq, alors que sonne le premier Angélus, Jaquemine et Joseph assistent à la première messe matinale de chaque jour en l'église dédiée à Saint Jean-Baptiste. Il y règne un froid presque glacial ; tous les fidèles grelottent. Aussi, l'office terminé, reviennent-ils tous deux d'un bon pas au moulin.

Les yeux encore bouffis de sommeil après cette mauvaise nuit, Jaquemine s'efforce de rallumer le feu. Sans attendre la préparation du maigre repas, Joseph descend l'échelle très roide accédant à la cave du moulin.

À peine a-t-il posé les pieds sur le sol de terre battue qu'il manque de heurter leur chat noir paresseusement étendu auprès du cadavre déchiqueté d'un rat. Le matou demeure presque en permanence enfermé dans la cave pour protéger les sacs de « graine » contre les incursions des rongeurs.

Il a fait bombance cette nuit. Aussi s'approche-t-il peu à peu de Joseph tout en ronronnant, en quête d'une caresse. Elle lui est refusée. Joseph est pensif. Il est assailli par les soucis dans les jours à venir. On

1- Prime : première heure canoniale du jour, soit six heures.

est bientôt à la fin du mois de septembre. Dans une semaine, ce sera le jour de la Saint-Michel, vingt-neuvième[1] du mois, date d'une difficile échéance. Il vit dans un moulin, ce vieux moulin du Bruay qui ne lui appartient pas, étant la propriété des Révérends Pères Jésuites, dont deux représentants logent dans le bâtiment du prieuré, lequel jouxte l'église et le cimetière adjacent.

Il a ouï dire qu'au siècle dernier, un Jean de Trivulce, prieur et abbé commendataire du prieuré, bénédictin de la ville demeurant à Chambéry, avait cédé ses droits aux Révérends Pères Jésuites de la dite ville de Chambéry. Sa Sainteté le Pape Pie V avait entériné cette donation de même que l'union du dit prieuré au collège des Révérends Pères Jésuites de Chambéry, fondé dès l'an de grâce mil cinq cent soixante-cinq dans une partie du couvent des Cordeliers.

Dès lors, la Compagnie de Jésus avait acquis, au nombre de ses privilèges le droit « d'aiguage[2] ». Elle disposait ainsi dans la paroisse de Megève de treize établissements dépendant de l'eau soit « moulin à graine » ou « à huile, scie ou martinet à fer[3] », sans oublier le droit de pêche. Déjà en l'an de grâce mil cinq cent quarante-trois, Jean de Trivulce avait loué

1- Vingt-neuvième : jour vingt-neuvième.

2- Droit d'aiguage : avantages pour le seigneur se rapportant à l'usage de l'eau.

3- Martinet à fer : forge.

le moulin du Bruay à un nommé Morand. Puis en l'an mil six cent vingt-quatre, l'année même où en France, le Cardinal de Richelieu arriva au pouvoir, « le Révérend Le Naire Claude, prieur des Jésuites, recteur du collège avait signé un contrat « d'ascencement » à Joseph Revil moyennant pour cette louance[1] une cense[2] annuelle de cent quarante octanes de bled[3] et deux chapons gras, à acquitter le jour de la Saint-Michel, soit le vingt-neuvième jour du dit mois de septembre. »

Le Révérend Prieur n'admet aucun retard à cette échéance. Joseph y songe. Comme il songe aux travaux d'entretien à faire dans le vieux moulin dès le proche hiver.

Déjà en l'an de grâce mil six cents, lors de l'invasion de la Savoie par les troupes du roi de France Henri IV, le bâtiment avait été fort endommagé par un incendie. Situé près du nant Glappey, un torrent de montagne bruyant et parfois coléreux, le moulin en reçoit l'eau par la « bédière », un chenal en pente creusé depuis un barrage sommaire situé sur le torrent en amont. Elle se divise pour alimenter à l'aide d'un « brochet[4] », chacune des deux roues du moulin qui comportait ainsi un double mécanisme. Elle

---

1- Louance : location.

2- Cense : redevance.

3- Bled : céréales, idem : graine (local).

4- Brochet : tuyau alimentant en eau la roue du moulin.

est inutile pour l'un des deux dont l'axe principal, brisé il y a dix-huit mois par une crue subite, n'a pu être réparé sans la décision des Révérends Pères Jésuites.

À l'appel de Jaquemine, Joseph remonte sans hâte au galetas. Les lourds sabots se heurtent aux barreaux de l'échelle. Sa femme achève de remplir de lait chaud chacune des deux écuelles dans lesquelles elle a mis à tremper des croûtons de pain ; un pain noir très sec et très dur dont la cuisson avait été faite cinq semaines auparavant dans le four banal[1] des Révérends Pères Jésuites, moyennant redevance. Au fil des jours, il s'est rassis au point de devoir être cassé au maillet de bois pour être utilisé. Sa pâte est formée d'un mélange d'environ un tiers de farine d'orge et de deux tiers d'avoine. Il ne contient aucunement de froment, de ce froment que Joseph doit réserver au paiement de la cense, le jour de la Saint-Michel et dont la récolte est très aléatoire en climat d'altitude.

Après avoir ingurgité bruyamment son potage, à même l'écuelle, il redescend à la cave, veut sortir. Il entr'ouvre la porte, repousse le chat impatient de s'échapper.

Longeant le torrent, il se dirige vers le bois tout proche, dénoue « l'aiguillette[2] » de son « haut-de-

---

1- Banal : utilisé moyennant redevance.

2- Aiguillette : cordon aux embouts de métal servant à fermer une ouverture.

chausses[1] » et qui en ferme la braguette[2] ». Un peu plus tard, il revient au moulin et aperçoit, près de la porte, une vieille femme, adossée au mur, un sac de toile à ses pieds. Il remarque le sac à demi rempli, regarde plus attentivement le visage de la femme. Il reconnaît la Zénaïde Perrin, du hameau de la Mottaz. Elle a dû se lever bien avant prime pour être déjà là, si lourdement chargée et après ce long trajet. Elle grelotte dans la fraîcheur matinale. Ses cheveux en désordre, son vieux châle et sa cotte[3] déchirée sont trempés.

Il apprend qu'elle avait glissé et était tombée dans la rivière Arly en voulant la traverser à gué.

Comme elle a vieilli depuis la mort de Jules, son mari ! Dans le courant de l'été, il a eu les jambes écrasées par la chute d'un sapin au cours d'un violent orage. Malgré les onguents et potions de Pernette, il est mort peu après.

« Alors, la Zénaïde. Il est-y[4] que vous voulez de farine ? »

Elle ne répond pas. De la main, elle désigne le sac :

« D'en auroi[5] pas preu[6] avec ça. »

1- *Haut-de-chausses : sorte de culotte.*

2- *Braguette : ouverture sur le devant du haut-de-chausses.*

3- *Cotte : jupe de paysanne.*

4- *Il est : c'est (il : ce, cela).*

5- *Auroi : aurai (se prononçait ouè : avoit, pouvoit...).*

6- *Preu : prou, suffisamment (local).*

Joseph pense en effet qu'il n'en restera pas beaucoup. Comment fait-elle maintenant pour vivre avec les deux enfants qui lui restent ? Trois autres sont morts tout petits, on n'a jamais su de quoi. Certainement de fièvre maligne.

Zénaïde n'est pas âgée. Elle est du siècle et doit avoir « la trentaine ou environ ». Pourtant, elle paraît aussi vieille que Pernette, la mère de Jaquemine. C'est vrai qu'elle a beaucoup maigri ces derniers temps.

Il la fait entrer après lui, puis retourne au torrent, ouvre l'une après l'autre les deux vannes de la bédière où l'eau s'engouffre. De retour à la cave, il constate que la meule tournante s'est déjà mise en marche. Il prend le sac de Zénaïde, le vide dans celui du « peson », la balance romaine, tarée à la cote d'une demi-octane (soit trente litres). La dîme[1] des Révérends Pères Jésuites étant au trentième, il prélève pour eux un demi-picotin[2] chaque fois.

Il n'y a guère plus d'une demi-octane dans le sac de Zénaïde dont le visage s'est attristé. Joseph en vide les grains d'avoine dans l'entonnoir de la trémie[3]. Ils s'écoulent lentement. Broyés entre les deux meules, il s'en échappe de la farine qui tend d'abord à envelopper la « chisse », la meule dormante, immobile, mais

---

1- Dîme : redevance, surtout ecclésiastique.

2- Un picotin : un litre huit cent soixante-quinze.

3- Trémie : sorte d'entonnoir qui dirige la graine sur les meules.

son volume croissant la fait glisser dans un coffre en contre-bas. Zénaïde, toujours silencieuse, suit des yeux le déroulement de la mouture. Le travail est assez vite terminé. Joseph racle la farine avec sa pelle de bois, la vide dans le sac de Zénaïde. Il garde le contenu d'une pelle pour prix de son service.

À ce moment, Zénaïde se met à pleurer. Joseph qui semble compatir lui fait cette remarque :

« Il est pas beaucoup de farine pour trois. »

Zénaïde sanglote, fait le signe de croix :

« Non. Deux. Claude, il est seul. Joseph-Marie, mort à la Sainte-Euphémie.

– Comment ?

– Savions pas ! D'une mauvaise fièvre. »

Zénaïde est repartie, bien triste. Mais telle a été la volonté de Dieu.

Joseph évoque un court instant le nombre, important au fil des jours, de paroissiens morts d'un accident, d'une maladie inexplicable, peut-être victimes d'un maléfice démoniaque.

Le Révérend Curé Antoine Germain donne chaque matin, à l'office matinal, le nom du Saint auquel le jour est consacré. Aujourd'hui est la Saint-Maurice. Sainte-Euphémie était dimanche dernier, seizième de septembre.

À sexte [1], alors que retentit l'Angélus de midi, Joseph rejoint Jaquemine. Après une courte prière,

1- Sexte : troisième heure canoniale (midi).

ils se mettent à manger. Ils lapent presque la soupe de haricots où nagent de rares morceaux de pain. Ils n'ont point de fromage. Le dernier morceau de lard a été dévoré la veille au soir. Leurs écuelles sont encore imprégnées de sa graisse rance.

« Samedi, la Saint-Michel. Me faut bailler[1] la cense aux Révérends Pères Jésuites, soupire Joseph devant son écuelle vide.

– La farine, ouais, da. Mais deux chapons, il m'est fort grief[2].

Il est certain qu'il est fort pénible à Jaquemine de donner deux beaux chapons, les seuls poulets qu'elle a élevés après que Pernette, sa mère, les eut châtrés à la fin du printemps.

Ils ont terminé le repas avec la faim au ventre.

Zénaïde a été la seule de la matinée à venir au moulin. À cause d'un été froid et pluvieux, la récolte fut médiocre. Tous s'en ressentent. Viendra-t-il quelqu'un au cours de l'après-midi ? Joseph l'espère. Avec la fin prochaine de l'automne, il ne doit plus rester beaucoup « de graine » dans les greniers.

Il ne s'écoule pas un long temps avant qu'un bruit de pas se fasse entendre. Quelqu'un dévale le sentier qui mène du chemin jouxtant[3] le galetas à l'entrée de la cave.

1- Bailler : donner.

2- Grief : grave, douloureux.

3- Jouxter : être près de.

On cogne à la porte, à grands coups précipités. Un homme entre, chargé de deux sacs assez lourds :

« Hé ! José ! Il est moy, Nicolas »

Joseph le connaît bien. Nicolas Clément, un paysan qui habite dans le haut de la vallée. Il est grand, maigre, le visage émacié, sale, la barbe hirsute, la moustache pendante et surtout l'œil vif, coléreux. Joseph ne s'attarde pas à détailler son habit dépenaillé :

« T'as récolté quoy ?

– Deux octanes de seigle, à passer à meule. »

Joseph s'empare d'un sac, ne verse que la moitié sur le peson [1]. Il en prélève la dîme avant de verser le grain dans la trémie. La mouture s'effectue lentement. Tout au cours de l'après-midi, il répète à trois reprises les mêmes gestes. Mais à la dernière, après avoir versé dans le peson le restant du deuxième sac, il se tourne vers Nicolas et lui dit :

« T'as pas deux octanes. Il faict faute [2] de cinq picotins [3] au moins. »

Nicolas, le sourcil froncé était resté silencieux depuis le début. Il a surveillé les gestes de Joseph, et dévore des yeux la farine qui s'amoncelle peu à peu. La remarque de Joseph a le don de le mettre en colère. Il accuse :

1- Peson : balance romaine.

2- Faire faute : manquer de.

3- Cinq picotins : environ dix litres.

« T'as pas preu baillé pour ces Révérends Jésuites. J'ay plus rien pour moy. »

– Tais-toy. Je sçais preu ça que je faics. »

Cette affirmation exaspère Nicolas.

« Mon grain. Il est tout à les aultres et à toy. Tu m'eschauffes[1], bougre de ver[2].

– Arrête franc tes picoteries[3], Nicolas. Tu deviens tout frénétique. »

En effet Nicolas est tout excité, comme fou, fou de rage de voir une partie de sa récolte réservée aux religieux.

Il était de plus persuadé d'avoir deux octanes de seigle. Du moins l'affirme-t-il.

À ses yeux, Joseph le vole. Il en est certain. Il le lui dit :

« Tu me voles. Voleur de meule de moulin.

– Vas au diable ou je te dépesche[4]. Prends tes sacs » crie Joseph qui, sous l'injure, se saisit des deux sacs, les jette aux pieds de Nicolas. Apparemment calmé, celui-ci les charge sur ses épaules.

En franchissant la porte, il se tourne, menaçant, vers Joseph.

« On se reverra.

– Comme t'veux ».

1- *Eschauffer : mettre en colère.*

2- *Bougre de ver : c'est une injure.*

3- *Picoterie : chamaillerie.*

4- *Dépescher : mettre dehors.*

Joseph se retrouve seul. La journée tire lentement à sa fin. Il monte rejoindre sa femme qui, laborieusement raccommode un de ses haut-de-chausses.

« Joseph ! Tas fini ?

– Ouy. Je vais mettre le moulin à joc[1]. »

Le moulin sera au repos pour la journée du dimanche. Joseph espère bien que lundi, il aura plus à faire.

Il va fermer les vannes près du nant. La bédière se vide lentement. Jaquemine le rejoint. Elle a abandonné son travail de couture. La nuit est proche. Aussi, après avoir ouvert l'enclos de sa basse-cour, enferme-t-elle ses quelques poules et les deux chapons dans la cave du moulin. À ce moment retentissent les cloches.

« Joseph, t'as perçu ? Les cloches ! »

Tous les jours, à l'heure onzième[2] du jour, l'été, et à la dixième, l'hiver, ils se rendent à l'église dès l'appel au clocher. Le Révérend Curé Germain ou un des membres du Chapitre récite alors l'antienne à la Sainte Vierge, le « Salve Regina » avec verset et oraison. En ce jour du samedi, la cérémonie a lieu devant l'autel du Rosaire et les autres jours devant le maître-autel. Puis à l'heure douzième du jour, quand sonne l'Angélus du soir, la cérémonie des Gaudes terminées, Jaquemine et Joseph reviennent au moulin.

1- À joc : à l'arrêt

2- Heure onzième : dix-sept heures.

Ils marchent lentement par la ruelle étroite, encombrée d'immondices, dans lesquels pataugent de rares cochons ou quelque chien en quête de nourriture.

En franchissant le torrent sur le vieux pont de bois, tous deux assistent à un affrontement entre un cochon et un chien. Ils se disputent un tas de détritus. Le choc est assez violent pour que le cochon soit projeté à l'eau. Il se dégage à grand peine du cours tumultueux, se hisse sur un peu de sable de la rive. Le chien, resté seul, fouine avec délices dans la boue qui exhale une puanteur dont personne n'est incommodé.

« L'est un peu niguedouille[1], le chien » remarque Joseph.

Le soleil est au plus bas sur la crête des montagnes. Avec le crépuscule, l'animation diminue peu à peu dans le bourg.

Et à « nuit tombante », en l'absence de toute lumière, la vie s'arrête presque totalement.

Dans le galetas, Jaquemine a servi le restant du repas de sexte. La prière du soir terminée, ils se préparent à se coucher. Tous deux se dévêtent complètement. Avant de s'étendre, Jaquemine s'essuie avec un chiffon l'entrejambe, puis souffle le créju. Joseph s'est allongé sur la paillasse. Il pousse un soupir, tourne le dos à sa femme. Elle a encore ses fleurs.

1- Niguedouille : nigaud.

Faudra encore attendre.

Quand approche l'heure troisième de la nuit[1], à Complies, ils dorment tous deux profondément. Jaquemine n'est pas incommodée par le ronflement de son mari.

Aujourd'hui est dimanche, le jour du Seigneur.

Dès prime, la sonnerie de l'Angélus a retenti. Jaquemine, éveillée, laisse encore dormir son mari. Elle l'écoute ronfler ; pour elle, il « joue à la ronfle ».

En ce jour dominical, il ne veut point assister à l'office matinal, mais à la grand'messe. Elle a lieu dans deux heures. L'hiver, elle est reportée une heure plus tard, à tierce[2].

Ils n'ont point de vêtements du dimanche comme les notaires et autres bourgeois du lieu. Chaque jour, ils ne font point de toilette et Joseph néglige de tailler sa barbe. De plus, son long nez busqué dominant de grosses lèvres hersées de dents jaunies, et surtout deux yeux bruns qui louchent, lui donnent un air rébarbatif.

Il enfile le même haut-de-chausses de ratine, enserré aux genoux par de longs bas de laine, « ses bas-de-chausses » que terminent de gros sabots au cloutage assez bien entretenu. Il se coiffe d'un feutre plat à larges bords.

1- Heure troisième : vingt et une heures, ou Complies.

2- Tierce : deuxième heure canoniale, neuf heures.

Jaquemine est vêtue tout de noir. Elle a mis sa longue cotte[1] usagée tombant aux chevilles et une sorte de corset, « un corps de juppe à busquières[2] » dont le décolleté discret est voilé par un châle de laine écrue jeté sur les épaules. Si Joseph n'a pas oublié son vieux chapeau, elle ne manque pas d'arborer sa coiffe, une « béguine » qui cache un chignon bien emmêlé. Il serait indécent pour une femme d'aller nu-tête à l'église.

Joseph la contemple un court instant. Plus petite que lui, elle doit mesurer moins de cinq pieds[3], elle lui convient avec ses grands cheveux et ses yeux un peu enfoncés et toujours à demi fermés en apparence, mais d'une mobilité presque constante. Elle a la tête légèrement penchée sur la droite. Il l'a toujours connue ainsi, même avant de l'épouser deux années auparavant.

Après avoir bien clos la porte de la cave à l'aide du solide épar de sapin, et celle du galetas avec sa grosse clé ajourée, tous deux descendent dans la pente du chemin jouxtant la porte du galetas.

Bien que de terre sèche, il est encombré de détritus, composés surtout de déjections d'animaux tels les cochons, poules, et chiens. Même de vieilles gens se sont soulagées à nuit tombante. Alors que

---

1- *Cotte : jupe paysanne.*

2- *Corps de juppes à busquières : corset avec baleines.*

3- *Pied : environ zéro mètre trente-trois.*

Jaquemine utilise le cours du torrent, ses voisines étalent leurs immondices devant leurs maisons pour le plus grand bonheur des rats.

Un peu empêtrée dans sa longue cotte, elle ne peut éviter d'enfoncer ses sabots dans ces amas exhalant souvent leur puanteur.

Après avoir dépassé la maison Saint-Georges, ils gagnent le vieux pont sur le torrent à moins de cinquantes toises[1] du moulin.

C'est un très vieil ouvrage formé de plusieurs fûts de sapin posés côte à côte, à même le sol d'un bord à l'autre, qu'encadrent, en les maintenant, les quatre piliers. Ils soutiennent un toit à deux pans couverts d'ancelles[2], tout de même bois. De chaque côté, une seule barre formée d'une queue de sapin avec son écorce et fixée transversalement sert de main courante pour éviter une chute dans le torrent. De la boue et de nombreux détritus amassés au fil des ans sur les fûts sont l'ébauche d'un chemin inégal.

Jaquemine et son mari s'y engagent. Ils progressent assez lentement car, passé le pont, ils arrivent sur la grand'place attenante à l'église.

La foule devient plus dense.

La place est presque entièrement occupée par l'étendue d'un cimetière sans tombe ni croix appa-

---

1-Toise : environ deux mètres soixante-dix.

2- Ancelle : planchette de bois à usage de tuile.

rentes. Il est bordé : au levant par l'église et par le prieuré des Révérends Pères Jésuites et au couchant par un chemin de terre qui le sépare de la halle et du donjon seigneurial à la haute tour ronde. Ce chemin traverse le village et mène, au levant, vers la vallée de la rivière Arve et au couchant vers la lointaine vallée de la rivière Isère.

Les fidèles arrivant de tous côtés à l'appel des cloches piétinent au passage le cimetière. Joseph en fait fuir un cochon qui s'affairait à creuser dans le sol :

« T'as vu, Jaquemine, le cochon, après fouir[1] dedans le charnier[2]. ». Ils s'approchent de l'église.

C'est un bâtiment déjà ancien. Bien qu'il soit un des rares édifices construits en dur comme le prieuré et le donjon seigneurial, il est un peu délabré. De longues fissures rayent une façade décrépie.

Sa face de bise – nord – bordant le charnier est flanquée d'un clocher à la tour carrée bien lézardée et dont un seul pan arbore une horloge datant de plus d'un demi-siècle.

Jaquemine fixe un instant l'unique aiguille du cadran qui se trouve être un peu avant la position horizontale sur la gauche. Ce doit être huit heures puisque la grand'messe dominicale commence une heure avant tierce. Pour en être certaine, elle demande à son mari :

1- Fouir : creuser.

2- Charnier : cimetière.

« Il est point encore tierce?

– Non. Il est heure huitième », intervient Maître Pierre de Loche, notaire et « syndic moderne[1] » du lieu. Il passait à l'instant même près de Jaquemine, en compagnie de sa femme et de Maître Gaspard Vouthier, également notaire et « syndic moderne », avec son épouse et sa fille. Tous deux, correctement vêtus, marchent avec, à la main, un bâton sculpté, insigne de leur charge. Les deux notaires échangent des propos animés avant d'atteindre le porche de l'église. Joseph perçoit quelques mots qu'il ne comprend pas. Il est question de « la contagion quy pullule en plusieurs endroits proches et limitrophes. »

En ce dimanche, vingt-troisième du mois de septembre de l'an de grâce mil six cent vingt-neuf, ainsi que le proclame avec une certaine emphase le Révérend Prêtre Orsy Michel, de la chapelle Saint-Georges, officiant en l'absence du Révérend Curé plébain Antoine Germain, malade, est vénérée la mémoire de Saint Lin, pape et martyr, digne successeur de Saint Pierre.

L'église est comble. Dans le chœur, les Révérends Prêtres du Chapitre et les deux Révérends Pères Jésuites se sont installés sur les « haultes chaises[2] »,

---

1- Syndic moderne: en quelque sorte maire actuel.

2- Haultes chaises: hautes stalles réservées aux prêtres et religieux profès (qui ont prononcé des vœux).

un deuxième rang plus élevé que celui des « basses chaises », réservé aux novices et simples clercs.

Durant la messe, les femmes avec leur coiffe et les hommes nu-tête s'agenouillent rituellement, sur de larges dalles de pierre posées par endroits à même la terre, qui forment ainsi le « sous-pied » de l'église. Dans cette terre sont ensevelis, à seulement deux pieds de profondeur, les notables du bourg et les membres du clergé. Aussi la lente décomposition des cadavres parvient-elle à empester le lieu saint, déjà empuanti par les effluves malodorantes de la foule qui ne fait jamais de toilette. Lors des journées chaudes de l'été, l'atmosphère n'est pas supportable. Mais elle l'est pour l'ensemble des fidèles, tant est grande leur ferveur religieuse au cours de la célébration de la sainte messe.

Au prône, le Révérend Abbé Orsy ne manque pas d'évoquer « le fléau envoyé par Dieu pour punir les hommes de leurs péchés » et il mentionne « l'épidémie aux ravages mortels quy esprouve durement les habitants de maints aultres lieux ». Il fait enfin allusion à « l'estat jugé alarmant de la ville d'Annecy et de la plaine dedans le Genevois. »

Bien qu'Annecy fût devenu « un foyer de pestilence », Sa Grandeur, Monseigneur Jean-François de Sales, Révérendissime évêque et prince de Genève s'efforce d'apaiser « l'ire[1] de Dieu par moult[2] cérémonies », telles des messes en l'honneur de Notre-Dame ou de Saint Sébastien.

Le Révérend Abbé Orsy termine sa péroraison en promettant « aux parrochains[3] moult cérémonies et prières à la Sainte Vierge afin que, par son intercession, il plaise à Dieu apaiser son ire et esloigner du bourg pour toujours le mal de quy nous sommes présentement préservés.

« *O Domine, iracundiae tuae flagella clementer averte*[4]. »

Beaucoup de paroissiens, dans l'assistance, n'ont pas compris le sens de ces paroles comportant des mots nouveaux, ni ainsi pris conscience de la gravité de « la pestilence ». De plus, le prêtre s'exprime le plus souvent en français, langue officielle depuis l'ordonnance royale de mil cinq cent trente-neuf par le Roi François Ier, alors occupant le duché de Savoie. Elle n'a pas pu supplanter le patois local dans les campagnes. Cependant l'évocation de la colère de Dieu et le ton pathétique de la voix du Révérend Abbé angoissent quelque peu. On prie avec une ferveur que décuple la crainte du Seigneur. Des femmes

---

1- *Ire : du latin* ira *: colère.*

2- *Moult : beaucoup.*

3- *Parrochains : paroissiens (local).*

4- *« O Seigneur, dans votre miséricorde, détournez les fléaux de votre colère. »*

versent silencieusement des larmes, comme Jaquemine, alors que d'autres éclatent en bruyants sanglots.

La sainte messe est terminée. La foule s'égaille lentement sur la place, piétinant à nouveau le charnier où beaucoup s'arrêtent pour des conciliabules sans fin.

Une cloche retentit tout en haut du clocher. En cette fin de matinée, après la messe, est prévue une réunion des communiers dans la halle toute proche, réunion d'ailleurs annoncée au prône. À ce conseil communal assistent le châtelain Michel Muffat, représentant du seigneur du lieu, en l'occurrence S. A. le duc Charles Emmanuel Ier, les deux syndics modernes, Maîtres de Loche et Vouthier, et l'ensemble des notables de la paroisse.

Il est surtout question du fléau dont a parlé le Révérend Abbé Orsy et qui sévit durement en la ville d'Annecy depuis près de six mois. Son accès est maintenant interdit à tous ceux qui voudraient y entrer « avec des meubles ou hardes sans les faire parfumer[1] ou purger, à peine d'estre irrémédiablement pendus et estranglés. »

Pendant l'hiver dernier, malgré un froid particulièrement vif au cours de cette année, les troupes du Roi de France, Louis treizième du nom, avec à leur

1- *Parfumer : tenter une désinfection avec la fumée de fleurs et de certains bois.*

tête le Révérendissime cardinal de Richelieu, franchissent les « Monts[1] » au col du Mont Genèvre.

Début mars, elles percent les barricades du Pas du Suze et battent les troupes de notre vénéré Duc Charles-Emmanuel Ier. Enfin, le traité d'Avillane, signé le vingtième de mars, marque l'arrêt des hostilités.

Déjà, l'année précédente, à fin mil six cent vingt-huit, la contagion pesteuse avait fait son apparition en France et « au-delà des Monts », en Italie et même dans une partie sud du Duché de Savoie. Cependant le nord avait semblé devoir être épargné par la colère de Dieu, bien qu'en la ville d'Annecy, une femme du faubourg du Sépulcre mourut soudainement. Son corps fut trouvé marqué aux deux cuisses de « taies », ces taches noires de la maladie pestilentielle. Ce fut la seule victime de la ville. On crut pendant plusieurs mois que la rigueur extrême de l'hiver avait définitivement enrayé la contagion aux pieds des Monts.

Aussi avait-on en maints endroits « festé le carnaval a[2] outrance, dedans la liesse et la desbauche jusqu'à la Saint-Philippe de Méri », le vingt-sixième de mars. Mais cela avait provoqué à nouveau « l'ire de Dieu ».

Le lundi de Pâques, le seizième d'avril, la maladie réapparaît brusquement dans Annecy. Elle sévit alors

---

1- Les Monts : la chaîne des Alpes.

2- A : avec.

cruellement toute l'année malgré les processions à l'église de la Grande Visitation sous la conduite de Sa Grandeur Jean-François de Sales.

Pourtant, dès les débuts, des mesures de salubrité sont édictées par le Magistrat de Santé. Il est enjoint « d'aérer et nettoyer les maisons infestées, dresser des potences à Brogny et ailleurs, pour punir les contrevenants aux ordres des syndics de la ville. Les personnes en contact avec les défuncts sont isolées dedans leur logis avec déffense d'en sortir à peine d'estre arquebusées. »

Cependant, dans le bourg, le conseil ne prend pas de décision. Dieu nous a épargnés jusqu'à présent. On est à l'entrée de l'hiver et on implore du patron de la paroisse, Saint Jean-Baptiste, son intercession auprès de Notre Seigneur pour que la colère divine épargne tous « les parrochains ». Plusieurs messes sont prévues ainsi qu'une procession.

Jaquemine n'a pas assisté à la séance du conseil communal. Son mari l'ayant quittée, elle se prépare à regagner le moulin. Auparavant, elle cherche en vain, dans l'affluence des fidèles, sa mère Pernette et son frère Thomas.

Ils habitent tous deux « un chosal », une vieille demeure, humble cassine perdue dans les prés, au lieu-dit « le Calvaire » non loin du ruisseau « le Pellicot » qui se jette dans le nant Glappey.

Le frugal manger de sexte terminé, Jaquemine dispose de quelques heures avant de retourner dans l'église pour la récitation de l'Antienne à la Vierge. Elle quitte Joseph qui se repose en « faisant la méridienne dans l'après-disnée[1] ». Ce sont des heures de détente dont on profite, puisque le dimanche, jour du Seigneur, on ne doit pas besogner. Elle part retrouver son frère et sa mère dans le chosal du Calvaire où ils disposent d'une petite surface de terre d'environ deux journaux[2]. C'est un domaine « alleu franc » qu'ils exploitent en tant que propriétaires, sans obligation de verser une redevance féodale, telle la « taille réelle[3] », à quelque seigneur.

Cela leur permet de cultiver un petit « courtil[4] » pour planter des légumes, et de disposer d'un pré avec des arbres fruitiers. S'ils apprécient tous les fruits des deux pruniers, et les « croésons[5] » du pommier sauvage, Pernette se régale des guignes[6], ces grosses cerises rouges, produit d'un beau guignier non loin du ruisseau.

Pernette doit avoir une « cinquantaine d'années ou environ », du moins l'estime-t-elle. Selon les dires

1- *Méridienne : sieste.*

2- *Journal : deux mille neuf cent quarante-huit mètres carrés.*

3- *Taillabilité réelle : impôt foncier.*

4- *Courtil : jardin (local).*

5- *Croéson : fruit du pommier sauvage (local).*

6- *Guigne : variété de cerises brunes.*

de son père, elle naquit lorsqu'une maladie pesteuse avait envahi la vallée voisine de Beaufort-sur-Doron ainsi que celle de l'Arly quelque vingt-cinq années avant le début du siècle. Plus précisément en l'an de grâce mil cinq cent soixante-dix-huit, année où son Altesse le Duc Jacques de Savoie-Nemours accorda au bourg de Megève le privilège d'une foire perpétuelle, dite de la Croix, le sixième de septembre.

L'œil noir sous le sourcil grisaille, cette petite femme maigre aux rares cheveux grisonnants, et dont le long nez tombe sur des lèvres boudeuses, passe pour guérir les maux grâce à sa connaissance des plantes, l'usage des cérats[1], onguents[2] et parfums[3].

Elle possède maintes formules écrites sur des feuillets de papier datant du temps passé. Elle aurait même le don de « couper le feu » et ainsi de soulager la souffrance des brûlés. Elle excellerait dans les soins à donner contre « paralysies, crampes et stupeur des membres ».

N'ayant rien reçu d'autre « en hoirie[4] » de feu ses parents que les feuillets aux nombreuses recettes, elle a cependant acquis, auprès de sa défunte mère « moult connaissance et grande habileté en conjuration de sortilèges et aultres maléfices ».

1- Cérat : pommade avec graisse + cire.

2- Onguent : pommade avec graisse + résine.

3- Parfum : fumée de plante pour désinfecter.

4- Hoirie : héritage.

Si Dieu le permet, elle veut tout confier avant son trépas à sa fille Jaquemine.

« Mère, je vous viens voir ; vous ay point vue dehors l'église.

– J'ay porté médecine à Viossay Antoine.

– Thomas est point là ? Resté avec Joseph ?

– À la taverne du bourg.

– Ouays, à parler maladie pesteuse ?

– Il[1] est fléau envoyé par Dieu.

– Oh ! Mère, il pourroit arriver icy. Vous avez médecine pour ?

– J'ay moult onguents et parfums de plantes et épaisses fumées de bois de genièvre et vinaigre et poudre noire. Il peut chasser mauvais air des corps infectés, surtout si Dieu permet.

– Noble de Loche, syndic, a ouï dire qu'en Annecy, on faict escamper[2] vagabonds fainéants et guëtteurs de chemins et aultres gens sans aveu, et mesme porte-panniers[3] ! »

Les colporteurs, allant d'un village à l'autre, peuvent-ils amener la maladie ? On n'ose le croire, tant leur présence est appréciée. Même si parfois on « n'emplette[4] » pas de leurs marchandises, on les accueille d'autant plus volontiers qu'ils transmettent

---

1- *Il : ce, cela.*

2- *Escamper : partir, fuir.*

3- *Porte-pannier : colporteur.*

4- *Empletter : acheter.*

les nouvelles d'ailleurs. Le dernier d'entre eux est passé par le bourg le jour de la Saint-Nicolas de Tolentin, à peine quinze jours auparavant. Aurait-il pu être porteur de la contagion ? Cette question, Jaquemine se la pose soudainement d'autant plus qu'elle souffre un peu de la gorge. Une crainte irraisonnée l'envahit :

« Mère, vous avez remède contre luette enflammée ? Il est point maladie pesteuse ?

– Reste béate[1] ! Je te vais préparer remède. »

Pernette va un peu plus loin cueillir des feuilles sur le prunier. Sitôt revenue, elle les écrase entre deux pierres, en recueille le jus qu'elle mélange à un peu de miel. Elle fait cuire le tout et le donne à sa fille.

« Tiens. Tu te gargarises avec et tu seras guérie ».

Pendant la semaine suivante, ils sont peu nombreux, manants et paysans, à venir au moulin. Joseph ne travaille alors que l'après-midi. La « graine » est de plus en plus rare. C'est la fin de la saison, une saison assez mauvaise pour la récolte. Les prix ont doublé depuis l'an passé. La pluie a été si dévastatrice.

Le mardi après-midi, vers none[2], dès la mise en marche du moulin, l'écoulement de la graine se bloque dans la trémie. Joseph s'empresse de la dégager à la main. Il découvre un rat qui obstrue la descente

---

1- Béat : calme.

2- None : quatrième heure canoniale, quinze heures.

du seigle. Irrité, il s'empare de la bête à demi assommée, la malmène en la tirant par la queue, la porte le bras tendu. Elle se débat, semble vouloir le mordre. Joseph cherche des yeux le chat. En vain. Il court alors vers le nant, jette le rat au beau milieu du courant en lui criant.

« Sale gourmand[1] ! T'as assez riffé[2], va boire maintenant ! »

Le rat, bien connu pour son avidité, « le gourmand », n'a d'égal que le chat, son mortel ennemi, tout aussi « gourmand ».

Joseph qui s'est attardé quelque peu contre la clôture de la basse-cour, retrouve, à son retour dans la cave, le matou tranquillement étalé à terre, somnolant, le poil en désordre, l'oreille gauche déchirée.

Sur l'instant, cette découverte irrite à nouveau Joseph, mais il trouve aussitôt une excuse à la bête. En période de rut, elle est partie « forcer[3] » une chatte, puis est revenue tranquillement au moulin. Il décide alors de l'enfermer dans la cave.

La nuit suivante est froide et le ciel couvert.

À peine est-elle « déclose[4] », que Joseph se lève. Il est un peu surpris par la luminosité anormale qui filtre à travers l'étoffe huilée de la fenêtre. Il en

---

1- Gourmand : qui mange avec avidité.
2- Riffer : dévorer gloutonnement.
3- Forcer : presque violer.
4- Nuit déclose : terminée.

entr'ouvre le chassis. Tout est recouvert de blanc : les toits du bourg, la campagne, les sapins des forêts.

Il a neigé durant la nuit. Les arbres, encore couverts de leurs feuilles ploient sous ce fardeau imprévu. Des branches cassées pendent lamentablement. Le nant, immuable, coule toujours avec autant de bruit.

Joseph ouvre la porte du galetas, descend sur le sentier enneigé. L'eau de la bédière n'a pas gelé. Aussi le moulin pourra-t-il encore tourner.

Dans l'après-midi, ils sont seulement deux paysans à venir. L'un d'eux a l'air accablé. Il apporte dans un vieux sac sa dernière réserve de seigle. Au cours de la nuit passée, une partie du toit de sa ferme s'est effondrée. Exposée à la neige, le sac est mouillé et une partie des grains de seigle humide. Joseph, mécontent, fronce les sourcils. L'autre s'en inquiète :

« Joseph, tu faics froide mine. Pourquoy ?

– Sale besogne. Avec ta graine mouillée, mes meules seront crasseuses. »

Il n'en n'a pas moulu la moitié qu'il lui faut arrêter : la meule tournante se meut sur elle-même, presqu'en silence, sans qu'aucune farine ne s'écoule.

Joseph passe alors le reste de la journée à tout démonter pour le nettoyage. La « chisse », la meule inférieure, est la plus encrassée par la graine humide écrasée, semblable à du plâtre. Joseph est contraint de la gratter avec une pointe de métal pour en dégager le relief.

Il songe qu'au contraire, avec de la graine trop sèche, donc très dure, les grains se brisent en une poudre très fine au point de se disperser au moindre souffle d'air. Ces inconvénients sont cependant peu de chose auprès des grains noirs du seigle[1]. Cette année, il n'en a jamais trouvé. Heureusement, car « il est du poison ».

Le jour même de la Saint-Michel, le samedi, vingt-neuvième de septembre, le Révérend Père Jésuite Mugnier Denis mande Joseph. Au nom du Révérend Recteur des Jésuites de Chambéry, Jannin Louis, il lui ordonne de « tenir à disposition du dit Recteur la cense du moulin, soit les quatorze octanes de farine de bled et les deux chapons gras, lesquels sont à luy porter ».

Dans le courant de la journée, Joseph se charge de sacs de farine. À plusieurs reprises, il gagne le prieuré où il se trouve en compagnie de sept autres, la plupart meuniers comme lui.

Assisté de l'autre Révérend Père Jésuite, Humbert Nicolas, le Révérend Prieur Mugnier note soigneusement sur un papier, à l'aide d'une plume d'oie, les quantités de farine pesées. Une fois transformée en pâte puis « fournée[2] », elle donnera un pain ardem-

1- Grains noirs du seigle: ergot de seigle, cause de l'ergotisme.
2- Fournée : mise au four.

ment désiré. Une partie sera distribuée par les Révérends Pères Jésuites aux miséreux de la paroisse. Cette aumône est dite « l'aumosne du Cloistre[1] ». Le Révérend Prieur ne manque pas de le rappeler aux meuniers :

« Vous tous, vous entendez bien boulengerie[2]. Il vous faut point laisser chommer[3], compagnons. De la Saint-Luc prochaine à Sainte-Marie-Magdelaine par la grâce de nostre Compagnie de Jésus, il sera donné aumosne du pain aux pauvres, *quotidie*[4]. Et *quotidie* devez préparer paste et levain avec farine pour le pain fourner. »

Pourtant, point n'est besoin de rappeler cette tâche. Depuis toujours, les meuniers se savent astreints, pendant la mauvaise saison à « boulenger », c'est-à-dire faire du pain avec cette farine d'émine[5].

Le jour de la fête de Saint Luc, l'Évangéliste, est cette année le jeudi, dix-huitième d'octobre, mais dès le jour de la Vierge Sainte-Thérèse d'Avila, le lundi, ils sont six meuniers à être de corvée.

Deux d'entre eux, Morand Joseph, du moulin du Cruet, Orset Antoine, du moulin du Chien, sont

---

1- Aumosne du Cloistre : aumône du Cloître.

2- Boulengerie : art de faire le pain.

3- Chommer : s'abstenir de travailler.

4- Quotidie : *(latin) chaque jour.*

5- Émine : farine mesurée pour le prélèvement de la dîme.

chargés de l'approvisionnement en bois pour le four banal des Révérends Pères Jésuites. Deux autres, Evrard Joseph, venant du Meytan et Grosset Jean-Marie, du Leutaz, devront assurer la distribution du pain sous le contrôle d'un Révérend Père Jésuite.

Joseph, aidé de Viossaz Luc, du moulin de la Halle, s'affaire déjà à la préparation du pain. Il en sera distribué chaque jour à près de quatre cents miséreux une octane, soit trois onces[1] par ventre affamé.

Dès lundi, Joseph et Viossaz pétrissent tous deux dans un vieux pétrin un quart d'octane de pâte afin de préparer le levain. En fin de matinée, Joseph revient au moulin.

Dans le début de l'après-midi, un seul paysan se présente pour moudre une demi-octane d'avoine. C'est le dernier client. Joseph ferme la cave. L'année est finie pour lui.

Le lendemain, mardi, il revient au prieuré. Il s'attelle aussitôt au pétrissage de la pâte. C'est une tâche pénible, pendant une heure. Malgré la fraîcheur matinale, Joseph qui ne s'est pas dévêtu pour la « boulenge », se met à transpirer. La sueur tombe goutte à goutte dans la pâte qu'il abandonne enfin à Viossaz pour la malaxer avec le levain.

1- Once : environ trente grammes cinq.

Se passant la main sur le front, il contemple un court instant la blancheur inhabituelle de la peau que le contact avec la pâte a presque parfaitement nettoyée.

Maintenant, il lui faut à nouveau « boulenger » la farine afin de préparer le levain pour la prochaine fournée du lendemain.

L'Angélus de l'heure douzième du jour[1] a sonné. Ils reviennent tous deux, après avoir assisté en l'église à l'Antienne à la Vierge. Ils débitent la pâte en boules d'environ trois livres de poids de Genève que les deux autres meuniers Morand et Orset font cuire au four chauffé en début de l'après-midi.

La journée est terminée à la lueur des chandelles vers l'heure troisième de la nuit, à Complies[2].

Le lendemain, mercredi, la journée se déroule, tout aussi pénible.

Le jeudi est le premier jour de la distribution du pain assurée par les deux meuniers Evrard et Grosset sous l'œil attentif d'un Révérend Père Jésuite.

De leur côté, les quatre autres poursuivent la panification. Il en sera de même, sauf dimanches et fêtes, jusqu'à la Sainte-Marie-Magdelaine, jour vingt-deuxième de juillet.

1- Angélus de la douzième heure du jour, ou première de la nuit, soit dix-huit heures. Vêpres.

2- Troisième heure de la nuit : à Complies, office divin après Vêpres, soit vingt et une heures.

Le jour de la Saint-Hilarion est dimanche, vingt et unième d'octobre. Il a gelé ferme durant la nuit. L'eau stagnante s'est muée en glace. Elle immobiliserait pour de longs mois, si besoin était, la marche du moulin. L'hiver est là. Joseph, plein d'amertume, le constate. Il regarde les arbres dépouillés de leurs feuilles et couverts de givre. Ils se détachent sur le fond clair du ciel d'un bleu métallique, sans aucun nuage, où planent des corbeaux en quête de nourriture.

Aidé par Jacquemine, il va dans la forêt voisine ramasser des cônes de sapin et du bois pour se chauffer. Des branches mortes, puisqu'il n'est pas possible d'abattre un arbre sans la permission des Révérends Pères Jésuites. Il emplit de sa provision de bois la cave du moulin, malgré les protestations indignées du coq et des quatre poules de la basse-cour que Jaquemine a mis à l'abri.

Rangés à part dans la grange, les cônes sont bien vite décortiqués.

Jaquemine en croque les graines, imitée en cela par son mari.

Dès la première neige, il consacre les quatre heures de son temps libre dans « l'après-disnée » à la réparation et l'entretien du moulin. Machinerie et surtout bâtiment sont bien vétustes.

L'eau, aux beaux jours, s'engouffre dans la bédière, franchit les deux vannes, dans le brochet, à la base de la machinerie. Le brochet, formé d'un gros billot de sapin creusé en son centre, la dirige contre les palettes de la roue à aubes horizontale dont l'axe vertical, le ploquier, également de bois, est ferraillé en son sommet pour pouvoir s'incruster par un trou, l'œil du ploquier, dans le système des deux meules.

L'inférieure, la chisse, ou meule gisante, demeure immobile sur le plancher. Au-dessus d'elle, l'autre meule, la courante, entraînée par le ploquier, tourne et broie le grain. La farine s'en écoule alors, se heurte à l'archure, tambour entourant les meules et qui gêne sa dispersion. Elle est contrainte de glisser par un couloir de bois dans un coffre placé en contrebas de l'ensemble.

Les meules sont alimentées en grains par la trémie, une caisse carrée en forme d'entonnoir soutenue par le chevalet à quatre pieds. Le ploquier de l'autre machinerie du moulin est cassé depuis des mois. La roue à aubes se désagrège lentement dans l'eau. Si le ploquier de la machinerie encore en usage a pris un peu de jeu, les deux meules donnent beaucoup plus fréquemment de tracas à Joseph. Elles ont fonctionné pendant des journées depuis des semaines. Leurs deux faces en contact se sont limées peu à peu. La graine ne peut plus être efficacement broyée. Joseph le sait. Il lui faut réparer. Cette corvée le décourage un peu. Il a commencé à dégager la superstructure de l'ensemble, la trémie, le chevalet, l'archure. Aidé par Jaquemine, il achève de mettre à nu la meule tournante. Il s'emploie alors à la soulever avec une sorte de pied-de-biche. Après chaque effort, il la maintient à l'aide de cales en bois. La meule est encore très lourde, bien qu'elle n'ait plus que dix pouces[1] d'épaisseur sur les douze à l'état neuf, et pour quarante de diamètre.

Samedi, vingt-septième d'octobre et jour vigile[2] des apôtres Saint Simon et Saint Jude, il fait froid. Joseph s'est affairé depuis sexte aux travaux du moulin.

L'appel des cloches pour l'Antienne à la Vierge a retenti. Alors que baigné de sueur, le haut-de-chausses poussiéreux, Joseph s'apprête à remonter par l'échelle au galetas, il entend un bruit sourd sur le plancher au-dessus de lui. De la poussière tombe dans ses cheveux épars. Il monte rapidement, trouve Jaquemine étendue sur le plancher au milieu de cônes de sapin éparpillés. Elle se relève lentement, se masse une cheville qui semble la faire souffrir. Elle sanglote doucement.

« T'es cheue[3] ? Rien cassé ? demande Joseph sans émotion apparente.

– Non, je sçais pas. »

1- Pouce : un centimètre sept.

2- Jour vigile : jour qui précède une fête religieuse.

3- Cheue : du verbe choir = tomber.

Jaquemine a effectivement chuté. Perdant un de ses sabots, elle a manqué un échelon de l'échelle menant à la grange.

« Je te vais quérir la mère avant nuit-close[1] ».

Joseph est allé chercher Pernette. Il l'a rencontrée alors qu'elle venait à l'église. Insensible à l'odeur des pieds, elle palpe la cheville de Jaquemine qui gémit. Pernette tente de la calmer :

« T'as rien cassé. Une foulure de nerf. Te faut piler du persil et mettre dessus la peau avec un linge ».

Joseph parti pour le prieuré, Pernette n'ose pas rentrer chez elle. Bien que la distance ne soit pas grande, à peine un quart de lieue, elle craint, étant seule, de rencontrer des loups. Ils pourraient rôder près du bourg, la nuit, à la recherche des cochons mis en lieu sûr avant la fin du jour.

Il est près de l'heure troisième[3] de la nuit quand Joseph revient au moulin où il est attendu pour manger.

Tous trois se partagent le maigre repas à la lueur du feu qui crépite dans la cheminée. Jaquemine attend que sa mère ait lapé sa portion de soupe de haricots avec un morceau de pain pour reprendre son écuelle et avaler à son tour.

Après une courte mais nécessaire incursion au dehors, ils reviennent, frissonnant de froid, pour la

---

1- Nuit-close : pleine nuit.

2- Heure troisième : Complies, vingt et une heures.

prière du soir. Traînant la jambe, Jaquemine amasse un peu de braise dans le foyer qu'elle recouvre de cendre.

Malgré la fraîcheur ambiante, tous trois se déshabillent, dans l'obscurité. Aidée par Pernette elle gagne lentement la couche où son mari la rejoint. Ils s'étendent tous trois, entièrement nus sous l'unique couverture de laine, Jaquemine entre son mari et sa mère à qui elle conseille :

« Tire à toy la couverte[1] : faict froid ».

Joseph s'est endormi profondément pour « jouer à la ronfle ».

Au loin, dans la nuit froide, s'élève le hurlement sinistre d'un loup.

Le surlendemain, lundi, Joseph se lève « à la pique du jour[2] ». Il enfile rapidement son haut-de-chausses, boutonne son pourpoinct[3] fermé. Dans l'ombre glaciale du galetas, il cherche ses sabots. La lueur de l'aube pénètre difficilement par l'étoffe huilée de la fenêtre, mais Joseph connaît bien les lieux. Il descend l'échelle. Dans la cave, la porte grince en s'ouvrant sur un paysage d'hiver. Le chat se garde de sortir, alors que les poules et le coq s'enfuient bruyamment, aussitôt bloqués par la neige.

1- Couverte : couverture.

2- Pique du jour : aube.

3- Pourpoinct ou pourpoint : sorte de veste.

Joseph s'avance le long de la bédière aux eaux gelées. Il gagne lentement le sous-bois dont les grands arbres ploient sous la couche neigeuse…

À ce moment retentit l'Angélus.

Joseph retourne au moulin, avale le restant de soupe de la veille puis repart en direction du prieuré. Il est sexte quand l'Angélus sonne pour la deuxième fois.

Pernette est déjà chez elle lorsque Joseph revient auprès de Jaquemine. Après avoir grignoté l'unique plat et du pain, il descend à la cave, se glisse entre les deux meules maintenues écartées. À l'aide d'un marteau d'acier inséré dans une mortaise servant de manche, il frappe la chisse, s'efforce de trouer le granit en de nombreux petits creux pour la rendre à nouveau efficace. Les yeux à demi fermés pour les protéger des éclats, il frappe longtemps. Il marque parfois un temps d'arrêt et, en dépit de sa position inconfortable, parvient à essuyer de sa manche la sueur qui, malgré la fraîcheur de la cave, coule sur son front. Il a besogné pendant près de quatre heures. Il s'arrête, exténué. Il lui faut affûter la pointe émoussée du marteau. Il en remet la corvée au lendemain.

D'ailleurs Jaquemine l'appelle.

C'est à nouveau l'église, puis le prieuré.

Le soir, ils prient tous deux devant leur maigre souper, rendant grâce à Dieu de pouvoir se régaler chacun avec un œuf. L'œuf cru est aspiré goulûment après percement de la coquille à chaque extrémité. Ils n'ont plus de lard ni de viande.

Jaquemine essaie de se consoler :

« L'an quy vient, mère va tuer cochon.

– Encore deux mois qu'il faut attendre ».

Pernette élève en effet quelques poules et un cochon. Le jour, il traîne en liberté dans les chemins aux alentours. Elle le récupère avant la nuit pour l'enfermer dans l'unique pièce où elle vit avec son fils Thomas, qui, lui, s'occupe de sa seule vache.

Pendant deux jours encore, Joseph est absorbé par la remise en état de la machinerie. Il n'a pu terminer le mercredi, trente et unième du mois et jour vigile de « la Feste de tous les Saincts », grand jour férié pendant lequel est célébrée « la commémoration des fidelles Trépassez ».

Le samedi, Joseph doit aller au prieuré pour la corvée de « la boulenge » et s'il ne descend pas dans la cave du moulin, il s'y rend le lundi.

À ce niveau, la paroi du moulin est en dur mais les pierres, plus ou moins disjointes ont tendance à s'écarter et certaines sont sur le point de s'écrouler. La chaux qui les liait est en grande partie tombée peu à peu en poussière au cours des années, surtout après avoir souffert de l'incendie quelque trente ans auparavant.

S'il n'est pas envisageable de refaire les murs, ils pourraient être consolidés avec de la chaux vive. Mais les Révérends Pères Jésuites ne s'en soucient guère. Aussi Joseph est-il contraint à des réparations de fortune.

Grâce à des cailloux ramassés par Jaquemine dans le lit du torrent et de quelques morceaux de bois, il s'emploie à combler les nombreux trous par lesquels s'insinuent les rats toujours avides de nourriture, toujours « gourmands ».

Toute la superstructure du moulin, le galetas, la grange ainsi que le couvert sont de bois comme le sont d'ailleurs les bâtisses dans le village. Le toit lui-même est recouvert d'ancelles, ces bardeaux de sapin fendus à la hache.

Soutenant le plancher de la grange auquel on accède par l'échelle d'où était tombée Jaquemine, l'ensemble des solives, « la traleyson » n'est pas en bon état. Une des solives, une « trab », est à moitié pourrie de même qu'un des chevrons du toit, conséquence d'une gouttière provoquée par plusieurs ancelles arrachées un soir de grand vent.

Sans beaucoup de moyens, Joseph pare au plus pressé. À l'aide d'un marteau, de quelques clous et de fragments de planche, il s'efforce de colmater les fuites et de renforcer la traleyson. Il est aidé en cela par sa femme qui a abandonné ses aiguilles à tricoter ou la reprise d'un vieux pourpoint.

La neige tombe pendant près de trois jours. L'épaisse couche, d'au moins trois pieds, encombre les chemins. Dans le village, un toit s'est effondré bruyamment et une femme a péri, écrasée.

À la Saint-Martin, dimanche, jour onzième de novembre, on découvre, sous la neige, près de l'église, deux cadavres. Ce sont ceux de deux « pauvres honteux[1] », morts de faim et de froid, de bonnes gens que les dures circonstances de la vie avaient réduits à la misère.

Peu à peu, au fil des jours, les loups s'aventurent, la nuit, dans le village désert où ne brille aucune lumière. À la recherche de quelque pitance, ils rôdent dans les ruelles, effrayant, par leur hurlement, les habitants qui se sont barricadés chez eux.

Une nuit pourtant, le silence se rétablit en un clin d'œil. Jaquemine angoissée par les « huchements[2] » des loups s'endort alors profondément sans se rendre compte que la brume régnant sur la vallée se teinte peu à peu de rouge.

Une vieille cassine, à l'orée nord du village a pris feu. Le rougeoiement des flammes dans la nuit fait fuir les fauves.

Malgré l'appel tardif du toscin, aucun secours n'est possible dans les ruelles sombres et enneigées.

1- Pauvre honteux: personne réduite à la misère et qui essaie de s'en cacher.

2- Huchement: hurlement d'un loup.

Elle brûle entièrement. Au cours de l'incendie, une femme et deux enfants ont péri.

La fête de Stalande[1] se passe dans la morosité générale, mais combien plus tristement pour cette famille douloureusement éprouvée.

L'hiver est rude. En janvier, la neige tombe à nouveau pendant plusieurs jours.

Sous l'épaisse masse surchargeant le toit du moulin, les chevrons de la charpente se courbent de façon inquiétante. Joseph se voit contraint de l'escalader pour le dégager à la pelle. À un certain moment, il glisse, tombe, s'affale dans l'abondante couche neigeuse recouvrant le sol. Il se relève péniblement. Le bras gauche, au niveau de l'épaule lui est douloureux. Il est comme « stupéfié[2] ». En compagnie de Jaquemine, il sort et, pataugeant avec beaucoup de peine dans la neige, arrive chez le rhabilleur du village qui, le pied calé dans l'aisselle douloureuse, tire à lui le bras de Joseph gémissant. Il parvient ainsi à réduire « l'entorsure de l'espaule ».

Bien que soulagé, Joseph souffre encore. Il se rend chez Pernette qui s'empresse de le calmer.

D'un pot de terre, elle extrait « une liqueur issue de bave de limaçons rouges au contact de sel. On doit appliquer chaque jour dessus l'espaule une partie préalablement chauffée et frotter chaudement ».

1- Stalande : Noël (local).

2- Stupéfié : engourdi.

Le nombre des « pauvres honteux » qui viennent mendier chaque jour un peu de pain ne fait que croître avec les journées glaciales de l'hiver. Ils se pressent sur une longue file dans l'étroit passage qu'ils ont piétiné en pleine neige. La tristesse et la résignation se lisent sur leurs visages amaigris. Les femmes sont de beaucoup les plus nombreuses, accompagnées parfois de leurs maris. Toutes se traînent, grelottant dans leurs habits déchirés. Parfois, elles présentent leurs enfants à bout de bras dans l'espoir d'obtenir davantage de ce pain qui leur manque tellement. Mais il n'est pas possible aux Révérends Pères Jésuites de dépasser la quantité quotidienne d'une octane. Aussi quelques-uns parmi les pauvres repartent-ils désespérés, les mains vides.

Chaque jour, Joseph emporte deux portions, comme les autres meuniers. Cela permet d'économiser un peu de la réserve de pains qu'il a cuite en fin d'automne.

Jaquemine a également ramassé au cours de l'été beaucoup de graines sauvages, dans les prés et les bois, surtout du plantain qui est aussi un bon médicament. Cette récolte permet d'améliorer un repas ou même d'en tenir lieu quand manquent les provisions.

En plus, elle s'occupe régulièrement de ses quatre poules et du coq. Elle les nourrit tant bien que mal avec de la graine impropre à la mouture qu'elle a mise précautionneusement de côté.

Bien qu'à demi avariée, elle est appréciée de sa basse-cour enfermée dans la cave. Parfois, Jaquemine découvre sur un tas de paille un ou deux œufs. Une véritable aubaine.

Le jour de la Purification de Notre-Dame, deuxième de février, le temps, en cette nouvelle année, est ensoleillé. Néanmoins, la température est fort basse. La procession de la Chandeleur sur le cimetière et dans les ruelles du village est importante. La neige durcie par le gel craque sous les pas des nombreux fidèles. Ils ont tous à la main un cierge bénit ; le cierge de la Chandeleur passe pour protéger des malheurs.

La perspective d'un hiver long et rigoureux est certaine : en ce jour, si l'ours dans la montagne ne peut marquer l'empreinte de sa patte dans la neige, l'hiver ira à son terme, sinon au-delà, comme les années précédentes.

D'après les dires des anciens du pays, il en a été ainsi depuis le début de ce siècle, avec le souvenir de l'invasion du Duché de Savoie par le bon Roi de France, Henri le quatrième.

Non seulement les hivers sont pénibles et très froids, mais ils se prolongent tard dans le printemps. Les étés ne sont plus aussi chauds que jadis. Souvent même les pluies assez fraîches endommagent les récoltes.

Beaucoup de gens, nobles ou manants ont péri, non seulement par les armes, mais aussi de froid, de maladie et de famine.

Quelques années auparavant, près de Chamonix, deux hameaux, le Chatelard et Bionnassay, furent écrasés par l'avancée des glaciers issus des « Monts Mauldits[1] ».

En cet hiver, le prix du blé a augmenté par rapport à la deuxième année précédente. Il vaut plus de vingt-quatre florins l'octane.

En contre-partie, les températures très basses de l'hiver ont pu anéantir tous « les miasmes pestilentiels ». Il n'est plus question de « la contagion pesteuse » dans les basses vallées du Duché. On la croit disparue selon la volonté de Dieu dont ses serviteurs dans les églises louent l'immense bonté.

« Dedans la ville d'Annecy, en cette an de grâce mil six cent trente, le vingt-troisième jour de février, vigile[2] de Saint Mathias, apostre, le Seigneur Sénateur Berghera, sur requeste des nobles syndics des habitants d'icelle ville, faict publier à son de trompe pleine et entière liberté en faveur des bourgeois et habitants de la ville et des faubourgs ».

Chacun se réjouit de « se voir hors de captivité » et pouvoir reprendre une vie normale après tant de nombreux interdits.

1- *Monts Mauldits : mont Blanc.*
2- *Vigile : veille de fête religieuse.*

« Tous les dits pauvres, bourgeois, manants, habitants, femmes et enfants pleurants de joie courent aux églises rendre grâce à Dieu. »

« *Deo Gratias*. »

Las ! Dieu ne l'avait pas entendu ainsi.

Chapitre 2

Dès le début de l'année nouvelle, le roi de France, Louis Treizième, intervient en Savoie. Courant février, ses troupes franchissent le Mont-Cenis et le mois suivant, Richelieu prend la décision de rompre les pourparlers avec le Duc Charles-Emmanuel Ier.

Après avoir occupé Pignerol, en Italie, il envahit le Duché de Savoie pour s'assurer la maîtrise du Mont-Cenis. Le quatorzième de mai, vingt ans jour pour jour après l'assassinat du roi Henri IV, il investit Chambéry. À la suite de pourparlers avec Hector Milliet, premier président du Sénat et commandant par intérim, il entre dans la ville trois jours plus tard, et la semaine suivante, dans Annecy.

Ces événements sont connus dans l'étendue du Duché après un délai plus ou moins long, par l'intermédiaire de mendiants et marchands ambulants, ou de « porte-panniers » le plus souvent. Ils ne concernent pas encore la population des campagnes ou des montagnes éloignées, pour le moment plus préoccupées par les caprices du temps.

Le printemps est relativement doux par rapport aux années précédentes, mais il semble favoriser des opérations militaires.

Depuis la fête de Pâques, dernier jour de mars, la neige tombe parcimonieusement. La dernière chute, peu abondante, date du milieu du mois d'avril.

Dès l'Ascension, le jeudi, neuvième de mai, chemins et champs dans la vallée sont dégagés ; ils sont « à terre ».

L'hiver apparemment terminé, la vie reprend peu à peu dès le début de ce mois consacré à la Sainte Vierge Marie. Les manifestations religieuses se succèdent, dans l'espoir d'obtenir la protection divine pour le bétail, et surtout pour les récoltes. On les espère meilleures que celles de l'année précédente.

Le deuxième jour des Rogations, septième de mai, avant-veille de l'Ascension, a lieu la procession annuelle à la rencontre de celle venant de Combloux, la paroisse voisine, sise au levant. Elles se réunissent toutes deux à mi-chemin pour se diriger ensuite vers l'église Saint-Nicolas, de Combloux, en l'honneur de qui est célébrée « la messe de *Rogationibus* ».

Le lendemain, troisième jour des Rogations, la même cérémonie se renouvelle, mais la messe est dite en l'église Saint-Jean-Baptiste, de Megève. À l'issue de l'office religieux, une aumône est faite pour les pauvres, toujours aussi nombreux dans la paroisse. Puis les deux processions se reforment pour se séparer à mi-parcours sur le chemin du retour.

Joseph est toujours de corvée au prieuré. Quant à Jaquemine, avant de faire comme chaque printemps la lessive de ses quelques hardes, elle s'efforce d'enclore à nouveau près du nant un espace d'environ deux toises carrées[1] pour l'élevage des volailles. Les quatre poules et le coq, prisonniers dans la cave durant l'hiver, sont aussitôt mis dans leur nouvel abri.

Le poulailler en place, elle entreprend de bêcher la terre dans un petit « courtil » attenant au moulin afin d'y planter des légumes. Elle espère améliorer l'ordinaire si peu varié de chaque jour. Il consiste le plus souvent en un bouillon où trempe du pain rassis. Elle y ajoute un peu de carottes, de raves, de choux ou quelques pois, selon ses possibilités.

Elle profite d'un temps, d'ordinaire peu clément à cette date, mais plus favorable en lune nouvelle, pour l'ensemencement de ce jardin. Pernette vient la voir, non pour l'aider, mais pour lui apporter quelques semences.

L'Ascension, en période de pleine lune est un jour marquant pour Jaquemine. En ce jour, fête de Saint

---

1- Toise carrée : environ sept mètres carrés trente-sept.

Grégoire-de-Nazianze, lui surviennent « les fleurs[1] ». Elle se sentait un peu fatiguée et énervée. Elle se réjouit de leur apparition et la déplore tout à la fois. Cela lui permet, ainsi qu'à son mari, de prendre un peu de repos, tout en regrettant de ne point lui donner d'héritier mâle. Comme d'habitude, elle se protège tant bien que mal de leur venue avec le même chiffon qu'elle rince chaque soir.

Le dimanche, dix-neuvième de mai, fête de Saint Pierre-Célestin et de Sainte Pendentiane ainsi que le lundi, fête de Saint Bernardin, sont deux jours consacrés à l'Esprit-Saint. En ce dimanche de Pentecôte a lieu la réunion des communiers sur le charnier. Thomas, venu avec sa mère, profite pour demander l'ascencement[2] d'un alpage de communiers pour l'été.

Le dimanche suivant est fête de La Trinité, fête solennelle dans le calendrier ecclésiastique. Mais tout aussi important pour les paroissiens est le lundi, jour de la foire de La Trinité. C'est une grande foire. Elle a lieu avant de commencer la saison de l'inalpage en montagne durant les mois d'été.

Avec la permission des Révérends Pères Jésuites et moyennant redevance, cette manifestation se tient

---

1- Fleurs : règles chez la femme. Ainsi nommées car elles précèdent l'arrivée d'un fruit (enfant).

2- Ascencement : location.

dans un champ leur appartenant non loin de l'église, au levant[1] du bourg.

Dans le même temps, sur le charnier, les marchands ambulants montent leurs étalages sommaires à l'aide de tréteaux. Ils sont en compagnie des porte-panniers et autres colporteurs. Jaquemine, Pernette, avec Thomas, s'y rendent, Joseph, toujours de corvée, reste au prieuré.

À leur arrivée, ils remarquent une agitation insolite des groupes assemblés devant l'église. Le bruit court qu'un porte-pannier aurait parlé des Français. Leurs troupes seraient entrées quelques jours auparavant dans Chambéry, et le vingt-troisième du mois dans Annecy. Deux jours plus tard, Sa Majesté le Roi Louis Treizième et son Éminence le Cardinal de Richelieu auraient franchi les portes de la ville[2].

La nouvelle fait sensation. Les vieux du pays se souviennent encore de l'occupation du bourg par les troupes du Roi Henri Quatrième quelques années avant la visite de Monseigneur François de Sales, évêque du Genevois particulièrement vénéré depuis sa mort en l'an mil six cent vingt-deux.

Pernette se souvient bien de cette occupation française, d'autant plus qu'elle avait dû en subir les

---

1- Levant : est. Levant du soleil.

2- Épisode au cours de la guerre de Trente ans ayant opposé la France à l'Autriche, Espagne et Savoie.

sévices. Elle avait alors une vingtaine d'années « ou environ ».

Aussi, revenue au moulin avec Jaquemine, conseille-t-elle à Joseph, également de retour :

« Joseph, les François icy, ils s'amusent au pillage du village. Il est bien de mettre farine à couvert[1] pour mangeaille. »

Il réfléchit. Cacher de la farine est peut-être bonne chose, mais les Français ne sont pas encore au pays. Y viendront-ils ?

« Les François dedans Annecy, il est seulement un ouï-dire.

– Ouy, mais il est probable de venir icy. Vaut mieux mettre la farine à couvert chez mère et point au moulin. Mère a raison, faut reconnoistre[2] » insiste Jaquemine.

– Thomas va enmontagner[3]. Il est mieux tout porter dedans chalet en montagne, intervient Pernette. »

Joseph, que la nouvelle a rendu de mauvaise humeur, ne veut pas céder :

« J'attends de les bien voir. »

Restée seule avec sa fille, Pernette lui dit :

« Ton homme, quelle cavale ramingue[4] ! »

1- *À couvert: à l'abri.*

2- *Reconnoistre : reconnaître.*

3- *Enmontagner : aller en chalet d'alpage.*

4- *Cavale ramingue : cheval rétif.*

Jeudi, trentième de mai, fête de sa Sainteté le Pape Félix, est jour de la Fête-Dieu. La procession prévue a lieu dans les ruelles du bourg, en direction du pré de foire où sera célébrée la messe du Saint-Sacrement. Elle se déroule sous un ciel gris, dans une atmosphère morose. Tous les nombreux participants, dans la crainte d'événements dramatiques, prient avec une ferveur ardente. Ils oublient pour une fois leurs rancœurs et leurs inimitiés quotidiennes. Ils n'osent plus penser aux maints procès en cours. En fin de cérémonie, il se retrouvent sur le charnier alors qu'une pluie fine se met à tomber.

Quelle journée ! Elle était l'objet d'un pathétique appel à la protection divine. Jaquemine angoissée et Joseph plus grognon que jamais regagnent au plus vite le moulin malgré la boue qui englue leurs sabots.

Le lendemain est jour de Sainte Pétronille. On se souviendra longtemps dans la paroisse de cette Sainte, du dernier jour de mai. Tôt le matin, par temps clair, le soleil commence, au-dessus des « Monts-Mauldits », sa longue course. Il illumine le paysage printanier où s'épanouissent les fleurs et que charme le chant des oiseaux.

À ce moment, Jaquemine, déjà levée, aperçoit dans le ciel un vol de corbeaux. Ils semblent fuir le couchant. Elle remarque alors loin derrière eux une colonne de fumée, puis beaucoup plus loin à l'horizon, une autre colonne. Vers Flumet ?

Cela l'intrigue.

L'emplacement de brasiers sur des sommets avoisinant cette proche paroisse ne semble point concerner des incendies de maisons. Elle en fait la remarque à Joseph descendu dans la cave :

« Joseph, tu sçais ce qu'il est de ces feux dedans la montagne ?

– Dedans le temps, il estoit advertissement de Flumerans[1] quand bandits approchoient.

– Il seroit pas des François ?

– T'crois ? »

La nouvelle alarmante envahit le bourg, puis la paroisse. Beaucoup, après avoir allumé chez eux le cierge de la Chandeleur, seul capable de conjurer les malheurs, se réfugient dans l'église pour implorer Dieu.

Des mendiants, étendus sur la terre détrempée, demeurent impassibles, ils conservent au cœur le seul espoir de ne pas crever de faim grâce à l'aumône des Révérends Pères Jésuites.

Après sexte, en début de « l'après-disnée[2] » une rumeur est perçue au loin, en direction du couchant, sur le chemin menant à Flumet. De confuse au début, elle enfle lentement, inexorablement au point d'être entendue de plus en plus nettement dans le martèlement du sol par des chevaux ou les cris d'une

1- Flumeran : habitant de Flumet.

2- Après-disnée : après-midi.

troupe d'hommes et que domine un roulement de tambour au rythme guerrier battant « aux champs[1] ».

Dans son galetas, occupée à repriser une vieille chemisette de lin, Jaquemine s'alarme, se signe aussitôt, ouvre la fenêtre, se penche à l'extérieur. Elle ne voit rien, mais le brouhaha se fait plus intense. Elle dégringole l'échelle dans la cave où se trouve Joseph très absorbé par la réparation d'une meule. Le bruit proche du torrent et des coups de marteau domine tout. La présence subite de sa femme à l'air affolé le surprend :

« Il est quoy ? T'es toute espoulaillée[2]. »

– Joseph, t'as pas perçeü[3] le bruit ? Dehors ?

– Comment ? Faut me laisser, tu peux ? Je suis à tasche de cette meule. Vas voir et me le viens dire. »

Troublée par ce bruit inquiétant à l'extérieur, Jaquemine remonte précipitamment, en oublie de refermer la fenêtre, laisse la porte entr'ouverte et, bien qu'empêtrée par sa longue cotte, s'efforce de courir dans le chemin.

Arrivée non loin du vieux pont sur le nant, elle s'arrête brusquement devant le spectacle qui s'offre à ses yeux. Elle est en compagnie de plusieurs personnes, dont le syndic de Loche Pierre, tout aussi effarées.

1- *Battre aux champs : battre la marche.*

2- *Espoulaillée : affolée (terme local).*

3- *Perçeü : perçu.*

Sur le chemin longeant le torrent, une troupe s'avance bruyamment, avec à sa tête un homme à cheval. Ce ne sont pas les soldats du duché de Savoie reconnaissables à leur « enseigne[1] à croix bleue ». L'étendard carré flottant au bout d'une lance que brandit un « cornette[2] » est marqué d'une croix blanche, sur fond fleur de lis.

« Il est bien des François » remarque le syndic d'une voix atterrée. Ce sont effectivement des soldats du Roi Louis. On parlait de leur invasion depuis peu. Ils sont là maintenant. Affolée, Jaquemine repart vite, rentre au moulin, en ferme la porte au loquet, dégringole à nouveau dans la cave :

« Joseph ! Joseph ! Ils sont là, les François.

– Miséricorde ! Ils font que passer, peut-estre ?

– J'ay peur, Joseph. Le moulin ?

– Dieu nous protège ».

Toute tremblante, Jaquemine remonte dans le galetas, en ferme aussitôt la fenêtre pour ne pas entendre l'inquiétante clameur des soldats dans le village.

Resté dans la cave, Joseph s'affaire. L'invasion des Français lui fait craindre des lendemains funestes. Même s'ils ne font que passer, ils vont se mettre à piller le village pour faire bombance. S'ils y demeurent, ils mettront à sac tout le pays. Au comble de leurs

1- Enseigne : Étendard, drapeau.

2- Cornette : porte-étendard.

excès, ils vont aggraver une famine déjà bien douloureuse. Il regrette maintenant de n'avoir pas suivi le conseil donné par Pernette de transporter de la graine en montagne.

Il n'est plus question d'aller, dans l'après-midi, au prieuré. Tout est terminé pour l'aumône du Cloître qui devait durer jusqu'en juillet pour la Sainte-Marie-Magdelaine.

Après s'être emparé de vaches dans les fermes et de cochons errants, la soldatesque va se précipiter dans les moulins les plus proches pour rafler la farine, tout en exigeant des syndics « le pain de munition, à sçavoir de vingt-quatre onces de pain cuit rassis blanc attribué à chaque soldat par jour », selon l'ordre du Roy Louis.

Joseph le pressent. Aussi se hâte-t-il d'emplir de graine un sac qu'il porte sous la Roche carrée, en amont du moulin pour le cacher dans les rochers bordant le nant.

À l'instant où il revient dans la cave, un bruit sourd retentit au point d'ébranler le moulin. Il grimpe rapidement au galetas. À peine a-t-il le temps de repérer la porte grande ouverte que ses yeux se portent sur Jaquemine, tassée au fond de la pièce près de la cheminée.

Elle fait face à cinq Français, un instant immobiles à la contempler. Ils sont deux mousquetaires, deux piquiers et un sergent, tous très impressionnants.

Les mousquetaires avec leurs grands chapeaux, haut-de-forme en feutre rigide, aux larges bords ornés d'un ample panache de couleur, ont tous deux le visage rougeoyant, encombré d'une barbe poussiéreuse et d'une longue moustache aux extrémités relevées leur barrant la joue. Leur chevelure flotte en désordre sur un pourpoinct azur, amplement maculé, qu'enserrent une bandoulière et un baudrier porte-épée dont la rapière[1], affleure le sol. Les souliers à bout carré et à « pont-levis[2] » sont recouverts d'une boue glaiseuse s'étalant en larges placards sur leurs bas-de-chausses, même sur leurs hauts-de-chausses. De la main droite, ils étreignent un lourd mousquet[3] et de la gauche, « la fourquine », la fourche servant d'appui pour le tir. Le sergent, semblable à ses mousquetaires, n'a cependant pas de bandoulière. Il est seulement armé d'une hallebarde et de la rapière, cette longue épée de peu de prix.

Les deux piquiers, s'ils arborent casque empanaché et cuirasse aux reflets d'acier en guise de pourpoinct, n'ont cependant pas pris la longue pique[4] dont ils se servent pour la défense des mousquetaires ou pour l'attaque au combat.

1- *Rapière : longue épée.*

2- *À pont-levis : à talon.*

3- *Mousquet : sorte de fusil d'époque.*

4- *Pique : sorte de lance au manche long de près de quatre mètres soixante.*

Tous ont marqué un temps d'arrêt à contempler Jaquemine affolée. Le sergent fait un pas dans sa direction en ricanant dans sa barbe au poil roux.

« Eh ! belle pute que voicy ! Belle, on se reverra ! »

Alors que ses hommes s'esclaffent, il se tourne vers Joseph resté immobile, comme sidéré par cette scène. Il le menace du poing :

« Toy, faut nous baffler ta farine, sinon... ! »

Sans attendre de réponse, il s'avance, repousse Joseph qui manque de tomber dans la cave. Suivi de ses deux piquiers, il y descend prudemment. Les mousquetaires sortent et font le tour du moulin pour les rejoindre. Un peu plus tard, ils repartent à l'extérieur, chargés de farine, non sans s'emparer des volailles. Ils leur tordent le cou malgré les piaulements désespérés.

Joseph est descendu à leur suite, alors que Jaquemine restée seule, pantelante, alertée par les cris, se penche à la fenêtre. Elle assiste, désespérée, au pillage de sa basse-cour. Elle s'effondre, en proie à une excitation nerveuse dont le paroxysme jusqu'aux larmes ne lui permet pas d'entendre l'appel dramatique du tocsin ni de remarquer l'épaisse fumée qui monte dans le ciel, non loin du clocher.

Déjà, l'incendie ravage une ferme.

Joseph, accablé mais poussé par la curiosité, sort de la cave dont il laisse la porte ouverte. Il ralentit en vue du vieux pont du Glappey. La troupe des Français est massée près de l'église. Ils sont nombreux sous le grand soleil à piétiner le charnier sur lequel ils ont allumé deux grands feux et s'affairent à les entretenir. Ils n'en finissent pas de pousser des hurlements de joie à la contemplation de cette chair en train de griller. Joseph remarque que la plupart ont quitté pourpoincts ou cuirasses. Ils sont en bras de chemise, dont il avait entrevu l'étoffe grise bouillonner « au crevé interne des manches[1] » des pourpoincts. Au niveau du poignet, les « rebras », les dentelles des chemises, très souillées, sont d'une teinte plus foncée. Ces revers de manches sont évidemment très exposés.

Aucun des soldats n'est armé. Ils ont amassé contre la muraille de la tour du prieuré les nombreux mousquets et les piques démesurément longues de leur quatorze pieds. On leur amène sans relâche des billots de bois. Ils les jettent dans les flammes pour faire rôtir moutons et cochons. S'ils laissent indifféremment de rares personnes, surtout les femmes, aller à l'église toute proche, par contre ils se mettent à crier sauvagement pour héler quiconque fait mine de s'approcher de leurs armes.

Ils sont deux, chargés d'un cochon poussant de lamentables grognements, à passer non loin de Joseph. Un peu plus tard, la bête se débat violemment entre les mains ensanglantées d'un soldat qui,

---

1- Crevé interne des manches: ouverture béante de la face interne de la manche.

armé d'un coutelas, a déjà sacrifié un mouton. Le bref roulement d'un tambour salue la fin du cochon.

Toute la troupe des soldats n'est pas massée sur le charnier. Joseph en voit sortir des maisons avoisinantes. Ils en expulsent les habitants. Ainsi, honorable Cottin Jean-Claude, dont la maison sur la gauche avoisine celle de la Confrérie du Saint-Esprit et la tour seigneuriale de Noble François de Loche, se voit expulsé de façon fort peu amène.

Une brise légère s'est levée. Elle se mue en un vent du couchant. Joseph fait une moue inquiète. Un vent violent serait dangereux pour le bourg avec ces deux grands feux allumés en son centre.

Dans le recoin, il demeure immobile. Il est alors rejoint par Grosset Sylvestre dont la maison, près de la halle, jouxte le donjon de Noble de Loche.

« Sylvestre, t-vas chez toy ?

– Vais essayer.

– Pourquoy ? Ils t'ont vuidé[1], comme Cottin ?

– Non. Pas encore. Mais on a plus de couche. Faudra dormir à terre. Pendant combien temps ? Dieu seul le sçait. »

Une bonne odeur de viande grillée flotte dans l'air. Les soldats commencent à découper leur rôti. Ils en avalent gloutonnement des morceaux. Les voir commencer « à satisfaire aux concavités de leurs boyaux » rend Joseph hargneux.

1- Vuidé : viré, expulsé.

Il éprouve aussitôt une sensation de faim que tant d'émotions devant ce spectacle lui ont fait oublier. À l'horloge du clocher, l'aiguille semble s'être immobilisée sur « la pointe de quatre heures ».

Il s'éloigne lentement pour regagner le moulin. Il y retrouve Jaquemine en pleurs. Assise sur la couche, elle se lamente de ne plus avoir de volaille et de ne plus pouvoir en élever à suffisance, de tout l'été. Elle craint aussi le retour de la soldatesque qui ne manquera pas de revenir pour rafler la farine jusqu'à épuisement.

Larmoyante, elle s'en ouvre à son mari. Il lui ordonne d'une voix irritée :

« T'as pas à chier des yeux[1]. Te faut aller chez mère et vous « emmontagner » les deux.

– Il est peut-estre un peu tost pour ça.

– Rester icy, ces saligauts vous feront ribaudes[2].

– Et toy ? T'restes ?

– Ouy. Céans[3].

– Ils te vont bouter[4] dehors.

– Peu me chaut[5]. Me faut rester encore pour celer[6] de la mangeaille. Encore deux sacs de bled, au moins. »

1- *Chier des yeux : pleurer à chaudes larmes.*

2- *Ribaude : putain.*

3- *Céans : à l'intérieur.*

4- *Bouter : éjecter.*

5- *Chaut : (du verbe chaloir) importe.*

6- *Celer : cacher.*

Jaquemine est partie sans même emporter quelques pauvres hardes. Elle est bien contristée par la crainte de ne plus revoir son homme. Un peu essoufflée d'avoir marché trop vite avec ses sabots dans le chemin caillouteux, elle arrive chez sa mère. Une désagréable surprise l'attend. Ni sa mère, ni Thomas ne sont là. Elle entre, s'assied sur un tabouret. Machinalement, elle arrange ses cheveux sous la coiffe.

Alors commence pour elle l'attente anxieuse. Elle quitte ses sabots, pose ses pieds endoloris sur le vieux plancher parsemé de feuilles vertes à demi écrasées. Elle en prend une, la malaxe dans ses mains. Une âcre odeur s'en dégage. Respirer le suc de la plante semble lui procurer un peu de bien-être. Elle s'en frotte les pieds, remontant même le long de ses jambes nues poussiéreuses.

Le temps passe. Elle attend.

Resté au moulin, Joseph prépare un nouveau sac de graine. Il le transporte hâtivement dans la même cachette sous des rochers dominant le torrent.

Il finit d'emplir un autre sac, monte au galetas, prend la seule couverture de leur couche, redescend à la cave.

Il en sort, se prépare à partir quand des pas bruyants se font entendre dans le moulin.

Les Français sont revenus, le sergent et trois de ses hommes, deux piquiers et seulement un mousquetaire. Par la fenêtre, l'un d'eux aperçoit Joseph et son sac. Il comprend aussitôt son manège.

« Misérable gueusaille, reviens céans ou on t'arquebuse[1] », hurle le sergent.

Mais le mousquetaire n'a pas le temps de préparer son arme car « la gueusaille », surprise un court instant, n'obtempère pas, abandonne sac et couverture, prend la fuite à toutes jambes en direction de la forêt.

Les Français se lancent à sa poursuite. Elle n'est pas à leur avantage. Les piquiers n'ont que la rapière. Le mousquetaire est chargé et du mousquet et de la fourquine. Ils avancent sur les traces de Joseph, le sergent en tête, sans hallebarde, sa rapière à la main. Ils entrevoient Joseph arrivant près d'une cascade dont il contourne la falaise.

Le sergent éclate de fureur :

« Le voilà ! Baille-luy l'arquebusade ! » crie-t-il au mousquetaire, lequel se saisit fébrilement de sa longue baguette pour garnir le canon à l'aide d'une charge de poudre suspendue à la bandoulière[2] de cuir. Mais s'il a le temps de s'emparer d'une des balles dans leur bourse, il ne l'a plus pour prendre la

1- L'expression encore usitée peut surprendre. Depuis 1570, le mousquet, moins lourd, a remplacé l'arquebuse née près d'un siècle auparavant.

2- Bandoulière : ceinture de cuir en écharpe sur l'épaule gauche.

fine poudre d'amorce dans le « pulvérin[1] » ni pour actionner la platine à rouet[2] de mise à feu.

Joseph a déjà disparu dans les taillis. Fou furieux, le sergent bouscule son homme qui tombe, lâche son arme, roule dans la pente, heurte violemment du dos le tronc d'un sapin, s'immobilise enfin, la tête contre un bloc de pierre.

Ses compagnons le rejoignent :

« Debout, saligaut » ordonne le sergent.

L'homme ne le peut. Il gémit. Les deux camarades essaient de l'aider à se relever, mais il s'effondre en hurlant :

« Ahi ! Mon eschine ![3] ».

Il perd connaissance. Du sang coule de ses cheveux.

« Il s'est rompu l'eschine. Despouillez-le ! »

C'est bientôt chose faite. L'homme est quasiment nu. Toujours inconscient, il n'a pas bougé.

Les camarades lui ont enlevé un pourpoinct à crevés de manches fermant à aiguillette, son haut-de-chausses effrangé puant la pisse, puis son bas-de-chausses, ses fausses bottes bien délabrées et ses souliers à pont-levis. Ils ne lui laissent que sa chemise bien en lambeaux et mouillée de sueur. Un instant soulevées, les jambes inertes sont retombées

---

1- Pulvérin : sac de poudre en cuir attenant à la bandoulière.

2- Rouet : petite roue d'acier.

3- Eschine : échine, colonne vertébrale.

lourdement sur le sol couvert de mousse. Leur peau nue est zébrée de crasse dont les macules noires alternent avec les minuscules taches purpurines dues aux piqûres de puces et de punaises.

Après l'avoir ainsi dépouillé, ils l'abandonnent. En remontant, le sergent se saisit du chapeau perdu au cours de la chute, les piquiers s'emparent de la fourquine et du mousquet. Ils regagnent le village.

Le temps passe. Le soleil a disparu derrière la montagne. Au couchant, le ciel encore illuminé s'éteint lentement. Le crépuscule monte de la vallée. L'obscurité gagne peu à peu la forêt.

Le mousquetaire blessé reprend alors connaissance. Son dos le fait souffrir. Il frissonne dans la fraîcheur du soir à cette altitude, étonné de se trouver quasiment nu. Un instant, il regarde sans comprendre la découpe sombre du sapin sur fond de ciel opale.

Il entend grogner près de lui. Soudain, une vive douleur au bras gauche le fait crier. Il lui semble être perdu. Il tourne la tête, ne distingue rien de précis dans l'obscurité de la forêt. Une âcre odeur animale toute proche empeste ses narines. Il tente de retirer son bras. Une tête étrange s'y accroche à nouveau, en grognant. Il se croit mordu par un chien sauvage. De l'autre main, il veut le frapper, heurte les poils d'un long museau. La bête lâche sa proie, se met à hurler, recule un peu, prête à l'attaque. Le bras soulagé, il réalise, s'affole : « Le huchement[1] ». Un loup ! D'autres, tout proches, répondent en écho.

Allongé sur le sol dans la forêt, il est à leur merci. Il veut se lever. Son dos le fait alors atrocement souffrir, les jambes ne répondent plus.

Comment les aurait-il perdues ? Où sont-elles ? Il s'efforce de lever la tête Dans l'obscurité, il arrive à deviner près de ses pieds nus un autre animal qui s'agite. Il perçoit un craquement sinistre comme le broiement d'un os. Un autre loup est en train de lui dévorer les chevilles. Brusquement sa main gauche est happée. Il hurle de douleur. Un galop retentit sur sa droite. Un troisième fauve surgit, veut s'attaquer à son bras.

Dans un dernier sursaut, il le repousse sans pouvoir l'éloigner et le sent à nouveau près de lui, près de la hanche.

Abandonné seul dans la nature, attaqué par les loups, il se sait perdu. Il ébauche un signe de croix, essaie de prier.

Brutalement un flot de sang jaillit de sa cuisse, lui inondant la main…

Il ne termine pas sa prière.

Dans le chosal de Pernette, Jaquemine a attendu un long moment, mais en vain. Elle décide alors de rejoindre Joseph resté au moulin.

2- Huchement : appel d'un loup.

À son arrivée, elle est un peu surprise devant la porte restée grande ouverte. Elle entre prudemment, et la ferme. Aucune présence humaine ne se manifeste. Légèrement inquiète, elle remarque, non loin de la bédière, un sac de graine plein à craquer gisant près d'une couverture étalée sur l'herbe. Elle s'étonne :

« Ma couverte ? Là ? »

Elle descend, tire le sac jusque dans la cave, remonte au galetas avec la couverte dans les bras. Elle reste un moment à réfléchir. Le sac, la couverte sur l'herbe, dehors. Où est Joseph ? Son inquiétude s'accroît. Soudain un bruit de voix à l'extérieur. La porte s'ouvre brutalement. Trois hommes, des soldats, dont le sergent s'engouffrent à l'intérieur. Ils jettent sur le plancher, pêle-mêle, des chaussures, un haut-de-chausses, un pourpoinct, un chapeau. Même un mousquet et sa fourquine sont posés contre la paroi. Ils sont furieux. Le sergent surtout a le visage congestionné et le souffle court.

À la surprise succède l'affolement pour Jaquemine. Elle veut fuir, se précipite vers l'échelle. Le sergent la rattrape :

« Pas si vite, femelle ! »

D'une main, il la maintient bloquée contre la paroi. De l'autre, il jette aussitôt, son chapeau sur le sol, puis son imposant baudrier[1] de cuir dont la

---

1- Baudrier (porte-épée) : ceinture en écharpe sur l'épaule droite.

rapière tombe sur le plancher avec un bruit métallique.

Son visage devient cramoisi, ses yeux s'enflamment. Avec des gestes fébriles, il défait l'aiguillette de sa braguette, entr'ouvre son haut-de-chausses. Il pousse Jaquemine sur la couche.

Elle se débat, crie, en perd sa coiffe qu'il lui maintient sur la bouche.

Elle lui empoigne alors la barbe fauve et son autre main se crispe dans les cheveux également roux de l'homme. Du front, il la heurte au visage vers l'œil gauche. Un instant interdite sous le choc, elle se trouve brutalement renversée. Il lui relève sa cotte, lui écarte les cuisses, la viole à la hussarde, mais s'attarde assez longuement en elle.

En plein désarroi, la couverture sur le visage pour étouffer ses cris, elle entend cependant les autres soldats s'esclaffer bruyamment :

« Nostre sergent ! Quel bel escrimeur d'entrecuisses ! »

Brutal, violent même à son début, l'outrage se termine pour Jaquemine dans une sensation étrange, une jouissance. Elle est plongée dans un état second qu'elle ne peut contrôler, ni s'expliquer par la suite.

C'est bien la première fois, depuis son union avec Joseph, deux ans auparavant, qu'elle a vécu un accouplement avec une telle exaltation des sens. Elle en a presque un peu honte. Elle demeure immobile sur la couche, les mains plaquées sur le visage, les jambes croisées.

Le sergent s'est relevé. Très essoufflé, il crache même sur le sol. Il se rhabille. Les deux soldats s'approchent, l'œil égrillard, la braguette ouverte :

« À nous, maintenant, sergent ! »

À cet instant retentit l'appel impérieux d'un tambour dans le village. Les deux hommes se regardent soudain, fort déçus. Le sergent, maintenant prêt, ordonne :

« La sonnerie au ban[1]. Faut aller. »

Il se tourne vers Jaquemine maintenant assise ;

« On te revient voir avant nuit-close. »

Sans plus s'occuper d'elle, il franchit la porte suivi de ses deux hommes. Jaquemine s'étend à nouveau sur sa couche. Physiquement, elle se sent lasse. Son cerveau par contre bouillonne. Désemparée, les pensées les plus tumultueuses, voire incohérentes, le traversent.

C'est la première fois que Joseph a été trompé. Malgré elle. Mais est-elle vraiment fautive ? Peut-être par son imprudence à revenir au moulin ? Elle se le demande. Qu'en est-il devant Dieu ? Elle devra s'en confesser. Elle en a honte. Joseph apprendra sûrement la chose. Peut-elle la lui cacher ? Quelle sera sa réaction ? Elle n'a pas eu d'enfants depuis son mariage. Le Seigneur ne l'a pas voulu. Mais la punira-

1- Sonnerie au ban : publication d'ordre d'un supérieur.

t-il maintenant par la naissance d'un « bastard[1] »? Cette question la tourmente.

Elle revoit soudain le visage congestionné du Français. Elle en frémit. Elle revit l'étrange sensation, quand, après l'avoir « forcée », il s'est attardé en elle, son « vît[2] bloqué dedans la nature[3] ».

Malgré le temps qui passe, Jaquemine demeure étendue. C'est peut-être imprudent, mais elle se sent si anormalement lasse.

Soudain, des pas retentissent au dehors. Un bruit de sabots. Elle ne réalise pas. Subitement affolée, elle se lève, bondit vers l'échelle sans se soucier du désordre de ses habits.

« Jaquemine ! Où t'vas ? »

Elle sursaute en reconnaissant la voix de sa mère, se retourne. Alors Pernette à sa fille dont la chemisette déchirée laisse entrevoir un sein :

« T'es toute desbraillée ? Pourquoy ?

– Un soldat m'a de force violentée.

– Quoy ? Conte-moy. Mais Joseph est céans ?

– Mère, j'ay esté chez vous et vous ay point trouvée.

– Ouy, suis allée voir brusler la ferme à oncle Jean. Et j'avois faute[4] de te voir.

1- Bastard : bâtard, enfant « naturel».

2- Vît : verge.

3- Nature : parties sexuelles (vagin chez la femme).

4- Avoir faute : avoir besoin.

– Suis revenue au moulin. Joseph, point là, a deü[1] escamper. Les aultres sont arrivés à trois.

– Et tous les trois t'ont…

– Non, le sergent seulement.

– Sainte Vierge. Espérons… Joseph !

– Mère, j'ay crainte de les revoir devant nuit-close.

– Il nous faut vite escamper. Prends ta couverte. »

Jaquemine élève à bras tendus la couverture. Il en tombe une petite touffe de cheveux et de poils roux qu'un léger souffle d'air venant de la porte entr'ouverte fait voler sur le plancher. Pernette la remarque :

– Il est point de toy ?

– Non. Du François sergent que j'ay chevelé[2]. »

Pernette s'en empare, la range dans un coin de sa cotte.

« Mère, pour quoy faire ?

– Plus tard. T'sauras ! »

Elles entendent un brouhaha dans le chemin près du pont. Pernette alarmée sort. Dans le jour crépusculaire, elle entrevoit un groupe de piquiers. Ils chantent, hurlent même, tout en malmenant un mouton qui bêle désespérément

Rassurée, elle rentre dans le galetas et s'adressant à sa fille :

« Ils préparent leur crevaille[3] de demain. »

1- Deü : dû.

2- Cheveler : tirer par les cheveux.

3- Crevaille : repas où on se goinfre.

Jaquemine s'efforce de réparer hâtivement le désordre de sa chemisette. Elle vide une vieille huche de son contenu : jupon de laine noire, « un corps de juppe », un haut-de-chausses à Joseph et surtout, plus précieux, un paquet de sel.

« Ils reviendront et tout ça sera pillé.

– Allons, viens dormir chez moy, décrète Pernette. Demain, on emmontagnera. Thomas est desjà allé avec cochon, poules et deux vaches.

– Deux ?

– Ouy, une deuxième achetée à foire de Trinité, cinquante-cinq florins[1] prestés par Maistre de Loche. »

Pernette habite le chosal[2] comprenant une seule grande pièce pour bêtes et gens, construit tout de bois sur une assise de pierres.

Chemin faisant, elle insiste pour aller dès le lendemain matin en montagne. Elle pressent une visite de son chosal par les soldats comme elle avait deviné ce matin l'imminence d'une calamité à la vue d'une chouette qui lançait un appel angoissé en survolant étrangement le village.

« J'avions peur et davantage dedans l'après-disnée avec des fumées dedans la vallée, au couchant et puis quand j'ay ouï le toscin, j'avions craint pour oncle Jean.

1- Florin : monnaie valant douze sols.

2- Chosal : (local) masure.

Jaquemine pense que sa mère est émue pour parler, ainsi et lui demande :

« Il est bien la ferme à oncle Jean ?

– Hélas, ouy. Tout a bruslé. »

Il fait nuit quand elles arrivent. À peine entrée, Jaquemine s'adresse à sa mère :

« Il est quoy, l'herbe sur sous-pied ?

– Persicaire [1], pour tuer puces et punaises. »

Elles se couchent dans l'obscurité, sans manger.

Levée dès l'aube, bien avant Pernette, Jaquemine a passé une nuit agitée. Elle est angoissée par la disparition de Joseph. Que lui est-il advenu ? Il n'a pu dormir « à l'enseigne de la lune [2] » à cause des loups. Où peut-il être ? Elle envisage même le pire. Être veuve est toujours pour une femme un destin bien triste, mais combien serait-il plus dramatique pour elle en ces temps de misère, surtout si son aventure de la veille lui apporte un « bastard » ?

Après avoir emprisonné ses cheveux dans la coiffe, elle se penche pour ranimer la braise sous la cendre. En vain. Trop énervée, elle n'y parvient pas. Un peu de pain sera tout leur déjeuner.

Dès son lever, Pernette remarque le visage de sa fille :

« T'as l'œil gauche poché au beurre noir.

1- Persicaire : (plante) renouée persicaire.

2- Enseigne de la lune : à la belle étoile.

– Il est ce cochon de sergent quy m'a toquée[1].

– Celuy-là... » bougonne sourdement Pernette qui prépare un petit bagage dans la perspective de leur séjour en montagne. À l'intérieur d'un sac de toile, elle entasse un cotillon de coton, une cotte usagée, une chemisette de lin et une vieille couverture de laine. Elle n'a garde d'oublier d'autres choses plus précieuses à ses yeux : ses « poudres, onguents, et aultres drogues », même des herbes cueillies dès la venue du printemps, selon les phases de la lune, qu'elle soit nouvelle, pleine ou « vieille ». Elle se réserve d'en faire provision à l'aube de la Saint-Jean-Baptiste, quand les jours sont les plus longs de l'année au grand soleil de l'été revenu.

Elle utilise aussi d'autres plantes apportées du Sud par un porte-pannier. Il vient habituellement à la mi-juin. Elle ne le verra peut-être pas cette année et le regrette d'autant plus que sa marchandise lui est précieuse pour la préparation de remèdes secrets.

Car elle passe, dans la paroisse, pour une bonne guérisseuse, capable, non seulement de soigner les maux, mais aussi d'écarter les maléfices qui en sont souvent la cause. On la juge plus valable que sa rivale, Marie Chastron, du lieu-dit « Les Veyriats », dont les deux enfants ont émigré.

Jaquemine se préoccupe du sort de Joseph de qui dépend son destin. Elle s'en ouvre à sa mère.

1- Toquer : frapper.

« Et Joseph, vous croyez quoy ? »

Après un court instant, Pernette la rassure presque :

« T'verras quand on aura enmontagné. »

Jaquemine évoque alors l'aventure de la veille avec le sergent ; s'inquiète des conséquences possibles :

« Mère. Vous avez herbes pour faire venir les fleurs ?

– Attends. Me faut ramasser herbe de la Saint-Jean[1] quand on sera là-haut. Maintenant, faut escamper. »

Elles partent en direction des sommets et s'engagent rapidement dans la forêt toute proche. À l'ombre des grands arbres et des sapins, dans le calme du sous-bois, elles se sentent en sécurité.

Plus loin, elles débouchent sur la grande étendue des prés dont la verdeur printanière est parsemée de l'or des pissenlits en fleur.

Hors de portée de la soldatesque, elles s'arrêtent un moment pour reprendre leur souffle. Jaquemine tourne les yeux au loin, en direction du bourg d'où leur parvient, très atténuée, une sourde rumeur. Dans le ciel immensément bleu, l'ombre de la fumée plane encore sur la vallée. Elle ternit à l'horizon lointain l'image blanche des cimes enneigées.

1- Herbe de la Saint-Jean : armoise.

Profitant de cet arrêt, Pernette ramasse quelques plants de pissenlit qui sont un vulnéraire remarquable.

Elles avancent plus lentement sur un sentier herbeux aux empreintes de pas nombreuses et récentes. Elles arrivent à l'orée d'une grande forêt de sapins.

À peine y ont-elles pénétré qu'elles perçoivent peu à peu le grondement d'une cascade, puis des bruits insolites. Elles tendent l'oreille. Ce sont des croassements rageurs de corbeaux irrités. Près d'une clairière en bordure d'un torrent, elles en voient tournoyer dans le ciel. Leur agitation bruyante intrigue Jaquemine qui demande à sa mère :

« Mère, vous voyez là présage ?

– Que non, ma fille, allons. »

Pernette se veut rassurante ; pourtant elle est également prise d'inquiétude.

Elles traversent un sous-bois envahi de myrtilles quand un grognement tout proche les bloque. Il est suivi d'un hurlement vite étouffé. L'angoisse étreint Jaquemine :

« Mère ! Oh ! Ce huchement ? Un loup ?

– Craint point. J'ay onguent contre eux pour les tenir loin. Toy ou moy, il faut pisser. »

Pernette tend une petite poche de cuir emplie de poudre, Jaquemine la submerge d'urine. Sa mère brasse alors le mélange avec une brindille de rhododendron et en fait une solution visqueuse. Elle s'en oignent mains et visage, puis repartent.

Soudain, sur la gauche, un bruit tout proche les alerte.

« Mère, guettez : un loup ! » crie Jaquemine terrorisée.

Toutes deux fixent l'animal, immobile, les oreilles tendues, son fin museau relevé. Un instant d'angoisse interminable. Le loup renifle, paraît surpris. Il grogne, se détourne lentement, repart en courant à travers bois. Il semble à Pernette que deux autres le suivent dans sa fuite.

Alors, les corbeaux rassemblés en un petit groupe s'abattent bruyamment non loin de là. Pernette les suit des yeux, fait quelques pas et appelle sa fille.

« Jaquemine ! Viens guetter ! Vite ! Dieu du ciel ! Il est pas Joseph ? »

À courte distance, dans la pente du terrain, gît le corps d'un homme. Il est quasiment nu sous une chemise lacérée et rouge de sang. Les boyaux ont jailli de la panse éventrée sur laquelle se dresse le grand os d'une cuisse à demi fléchie, presque complètement décharnée. L'autre semble intacte mais il n'y a plus le pied, arraché et broyé par les loups. Même le mollet est en lambeaux comme le bras gauche. Seule la tête est demeurée entière, tragique avec les yeux grands ouverts dans un visage livide que soulignent barbe et moustache noires ensanglantées.

Les corbeaux sont à l'œuvre. L'un d'eux maintenant dévore le nez, puis les lèvres. Écœurées par ce spectacle macabre, les deux femmes s'éloignent en faisant le signe de croix.

« Dieu mercy, il estoit point Joseph. Mère, vous connoissiez ?

– Savions pas. »

Jaquemine regarde ses mains toutes tachées d'où s'exhale un étrange parfum. Elle songe aux loups qui, après les avoir repérées, se sont éloignés, leur faim assouvie, ou peut-être incommodés par l'onguent magique de Pernette. Elle demande à sa mère :

« Il était quoy votre oing[1] ?

– Pas oing avec huile. Il est meslange dans pisse de cendre de sureau, poudre à canon, salpestre et camphre.

– Vous trouvez tout ça où ?

– Le sureau, au pays. Le reste, il est encore un porte-pannier quy vient de Suisse et l'apporte icy, foin[2] des gâpians[3]. »

En réalité, les douaniers traquent plus les contrebandiers pour le sel que pour de telles marchandises.

Après un long trajet sans autre incident, elles arrivent en vue du chalet d'alpage. À cette altitude de cinq mille pieds[4], l'herbe n'a guère poussé. L'étendue des prés est encore recouverte d'une légère couche

1- Oing : pommade grasse souvent avec axonge.
2- Foin : terme de mépris.
3- Gâpian : douanier.
4- Cinq mille pieds : environ mille six cent cinquante mètres.

de neige, au moins dans les parties peu exposées au soleil. Limité par la forêt sur le versant de bise (nord) et d'un vaste cirque montagneux en altitude sous le vent (sud), le chalet est d'un accès malaisé au sein d'une nature sauvage. Non loin, en direction du couchant, un torrent coule vers la vallée qu'il atteint après la chute en une belle cascade.

Bâtisse peu importante, toute de bois, sur une assise de pierres sèches disjointes d'environ deux pieds de haut, sans cheminée ni fenêtre, cette « montagne[1] » comporte une seule pièce sur toute sa surface, occupée par une étable pour six vaches, un coin pour le cochon et une bergerie pour cinq à six moutons, sans oublier la petite partie réservée aux humains.

Contiguës à la paroi du chalet s'étendent les quelques toises carrées d'un jardin. Un homme travaille à l'enclore à l'aide d'un amas de branchages soutenu par quelques piquets. C'est une protection efficace contre les incursions de moutons ou de poules égarés dans les prés. Jaquemine l'aperçoit la première :

« Mère, venez. Il est Joseph dedans le courtil. »

Le ton de sa voix est mesuré. Au soulagement de revoir son mari vivant, se mêle la crainte de le retrouver. Avec la blessure du visage, elle ne saurait

1- Montagne : chalet d'alpage (local).

dissimuler longtemps la violence subie. Autant lui en apprendre l'origine. Pernette s'en charge.

Joseph se retourne, les fixe des yeux ; immobile sans faire le moindre geste, il les regarde s'avancer.

Par la porte grande ouverte apparaît la silhouette courbée de Thomas. Depuis l'enfance, il présente une bosse dans le haut du dos. Cela l'a même fait surnommer « le bossu », un mot qui a le don de le mettre en colère. Cette attitude courbée semble s'accentuer avec la fatigue et avec l'âge. Il doit avoir vingt-six ans « ou environ »

Il rejoint Joseph qui lui dit :

« Les femmes sont là. »

Elles arrivent peu après.

« Ah. Vous voilà. Vous avez pas dormi au moulin ?

– Non. Chez moy, au chosal, précise Pernette. Et vous, il est arrivé quoy ?

– Ces saligauts, ils estoient quatre. J'avois suite [1] par eux à me vouloir arquebuser. »

Jaquemine regarde sa mère. Ils étaient quatre à la poursuite de Joseph et seulement trois à leur retour au moulin avec les dépouilles d'un autre, le malheureux étendu dans la forêt, dévoré par loups et corbeaux. Joseph semble seulement remarquer la chemisette déchirée et l'hématome de l'œil gauche. Il interpelle vivement sa femme :

« Il est quoy, ça ? »

1- Avoir suite : être poursuivi.

L'air contrit, elle penche la tête sans répondre, regarde sa mère qu'elle implore silencieusement :

« Grâce, Joseph, pour Jaquemine. Ma fille a esté violentement forcée.

– Quoy Et par quy ?

– Un de ces rustauds de soldats.

– Où donc ? Dedans le moulin ?

– Ouy. »

Joseph comprend que sa femme y est revenue malgré son ordre. Elle s'est ainsi exposée. Déjà furieux d'avoir été obligé de fuir le moulin, il est saisi d'une mâle rage. Il la gifle, lui arrache sa coiffe.

« Ribaude, putain ! »

Sous le coup, la ribaude tombe à terre en gémissant.

Le châtiment se termine par quelques coups de sabot assénés dans l'arrière-train, puis Joseph s'éloigne, l'œil noir, la mine mauvaise.

Thomas, resté silencieux et impassible, s'adresse à Pernette :

« Vais avec luy à la chasse. »

Après une rapide incursion dans le chalet, il revient, un sac à la main, une peau de serpent en ceinture et part rejoindre Joseph.

Jaquemine s'est relevée sans mot dire. En femme soumise, elle a accepté le châtiment. Pernette l'entraîne à l'intérieur où elles déposent leurs maigres affaires. Elle ressort pour surveiller les bêtes « en champs », à la pâture. Si tous quatre sont, pour quelque temps, à l'abri des Français, il leur faut se nourrir. Ils n'ont que le peu de graine personnelle à Thomas et apportée par lui.

Tous deux sont donc partis chasser « bien qu'il soit deffendu à tous paysans, roturiers, manants de chasser, de porter arquebuse, fusil, ni aultre trait à poudre, de tendre lacets et cordes, de tuer pigeons du colombier, à peine de fouet ».

Il est cependant permis de chasser loup, ours, sanglier et autres animaux nuisibles.

Thomas surtout se risque, comme beaucoup, à chasser lièvres, coqs de bruyère et même chamois « tant de jour que de nuit, avec filets, tonnelle[1] et aultres pièges. » Il utilise tout bonnement des collets qu'il a lui-même tressés avec de longs crins de cheval. Il les place habilement sur les pistes empruntés par les lièvres. Ainsi est-il possible de se gaver de viande une fois par semaine ou davantage. D'autant plus, si la peau séchée d'un serpent portée en ceinture lui a réellement porté chance. Certes, il y a risque de rencontrer non seulement des loups mais aussi un ours, auquel cas, la fuite éperdue, les sabots en mains, est le seul salut après l'abandon du butin.

Le soleil est presque au zénith quand ils réapparaissent tous deux. Thomas, reconnaissable à sa démarche voûtée, semble porter quelque gibier.

1- Tonnelle : sorte de piège à filet.

Au repas de « mi-jour[1] », presque à none, tous dévorent goulûment à pleines mains un lièvre dont les reliefs permettent de faire un bouillon. Tandis que Joseph s'est enfermé dans un sombre mutisme, Thomas relate la présence d'une colonne de fumée aperçue bien haut dans la vallée au cours de leur chasse, alors que leur parvenait, très lointaine, la sonnerie du toscin.

« Il peut estre nostre moulin » commente laconiquement Joseph d'un air sombre.

Dans l'après-midi, Pernette s'éloigne en direction du bourg. En descendant, elle gagne une partie rocheuse, non loin de la cascade et remarque le vol d'un groupe de corbeaux. Ils tournoient au-dessus de la forêt en une ronde sinistre.

« Ils le sont encore à dévorer », pense-t-elle.

Dans les éboulis épargnés par la neige, elle trouve de nombreuses « herbes de la Saint-Jean » tapies au milieu des pierres. Elle fait une provision de cette herbe, genépi ou armoise naine dont « le suc mis dedans la nature faict sortir ce quy y est. »

De retour au chalet, elle broie consciencieusement des feuilles dans sa main armée d'un caillou, en extirpe un suc à odeur d'absinthe dont elle imbibe un chiffon. Elle recommande à sa fille de l'enfoncer dans le vagin, la nature selon son propre terme :

« Bien au fond, dedans la nature. »

1- Mi-jour : midi.

Dans l'après-soupée[1], une fois faite la courte prière du soir, Pernette et Thomas se déshabillent malgré la fraîcheur ambiante, tempérée, cependant par la présence des bêtes. Ils s'étendent sur la paille et sous une couverture. Joseph et Jaquemine font de même, un peu à l'écart.

Le soleil disparu, la nuit tombe lentement. Dans le chalet sans fenêtre, à la porte fermée, l'obscurité est complète.

Pernette et Thomas, qui aussi « joue à la ronfle », couchés dos à dos, dorment profondément, insensibles aux piqûres de puces, hôtes habituels du chalet.

Peu après, Joseph se manifeste. Plaqué contre sa femme, il entame un mouvement tournant sur lui-même et, sans préliminaire, s'étend sur elle après lui avoir écarté les cuisses. Il l'écrase de son poids. Les deux corps s'affrontent dans leur nudité. Un peu plus tard, toujours en silence, il s'étend sur le dos dans le seul bruit de paille froissée. Il s'endort aussitôt.

Jaquemine a subi l'épreuve pendant un temps très court, mais d'autant plus pénible que le morceau d'étoffe la heurtait chaque fois dans son fondement[2].

Elle a de la peine à s'endormir. Aussi prie-t-elle silencieusement comme pour se faire pardonner,

---

1- Dans l'après-soupée : intervalle entre le repas du soir et le coucher.

2- Fondement : postérieur, région anale.

sans se soucier de la clameur angoissante des loups ou de l'appel lointain de la chouette.

C'est seulement vers la « mie-nuit » qu'elle sombre dans le sommeil.

Le lendemain, levés tous quatre dès l'aube, comme chaque jour, ils n'ont pour déjeuner qu'une maigre soupe aux orties dont le bouillon a été fait avec les os du lièvre.

Joseph entreprend d'aménager le cours de la source amenant l'eau dans le bassin de bois. Il demande à Thomas :

« Je peux pas aller à la ville. Toy, me vas quérir un peu de graine. J'y ay garanti[1] deux sacs dedans le bois noir, près du nant, sous la Roche carrée. Pernette te peut aider. »

Ce qu'elle approuve :

« Je peux aller. Il y a pas péril pour moy, vieille femelle. »

À cet instant, Joseph fixe durement sa femme qui baisse les yeux.

« Je sçais preu. Ils violentent nos femelles, font pilleries, volleries, saccagements de nos chosaux. »

Au moment de partir, Pernette prend une boule de cire d'abeille mélangée de résine d'où émergent quelques filaments roux.

Jaquemine le remarque :

1- *Garantir : mettre en sûreté.*

« Ça, il est quoy?

– Te donnes pas la male-nuit[1]. Il est poil du sergent. Tu sçais preu. La cire, il est pour luy. »

Jaquemine réalise qu'en faisant de « la fysique[2] » sa mère veut la venger de celui qui l'a violée dans le moulin. À cause d'elle, il le paiera très cher.

Thomas précède Pernette. Ils descendent tous deux sans rencontre fâcheuse. Arrivés au village, lui se dirige vers l'église alors que Pernette gagne rapidement son chosal. Il semble intact. Sitôt entrée et après rapide inspection des lieux, elle s'emploie à malaxer la boule de cire. Sous ses doigts habiles, naît peu à peu une ébauche de poupée à l'aspect d'un homme. Elle en fend le corps dans sa longueur, y insère une petite touffe de poils roux qu'elle emprisonne imparfaitement

Elle quitte sa coiffe, retrousse ses manches et sort. Elle revient peu après, tenant en ses mains ensanglantées un crapaud égorgé. Le visage mauvais, elle concentre des yeux vengeurs sur l'esquisse humaine, murmure d'âpres imprécations : « Abracadabra… » puis la pose à terre dans un cercle tracé à la main. Elle la recouvre avec le cadavre du crapaud écorché. Des yeux, elle la fixe encore un bon moment.

1- Donner la male-nuit : user d'un charme pour empêcher de dormir. « Que ça ne l'empêche pas de dormir ».

2- Fysique : sorcellerie (local).

En effet « les vieilles femmes à quy leurs règles ne fluent plus infectent facilement, car la réaction des menstrues engendre beaucoup de meschantes humeurs tant répandues par tout leur corps, offensent les yeux et que les yeux ainsi offensés infectent l'air. »

Elle va ensuite jusqu'au bourg malgré le temps couvert. Sur son chemin, elle manque plusieurs fois de perdre ses sabots aspirés dans la boue gluante mélangée à des crottes de chien et des excréments humains.

Bien que ce soit dimanche, deuxième de juin et fête des trois saints martyrs, Marcellin, Pierre et Erasme, elle remarque peu de monde parmi les paroissiens. Elle croise quelques soldats, d'allure plus calme et paraissant même préoccupés.

Quand elle arrive place de l'église, elle rencontre Tissot Pierrine, une de ses voisines.

« Pierrine, pourquoy qu'ils ont à estre comme ça ?

– Sçais pas. Peut-estre parce qu'un d'eux a esté soubterré[1] à nuit[2] dedans le charnier.

– Attaqué par les loups ?

– Non. Les loups ont foui[3] pour le vouloir manger. Mais il avoit crevé de maladie, qu'a dit le Révérend Abbé qu'a baillé les sacrements. Il avoit

---

(1) *Soubterré : enterré.*

(2) *À nuit : de nuit.*

(3) *Foui : de fouir, creuser.*

moult taches violettes par le corps. Il seroit le mal de la contagion, le pestilentiel.

– Le mal pestilentiel ! Dieu nous garde ! »

Il est l'heure de la messe. Elle rejoint Thomas devant le porche.

L'église est comble.

Un peu à l'écart, dans le charnier, règne une agitation parmi un groupe de soldats entourant un cadavre mutilé, étalé au grand jour dans la terre boueuse. D'après Thomas, le soldat, mort la veille, avait été enfoui juste à deux pieds de profondeur et déterré par un loup au cours de la nuit

Un « moindre-officier », un capitaine, le fait ensevelir de nouveau mais à quatre pieds en terre, comme doivent l'être désormais tous les morts de maladie pesteuse.

La besogne est écœurante. Dans l'air flotte une odeur putride favorisée déjà par le temps orageux. En plus, les immondices dispersés fournissent quelques déchets d'os à demi rongés et convoités par les rats. Ce sont les restes de « crevailles » de chaque jour au cours desquels la soldatesque « satisfait aux concavités de ses boyaux. »

En pénétrant dans l'église, Thomas lui parle à nouveau du soldat mort. Par le clerc du Révérend Curé, il a appris que l'homme était déjà malade en arrivant au pays. Il tenait à peine debout, tremblait beaucoup, comme s'il avait une forte fièvre.

En l'absence de Pernette, il avait été soigné par la Marie Chastron, mais dans la journée du samedi, il délirait. Le soir, on l'avait trouvé inerte dans la paille où il s'était couché, le corps plein de taches. Il est mort de la peste noire.

La fin d'un mousquetaire n'est pas chose grave en soi pour ses camarades. C'est un homme en moins, dont ils tirent bénéfice, même avant son décès, en lui raflant ses habits et son armement. Mais au sein de la compagnie, il en est d'autres apparemment atteints de la maladie. Ils sont deux ou trois à présenter des taches sur la peau, à souffrir de la cuisse, au niveau du pli de l'aine, après la survenue rapide de la fièvre

Et l'inquiétude commence à gagner les soldats, d'autant plus que le mal se présente sous plusieurs aspects. À n'y rien comprendre. Lors d'un déplacement de la compagnie, le malade qui ne peut plus suivre est abandonné sur le bord du chemin après avoir été dépouillé. Puisqu'il est perdu…

Au cours de l'occupation d'un village sur plusieurs jours de suite, on assiste à l'évolution du mal, évolution bien différente selon les cas.

En même temps qu'une fièvre élevée, un manque de sommeil, une agitation anormale, apparaît une grosseur dans l'aine ou l'aisselle ou même le cou. C'est un bubon qui, de plus en plus enflammé et douloureux, se fistulise pour laisser échapper un pus sanguinolent. Si Dieu consent à pardonner au malade tous ses péchés, la guérison est possible après une longue convalescence chez un sujet déjà affaibli.

Plus souvent, le pestiféré se met à souffrir de la poitrine, à tousser jusqu'à l'essoufflement, puis à cracher du sang. Il meurt alors en cinq ou six jours dans un état pitoyable après avoir amplement contaminé son entourage. Plus rarement, deux semaines après l'apparition du bubon, se déclare une méningite mortelle. La forme pulmonaire d'emblée, sans bubon initial, est fatale en moins de quatre jours dramatiques, comme l'a été la forme septicémique à laquelle a succombé le soldat enterré la veille.

Devant des morts aussi éprouvantes, que seule la volonté divine peut expliquer, il n'est autre possibilité que d'implorer la clémence du Seigneur.

Aussi, la petite église est-elle, le dimanche, pleine de fidèles dont le nombre est augmenté par la présence des soldats français.

Pernette et Thomas sont restés tous deux près de l'entrée. Même en ce lieu saint, on renifle cette même odeur putride de cadavre qui donne la nausée.

Dans le sol, en pleine terre, sont ensevelis depuis des lustres plusieurs défunts avec leurs cercueils, sans place aucune pour manants et pauvres.

Il leur en coûterait vingt livres[1] pour un tel privilège, alors que dans « le charnier » l'inhumation revient à vingt sols, soit vingt fois moins.

1- Une livre : vingt sols.

Tous sont enterrés à environ deux pieds de profondeur. À chaque nouvelle sépulture se dégagent les exhalaisons puantes de corps décomposés dans la terre bouleversée.

La messe terminée, Pernette revient vers le moulin où elle n'ose entrer. À certains détails bruyants, elle le sait occupé par la troupe.

Dès l'arrivée de Thomas, ils gagnent tous deux prudemment la Roche carrée le long du nant.

Les sacs sont bien en place mais à moitié éventrés par les mulots. Et la crainte d'être surpris par les occupants du moulin les fait renoncer à leur projet. Les préparatifs en seraient trop longs.

Malgré la coiffe et la cotte mouillées par une petite pluie fine, Pernette regagne seule son chosal. Elle veut pouvoir se protéger des nuisances pestilentielles grâce à ses « parfums ». À défaut de genièvre, très efficace, elle utilise des plants d'anémone mêlés à un peu de poudre noire qu'elle enflamme. Thomas n'est pas là. Il craint la fumée qui accroît sa tendance à tousser. L'air ainsi « parfumé », Pernette est satisfaite de cette précaution.

Après avoir, en compagnie de Thomas, avalé une bouillie faite d'une poignée de graine prélevée dans les sacs, elle se trouve à nouveau seule. Elle étend sa maigre carcasse sur un peu de paille pour se reposer quand la porte s'ouvre. Un soldat? Non. C'est le nommé Simon Grosset qui, d'entrée, lui dit:

« Hé ! la Pernette. Je vous viens quérir. Ma femme est fatiguée. Faut venir.

– Elle a quoy ?

– Sçais pas. Vous venez ? »

À l'intérieur de la vieille masure de Grosset, près d'un moulin derrière l'église, la Joséphine, sa femme, est allongée sur un peu de paille dans l'étable. Quasiment nue sous une couverture, elle frissonne.

« Avec la couverte, elle a froid, dit Simon.

– Ouy. Mais il est bien plustot de fièvre. »

La Joséphine tremble moins de froid que d'une fièvre assez élevée. Elle a des nausées, gémit, se plaint d'une douleur à la cuisse gauche. Bien que se tenant à une certaine distance, Pernette perçoit « l'haleine puante » de la malade. C'est, plus sûrement que la maladie pesteuse, une « corruption de l'estomac avec fièvre chaude » dont le traitement est simple :

« Il faut sécher au four le sang d'un lièvre dedans sa peau bien enveloppée puis faire une poudre du tout qu'on donne à boire avec du bouillon de poulet tous les matins. » Et pour être plus assuré du résultat, « prendre de la graine d'épinards réduite en poudre et trempée douze heures dedans du cidre. Passer à un linge et boire au moment des accès. »

Pernette, cependant inquiète, écourte sa visite. En sortant, elle manque de se heurter à trois soldats qui ont pris place chez les Grosset, obligés ainsi de se réfugier dans l'étable maintenant vidée de la moitié de ses bêtes.

L'un des soldats semble lui aussi, bien mal en point.

Simon Grosset n'aura pu capturer un lièvre que le lendemain et malgré le traitement, la Joséphine sera la première du bourg à mourir cinq jours plus tard, sans savoir exactement de quoi.

Le lendemain, lundi, Pernette passe devant la demeure de Maître Gaspard Vouthier, non loin du pré de foire des Révérends Pères Jésuites, alors que la porte s'ouvre,

Le notaire, deuxième syndic moderne, l'interpelle et la fait entrer chez lui ; il semble préoccupé. Pernette lui demande :

« Quy est fatigué céans ?

– Il est seulement deux mousquetaires. »

Étendus chacun sur une paillasse, ils semblent bien malades. L'un deux surtout est dans un état pitoyable. Les yeux révulsés, le visage congestif, la barbe tachée de vomi, rousse, comme le sont ses longs cheveux en désordre, il a peine à respirer. Secoué par une toux rauque, il est oppressé comme s'il avait la poitrine écrasée. Sa bouche entr'ouverte laisse apercevoir la langue pleine de « crasse, l'ordure sur la langue des fébricitants ». Il doit être, pense Pernette, sous le coup d'une forte « fièvre putride ».

Même sa peau est marbrée de taches brun-rougeâtre. Elle n'ose s'en approcher, fixe plus attentivement cheveux et barbe dont le poil évoque l'aventure de sa fille. Elle demande à son camarade qui suit ses moindres gestes :

« Il est quy, cet homme ?

– Mon sergent. »

Par contre, l'autre paraît moins gravement atteint Il a cependant la fièvre et souffre de son aisselle droite où s'est formée une « apostume [1] créée par une humeur corrompue quy vient aux émonctoires, ces glandes où se deschargent les humeurs ».

Pernette regarde à nouveau le sergent Il râle. Il va mourir, grâce, pense-t-elle au sortilège du crapaud crevé sur le corps de la poupée de cire aux poils roux.

Le soldat se rend compte de l'état désespéré de son sergent. Il regarde intensément Pernette, cette femme qui peut guérir. Il lui enjoint :

« Me faut guérir, ou sinon... ! »

Mais Pernette ne peut ni ne veut guérir son bubon auquel le seul remède serait d'appliquer « un cataplasme chaud de bouse de vache. »

Le sergent mourra dans la soirée, de mort noire.

Le lendemain, Pernette décide de s'en aller. Thomas, lui, veut rester pour tenter de récupérer les sacs de graine, ou ce qu'il en reste. Mais ce lui est

1- Apostume : tumeur infectée, bubon.

impossible, le moulin étant envahi de soldats. Il devra repartir les mains vides.

Pernette préfère remonter à « la montagne » où il lui est possible de boire au moins du lait de vache et de pouvoir espérer s'offrir du gibier.

Après avoir marché un long moment, elle s'assied à terre pour reprendre son souffle. Elle remarque tout près une taupinière qui semble remuer. Rapide, elle enfouit la main, se saisit d'une taupe, la tient renversée entre les doigts. La bête se débat en vain, agitant surtout ses deux grosses pattes de devant. Les yeux apparemment clos, elle tente de mordre avec son museau en forme de groin. Mais Pernette se saisit d'un silex pointu, lui incise la fourrure au niveau du cœur, s'énerve, accentue sa pression, lui écarte les côtes en les brisant, en arrache le cœur palpitant, le porte à sa bouche et, malgré sa mâchoire édentée, le mâchonne tout cru.

Elle jette le cadavre de la taupe, immobile à jamais, essuie de la main ses lèvres ensanglantées : « le cœur de la taupe mangé cru et palpitant donne le don de prophétiser et des miracles. » Cela, Pernette le savait.

Elle arrive au chalet, un peu essoufflée après la pénible montée. Joseph est occupé à réparer à grands coups de maillet la porte de l'entrée. Dans une partie du pré exempte de neige, les deux vaches broutent une herbe encore rare. Près d'elles, Jaquemine accroupie, se relève et vient vers sa mère. Elles se joignent à mi-parcours.

« Mère, vous revenez de ville. Sans mauvaise rencontre ?

– Ouy, l'es soucieuse. Y va pas ?

– Ouy. J'ay pissé et il me brusle un tantin[1].

– Il est rien. Persicaire est bon contre puces et eschauffement. Te prépareroy une once de feuilles cuites dedans une pinte[2] d'eau et boire un bol le matin. Ton sergent, maléficié, doit estre crevé maintenant.

– Maléficié par vous ?

– Bien vray. »

Il n'est pas none, mercredi, quand Thomas remonte au chalet. Il conte tout d'abord son aventure. Tout au long du chemin, un loup l'a suivi, sans arrêt, intrigué peut-être par l'attitude courbée de cet humain dont il devait certainement espérer la chute en avant. Elle lui aurait été fatale. Parfois l'animal arrivait à sa hauteur sur un talus et le dominait. Thomas, très angoissé, prenait garde de ne pas tomber. Il tentait de l'effrayer. À l'aide de son chapeau, il brassait l'air autour de lui à grands gestes.

Obligé malgré tout de s'arrêter pour pisser, l'animal s'arrêtait aussitôt, le regardant faire.

1- Un tantin : un tantinet.

2- Pinte : zéro litre quatre-vingt-treize.

C'est seulement en vue du chalet que le loup l'abandonnait à regret. Soulagé d'être enfin arrivé à bon port, Thomas avoue :

« Avoir suite d'un loup me faisoit grand'peur. Si j'estois cheu, j'estois en sa proye[1].

– Tas point de graine ? lui demande Joseph.

– Pas possible, de[2] tous ces soldats céans.

– Merce Dieu ! et le moulin ?

– Ils dorment dedans galetas et font mouvoir la meule. Ils ont sappé[3] les vannes.

– Seigneur ! Mes meules ! Me va falloir les rhabiller.

– Et le mal ? Du nouveau ? »

À la question de Pernette, Thomas réfléchit un instant :

« J'ay ouï-dire que Maistre Vouthier, il est fatigué et que des soldats ont bien mal et aultres ont escampé ».

Si des hommes désertent, c'est bon signe. Peut-être vont-ils partir avant que le mal ne les atteigne tous.

La perspective, bien qu'encore incertaine, de revenir au moulin met un peu de baume au cœur de Joseph et des siens ; ils sont cependant inquiets sur l'état du bourg que les Français auront affamé par leurs déprédations :

1- Proye : proie.

2- De : avec.

3- Sapper : détruire.

« Ils quittent leurs enseignes pour pilleries, volleries, saccagements et bruslement des portes de chosaux. »

Le lendemain, jeudi, au matin, Jaquemine se plaint de nouveau à sa mère :

« Il faict toujours mal à la nature. Avec de l'humeur.

– Tas fleurs blanches ? Il est pas possible. T'y as bien mis dedans la nature, l'herbe de la Saint-Jean ?

– Ouy. Mais il brusle beaucoup et il me faict pisser souvent.

– Dans l'après-disnée, j'iroy demain cueillir encore de persicaire contre fleurs blanches. Reviendroy dimanche après la messe. »

Pernette, si elle sait que la persicaire calme les écoulements des fleurs blanches et chasse puces et punaises, n'en connaît pas toutes les vertus :

« Elle calme le feu sacré[1] ;

– est utile contre les ventres relaschés[2] ;

– guérit les ulcères de verge ;

– tarit les escoulements des parties génitales. »

Pernette est en vue du village sans avoir rencontré de loup. Il est vrai qu'elle a sur elle l'onguent magique protecteur.

La sonnerie du glas retentit à son arrivée aux abords du moulin dont elle ne s'approche pas.

1- Feu sacré : ergotisme.

2- Ventre relâché : diarrhée.

Les ruelles, où prédomine la présence de la soldatesque, semblent s'être vidées en grande partie des habitants. Elle gagne la place de l'église où elle assiste malgré elle à la brève cérémonie de l'inhumation d'un soldat. Le chapelain qui a officié est un des premiers à abandonner le charnier pour se réfugier dans le presbytère, face à l'église.

Pernette l'imite dans sa retraite. Elle se dirige vers son chosal. Chemin faisant, elle rencontre la Pierrine Tissot en train de ramasser du plantain et qui l'interroge :

« T'es pas venue pour le marché, ce matin ? Il y en a pas esté.

– Il est vendredi au jour de huy ? Je croyois samedi. Et quoy de nouveau à la ville ?

– Il est beaucoup de François à crever de maladie pesteuse. Dieu les punit. Il a bien raison. On dit que d'aultres ont escampé en catimini hors d'icy. Dedans la peur. Et ils seroyent [1] moitié moins.

– Et la Joséphine Grosset ?

– Toujours bien fatiguée. D'aultres avec.

– Pas de maladie pesteuse chez nous ?

– Non. Il est pour ces pillards de François. Dieu nous préserve. On prie et on fait brusler moult cierges dedans l'église. »

Pernette arrive dans son chosal dont l'unique pièce, vide de ses habitants, lui paraît bien grande.

1- Seroyent : seraient.

Elle n'a pas été visitée puisque intacte. Elle en sort pour aller cueillir des herbes le long du ruisseau, surtout de la persicaire pour sa fille.

Elle a faim. Elle ramasse des orties pour faire un bouillon et des pissenlits agréables en salade.

Tout près est un pommier en fleur dont à l'automne les fruits seront les bienvenus. Il faut attendre encore trois mois. Elle soupire. Même le « guignier », son seul cerisier, en bordure du sentier, a terminé sa floraison avec retard. Elle ne peut espérer apprécier ses fruits charnus d'un rouge soutenu, avant la fin juillet. Leurs longues queues sont si utiles pour faire pisser.

Le lendemain, samedi, il est près de sexte quand se fait entendre un roulement de tambour battant « aux champs ». D'abord lointain, il envahit peu à peu le bourg. Une compagnie de soldats français reconnaissable à son « enseigne » bleue fleur de lys à croix blanche, arrive, son capitaine à cheval, en tête. Elle est limitée seulement à une trentaine d'hommes, en sueur, harassés de fatigue. Elle s'éparpille sur la place à la rencontre des occupants du bourg. Les deux capitaines se concertent, puis donnent des ordres.

Réunis, les tambours des deux unités battent « le ban ». Tous les hommes encore valides sont présents, réunis sur le charnier.

Un ordre est lancé par l'un des deux « moindres officiers » :

« Soldats du Roy, par ordre de Sa Majesté le Roy Louis Treizième, demain, dès poitron-jaquet[1] et après tambour à l'assemblée[2], amas[3] place de l'église et départ avec armes et bagages ! ».

La nouvelle est accueillie sans grand enthousiasme. Partir pour les nouveaux arrivants après déjà trois lieues de marche est un surcroît de fatigue. Pour tous, cela signifie la perspective de nouveaux combats alors que l'occupation sur place leur procurait une relative quiétude. Pas ou mal payés, ils doivent se nourrir sur l'habitant. Ils ne s'en privent pas.

Ils sont, de plus, démoralisés par la maladie pesteuse qui les décime. L'avenir est angoissant. Certains tentent bien de s'y soustraire, mais la désertion est punie de la peine du gibet.

Dimanche, neuvième de juin, est jour de Saint Prim et Saint Félicien, tous deux martyrs. On s'en souviendra longtemps dans la paroisse.

Dès « poitron-jaquet », avant même la sonnerie de l'Angélus, les tambours « battent la diane[4] »,

---

1- Poitron-jaquet : dès que l'écureuil montre son derrière : dès le lever du jour.

2- À l'assemblée (battre à) : battre le rassemblement.

3- Amas : rassemblement

4- Battre la diane : sonner le réveil.

réveillant ainsi la troupe dont les mouvements intriguent la population. Ils donnent un peu d'espoir à ceux qui ont ouï les ordres du capitaine.

Cela se confirme dès l'heure huitième, quand, dominant l'appel des cloches à la grand'messe, le roulement des tambours « à l'assemblée » se fait entendre.

Pour les fidèles réunis dans l'église, la pénible occupation par la troupe des Français semble tirer à sa fin. Les soldats « s'amassent » peu à peu sur le charnier. Tous sont équipés de leurs armes. Ils portent pour la plupart un bagage hétéroclite de hardes, chaussures et objets divers provenant de « pilleries et saccagements » des habitants.

Pernette, qui venait assister à la messe, hâte le pas au bruit des tambours dont l'appel insolite l'inquiète.

Quand elle arrive en vue du vieux pont du Glappey, la troupe des soldats se met en marche. Elle en aperçoit le défilé sur le chemin en direction du couchant.

Avec en tête les deux « moindres-officiers », les capitaines, ce qui reste des deux compagnies de mousquetaires et de piquiers français s'éloigne en désordre, au roulement des tambours battant « aux champs ». Les deux « cornettes portent hault enseignes sur lances ».

Ils sont suivis par deux charrettes lourdement chargées, l'une d'objets divers provenant des « pilleries », l'autre de plusieurs moutons et cochons aux plaintes bruyantes.

Elles sont tirées par des chevaux que guident quatre paroissiens réquisitionnés pour cette corvée. Leur visage particulièrement morose traduit leur grande inquiétude. Le tintamarre va diminuant au loin.

Pernette entend alors, près d'elle, Maître de Loche, le syndic dire à sa femme en implorant le Seigneur :

« Dieu nous débarrasse toujours de cette vermine. »

Une nouvelle fois, Dieu ne l'entendra pas, et les Français reviendront au pays.

À la fin du siècle.

Chapitre 3

Après une occupation d'un peu plus d'une semaine, la troupe des Français est enfin partie.

Le Révérend Curé le confirme officiellement au prône. Il annonce en même temps le décès de Joséphine Grosset.

La messe terminée, l'atmosphère est au soulagement. Chacun commente, en se réjouissant, le départ des soldats, alors que retentit au clocher l'appel lugubre du glas. La Josephine Grosset est morte, au cours de la nuit, d'une fièvre chaude par « corruption de l'estomac » croit-on, mais avec apparition de taches de la peau sur le corps. Cela se dit sans susciter d'inquiétude parmi les fidèles. Ce n'est pas l'opinion du Révérend Père Jésuite Mugnier, de Maître de Loche et surtout du Révérend Curé qui a assisté la mourante dans ses derniers moments.

L'autre syndic moderne de la paroisse, Maître Vouthier, chez qui le sergent français est mort, se trouve être souffrant au point de n'avoir pu assister à la messe. Aussi, Maître de Loche enjoint-il à Pernette de le voir, se gardant bien lui-même de l'accompagner.

Depuis mercredi, soit deux jours après la mort du sergent, Maître Vouthier a été pris d'un brutal accès de fièvre apparemment fort élevée. Depuis, il a des frissons, il vomit et il est très agité.

Pernette pense qu'il agit à nouveau « d'une corruption de l'estomac avec fièvre chaude ». Mais Marie, la femme du notaire, parle d'une grosseur enflammée que le malade ne peut lui montrer, car elle siège dans le haut de la cuisse, près des « parties honteuses ». Cette enflure, causée par quelque « humeur corrompue » semble bien être le « bubon » dont parlaient les mousquetaires. Pernette admet la thèse de Marie Vouthier, dont le mari serait ainsi atteint de la maladie pesteuse contre laquelle Pernette n'a aucun remède. Cependant, il est possible d'utiliser « un crapaud desséché, ramolli dedans du vin et l'appliquer dessus le bubon », l'apostume, cette « tumeur contre nature » dont parlent les médecins. Pernette n'a plus souvenance d'un remède à base de « sel volatil de vipère » qu'un porte-pannier lui avait conseillé.

La présence probable de la maladie pesteuse la décide à regagner la « montagne » de Thomas.

À son arrivée au chalet, l'atmosphère lui semble très morose. Joseph, l'œil sombre, tourne à peine la tête et, sans paraître la voir, se met à réparer une partie de la paroi de planches.

Jaquemine, penchée sur le foyer, s'efforce de ranimer le feu. En se relevant, elle montre à sa mère un visage triste où la paupière lie-de-vin à gauche est à nouveau enflée au point de masquer l'œil.

« Il est arrivé comment ça ? » demande Pernette.

Jaquemine tourne craintivement la tête en direction de Joseph et chuchote :

« Il est luy.

– Pourquoy ?

– Il a mal à pisser. Il dit qu'il est à ma faute[1].

– Et toy ?

– Moy aussy. Il faict toujours mal dedans la nature. J'ay moult fleurs blanches.

– Faut encore soigner. J'ay ramené persil et encore persicaire.

– Mère, rien nouveau à la ville ?

– Le sergent, il a bien crevé. On enterre la Joséphine Grosset. » Elle élève la voix en direction de Joseph toujours occupé :

« Les François sont loin.

– Ceux-là, il les falloit escouiller[2], ces saligauts ».

Dès le lundi, Pernette prépare pour sa fille une décoction faite de persil bouilli dans du cidre, à défaut de vin, plus efficace. Pour nettoyer la matrice

1- *À ma faute : par ma faute.*

2- *Escouiller : châtrer.*

de ses pertes blanches, Jaquemine doit en prendre une gorgée trois fois par jour en plus de la persicaire à mettre dans « la nature » en remplacement de l'herbe de la Saint-Jean.

À la demande de Joseph, Pernette entreprend de le soigner. Ce n'est pas chose facile. Joseph, que « la chaude-pisse » rend de mauvaise humeur a des crises de colère qui l'amènent à frapper sa femme, « cette pisseuse » accusée d'être la cause de son mal.

Thomas, pas plus que Pernette, n'ose s'interposer. Il courbe seulement un peu plus son échine ou disparaît pour aller chasser.

Le matin, levé dès l'aube, Joseph sort et défait l'aiguillette de sa braguette. Il se plaint alors, en urinant, de brûlures de plus en plus vives au point « d'estre gesné dit-il, à descharger sa vessie ».

Pernette de son côté se demande si le viol de sa fille par le sergent est à l'origine de ses ennuis. Certainement, les soldats ont dû « forniquer avec des ribaudes impures ». Aussi s'efforce-t-elle de soigner Joseph dans l'espoir d'une guérison prochaine. Elle lui fait boire de la décoction de persicaire à défaut de persil et baigner son vît le matin dans de l'eau de mauve tenue au creux de la main.

Le surlendemain, il ne constate aucune amélioration. Bien plus, il se plaint âprement de souffrir la nuit, quand, malgré lui, « son vît se dresse pour la copule ». L'érection est d'autant plus douloureusement ressentie qu'elle est involontaire et ne l'incite pas « à paillarder » sa femme, qui le redoute d'ailleurs pour sa nature endolorie.

Le même jour, Joseph décide cependant de revenir au bourg. Il veut revoir le moulin et récupérer ce qui reste des deux sacs de graine « garantis » dans la Roche carrée, près du nant

À peine arrivé, il va tout d'abord voir le Révérend Père Jésuite Denis. Il apprend que l'aumône du Cloître qui devait se poursuivre jusqu'à la Sainte Marie-Magdelaine est supprimée, faute de graine depuis « la pillerie des soldats ». Les mendiants, toujours aussi nombreux, vont cruellement souffrir de la faim.

Il apprend aussi que la maladie pesteuse apparue de nouveau dès le dimanche précédent, à Annecy « parmy les concierges et portiers du Chasteau, infeste les habitants dont les maisons jouxtent le puits Saint-Jean. » Son apparition coïncide avec l'occupation de la ville par les troupes françaises. On croit qu'elle a pu aussi être transmise par quelques porte-panniers ou magnins venant du Milanais, où elle sévit de façon endémique.

Une rumeur court la ville, selon laquelle « des ennemis de la nature possédés du démon, font des onguents qu'on dit par magie à l'aide de Satan. Ils empoisonnent l'eau des sources et font des miasmes pestilentiels en bruslant des taupes. »

Ces onguents sont composés de bave de crapauds, de pus de bubons, de croûtes de plaies mélangés à de la chandelle pour coller à la place voulue. Ils peuvent alors être répandus, de nuit, dans les lieux publics, à l'église, à la fontaine du village, chez les taverniers, sur des vêtements ou sur des chiens ou autres animaux errants. On en est certain.

Ainsi, sans y prendre garde, on peut être atteint par la contagion. À Annecy, deux « engresseurs de peste », Claude Brunet et Henry Chabod, sont condamnés par Nos Seigneurs du Magistrat et brûlés vifs, place du Verney, proche de Chambéry.

Ici, dans le village et les hameaux d'alentour, plusieurs habitants sont malades, « atteints de fièvre chaude ». Le syndic, Maître Vouthier, se trouverait être au plus mal, dans une grande faiblesse, malgré les soins de la Marie Chastron en l'absence de Pernette. Et pourtant, son bubon à l'aine n'aurait point éclaté.

Mais la nouvelle de la peste à Annecy a semé l'inquiétude dans la paroisse et les paroisses voisines. Les malades atteints de « fièvre chaude » ne seraient-ils pas atteints du fléau, imposé par le Seigneur dans son « ire divine » ? On se le demande déjà avec angoisse.

Joseph est revenu voir son moulin. Bien que son occupation par les soldats excédât de peu la semaine, il est inquiet sur son état. De prime abord, le bâtiment ne semble pas avoir trop souffert. Arrivé près de la cave, Joseph entend le bourdonnement des meules en mouvement dominant le torrent pourtant fort bruyant. La seule machinerie en état tourne sans arrêt, alimentée continuellement par l'eau. Les dégâts paraissent sérieux au niveau des meules.

Leurs deux faces broyeuses de graine semblent lisses et sont surchauffées. Joseph veut arrêter le désastre. Il remonte le long de la bédière, découvre la petite vanne brisée et la plus grande près du nant grande ouverte. L'eau s'engouffre, entraîne des débris de branches contre le turbet du moulin. Il parvient tant bien que mal à enrayer la violence de l'eau, à fermer la grande vanne. Il reprend son souffle, s'assied sur le rocher. Découragé, il contemple le moulin tout en maugréant :

« Quelle corvée pour moy. Faut tout rhabiller les meules. Maintenant je vais guetter les sacs. »

Il gagne la Roche carrée où il les avait dissimulés. À son approche, des oiseaux s'envolent, effarouchés. Il repère les sacs ou plutôt ce qu'il en reste. Posés à même le sol, ils ont été la proie des mulots qui ont laissé se répandre le contenu.

Très déçu, il s'efforce fébrilement d'assembler la toile déchirée pour amasser les grains éparpillés sur la rocaille. Beaucoup sont moisis. Le peu qui reste utilisable représente cependant une manne précieuse pour lui. D'autant plus qu'il faut attendre deux longs mois avant d'espérer en la récolte nouvelle de la graine qui peut être en partie compromise par les intempéries.

Il revient vers la cave du moulin où le silence s'est rétabli. En mettant un peu d'ordre, il a l'heureuse surprise de découvrir tout au fond, derrière l'échelle menant au galetas, deux sacs d'orge. Ils gisent, à demi éventrés, une partie de leur contenu répandue sur le sol. Il poursuit l'examen des lieux. Si les dommages sont évidents au niveau des meules, le reste paraît intact.

Il monte la graine au galetas où les dégâts sont importants. La paillasse est crevée, la paille dispersée sur le plancher. Dans le fond de la pièce, il ne retrouve ni les tréteaux, ni les bancs, ni la planche servant de table.

Tout a été brûlé ainsi qu'en témoigne le tas de cendre dans le foyer. Même les écuelles ont disparu comme le « pot à feu » en métal auquel Jaquemine tenait tant.

Sa colère se calme un peu en lorgnant les sacs déposés dans un coin. Il pourra au moins assouvir sa faim avec une bouillie d'orge, ce soir, dans le chosal de Pernette où il se rend.

En cette matinée de jeudi, l'annonce de la mort du syndic, Maître Vouthier, porte l'inquiétude à son comble. Au cours de l'après-midi, deux mendiants dans le bourg et un enfant du hameau d'Odier sont décédés, très certainement du mal pestilentiel. La rumeur circule selon laquelle de nombreux malades en sont atteints.

On en a confirmation officielle, le lendemain, par le Révérend Curé Germain après l'enterrement de Maître Vouthier dans l'église.

« La maladie pesteuse est bien dedans nos murs. Implorons le Seigneur par nos prières et par nos pénitences. Qu'il nous en protège.

Benedictio cum exorsizo contra pestem[1]. »

Il termine en annonçant la réunion des communiers ce dimanche, sur le charnier.

Ce sont l'ensemble des résidents, à la différence des « forains », nouveaux venus dans la paroisse, qui profitent gratuitement des biens communaux (forêts, alpages...) dont ils ont ainsi la charge. Ils s'assemblent afin d'entériner, le plus souvent, les décisions des deux syndics modernes qu'ils ont eux-mêmes élus pour trois ans et presque toujours choisis parmi des notaires, personnages les plus compétents.

Après les Vêpres chantées du samedi soir, il est beaucoup question de décès dans la paroisse et les paroisses voisines. L'inquiétude fait place à la peur, chaque jour plus oppressante.

Aussi, dimanche, à la grand'messe, les fidèles sont-ils très nombreux. Il en est venu des alpages.

1- *« Bénédiction avec exorcisme contre la peste. »*

L'affluence est telle que beaucoup sont obligés de rester dehors, sur la terre du charnier. Ils se tiennent à distance prudente des mendiants accroupis près du mur de l'église, abri précaire contre la pluie. La célébration du culte est suivie dans un profond recueillement. De nombreux cierges sont allumés devant l'autel de Saint Sébastien, autel dont le patron[1] est de la famille de Loche.

Dans son sermon, le Révérend Curé insiste sur la gravité de « ce fléau de contagion envoyé par Dieu pour nous punir de nos fautes et péchés mais, par sa Sainte Miséricorde, il fera grace de pardonner nos fautes et nos péchés. Implorons par de dévotes prières l'intercession du vénéré Saint Sébastien, préservateur de la pestilence, auprès du Tout Puissant afin d'avoir en pitié le pauvre village affligé de contagion. » Il supplie une nouvelle fois le Seigneur : « *A peste, fame, libera nos, o Domine*[2] *!* » et dans l'émotion générale énumère les noms de cinq autres disparus, dont trois enfants, tous victimes de la maladie pesteuse.

Au milieu de la foule, Joseph, en compagnie de sa femme et de Pernette, descendues toutes deux de l'alpage, apprend ainsi le décès de l'un de ses neveux.

Le Révérend Curé termine par l'annonce qu'un nouvel office religieux est prévu « dans l'après-dis-

1- Patron : fondateur, protecteur.

2- « De la peste et de la famine, délivre-nous, Seigneur. »

née, à none et un aultre à Vespres. Il en sera ainsi tous les jours que Dieu veult. »

Il rappelle enfin la réunion de l'assemblée du conseil des communiers.

À cause de la pluie, elle a lieu dans la halle, au toit couvert d'ancelles, située de l'autre côté de la place en bordure du nant des Cordes. Le syndic Maître de Loche, son bâton à la main, prend la parole. Il parle du « fléau provoqué par l'ire de Dieu ». Il fait rapidement « asçavoir et admettre des mesures pour obvier du mal pesteux. »

Elles sont prises d'après les décisions du « Magistrat de Santé publique delà des Monts prises en accord avec M.M. du Conseil d'Estat » dont le président est Hector Milliet.

« - Ordre est donné aux estrangers entrant dedans le bourg avec meubles et hardes de les faire parfumer et purger, à peine d'amende lourde et mesme estre offensé en sa personne.

- Tout estranger estant suspect, il luy est interdit de pénétrer chez aucun tavernier et risquant de propager la contagion et d'estre un engresseur de peste, à peine de pendaison. (Il devra être porteur d'un billet de santé délivré par le syndic du lieu d'habitation).

- Aucune messe ne devra estre célébrée avant tierce.

- Sont désormois interdites toutes procession et foire.

- Doresnavant, le bourg est interdit aux porte-panniers et aux magnins à peine de confiscation de leurs marchandises, jusqu'à ce qu'il ayt pleü[1] à Dieu d'apaiser sa colère.

- Le collège des Révérends Pères Jésuites devra estre clos. »

Ainsi, en éloignant colporteurs, rétameurs, les marchandises se feront-elles plus rares dans les échoppes. On ne pourra plus rétamer casseroles et autres. On sera aussi moins au courant des nouvelles et événements du duché.

Dans les agglomérations, d'autres personnes sont concernées :

« Il est ordonné aux vagabonds et femmes publiques d'absenter dedans les vingt-quatre heures la ville à peine de fouet, fénéants et vagabonds quy n'ont d'aultres mestiers que d'espier la vie et les biens des bons sujets, ne vivans que de larcins. »

Quant aux pauvres, fort nombreux dans le duché et dans la paroisse, il est enjoint à leurs familles de les reprendre. Les autres qui sont abandonnés pourront être relogés dans des granges ou abris, à eux seuls réservés.

Errant par les ruelles, dormant à même la terre plus ou moins à l'abri sous le porche de l'église ou

1- Pleü : plu (plaire).

sous le banc des échoppes, ils sont fort malpropres. Ils « font et rendent une telle puanteur qu'est danger d'infecter ».

Aucun animal errant n'est désormais toléré.

En fin de réunion, les communiers apprennent par le châtelain que le Roi de France, Louis est effectivement venu à Moustiers le neuvième de juin, non pour y rencontrer Son Altesse le duc Charles-Emmanuel resté en Piémont, « en delà des Monts », mais pour y recevoir l'hommage des Savoyards.

Les troupes françaises se rapprochent peu à peu de la ligne des Monts et n'envisagent point de revenir en arrière.

Malgré l'arrêt de la pluie, la plus grande partie de la foule se disperse aussitôt. Quelques rares petits groupes se forment comme d'habitude. Ils sont nombreux, les hommes, à l'exclusion de toute femme, à se diriger chez l'un des deux cabaretiers ou chez le tavernier.

Dans « l'après-disnée », Pernette en compagnie de Joseph et de Jaquemine, ont assisté aux deux nouveaux offices religieux de none et l'heure douzième à Vêpres.

Elle rentre à son chosal avec sa fille, dont elle invite le mari à venir dîner et dormir ; Joseph accepte, surtout que le dimanche, il est défendu « de besogner et encore moins de paillarder sa femme si envie en est ».

Elles marchent toutes deux. Jaquemine scrute le ciel toujours couvert de nuages. Ce doit être bientôt la pleine lune et elle se demande si ses fleurs…

Elle s'adresse à sa mère :

« Il est bientost lune pleine ? Vous sçavez ?

– Ouy. T'attends tes fleurs ?

– Ouy. Suis un tantin inquiète.

– Je te donneroi à boire infusion d'herbe de Saint-Jean. Et les fleurs blanches ?

– Du mieux. »

Avec Joseph, elles partagent le repas fait de bouillie d'orge et de deux œufs que Pernette assaisonne de persicaire, dont l'âcreté rappelle le poivre.

Le lendemain, ils assistent à l'office matinal désormais reporté de l'aube à tierce. L'affluence des fidèles, moins grande que la veille, est néanmoins importante. De nombreux cierges sont allumés de nouveau devant l'autel de Saint Sébastien.

À peine sortis sur le charnier, on entend l'appel du glas. Encore de nouveaux décès. Joseph rencontre Grosset Sylvestre et lui demande :

« On sonne à glas. T'sçais quy est mort ?

– Famille Gachet, en Odier et Mailleret, des Retornes. Il est dit de mal pesteux avec taies par le corps. »

À ce moment, le beuglement d'une vache s'élève à l'autre bout de la place suivi du bêlement de moutons. Ils sont deux manants, sans chien de berger, à guider quatre moutons et deux vaches dans la traversée du bourg.

« Ils enmontagnent desjà ? demande Joseph.

– Ouy. La neige a fondu à moyenne hauteur. Et puis, il est la maladie pesteuse. La famille va suivre. Nous aussy, on enmontagne demain. »

Au cours du mois de juin, plus ou moins tôt, selon le temps, on emmène les troupeaux dans les alpages pour en brouter l'herbe durant les mois d'été.

Mais cette année, aucun chien de berger n'accompagne le bétail. Presque tous les chiens dans le bourg ont été abattus sur ordre du syndic. Dans les rochers en bordure du nant Glappey, les cadavres de deux de ces bêtes achèvent de pourrir.

Revenu seul au moulin, Joseph s'efforce de réparer la petite vanne de la bédière et aussi le chevalet qui supporte le brochet. Il débarrasse l'emplacement du courtil encombré de débris de bois et de pierres éboulées. Les rares légumes plantés par sa femme ont déjà été arrachés par les Français. C'est à elle de s'occuper de les replanter puisque le courtil lui incombe.

Dans la cave du moulin, il est surpris de retrouver son chat. Couché en rond sur une planche de la ruche, il est resté indifférent à l'entrée de son maître qui le regarde en maugréant : « T'es là, toy ? Je te croyois loin. T'te bailles preu à manger. T'es pas maigre. »

Joseph est cependant heureux d'avoir retrouvé son matou.

Dans l'après-disnée, le glas retentit à nouveau. Son appel, toujours aussi lugubre, alarme davantage. Encore des morts. Et à cause de ce mal pesteux ? Qui sont-ils ? On ignore leur nombre. Aucun foyer n'est épargné. On ne connaît pas le moyen d'en guérir ni comment s'en préserver. On a seulement recours à Dieu. Sur le chemin du malheur, on va au-devant de la pénitence divine. On assiste aux offices religieux, on multiplie les prières au cours des journées, surtout à l'appel des cloches, on fait brûler des cierges, on fait pénitence en jeûnant des jours autres que le vendredi. Dieu pardonnera-t-il ? On apprend qu'ils sont sept à avoir péri. Deux d'entre eux sont des mendiants dont les corps ont été trouvés à demi enfouis dans la boue près du torrent Arly, au lieu-dit « la Molletaz ». À cet endroit, le sol n'est que « terre basse et mouillée, du marescage où l'eau croupit et ne peut couler. »

Après une simple bénédiction du Révérend Curé, ils sont ensevelis sur place. Les cinq autres morts ont droit à une courte messe célébrée devant une assistance très clairsemée. Quand le Révérend Curé sort de l'église, il est suivi d'un cortège d'autant plus attristant qu'il est ridiculement réduit à quelques proches des défunts. Beaucoup se sont retirés.

Le goupillon en main, drapé dans sa chasuble, le Révérend Curé s'arrête un instant pour contempler le

« charnier » presque ravagé par les « soubterreux[1] », qui parviennent difficilement à trouver un espace vide de toute dépouille humaine. Ils ont enfin creusé une fosse assez grande et profonde dont les déblais s'étalent sur les côtés dans un mélange de glaise et d'ossements humains. Les deux soubterreux sont maintenant derrière le prêtre à attendre. Ils tiennent à bout de bras, l'échelle sur laquelle est étendu le premier des cadavres, au visage décharné, le corps enveloppé dans un triste linceul gris de toile grossière. Les quatre autres morts sont restés déposés sur le sous-pied de l'église dans l'attente de leur inhumation.

La cérémonie funèbre se déroule rapidement Un à un, les cadavres des pestiférés sont jetés au plus profond de la fosse que les soubterreux comblent précipitamment.

Après l'ultime bénédiction, tous s'éloignent, manifestement soulagés. Devant le presbytère, le Révérend Curé rencontre Maître de Loche à qui il demande :

« Maistre, vous avez point encore escampé ?

– Non, Révérend Curé. Je vous voulois voir. Je pense qu'il est impossible doresnavant enfouir les pestiférés dedans ce charnier tout bossu[2].

1- Soubterreux : fossoyeurs.

2- Bossu : se dit d'un cimetière avec trop d'inhumations dont chacune forme une « bosse ».

– Je le pense aussy, Maistre.

– Puissiez-vous bénir un aultre lieu pour nouveau charnier. Ainsy, la Molletaz où sont déjà soubterrés deux mendiants. Je verroi pour achat du terrain d'honorable Conseil ».

Maître de Loche obtient même aussitôt l'approbation, d'ailleurs superflue, du Révérend Père Jésuite Denis Mugnier, prieur du collège rencontré près de la halle et qui termine leur court entretien par ces mots, tout en caressant sa longue barbe grise :

« Il est estonnant que Révérend Curé a accepté. »

Le syndic feint de ne pas relever le ton ironique du propos. Il se retire après un salut respectueux.

Il sait que le Révérend Curé Plébain de la paroisse et son Chapitre n'entretiennent pas de bonnes relations avec les deux Révérends Pères Jésuites du prieuré.

Entre autres impositions, ceux-ci perçoivent la « disme[1] », prélèvement fort peu apprécié de la population. Son montant s'élève à plusieurs milliers de florins, soit environ quatre mille pour l'ensemble de l'Archiprêtré groupant cinq paroisses du mandement[2] de Flumet. Il n'est versé au clergé local qu'une prébende de quelque centaines de florins. Les Révérends Pères Jésuites ont, il est vrai, la charge, souvent oubliée, de l'entretien de l'église, du presby-

---

1- Disme : dîme.

2- Mandement : circonscription administrative.

tère et surtout celle de deux aumônes, du Cloître et du Lardon. Ils sont cependant soupçonnés d'être largement bénéficiaires et de transférer des fonds importants au collège de Chambéry.

Mardi, dans l'après-disnée, le glas sonne à nouveau. On compte quatre morts de plus. À l'issue de l'office religieux, ils sont huit soubterreux à les transporter sur des échelles.

En l'absence du Révérend Curé, ils suivent docilement un Révérend Abbé, portant haut la croix, en tête d'un groupe de quelques rares personnes. Ils passent sur le vieux pont du nant des Cordes puis gagnent lentement par un chemin caillouteux la plaine où les deux mendiants reposent déjà profondément dans la vase.

Ainsi, sous le ciel gris de cette journée, est bien involontairement inauguré un nouveau cimetière, « le charnier des pestiférés ». Chacun a hâte de s'en éloigner, à la débandade. On abandonne même le prêtre, resté seul tout au long de son retour au presbytère. Un des soubterreux rejoint sa ferme proche de la Molletaz et s'y barricade.

Le lendemain, il fait un temps très clair. Laissant son mari fort occupé dans le moulin, Jaquemine, en sa longue cotte noire, ajuste sa coiffe, et met ses sabots pour aller à l'office divin de none, comme l'a décidé le Révérend Curé. Dans les ruelles presque désertes, le village lui paraît dépeuplé de ses habitants. Il est vrai que chaque jour beaucoup regagnent les alpages avec ou non du bétail, surtout dans l'espoir d'avoir un abri contre le mal pesteux. Tous espèrent le trouver chez des parents, dans les hameaux éloignés.

À peine entrée dans l'église, aux nombreux bancs vides, Jaquemine aperçoit Pierrine Tissot. Alors qu'elle s'en approche, l'autre s'éloigne. Jaquemine ne comprend pas et marque un temps d'arrêt. À une nouvelle tentative de sa part, Pierrine fronce les sourcils et grogne :

« Faut pas d'attouchement[1]. »

Bien que surprise, Jaquemine se le tient pour dit et s'immobilise. Elle parcourt des yeux la nef, à l'assistance très clairsemée. Elle remarque que chacun se tient à deux pieds de distance au moins de son voisin le plus proche. Même le Révérend vicaire, lors de « la cueillette[2] » tend sa sébile à bout de bras.

Elle n'imaginait pas que le danger de contagion fut si grand et combien l'affolement avait gagné les habitants du bourg.

Au sortir de l'église, Pierrine se tient toujours à bonne distance et l'œil soupçonneux, elle interroge Jaquemine :

1- Attouchement : contact.

2- Cueillette : quête.

« Vous estes point suspecte de maladie ? Vous avez visage changé.

– Non point. Je suis pas fatiguée. »

En partie rassurée, Pierrine se rapproche un peu, alors que le reste des fidèles se disperse isolément.

Une vieille femme s'est cependant arrêtée au sortir de l'église. Elle semble épuisée et s'agrippe à un très vieil anneau tout rouillé scellé dans le mur sous le porche, près de la porte. Pierrine la regarde un court instant puis à Jaquemine :

« Voicy la Marie Coutin accrochée à l'anneau du salut[1]. Elle a encore moult peur comme nous[2]. Desjà ses deux enfants sont morts du mal pesteux.

– On la diroit bien malade.

– Il est pas Dieu possible. Elle est trop vieille pour attraper le printemps[3].

– Guettez. Elle est cheue. Elle se meurt »

Marie Coutin est tombée à terre, se débat en instant, bouge à peine puis demeure immobile.

« Encore une, crevée à cause de son voisin Nicolas Clément, le fils à feu Jean[4].

– Pourquoy ?

– Il a faict crever nos moutons. Il est un engres-

1- Accroché à cet anneau, le délinquant était momentanément à l'abri de la vindicte publique.

2- Moult peur comme nous : plus peur que nous.

3- Attraper le printemps : être encore vivant au printemps.

4- Fils à feu Jean : fils de Jean décédé.

seur de peste. La Marie habitoit prés de chez luy. Il y avoit riotte[1] entre eux. Faut advertir le vicaire, sans perdre temps. »

Restée seule, Jaquemine demeure pensive au rappel des mots de Pierrine : « Vous avez visage changé. »

Elle scrute le ciel sur lequel se détache la ligne brisée des montagnes encore enneigées. Il est sans nuage. Elle pourra, à nuit tombée, regarder la lune, la lune pleine. « Visage changé. Et mes fleurs ? » Elle doit être grosse[2].

Sur le chemin du retour au moulin, elle ne rencontre que deux habitants du bourg, au visage connu d'elle. Ils marchent isolément. Chacun la regarde avec suspicion, la croise à bonne distance, la salue d'un signe de tête. Ils pressent le pas pour s'en éloigner dès qu'elle fait mine de s'approcher.

Dans les chemins, moins encombrés d'ordures ou d'excréments, on ne voit plus errer ni chien ni cochon.

Arrivée au moulin, elle rapporte à Joseph les propos de Pierrine :

« La Pierrine. Ah ! ouy. Quelle caqueteuse[3]. Elle a parlé de ce Nicolas, ce riotteux quy me cherchoit

---

1- *Riotte : dispute, conflit.*

2- *Grosse : enceinte.*

3- *Caqueteuse : bavarde, cancanière.*

noise l'an passé pour sa graine. Celuy-là, un engresseur de peste, qu'elle dit, il ne m'estonne pas. »

Pernette arrive, alors que Joseph est descendu dans la cave :

« Je viens de voir Claude Chabord, le Révérend Chapelain. Il va périr du mal. Jaquemine, tu sembles tout grogneuse[1].

– Il est lune pleine, bientost vieille, et je vois rien venir.

– Tes fleurs ? Alors, t'es grosse d'enfant, peut-estre ?

– Je croys. J'ay envie dégueuler.

– Et Joseph ? Il sçait ?

– Pas encore. »

Jaquemine revit sa mésaventure avec le sergent français dans ce même galetas, sur cette couche. Voilà bien trois dimanches.

Elle ne sait bien repérer les jours qu'au rythme des dimanches, avec la célébration de la grand'messe à la gloire du Seigneur.

Jeudi matin, après l'office matinal de tierce, Joseph veut rencontrer le Révérend Père Jésuite Denis Mugnier, seul Jésuite encore resté au bourg. Il n'est pas venu à la messe. Joseph doit l'entretenir de la nécessité de couper du bois pour réparer le moulin et en avoir sa permission.

1- *Grogneux : de mauvaise humeur.*

Il lui faut heurter l'huis[1] du prieuré à plusieurs reprises avant que le judas ne s'entr'ouvre sur un visage inquiet à l'œil soupçonneux.

« Mon Révérend Père, il est pour du bois pour réparer moulin du Bruay. »

À ce moment retentit la sonnerie du glas. Le Révérend Père Jésuite semble effrayé soudainement et ne pipe mot.

« Il est mort quy ? demande Joseph.

– Chabord Claude, le chapelain. Pour le bois, vous avez permission de coupe de deux plantes de sapins. »

Le judas se referme sur ce bref entretien. Joseph se signe par trois fois. Claude Chabord est la deuxième notabilité de la paroisse à être rappelée à Dieu après Maître Vouthier, syndic et notaire, moins apprécié en tant que tel. De par sa fonction, il aurait, disait-on, disposé trop facilement de certains biens fonciers et négocié trop habilement des créances d'emprunt dans son intérêt.

Le glaive de Dieu persiste-t-il à frapper le village, ou est-ce dû à des engresseurs de peste avec l'aide de Satan ?

D'autres décès sont encore annoncés au cours de la matinée : des mendiants, des vieillards et surtout des enfants ; tous, atteints de la maladie pesteuse, en sont morts.

1- L'huis : porte.

L'angoisse est à son comble dans la paroisse. Plus que jamais, il faut implorer la miséricorde divine.

Aussi, le Révérend Curé plébain prévoit-il une procession à la chapelle des Créttets dédiée à la Sainte Vierge Marie pour obtenir son intercession auprès de Notre-Seigneur.

Après rencontre avec le syndic, il l'annonce à l'office de none. Les rassemblements en temps de peste sont certes interdits. Mais la foi religieuse dans cette paroisse est d'une telle ferveur, que ni le syndic ni le châtelain n'ont pu empêcher les offices de tierce, le matin, ceux de none et de Vêpres dans l'après-disnée. Et il leur est bien difficile de s'opposer à une procession dont le but est d'abattre le fléau. Elle aura lieu le dimanche suivant, après la grand'messe de tierce, sur le chemin « tendant[1] à Sallanches » jusqu'à la chapelle sise à environ six cents toises du bourg.

Le samedi soir, pour la cérémonie des Vêpres, l'assistance, bien réduite, apprend la survenue de nouveaux décès. Plus que jamais, la procession du lendemain apparaît comme le seul recours pour apaiser « l'ire de Dieu ».

À l'aube, survient un léger tremblement de terre. Il augmente l'angoisse.

Tous les malades atteints de pestilence soignée par Pernette ou Marie Chastron sont moribonds ou

1- Tendant : menant.

rappelés à Dieu. Cela, malgré les recettes de plantes, parfums, onguents, et « autres médecines émollientes, épulotiques[1] ou sarcotiques[2].

Dimanche, vigile de la Nativité du vénéré Saint-Jean-Baptiste, patron de la paroisse, l'église est comble lors de la célébration de la grand'messe. Comme dans la nef, chaque famille se tient à distance l'une de l'autre, beaucoup de fidèles se voient contraints de demeurer à l'extérieur sur le charnier. S'ils sont nombreux à avoir fui loin du bourg, ils sont autant, sous la menace du fléau pestilentiel, à venir retrouver le saint lieu.

Au prône, le Révérend Curé leur renouvelle l'urgence impérieuse de la procession : « Dieu toujours en colère nous a advertis ce matin, dès poitron-minet[3] en faisant trembler la terre dessous nos pieds. » Il leur annonce aussi le décès d'une dizaine parmi les pauvres gens : « des mendiants faméliques et languissants » dormant à même le sol.

Ils sont à portée des rats en nombre de plus en plus grand. On ignore que ces rongeurs véhiculent la maladie par l'intermédiaire des puces avides de sang et d'autant plus affamées que leur œsophage est obstrué par l'intense prolifération des bacilles pesteux ;

1- Épulotique : cicatrisant.

2- Sarcotique : régénératif.

3- Poitron-minet : comme poitron-jaquet, mais il s'agit d'un chat.

cela les incite à multiplier leurs dangereuses piqûres. Mais tout ce processus ne fut découvert que deux siècles et demi plus tard.

La grand'messe terminée, la procession se forme au sortir de l'église, malgré le temps menaçant De sombres nuées, poussées par le vent du couchant obscurcissent le ciel. Mais rien ne peut arrêter la ferveur d'une foule mue par l'espérance en son Sauveur. Une longue file se forme peu à peu derrière le châtelain et le syndic, un cierge allumé à la main, son bâton dans l'autre ; à leur suite, les confréries, les hommes puis les femmes, enfin le Révérend Curé et son Chapitre dans un faste inégalé.

Après avoir quitté le charnier, elle franchit le nant, s'engage lentement dans l'ombre des ruelles étroites en direction de la vallée de l'Arve, au levant.

Elle s'étire démesurément. Elle a enfin quitté les dernières maisons du bourg. Dans le grand silence religieux empli par l'inlassable carillon des cloches, elle patauge sur le sol mouillé de l'étroit chemin qui se perd au loin parmi les marais de la plaine.

Joseph se trouve derrière le syndic avec le groupe des hommes côtoyant les membres de la Confrérie du Saint-Esprit. Tous ont leurs chapeaux à la main. Ils sont suivis de l'ensemble des femmes aux cheveux masqués par leurs coiffes.

Sous un ciel de plus en plus menaçant, la procession arrive en vue de la chapelle quand, sur la droite, surgit un chien. Il arrive du hameau voisin, les Retornes. Il aboie sans relâche au point de dominer l'écho lointain des cloches.

Le syndic a un geste d'impatience sans pour autant lâcher son cierge depuis longtemps éteint. Joseph l'entend prononcer le mot « arquebuser ». Le sort du chien est décidé. D'ailleurs, troublé par le grondement soudain du tonnerre, il s'éloigne.

La cérémonie religieuse est terminée à la chapelle. La longue procession se reforme lentement sur le chemin du retour.

Dès l'apparition d'une pluie froide, la marche en sabots ou galoches devient de plus en plus pénible dans la boue. L'eau inonde les coiffes et les cheveux des femmes. Les hommes, obligés de rester la tête découverte ont leurs tignasses en désordre et leurs vêtements trempés, comme le sont aussi les cottes des femmes. Une demi-heure ne s'est pas écoulée que beaucoup se prennent à tousser dès l'arrivée près de l'église. D'autres frissonnent de froid ou peut-être déjà saisis de fièvre pestilentielle.

Épuisés par la pénible marche, trois pauvres honteux s'affaissent sur le sol du charnier, dans l'indifférence générale de la foule qui se disperse hâtivement.

La peur de la contagion, un moment écartée durant la procession a repris de plus belle dans le cours de la vie quotidienne.

On apprend, dans la semaine que le sergent de justice, sur ordre du châtelain, a exécuté le chien et a trouvé dans un chosal une fillette très affaiblie, seule survivante de sa famille morte de la maladie. Le chien avait sans doute tenté par ses aboiements d'alerter la procession lors de son passage.

Le lendemain, fête de la Nativité de Saint-Jean-Baptiste, est d'ordinaire jour de fête au village, jour de la « vogue[1] ». En cette année, elle n'aura pas lieu. La foire est interdite aussi, pour cause de mal pesteux.

Ce jour, d'ordinaire si animé par l'afflux des paysans et de leurs bestiaux, sera un jour aussi triste que les autres.

Des porte-panniers, accompagnés de leurs mules avec leurs chargements sont cependant venus à distance de l'entrée du bourg.

Aucun n'ose y pénétrer. Repérés par certains, ils s'éloignent ostensiblement en direction de la forêt voisine où quelques rares acheteurs se hasardent pour de menues emplettes tels que couteaux, ciseaux de Genève, dinanderie, épicerie ou même chapelets et images pieuses.

Ils ne sont cependant pas tentés par les belles étoffes, comme les « indienneries[2] ». Il faudrait les faire « parfumer » pour les purifier.

1- Vogue : fête annuelle d'un village.

2- Indiennerie : étoffe de coton, brodée ou imprimée.

Pernette ne craint pas de faire provision auprès d'eux de plantes du sud, de poudre noire, d'épices, même de sel de contrebande et de « moult aultres choses ».

Au cours de la matinée, elle vient au moulin alors que retentit à nouveau l'inlassable sonnerie du glas.

« Jaquemine, j'ay rencontré le Révérend Curé. Y a plus que luy et cinq abbés dedans la ville. Les aultres, y ont tiré leurs chausses[1] ou enfermés céans. Faut pas s'en approcher ou gare le corps.

– On vous mande encore pour la maladie ?

– Pas plus. On crève de peur et de pestilence au pays. On parle de fantosmes et esprits revenants qu'on a vus dedans le nant ou près la tour de Blaye, à nuit-close.

– Il est bien possible.

– Le Révérend Curé est tout alangoury[2] avec ces morts. Il a plus temps à escrire les morts dessus ses cahiers. Il dit qu'il vit dedans espérance que Dieu fera miséricorde.

– Je sçais pas ce qu'il est. Nos voisins, les de Loche, ils ont escampé tous en montagne, hier, après la procession.

– Dieu mercy. La peur. T'as perçu le glas. Encore des morts. Nous, va falloir aussy escamper, enmontagner avec Thomas. Et tes fleurs blanches ?

1- Tirer ses chausses : partir.

2- Alangoury : tombé en profonde affliction.

– Elles ? Il est un peu mieux. Et rien de nouveau.

– Te faut mettre encore armoise dedans la nature. Joseph est où ? Il va mieux ?

– Dedans la cave, après ses meules.

– J'ay préparé bon onguent pour luy avec jus de persicaire, miel et cire. »

À cet instant, Joseph remonte par l'échelle :

« Joseph, j'ay onguent pour vous, à mettre dessus la nature.

– Il est point onguent miton-mitaine[1] ? se permet-il d'ironiser.

– Si. Il est bon onguent pour guérir humeur mauvoise et ulcères.

– Il est à voir. Vous avez ouï les cloches ? Encore des crevés. J'ay pas finy avec les meules et y a pas de boulenge pour les Révérends Pères jésuites. Je vais tout laisser et on va enmontagner. Cette peste faict peur. Et on mangera mieux.

– Ce coup-cy, j'ay amené quatre œufs et mesme une escuelle. Toy, Jaquemine, va quérir pour faire du bouillon. »

Le matin même, bêchant le courtil qui sera ensemencé plus tard, Jaquemine a découvert des plants d'oignons dissimulés à la vue des Français par maints débris. Elle a même eu la joie de retrouver la petite marmite de fonte de « pot à feu », ou « bron », dans un buisson du talus. Aux abords du nant, elle arra-

1- *Miton-mitaine : qui ne fait ni bien ni mal.*

che une poignée d'orties. Mélangés aux oignons et à une « pôche[1] » de graines d'orge, ils feront une bonne soupe. Il faut rallumer le feu éteint. Ni elle ni Pernette n'arrivent à obtenir la flamme en frottant durement deux morceaux de bois. Heureusement, Joseph consent à leur venir en aide.

Pernette a fait cuire le brouet dont il avale goulûment le contenu de l'écuelle bien pleine avant de la tendre aux femmes, puis il gobe tout crus deux des quatre œufs.

Après avoir fermé les deux vannes de la bédière, il a pris soin de clore parfaitement le moulin. La porte de la cave est pratiquement scellée par un solide épar de bois mis en travers et bien ancré dans la paroi. L'entrée est verrouillée par un tour de la grosse « clef sur le pesne dormant de la serrure ».

« Comme il est, les engresseurs de peste iront au diable », dit-il.

À cet énoncé satanique, les femmes font leur signe de croix. On n'ose jamais prononcer le nom de cette créature, encore moins la provoquer, bien que l'on imagine sa présence à l'origine de beaucoup de malheurs. Elle doit même profiter de l'ire de Dieu pour en accentuer les épreuves infligées aux pécheurs.

Joseph a encore son chapeau à larges bords sur la tignasse, l'air sombre. Il est très ennuyé d'abandonner le moulin.

1- Pôche : louche (local).

Ils montent en silence à travers prés, à travers bois, Joseph en tête, suivi de Jaquemine. Elle tient relevée sa longue cotte qui la gêne à marcher et traîne dans la menue broussaille en bordure du sentier. Pernette ferme la marche. Elle s'arrête parfois pour cueillir des fleurs ou arracher quelques plantes. Elle efforce alors de presser le pas pour rejoindre sa fille.

Arrivés sans encombre en vue du chalet, ils marquent une pause. Thomas est seul sur le pré, toujours dans une attitude penchée, berger soucieux de la garde de ses moutons, de cinq chèvres et d'autant de vaches. Les deux siennes se sont trouvées trois compagnes ainsi que les chèvres, toutes placées « en commande » pour la durée de l'été par des habitants du bourg, auxquels il est tenu de verser, comme redevances, la moitié des produits laitiers, surtout les fromages. Ceux-ci, avec les œufs de quelques poules, améliorent bien l'ordinaire du quotidien. Le courtil, près de la bâtisse, ne produit encore aucun légume. Il attend la venue des femmes qui en ont la charge.

Bêtes et gens s'entassent le soir dans « la montagne ». Une fraîcheur nocturne assez marquée persiste encore en ce mois de juin, mais elle est tempérée par la communauté des bêtes et des gens dans cet intérieur. Elle permet de dormir quasiment nu sur la paille avec une seule couverte de lainage.

On est entré en période de « lune vieille ». Jaquemine n'a point vu revenir ses fleurs lors de la pleine lune.

Après deux années de mariage, Dieu lui permet d'avoir un enfant.

Elle ne peut que se soumettre à la volonté divine tout en se réjouissant.

Cependant le souvenir du sergent s'impose encore à elle. Bien qu'ayant été absoute de « ce péché de la chair », certes bien involontaire, elle appréhende un peu de mettre au monde un « bastard ».

Elle se plaint à sa mère d'avoir assez souvent envie de vomir.

« Il est bien, ma fille. T'es grosse d'enfant Je te vais donner herbe de Sainct-Jean en tisane. »

Les jours suivants, l'armoise paraît calmer les troubles nauséeux. Joseph intrigué par ce que boit sa femme, en demande le motif. Pernette lui dit que c'est « pour des dégagements d'estomac ».

L'explication semble avoir suffi, d'autant plus que son humeur s'est améliorée en même temps que l'état de son membre viril. Il le prouve un soir, à l'heure crépusculaire, après « Complies », la troisième de la nuit alors que la lune n'est pas encore apparue dans le ciel étoilé. Près d'un buisson, non loin du chalet il lui a pris fantaisie de « donner la cotte verte[1] » à sa femme.

1- Donner la cotte verte à une femme : la renverser sur l'herbe et…

En la possédant, il ne lui procure aucun plaisir. Au contraire, elle en souffre au point de gémir, ce qui laisse son mari insensible, satisfait de sa prestation de mâle accomplie.

Surprise par l'élan de Joseph, Jaquemine n'a pu retirer à temps de sa nature sous la longue cotte, la charpie laineuse bourrée de suc de persicaire. Elle en a encore ressenti la masse gênante tassée contre son fondement.

Elle est soumise à Joseph, son mari. Elle a conscience de la finalité de la copulation qui est « la fonction du masle avec la femelle pour l'ouvrage de la génération. » Il est donc pas question d'un plaisir charnel. Cet acte a pour seul but la procréation. « Ainsy Dieu le veult. Ce quy en explique la brièfveté et son arrest dès l'émission de la semence. »

Mais, depuis son aventure avec le sergent français, Jaquemine ne peut pas ne pas évoquer chaque fois la sensation étrange alors ressentie en elle.

Coupable comparaison, grand péché dont elle demande pardon au Seigneur.

Le lendemain, à son lever, elle remet sa cotte, sans se soucier des taches provoquée par l'herbe verte sur la vieille étoffe de grosse serge déjà bien maculée. Elle observe à la dérobée son mari dont l'ardeur retrouvée ne la réjouit qu'à demi. Joseph semble en effet guéri de son échauffement. Il le lui prouve les jours suivants sans s'inquiéter d'un possible retour des fleurs de sa femme qu'il doit avoir bien oubliées.

Au milieu d'un cadre de plus en plus verdoyant et fleuri, les jours s'écoulent lentement avec l'arrivée de l'été, cependant dans une triste monotonie. Aucune nouvelle ne peut leur parvenir du bourg, dont ils sont complètement isolés. Aucun prêtre ne vient, comme de coutume pour la bénédiction des alpages. On s'efforce de survivre.

Les femmes s'occupent du jardin dans l'espoir d'une récolte de haricots et de raves. Elles font du fromage après la traite, chaque matin, des vaches et des chèvres. Au cours de l'après-disnée, aidée par sa mère, Jaquemine se met à tisser en dentelle le crin de la queue des vaches ou du cheval et sa crinière. Elle la vendra aux porte-panniers pour l'emporter en Helvétie ou « au-delà des Monts ».

Joseph, quand il ne s'occupe pas du bétail, d'en amasser le fumier, s'entoure en ceinture de la peau de serpent et passe une grande partie de son temps dans la forêt à poser des pièges, tout en prenant garde d'éviter de mauvaises rencontres avec les bêtes sauvages. Contre les loups, il utilise l'onguent de Pernette. Si la chance lui sourit, il ramène du gibier, un lièvre le plus souvent. À défaut, il se charge d'une ample provision de bois mort.

Thomas a dû prendre froid. Depuis quelque temps, il a légèrement maigri et se sent un peu fatigué. Il lui arrive de tousser, rarement il est vrai, sans pour autant s'en préoccuper.

Il préfère garder patiemment son petit troupeau au pâturage. Dans une attitude toujours voûtée, un bâton à la main, il erre dans les prés où il cherche surtout à protéger moutons et chèvres d'une attaque possible d'un loup ou même d'un ours. Il s'arrête parfois sur une éminence de terrain pour surveiller les quelques vaches d'un voisin dont il redoute l'incursion sur ses terres.

En plus de ses occupations, Pernette ramasse chaque matin un petit caillou qu'elle dépose dans un recoin extérieur du chalet.

Le septième, au-delà duquel il lui est difficile de compter très exactement doit être un dimanche, donc jour consacré au Seigneur. Comme ils ne peuvent assister à la grand'messe, ils s'assemblent tous quatre devant la petite croix de bois clouée contre la porte et prient Dieu avec ferveur.

La fin d'une deuxième série de sept petits cailloux est certainement le deuxième dimanche de juillet, donc, à nouveau, jour du Seigneur. En ce jour de repos, Joseph ne part pas dans les bois, Jaquemine ne tisse point de dentelle. Alors que tous font leur prière dominicale, un Révérend Abbé de la paroisse surgit à l'improviste. Il vient bénir l'alpage. Un peu surpris de leur ferveur, il demande :

« Il est ainsi chaque jour ? »

Pernette lui explique :

« On peut pas aller à messe. Comme il est dimanche, on prie.

– Il est pas dimanche, mais lundi. Hier estoit dimanche, septième de juillet succédant au trentième de juin lequel estoit jour de la commémoration de Saint Paul, apostre vénéré.

– Oh ! Dieu nous pardonne ! On a donc besogné[1] le dimanche ! »

Pernette est toute désemparée. S'est-elle trompée en comptant ? Elle se rappelle maintenant qu'elle a compté dès le lendemain de la fête de Saint Jean-Baptiste. C'était lundi et non dimanche.

Cependant, le Révérend Abbé ne paraît pas fâché. Il donne sa bénédiction aux bêtes, aux gens sans oublier maison et pâturages.

Enfin il apporte des nouvelles du village. Elles ne sont pas rassurantes.

Hier, dimanche, après l'office divin, le conseil des communiers s'est tenu en une réunion très restreinte sur le charnier, en présence du Révérend Curé, du châtelain et du syndic. Il fut délibéré « que l'église seroit doresnavant fermée afin d'éviter le meslange des pestiférés et des non-pestiférés ; que la Saincte-Messe seroit célébrée devant la porte de cette église dessus autel portatif ».

1- Besogner : travailler (travail concerne la femme en couches seulement).

Le Révérend Abbé mentionne que le Révérend Curé, par un monitoire au prêche avait demandé de rechercher et dénoncer « les engresseurs de peste ».

Des huit prêtres du Chapitre, tous originaires de la paroisse, trois ont déjà succombé à la maladie ; ils tenaient à assister le Révérend Curé et témoigner ainsi leur dévouement à Notre Seigneur Jésus-Christ dont ils imploraient la miséricorde.

Beaucoup de paroissiens sont morts également de la peste et enterrés dans le charnier des pestiférés.

« Icy, vous percevez point le glas. Il retentit chaque jour, hélas quantes[1] fois. »

Le Révérend Abbé repart, avec du fromage dans sa « cabache[2] ».

Parfois, dès la chute du jour, loups ou renards en quête de nourriture viennent rôder autour du chalet. Les hurlements des uns ou les glapissements des autres alarment les bêtes. Elles sont prises d'une peur panique qui s'empare même de Pernette et de son entourage.

Une fois, à nuit-close et relativement silencieuse, une agitation inaccoutumée règne brusquement dans l'étable. Joseph, qui, pour une fois, ne jouait pas à la ronfle, est intrigué. Il se lève et dans l'obscurité se dirige vers la porte, l'entr'ouvre légèrement, la

1- *Quantes : maintes.*

2- *Cabache : corbeille où s'entassent les offrandes (local).*

referme aussitôt en poussant un cri d'effroi. Il fait un signe de croix. À ses compagnons effarés, il lance :

« J'avions veu[1] un fantosme, dehors, près de céans. »

Tous se mettent en prières sans prendre garde à un grognement prolongé derrière la porte. La nuit se poursuit dans l'angoisse et l'insomnie.

Dès poitron-jacquet, Joseph se lève. Il repère aussitôt les traces laissées sur place par le fantôme entrevu sous les pâles rayons de la lune nouvelle. Ce sont des empreintes laissées par un ours.

Parfois, à l'orée de la forêt apparaissent une ou plusieurs silhouettes de personnes à la recherche d'un refuge. Elles s'éloignent aussitôt à l'approche de Joseph armé de son gourdin que l'évocation de la maladie pesteuse rend menaçant.

Un après-midi, Rossat Amédée, son voisin de l'alpage situé « de bise » apparaît au loin. Il avance rapidement au point de franchir la limite d'ailleurs imprécise des deux pâturages. Il court presque en agitant le bras et en lançant des appels. Joseph survient. Il ne veut point l'entendre, lui enjoint de partir, le menace de son gourdin. On perçoit les cris de Rossat : sa femme est fatiguée, peut-être atteinte du mal pestilentiel. Il veut voir Pernette, qui, sortie du chalet, assiste à la scène sans bouger. Joseph, de

1- Veü : vu.

plus en plus hostile, se montre violent à un point tel que Rossat, furieux mais désespéré, s'éloigne en levant les bras, poings fermés.

Pernette pousse un soupir et le regarde se perdre au loin. Elle a craint de s'opposer à Joseph.

Au cours de ce mois de juillet, l'été semble enfin arrivé. Le temps se réchauffe. L'herbe est belle et drue. Son immensité verte est rehaussée par les larges étendues de pissenlits jaune d'or. Aigles et corbeaux se côtoient dans le ciel à nouveau bleu, cerné à l'horizon par l'éclatante blancheur d'immuables névés. La faune est nombreuse dans la montagne où les hurlements de plus en plus rares des loups sont moins perçus que la mélodie des oiseaux. Le chant des mésanges ou le cri des cailles se mêlent au sifflement des marmottes cachées dans les rhododendrons en fleurs. En plein ciel étoilé des nuits toujours fraîches, la lune s'élève, de plus en plus belle. Chaque soir, Pernette la contemple. Elle est toujours confiante dans la vertu de ses plantes. Elle attend la pleine lune prochaine qu'elle espère favorable à Jaquemine.

Un matin, Joseph revient de la chasse avec un beau lièvre que Jaquemine s'empresse de dépouiller. Ce faisant, elle se tache malencontreusement Une large marbrure de sang colore le devant de sa cotte.

Joseph s'en aperçoit :

« T'as tes fleurs ?

– Peut-estre à lune-pleine. Il est sang du lièvre. »

Elle ressent encore quelques douleurs dans le bas-fond de son ventre, surtout quand Joseph lui fait valoir ses droits, et cela presque chaque soir.

Aussi, la pleine lune est-elle à peine passée qu'il se souvient de cette échéance :

« On est en lune vieille. T'as point eu fleurs ? T'es engrossée ?

– Je crois bien que je suis grosse. Mais faut attendre encore un peu. »

On est à fin juillet. Jaquemine est bien engrossée. Joseph semble satisfait, sans bien le montrer ni manifester sa joie.

Un des derniers jours du mois doit être un dimanche, vingt-huitième de juillet, soit le quatrième du mois ; mais Pernette n'est pas certaine de son marquage avec les petits cailloux.

Dès le lendemain, le lundi, le temps se couvre. Les corbeaux volent en groupe et plongent dans la vallée. L'image lointaine des forêts semble plus nette et plus proche. Ce sont des signes de pluie que Thomas ne manque pas de remarquer. Il le dit à Joseph :

« Demain, en champ des vaches[1], seroy tout mouillé. »

Au crépuscule, de lourds nuages s'amoncellent à l'ouest. Le vent s'est levé et souffle de plus en plus fortement.

1- *En champ des vaches : vaches au pâturage (local).*

Au deuxième des cailloux de Pernette, soit le mardi, après une nuit agitée, une tempête se déchaîne. La pluie tombe en rafales, poussée par un vent d'une extrême violence. Il déracine des arbres, arrache les ancelles des toits, s'accompagne du fracas étourdissant du tonnerre.

C'est un véritable ouragan jusqu'à nuit tombante. On apprendra par la suite que les dégâts sont considérables dans presque tout le duché. Une ferme a brûlé au village d'Ormaret, dans la paroisse voisine.

On se souviendra longtemps de la tempête du mardi, trentième de juillet et jour de Saint Abdon et de Saint Sennen, martyrs.

Durant cette terrible journée, le bétail est resté au chalet. Les longues plaintes clamant sa faim se mêlaient aux rugissements du vent. Hommes et bêtes grelottaient sous la pluie glaçiale tombant d'un toit en grande partie découvert par la bourrasque et qui manquait de s'effondrer à tout instant.

Après une nuit angoissante, ils sortent tous quatre, sous la pluie pour évaluer les dégâts. La plus grande partie des ancelles arrachées a évité de justesse que le toit ne fut emporté d'un seul tenant

Les bêtes sont mises à la pâture sous la garde de Thomas, un peu frileux. Joseph s'efforce d'allumer le feu. La vie reprend peu à peu, mais pendant trois jours, on s'affaire à réparer la toiture. Tout d'abord il faut aller à la recherche des ancelles dispersées dans les prés, puis les réinstaller sur le lattis de la charpente et les maintenir à l'aide de pierres plates.

Aucun d'eux ne doute que la maladie pesteuse ne sévisse encore dans le bourg. Cependant Joseph, inquiet sur l'état du moulin, qu'il doit pouvoir utiliser pour la prochaine récolte de la graine, veut redescendre.

Jacquemine, en son état, se doit d'assurer la descendance de son époux. Elle restera à la montagne avec Thomas. Seule, Pernette accompagne Joseph.

Selon le total des petits cailloux à ce jour, on est au sixième jour de la semaine, un samedi.

Ils partent tous deux, alors que l'Angélus de prime a sonné depuis longtemps.

Chapitre 4

Il est tierce à l'horloge du clocher quand Joseph et Pernette sont en vue du bourg. Les cloches carillonnent pour la grand'messe.

Le cinquième jour après l'ouragan, soit le quatrième d'août, est un dimanche, fête de Saint Dominique, alors que Pernette croyait être un samedi.

Elle avait simplement oublié de marquer d'un caillou le lendemain, mercredi, trop occupée par la constatation des dégâts.

Tous deux se réjouissent cependant de pouvoir assister au saint office dominical. À peine arrivés, ils peuvent constater l'importance des dommages causés par le grand vent. Le toit du moulin, couvert d'ancelles comme la plupart des bâtisses, a beaucoup souffert. Nombre d'entre elles ont été arrachées. Un des chevrons, d'ailleurs vermoulu, s'est rompu. Une des vannes et le bréchet endommagés demeurent enfouis sous la boue déversée par le torrent.

En soupirant longuement, Joseph n'ose évaluer les journées de labeur pour remettre le tout en état.

Poursuivant leur chemin, ils atteignent le vieux pont du Glappey. Son toit a été emporté. Il gît dans le torrent. Le passage n'est lui-même plus très sûr.

Ils sont sur la place de l'église. Elle est jonchée de débris de planches. La toiture de l'édifice sacré est recouverte d'ardoises du pays, dont beaucoup manquent par place.

C'est vraiment un miracle qu'il n'y eut aucun incendie. Avec une telle violence du vent, tout le village eût été ravagé.

Quelques-unes des bâtisses ont leur toit détérioré sans que leurs habitants ne se soucient de leur réparation. Peut-être ont-ils fui? Elles semblent bien abandonnées.

Joseph remarque qu'aucun mendiant ne traîne sur le charnier ou par les ruelles désertes que l'herbe a envahies. Beaucoup de paroissiens se sont réfugiés loin du bourg; pourtant ils sont assez nombreux à attendre devant l'église.

Joseph et Pernette se rendent soudainement compte avec surprise que le lieu saint demeure toujours fermé. Devant le porche de l'entrée est placé un autel assez sommaire près duquel se tient le Révérend Curé Germain, assisté seulement de quatre prêtres. Il fait face aux fidèles assemblés en ordre dispersé sur le sol du charnier où l'herbe commence à verdir. Chacun d'eux se tient à une certaine distance du voisin qu'il surveille d'un œil méfiant Toute tentative de rapprochement suscite un grognement, parfois un geste hostile.

Le Révérend Curé, après un moment de silence annonce la célébration solennelle de la messe à la mémoire de Son Altesse Charles Emmanuel Ier de Savoie, rappelé à Dieu, le jour de la fête de Sainte Anne, mère de la Vierge Marie. Il lance au Seigneur cet appel entendu de tous :

« *Requiem æternam dona ei, Domine*[1] ».

En effet :

« Estant ailé à Sevillana, estoit mort le vingt-sixième de juillet, jour de vendredi, âgé de soixante-neuf ans et comme la mort des grands princes est toujours devancée de quelques signes ou prodiges, on a remarqué que peu de jours devant[2] celle de Son Altesse, un magasin à poudre à Montmélian embrasé par le feu du ciel et la foudre tombée sur le chasteau de Nice. »

D'autre part, sa mort avait été annoncée par un célèbre astrologue :

« L'on void encore parmy ses papiers l'horoscope que Nostradamus avoit dressé à ce prince quy marquoit qu'il mouroit quand un none viendroit devant un septième, ce quy luy auroit persuadé que ce seroit

---

1- « Donne lui le repos éternel, ô Seigneur… »

2- Devant : avant.

à nonante-six ans ; mais ce fut à soixante neuf, quy précède septante. »

À cette nouvelle quelque peu attristante font suite deux autres qui laissent l'assistance indifférente :

Victor Amédée Ier doit succéder à son père et, prétendant au titre de Roy de Chypre, fait « fermer[1] » la couronne ducale ainsi devenue royale. Il se prévaut du titre d'Altesse Royale. De ce fait, il est en froideur avec le duc de Venise qu'anime la même prétention.

La lutte se poursuit contre les Français actuellement dans le Piémont, au-delà des Monts.

L'office religieux se termine par une prière, un appel à la miséricorde de Dieu, dont on implore le pardon. Son « ire » ne s'est point apaisée comme en a témoigné la violence de l'ouragan. Des cierges sont allumés devant l'autel de Saint Sébastien, et le Révérend Curé tente d'exorciser le mal :

« *Benedictio cum exorcismo contra pestem et tempestates*[2]. »

Enfin il renouvelle – comme à chaque office – le monitoire par lequel il enjoint à tous les fidèles de dénoncer les « engresseurs de peste ».

Joseph apprendra qu'au nombre des morts par mal pesteux se trouvent plusieurs membres de sa

---

1- *La couronne ducale est un cercle incomplet, ouvert en arrière.*

2- *« Bénédiction avec exorcisme contre peste et tempête. »*

famille, dont une tante et deux de ses oncles. Chaque jour, le glas retentit maintes fois.

Maintenant, les sépultures se font de plus en plus au lever du jour pour les habitants du village et à la tombée de la nuit pour ceux des hameaux environnants. Tout au long de la journée, les ruelles, presque sans détritus ni ordures, où l'herbe verdit de plus en plus, ne sont plus sous la surveillance du sergent de village, il a fui également. Ainsi ne sont plus applicables les décisions prises contre le mal pesteux par le conseil des communiers. Même de rares porte-panniers peuvent se hasarder dans le bourg. Ils transmettent les nouvelles d'ailleurs, tout aussi alarmantes, sans espérer vendre beaucoup de leur camelote. Cabarets, taverne, échoppes des marchands, tout est clos.

Quelques jours plus tard, samedi, dixième d'août, le glas ne rompt plus l'atmosphère triste et silencieuse de la paroisse. Le Révérend Sacristain chargé de la sonnerie, de l'entretien des cloches et de remonter l'horloge du clocher est mort, atteint lui aussi par la contagion. Des deux cloches que possède toute église paroissiale, selon les statuts de Saint Charles-Borromé, au siècle dernier, aucune ne demeure audible. Le prêtre suppléant le Révérend Sacristain a cassé maladroitement la corde d'appel, d'ailleurs fort usagée.

Les enterrements ne sont pas arrêtés pour autant. Ils se font presque à la sauvette en direction du charnier des pestiférés, en évitant le plus possible de passer par le bourg. Car aucun office religieux ne peut plus être célébré à l'église. Que ce soit à l'aube du jour ou le soir, à la lueur d'une torche, un prêtre attend patiemment au bord de la fosse déjà creusée, l'arrivée de plusieurs sépultures pour ne dire qu'une prière.

Depuis des semaines, aucune mention des décès n'est faite sur le registre paroissial à la cure.

D'ailleurs, dans les lieux éloignés, certains sont enterrés sur place dans le courtil. Sans sonnerie de cloches, sans office religieux ni enregistrement, les sépultures semblent se faire clandestinement, en plein désarroi.

Dès le lundi, cinquième d'août, Joseph s'est mis au-travail. Il a commencé la remise en état du moulin. Il dégage de la boue les vannes et le bréchet qu'il doit réparer en fixant des planches. Il est contraint d'aller acheter des clous au marteleur-ferratier Muffat Denis dont le « martinet » en permet la fabrication. Grâce à l'eau du torrent, la grande roue verticale à aubes actionne la batterie de deux gros marteaux pour le travail du fer. Son échoppe dans le village est fermée comme le martinet, immobilisé depuis des semaines. Ayant réussi à trouver quelques clous,

Joseph fait retentir des coups redoublés. Pendant ce temps, Pernette s'occupe du courtil, de l'élevage de deux poules et d'un coq dans l'espoir d'une nombreuse basse-cour pour Jaquemine. La mangeaille de chaque jour préparée, elle regagne son chosal où elle passe toutes ses nuits.

Un matin, elle apporte à Joseph les fruits charnus de son guignier, le cerisier, déjà bien maraudé par les oiseaux et malmené par la tempête passée. Autant que la cerise elle-même, Pernette en apprécie la queue pour ses vertus diurétiques.

Son retour au village n'est pas resté lontemps inaperçu. On l'a demandée aussitôt pour soigner des malades. Plus que Marie Chastron, elle est censée être la seule à même de préparer onguents, philtres et autres pour soigner. On sait qu'elle a de qui tenir, de par la réputation de ses mère et grand'mère. Elle en a gardé les formules d'antan éprouvées, transmises secrètement dans la famille, apprises par cœur sur quelques feuillets de panier jauni.

Il lui arrive de soigner des brûlés, surtout pour atténuer leurs souffrances. On sait qu'elle « peut couper le feu » par ses passes magnétiques accompagnées d'incantations mystérieusement murmurées. Quant à leurs plaies, elle les recouvre de plusieurs couches de blanc d'œuf, battus en neige ou d'une décoction de suie, étendus à l'aide d'une plume. En dehors des maladies habituelles telles que rhumatismes, fièvre chaude, toux, « difficultés d'haleine » ou « flux de ventre », elle est amenée à traiter le mal pesteux contre lequel elle se trouve désarmée.

Un jour, venue au lieu dit « en Darbon » auprès d'une femme souffrant d'un bubon à l'aine, elle remarque sur le sol le cadavre d'un renard. Elle tient d'une de ses tantes que « les parties naturelles du renard » sont efficaces contre « les tumeurs de gorge et mesme les tumeurs de l'oreille ». Elle propose alors au mari de la malade de frotter le bubon avec les testicules de l'animal.

Elle apprend plus tard qu'en frottant trop vivement la tumeur malgré les cris de sa femme, le mari avait fait « sourdre de l'humeur putride ». Depuis, la malade allait mieux. Elle guérit même, grâce à la clémence de Dieu à qui, le mari, Michel Losserand, avait fait brûler un gros cierge d'une livre de cire blanche, au prix de trente-quatre sols.

Cependant, les malades de Pernette sont nombreux à mourir malgré ses soins. Tel est le cas de la femme et des deux enfants de Nicolas Clément, lequel avait eu des mots avec Joseph.

Dans le bourg, l'atmosphère est à la tristesse. Les cloches ne retentissent plus à l'occasion du glas ni surtout de l'Angélus, bien utile pour rythmer le temps tout au long de la journée. Dans ce silence étrange, la vie semble s'écouler au ralenti. Parmi les bâtisses frileusement serrées les unes contre les autres, beaucoup sont vides de leurs occupants. Sur leurs façades de bois, les petites ouvertures des fenêtres restent béantes ou sont dégarnies de leur vitrage de toile huilée, emporté par l'ouragan. Seuls les vitraux de l'église ont été épargnés.

Dans les ruelles erre parfois un enfant amaigri, à demi-vêtu de haillons, tendant vainement la main pour implorer une obole.

Si quelqu'un se hasarde à sortir pour un impérieux motif, quérir de l'eau ou mener une vache à la pâture, toute rencontre fortuite se fait avec crainte. On observe une distance même quand s'échange un court dialogue.

Chacun se barricade chez soi. On se rend à un office religieux avec beaucoup d'appréhension. Le collège du prieuré est fermé depuis longtemps aux enfants. Même leur catéchisme n'a plus lieu lors de l'office dominical. Toutes portes closes, les cabarets « à huis coupé[1] » ne servent plus à boire et dans la taverne il ne se vend plus de vin « par assiette[2] ». Les boutiques, dont celle du « ferratier », des deux « drapiers », de « l'épicier-droguiste-cierger », demeurent toujours fermées.

Le Révérend Curé Germain manifeste cependant un certain courage. Malgré le mal pesteux, on le voit

---

1- À huis coupé : le pot est servi par une ouverture dans l'enseigne.

2- Par assiette : pour boire, on doit manger. .

s'éloigner du presbytère pour rendre visite aux familles en deuil.

Sur les huit prêtres du chapitre, tous enfants du pays, quatre sont encore en vie à ce jour, miraculeusement épargnés par la maladie comme le Révérend Curé. Le prieuré est vide de Révérends Pères Jésuites.

Le dimanche, onzième d'août, fête de Saint Tiburce et de Sainte Suzanne, a lieu l'office religieux, toujours hors de l'église. Au prône, devant une assistance réduite, le Révérend Curé parle longuement du mal pesteux qui sévit encore si durement. Désireux de calmer « l'ire de Dieu » il se fait suppliant :

« *A pesta, fame, libera nos, o Domine*[1] ! »

Il invoque à nouveau Saint Sébastien et, contre toute attente, un autre nom sacré, celui d'un Saint également protecteur contre la peste, Saint Roch.

L'année précédente, Sa Sainteté le Pape Urbain VIII en avait administré la confirmation officielle. Sa fête doit être célébrée le lendemain même de l'Assomption de Notre-Dame. Le Révérend Curé, demande que ce Saint soit honoré. Ce vœu est le prélude à d'ardentes prières.

En ce jeudi, quinzième d'août, consacré à l'Assomption, est célébrée une messe solennelle.

La vie dans le bourg est transformée en ce jour sacré. Tous les paroissiens en état de se déplacer sont

---

1- *« Seigneur, délivre-nous de la peste. »*

présents, venus pour rendre hommage à la Sainte Vierge, mais aussi pour lui lancer un appel en vue d'obtenir le soulagement à leurs maux.

Bien que « la sonnerie à glas » se soit tue pendant trois jours, ils savent combien d'entre eux sont rappelés quotidiennement à Dieu. Aussi ont-ils répondu nombreux au carillon des cloches à nouveau chantantes.

À la fin de son oraison, le Révérend Curé supplie à nouveau :

« *Ave Maria. Miserere nobis*[1] »

La procession prévue jusqu'à la chapelle des Créttets, consacrée à la Vierge Marie, se déroule lentement pour se terminer au retour devant l'église avec l'espoir, au cœur de chacun des participants, d'avoir été entendu par la mère de Jésus.

Drapé dans sa longue soutane noire, le Révérend Curé Germain regagne le presbytère. Il est accompagné du châtelain, égrège[2] Michel Muffat, du syndic moderne Maître de Loche.

Devant la gravité toujours croissante de l'épidémie pesteuse, le Révérend Curé a jugé bon de les réunir pour « prendre dévotion d'ériger une chapelle » consacrée à Saint Roch, dès l'an prochain. Le châtelain, au nom de Son Altesse et le syndic au nom des communiers ne peuvent qu'approuver une telle

---

1- « Aie pitié de nous. »

2- Égrège : (rang social) petit notable.

initiative envisagée par le Vénérable Messire Germain, curé plébain de la paroisse.

Au cours de la procession, il a donc repéré un endroit, au lieu dit « en Darbon » proche de la chapelle des Créttets. Ce lieu dit « en Darbon » jouxte le nant d'Odier, lequel, dans les temps reculés, suivait un cours voisin de la ligne de crête entre les deux versants de la vallée, puis se perdait au versant du couchant du soleil dans la plaine, qu'il contribuait à rendre marécageuse.

Un jour, il fut décidé de détourner le ruisseau sur l'autre versant, au levant, en direction de la vallée de la rivière Arve et d'y aménager un gué. On raconte que le premier coup de pioche fit jaillir du sol un darbon[1] ; d'où le nom alors donné au-dit lieu et aux deux cassines proches déjà bâties.

Le lendemain, vendredi, seizième du mois, est donc jour consacré à Saint Roch, à l'intention de qui est célébrée une messe solennelle. À l'issue de l'émouvante cérémonie, l'assistance apprend et « la dévotion » d'ériger une chapelle dédiée à Saint Roch, et le choix du lieu, situé « en Darbon ».

Malgré l'angoisse des deuils que solennise à nouveau rappel du glas, cette annonce fait renaître un peu d'espoir.

Les travaux ne pourront être commencés que l'année suivante, une fois obtenue la permission de

---

1- Darbon : taupe (local)

Sa Grandeur Jean-François de Sales, évêque du Genevois, en la ville d'Annecy, et une fois réunis, par donations ou « cueillettes », les fonds nécessaires.

Le Révérend Curé, confiant en l'aide de la Sainte Vierge qu'il invoque à nouveau : « *Sancta Maria, in adjutorium nostrum intende*[1] », espère que sera possible la réalisation de ce pieux dessein.

Il se prend cependant à soupirer en songeant à la situation financière de la « boeste aux ames[2] » dans l'église, dont le contenu, désespérément vide, ne lui permet pas de soulager le sort des malheureux. Les mauvaises récoltes, la guerre, la maladie pesteuse raréfient les dons des fidèles et les « cueillettes » dans la paroisse s'en ressentent.

Or, le dimanche suivant, dix-huitième d'août et fête de Saint Agapit, le Révérend Curé est persuadé de l'aide secourable de la Vierge Marie qu'il salue :

« *Ave Regina caelorum, consolatrix afflictorum*[3]. »

En effet, dès la fin de la messe, honorable Losserand Michel, demeurant en Darbon, sollicite un entretien avec lui.

Il expose que le Seigneur a permis la guérison de sa chère épouse, atteinte du mal pesteux. Il veut

---

1- « Sainte Marie, venez-nous en aide. »

2- Boeste aux ames : boîtes aux âmes (reçoit des dons charitables).

3- « Salut, Marie, reine des cieux, consolatrice de nos malheurs. »

exprimer sa gratitude au Seigneur et à ses Saints en offrant un terrain pour l'édification de la chapelle dédiée à Saint Roch. Il formule le vœu qu'en cette chapelle, l'autel le soit aussi à Sainte Anne, mère de la Vierge Marie, soit deux vocables comme l'avait désiré et obtenu, plus d'un siècle auparavant, un de ses aïeux pour la chapelle dite des Pénitents, près de l'église, dédiée à Sainte Catherine et Sainte Anne.

L'offre du terrain est aussitôt acceptée. Elle sera régularisée par Maître Régis, notaire. La demande concernant Sainte Anne le sera également dès l'approbation épiscopale.

En cet an mil six cent trente, les paroissiens de Combloux, épouvantés par les progrès du mal contagieux dans les paroisses voisines, ont « pris la dévotion d'ériger une confrérie sous l'invocation de Saint Sébastien et Saint Roch. »

Les habitants d'alentour sont fort nombreux à s'y inscrire. Ils font tous le vœu de sanctifier la fête de Saint Sébastien, le vingtième de janvier ainsi que celle de Saint Roch, le seizième d'août « par cessation de toute besogne excepté de recueillir la moisson ».

Joseph et Pernette, descendus le dimanche, quatrième du mois, s'étaient mis au travail dès le lendemain.

Joseph, après avoir nettoyé en partie les vannes, le brochet et le turbot du moulin, doit s'atteler au

« labeur des meules ». Mais cela lui prend beaucoup de temps et d'efforts. Il pense pouvoir être prêt pour la récolte prochaine.

Malheureusement elle ne s'annonce pas des meilleures. « La tempeste a couché les espis[1] dedans les champs et s'ils parviennent à maturité, il faudra tout trier à la main ». Quelle que soit la récolte, Joseph se doit de remettre le moulin en état de marche. Les réparations du bâtiment, et en particulier du toit, pourront se faire plus tard, après la Saint Michel !

Quant à Pernette, elle occupe ses rares loisirs de « guérisseuse » en venant faire la pitance, soigner la basse-cour et entretenir le courtil.

Elle redoute la présence du chat noir. Souvent parti à l'aventure dans les champs pendant le jour, il rentre le soir alors qu'elle s'apprête à quitter le moulin pour rejoindre son chosal. Elle le rencontre sur le pas de la porte. Il ne lui prête aucune attention mais, impressionné par le bruit des sabots sur le sol, il se prend d'une peur panique, s'enfuit, bondissant dans la cave.

Arrivée chez elle, Pernette s'enferme aussitôt pour dormir.

En début de semaine, ce lundi, deuxième d'août, « l'après-soupée[2] », tout en cheminant, Pernette contemple le ciel, aperçoit entre les nuages la lune.

1- Espis : épis

2- Après-soupée : intervalle de temps entre le repas du soir (souper) et le coucher.

« Bientost pleine, se dit-elle en concentrant ses pensées intensément sur l'image de sa fille, je vais l'aller voir ».

Le lendemain, dès sexte, elle monte à la montagne de Thomas après en avoir averti Joseph.

Sa fille est seule à garder les bêtes, Thomas étant parti à la chasse. À peine arrivée, Jaquemine lui dit :

« Mère, vous voilà. Vous m'avez appellée hier soir à nuit tombante ? J'ay pensé à vous ».

Sans paraître surprise, Pernette lui demande :

« Dis-moy, tes fleurs ? Pas encore ?

– Non. Il est pas encore lune pleine, mais j'ay pas vergogne à le garder, le petit, mesme bastard.

– T'sçais pas quy t'a engrossée. Mais raconte. Il est un garçon pource que[1] ta panse devient ronde du costé droit.

– Il est égal.

– Le Révérend Curé sçait ?

– Ouy. M'a baillé absolution. Et puis, il est volonté de Dieu.

– Faut venir en ville. Jeudi, il est l'Assomption.

– Pour seur[2], je viens. Mais le mal pesteux ?

– Toujours là, mais tu remonteras céans.

– Non, mère. Vous estes là pour me protéger ».

Un peu plus tard, Thomas revient de la chasse, les mains vides.

1- Pource que : parce que.

2- Seür : sûr.

« Thomas ! Alors, rien du tout ?

– Rien, la mère. Mon lièvre, goinfré par un renard. Pas mesme une marmotte. Bien seür j'avois oublié peau de serpent.

– J'ay avec moy du sel. Une livre.

– Y avoit pas faute à saler et fumer. »

La marmotte victime du renard eût été mangée sans nécessité de la saler ni de la fumer, bien que plus appréciable.

Pernette s'éloigne en bordure de la forêt pour ramasser des champignons, utiles seulement dans la préparation des onguents.

Il n'est pas question non plus de manger les quelques œufs pondus par les poules dont il faut augmenter le nombre.

Deux des coqs ont subi de sa part une peu agréable opération. À l'échéance de la Saint Michel, Joseph devra donner les deux chapons aux Révérends Pères Jésuites, faible fraction du paiement de la cense du moulin.

Elles descendent le jeudi matin, jour de l'Assomption. Joseph n'est pas dans la cave. Elles le retrouvent devant l'église.

Après la dispersion des fidèles, une fois la procession terminée, Joseph, Pernette et Jaquemine enfin regroupés se dirigent vers le moulin. En chemin, il leur apprend qu'on lui a volé une poule, la veille, alors qu'il était seul dans la cave, occupé à « rhabiller » une meule, à grand renfort de coups de marteau.

À un moment, sorti pour pisser, il a vu quelqu'un, près du courtil, détaler aussitôt. Une poule se débattait, affolée, à demi-étranglée dans sa main. Pernette lui demande :

« Il estoit quy ?

– Athanase Moren, du Petit Bois.

– Je vais voir ».

Jaquemine remplace sa mère au moulin. Pernette dispose ainsi de beaucoup plus de temps. Elle peut s'absenter toute l'après-disnée chaque jour.

Le vendredi, à nouveau réunis, ils apprennent le projet de construction de la chapelle dédiée à Saint Roch. Ils accueillent la nouvelle avec une grande espérance. La victoire sur le mal pestilentiel sera peut-être assurée ; en effet, malgré les « engresseurs de peste et suppôts de Satan », Dieu a tout pouvoir.

Les cérémonies solennelles, deux jours de suite devant la maison de Dieu, la procession à la chapelle des Créttets inciteront le Seigneur à la clémence à laquelle contribuera le témoignage populaire de vénération au Saint protecteur contre la peste.

Le surlendemain, après la messe dominicale, Pernette remonte à la montagne pour rejoindre Thomas, bien abandonné au milieu de ses bêtes.

Jaquemine se retrouve seule avec son mari. Elle reprend le même rythme de vie monotone et laborieuse, rendue plus pénible dans son état confirmé, si besoin était, par le disque lumineux de la pleine lune dans le ciel.

Joseph poursuit inlassablement ses travaux. Il ne semble pas s'inquiéter de la grossesse de sa femme. Fort préoccupé, il songe davantage à la récolte de la graine, à l'échéance de la Saint Michel qu'à la maladie pesteuse elle-même.

Chaque soir, à l'Angélus de la douzième heure, il remonte de la cave, visage et barbe blancs de poussière, la sueur au front, les mains endolories par le maniement du gros marteau d'acier aux pointes aiguës. Il doit souvent l'affûter pour pouvoir sculpter la pierre des meules.

Le souper terminé, Joseph et Jaquemine s'étendent aussitôt pour dormir.

Parfois, à nuit-close, il prend fantaisie au chat de monter dans le grenier. Ses bonds sur l'échelle et surtout ses pas sur le plancher éveillent Jaquemine un peu anxieuse. Après un court temps de réflexion, elle se rassure :

« Il est bien chat et point starvan. »

Si une procession qui se déroule sous de divins auspices peut être tolérée, il n'en est pas de même pour une foire.

Celle dite de « la Croix », le sixième de septembre, ne peut avoir lieu. Le bétail reste donc en alpage, malgré le rafraîchissement du temps dès la Saint Adrian, dimanche, huitième de septembre.

Dieu semble avoir beaucoup pardonné.

Depuis la Saint Adrian, par un phénomène en apparence inexplicable, mais certainement d'origine divine, le nombre de décès diminue Le prêtre qui remplace le Révérend Sacristain « sonne à glas » de moins en moins. Le Révérend Curé confirme cette diminution au cours de la messe, le dimanche suivant. Il en remercie Dieu et les Saints protecteurs.

L'annonce de la construction au printemps prochain de la chapelle dédiée à Sainte Anne et Saint Roch, les prières des fidèles, la présence de la confrérie en invocation de Saint Sébastien et Saint Roch, et surtout leur intercession auprès du Seigneur ont fléchi « l'ire divine contre les pécheurs de la paroisse ».

Aussi, dans l'église toujours fermée, de nombreux cierges sont-ils allumés par l'intermédiaire du Chapitre. De même, les membres de la confrérie des deux Saints « se doivent chaque semaine dire une fois le Pater, l'Ave et le credo suivi de ces mots : *Deo gratias. Redimisti nos. Sancti Sebastiane et Roche, orate pro nobis*[1]. » La miséricordieuse intention du Seigneur apparaît une fois de plus comme une réalité évidente à tous les fidèles.

1- « Rachetez nous, …, priez pour nous. »

En effet, le vingt-sixième de septembre, un jeudi, à nuit-close, vers l'heure sixième, à Vigiles[1] un incendie se déclare dans une ferme voisine du bourg, au lieu-dit « le Coin ».

Au cours de la journée, on avait « bruslé des parfums » pour la désinfecter du mal pestilentiel. Mais elle prit feu bien qu'on eût depuis longtemps enseveli le cadavre d'un chat sous le sous-pied du bœu[2] pour l'en protéger. Le feu grandissant menace les maisons voisines, et par précaution on commence à renverser les charpentes de plusieurs d'entre elles.

Le Révérend Curé Germain arrive, portant deux fois le très saint Sacrement « En quoy a esté une chose remarquable en l'un et l'aultre port, qu'après les bénédictions, le feu n'a faict plus aucun progrès, aives (mais) a rebroussé chemin, retournant la véhémence de sa flamme de là où elle venoit tout incontinent, au lieu qu'auparavant[3] les dites bénédictions, elle s'alloit dilatant et dépeuplant les maisons voisines. Ce qu'a esté singulièrement remarqué a[4] tous les assistants, quy en ont humblement remercié ce grand Dieu, au commandement duquel toutes les créatures obéissent ».

1- Sixième heure de la nuit : Vigiles, ou Matines (minuit).

2- Bœu : pièce faisant corps avec l'étable (local).

3- Auparavant : avant.

4- A : par.

La diminution chaque jour du nombre des morts est d'autant plus perçue par les paroissiens qu'elle est accompagnée d'un double événement : le retour au village des deux Révérends Pères Jésuites, Denis Mugnier et Nicolas Humbert d'une part, et du notaire et syndic Maître de Loche, d'autre part.

Il est vrai que le vingt-neuvième de septembre, jour de la Saint Michel, est un dimanche. Or en ce jour, consacré au Seigneur, il serait impie d'évoquer des questions bassement matérielles.

Mais, dès le lendemain, tous, manants et paysans sont tenus d'acquitter « censes, servis et aultres redevances », en argent ou en nature.

Ce que Joseph ne peut faire entièrement. Il offre aux Révérends Pères Jésuites deux chapons élevés en alpage et seulement dix octanes de graine sur les quatorze réclamées.

Enfin la plupart des paroissiens, sous le coup d'impositions telle la taille ducale, la dîme et droits seigneuriaux sont en plus « mainmortables », soit assujettis à la taillabilité personnelle sur eux-mêmes ou à la taillabilité réelle, sur les biens, de ce fait soumis au « droit d'échute ». En cas de décès sans descendance, le duc ou tout autre seigneur ne manque pas de l'invoquer et ainsi de récupérer tous les biens du défunt. La régularisation se fait sous contrôle notarial. Cela explique le retour des notaires. Et les décès ont été nombreux ces derniers mois.

Plus que les années précédentes, cette échéance de la Saint Michel est redoutée par tous, paysans, métayers, fermiers et pour beaucoup favetiers[1] d'un seigneur.

En effet, après l'occupation des Français, la misère, aggravée par la peste, l'a encore été davantage par la récolte médiocre de l'été. Le mauvais temps et surtout le vent de l'ouragan du trentième de juillet ont causé de lourds dégâts. À peine a-t-on de quoi subsister.

Après avoir payé au chapitre de l'église « la disme quérable[2] sur place » par le décimateur, il ne reste aucun surplus pour l'ensemencement de la prochaine récolte, d'autant plus qu'on est contraint d'en vendre une partie pour payer les redevances seigneuriales, acheter l'indispensable sel, lui-même fortement imposé : sur un sac acheté dix florins, six sont réservés à la gabelle ducale.

En cette année, plus que jamais, le syndic risque la prison en ne collectant pas la totalité de la taille ducale. Elle est, grâce au « cottet[3] », répartie sur l'ensemble des communiers. En sont exemptés les biens d'église et de certains nobles.

Malgré la diminution de la mortalité pesteuse, l'atmosphère dans la paroisse reste sous tension. Bien

---

1- Favetier : qui est astreint aux redevances féodales.

2- Quérable : de quérir, aller chercher.

3- Cottet : part d'imposition.

plus, dans la campagne environnante, règne toujours une méfiance hostile. Chacun se barricade chez soi. On reste dans les alpages au-delà des délais prévus, par crainte des « engresseurs de peste ». Aussi, combien est douloureusement ressentie la perte d'une vache, d'un cheval ou d'un mouton dont la cause inexplicable pourrait bien être due à un sortilège.

La misère et l'angoisse augmentent les rancunes dans les relations au quotidien. Elle fait jaillir l'hostilité et même la violence au moindre prétexte, telle l'incursion inopinée d'un mouton broutant un peu d'herbe dans le pré d'un voisin.

Il n'est point encore temps de faire des procès. Aussi, des injures en vient-on aux coups. Parfois, bien que rarement, des morts n'ont pas succombé au mal pestilentiel.

Les années précédentes, dans des conditions de vie pourtant moins tragiques, beaucoup de jeunes, dès l'âge de treize ans, partaient à pied pour des pays lointains, surtout les pays germaniques, Bavière, Westphalie et même Autriche, malgré la menace turque sur ce pays.

Mais, en ces temps de peste, l'émigration est devenue pratiquement impossible par la nécessité pour chaque émigrant de présenter, à la frontière, « un billet de santé » véritable passeport, enregistré et signé par le châtelain ou le syndic, « à peine d'estre refoulé par main forte ».

Dès les premiers jours de septembre, Joseph avait repris son travail de meunier l'après-midi pendant un temps relativement court, selon la demande. Les manants sont en effet peu nombreux à venir et seulement avec une faible charge de graines. Ils arrivent tristement silencieux ou gémissant sur leur sort. Ils repartent tous fort « grogneux », dès que Joseph leur en a prélevé pour donner aux Révérends Pères Jésuites.

L'aumône quotidienne du Cloître prévue dès le dix-huitième d'octobre n'aura pas lieu cette année. Bien que la peste, ayant fait une hécatombe parmi les pauvres honteux, en ait diminué le nombre, les Révérends Pères Jésuites ne disposent pas d'une quantité suffisante de farine pour pouvoir satisfaire les survivants.

La proche venue de l'hiver et le peu de farine, à nouveau en réserve dans la cave du moulin, attirent les rongeurs, mais le chat, enfermé malgré lui, reste vigilant.

Jaquemine, dont le ventre s'arrondit lentement, supporte bien son état Cependant, après un lever trop matinal, à la pique du jour, ou quand elle s'est fatiguée à bêcher le courtil, elle éprouve le besoin de « faire la méridienne dans l'après-disnée ». Elle s'assied ensuite sur sa couche et prépare la façon de la dentelle en assouplissant de longs crins de cheval.

À défaut de tissage, elle répare les hardes de chanvre qu'ils revêtent chaque jour ou reprise les quelques chemisiers de lin ou de serge qu'elle lavera à l'automne dans une lessive avec de la cendre de bois.

Comme il est d'usage, ils ne font aucune toilette. L'eau est néfaste à la peau. Une fois mouillée, celle-ci est rendue perméable aux maladies causées « par des humeurs âcres, mordicantes, crues, peccantes et aultres putrides ».

Pour s'en préserver, il suffit de changer de linge de corps chaque jour. Cela est possible aux nobles et bourgeois aisés ; ce ne l'est point à des manants, tels Jaquemine et son mari, lequel se couche chaque soir sans « linceul » ni « couverte ». Sa peau émet une odeur âcre, pas toujours indifférente à sa femme.

On est en automne. La Saint-Luc passée depuis deux jours, et l'aumône du Cloître n'ayant pas lieu comme prévu, Joseph réfléchit en ce dimanche, vingtième d'octobre.

En prévision de l'hiver, il lui faut replacer les ancelles au toit du moulin et changer la poutre rompue par l'ouragan.

Il a permission des Révérends Pères Jésuites de couper au moins deux arbres dans leur forêt.

En cette saison de l'année, les arbres, sauf les sapins, se dépouillent lentement de leur feuillage après s'être parés de tons flamboyants.

La sève reflue dans leurs fibres les plus profondes. Cette période de « sève descendante », où les jours eux-mêmes semblent diminuer plus rapidement, est propice à la coupe du bois. Surtout si la lune est en « lune vieille » : le bois est plus dur et de plus longue conservation.

Le lundi matin, très tôt, dès poitron-minet, après le long repos de la veille, jour du Seigneur, Joseph réveille sa femme :

« Me faut bailler à manger. Vais besogner dedans le bois… Couper un sapin.

– Pour le couvert d'icy ?

– Pour seür !

– Où que t'vas ?

– À costé. Vers le martinet.

– Mais, te gardes[1] bien.

– Il n'est pas grièfve besogne.

– Dieu t'entende ! »

Autant pour conjurer le sort que pour invoquer la protection divine, tous deux terminent ce dialogue par un signe de croix.

En amont du captage du nant par la bédière, de vigoureux sapins se dressent droit en bordure d'un pré légèrement en pente. Joseph en choisit un à l'orée de la forêt. Il évalue la direction susceptible d'être prise en tombant Il veut éviter de « l'encrouer[2] » dans un autre arbre tout proche.

1- Se garder : prendre garde.

2- Encrouer : se dit d'un arbre, qui, en tombant, emmêle ses branches avec celles d'un autre.

Il l'ébranche en partie de quelques rameaux gênants parce que trop bas situés. Sur un endroit précis, il commence à l'entailler à grands coups de hache. Dans la volée, à chaque fois, il pousse un « han » aussi retentissant que le choc du métal, au point de dominer le bruit du torrent non loin de là.

Après de longs efforts, il est en sueur et veut se reposer. Il revient alors au moulin pour boire un verre d'eau. Un verre de cidre eût été le bienvenu, mais la récolte des pommes fut vraiment mauvaise.

Au moulin, il retrouve Pernette, arrivée au même moment.

Descendue de l'alpage la veille pour assister à la messe, elle a passé la nuit chez elle. Joseph lui apprend la corvée à laquelle il est contraint.

Elle lui recommande vivement :

« Joseph, vous gardez beaucoup. Il est dangereux.

– Ouy, il est possible. »

Jaquemine intervient :

« Joseph, la nuit, j'ay eu songe avec crapauds.

– T'es entrée en resverie ».

Il repart aussitôt. Il ne croit pas aux rêves prémonitoires. Pour lui, ce n'est que rêverie, comme il l'a exprimé.

Il poursuit à grands coups bruyants l'abattage commencé. Un écureuil égaré sur les hauteurs saute de branche en branche pour s'éloigner au plus vite car les lourds rameaux chargés d'aiguilles commencent à frémir, le tronc à craquer. L'arbre est près de tomber.

Joseph marque une nouvelle pause. Du revers de la manche de sa chemise, il essuie la sueur de son front. Il remarque aussitôt, non loin dans le pré, un chat noir ; « le mien », pense-t-il.

L'animal fuit par bonds successifs dans l'herbe jaunie. Une fillette le poursuit que la peur panique du chat amuse. Joseph reconnaît le petite Marie, la fille de Maître Crespin, notaire, dont la maison est située non loin du moulin.

Il l'interpelle :

« Eh ! la Marie. Te gardes bien. L'arbre va cheoir. »

Elle s'arrête aussitôt alors que le chat poursuit sa course éperdue. Une saute de vent fait subitement céder le sapin. Dans un sinistre craquement, il bascule, s'abat bruyamment, entrave l'animal qui, prisonnier de lourds branchages, miaule, se débat désespérément. L'arbre termine sa chute, tourne légèrement sur lui-même, écrase la pauvre bête. Un miaulement douloureux s'achève dans un ultime soubresaut. La petite Marie a été épargnée. Elle fuit en direction de sa demeure.

Joseph a suivi le drame, l'air hébété, sans pouvoir réagir.

Après coup, il réalise combien le chat va lui manquer dans la cave. Il a une bouffée de colère contre la petite Marie dont la silhouette disparaît au loin.

Il hausse les épaules, accepte la fatalité de l'événement. Il se retourne, s'aperçoit que sa hache est tombée dans l'herbe sur une branche coupée du sapin. Bien étrangement, toutes deux forment une croix. Joseph repousse du pied la hache, la ramasse aussitôt.

Est-ce un présage ? Un chat noir tué. La hache en croix sur le sol. Il voudrait ne pas l'admettre.

Ce n'est pas sans une certaine inquiétude qu'il regagne le moulin après avoir abandonné le chat à son triste sort sous le sapin. À sa femme, de nouveau seule, il conte l'accident; et sans oublier le détail de la croix.

Laissant aussitôt la soupe de haricots qu'elle faisait cuire, Jaquemine n'a qu'une exclamation angoissée :

« Mon Dieu ! »

Elle tourne son visage défait vers la petite croix de bois accrochée à la paroi, fait une courte prière jaculatoire, se signe avec ferveur.

De son côté, Joseph va vers la cheminée, amasse quelques braises dans une petite pelle de métal, retourne vers l'arbre abattu. Sur la tranche de section de la souche, passablement cisaillée par la hache, il verse les braises. Au contact du bois humide, elles crépitent en dégageant une sombre fumée.

Ce rite ancestral accompli, il regarde le ciel se couvrir de nuages, puis regagne le moulin. Le froid est plus vif. La neige ne saurait tarder. Il songe alors aux réparations à faire au toit avant la venue de l'hiver. Une corvée dont il se passerait volontiers.

Il est sexte quand Pernette revient pour le dîner. Alors que Joseph se goinfre en premier de la soupe de haricots, Jaquemine narre la fin du chat noir et l'étrange image de la croix sur le sol. Pour Pernette aussi, c'est un bien grave événement :

« Il est moult ennuyeux. Mauvois présage à la malheure[1].

– Mère, on peut conjurer ?

– Fais bouillir une poignée de clous dedans pot à feu. Et où est le chat ?

– Resté dessous le sapin.

– Il estoit un matou[2].

– Ouy, mère.

– Faut l'aller me quérir[3].

– Quoy vous luy voulez faire ?

– Le soubterrer[4]. »

Jaquemine est surprise, et de la demande et de la réponse de sa mère. Elle n'ose insister. Un chat noir, matou, Pernette veut-elle maléficier ?

Or elle ne lui en dit pas davantage.

1- *À la malheure : se dit en maudissant une mauvaise rencontre.*

2- *Matou : chat mâle et non châtré.*

3- *Quérir : aller chercher, rapporter.*

4- *Soubterrer : enterrer.*

Joseph est allé quérir le pauvre chat ; il le rapporte en le tenant à bout de bras, dans une attitude de répulsion.

La tête de l'animal aux yeux mi-clos, la bouche pleine de sang, grande ouverte avec les dents agressives, a pris un aspect démoniaque. Cependant Pernette l'empoigne par la queue, sans se soucier de sa cotte grise tachée par la bave ensanglantée du cadavre.

Dans la semaine, Joseph doit travailler trois jours pour ébrancher le sapin et en tailler les chutes pour la réserve de bois de l'hiver. Il passe encore presque autant de temps à en écorcer le tronc et à l'équarrir. Il lui faut aussi, à l'aide d'un vilebrequin de bois, à mèche de métal, déjà bien usée, percer des trous pour cheviller le chevron à hauteur de chaque panne du toit.

Jaquemine a charrié toutes les bûches de bois et les a entassées à l'abri contre le mur de la cave. Elle doit aussi aider son mari à transporter la poutre enfin achevée. Dans son état, elle s'en trouve fatiguée. On est en fin de journée, le samedi. La corvée pour elle est arrêtée par la pluie.

Le dimanche, vingt-septième d'octobre, il pleut encore. Toute la nuit, une pluie froide est tombée. Le sommet des montagnes couvertes de neige est à demi dissimulé sous de lourds nuages gris.

Les alpages se sont enfin vidés de leurs habitants. Bêtes et gens ont reflué vers la vallée de l'Arly malgré la menace toujours latente du fléau pesteux. Bien que la messe soit encore célébrée en plein air, l'assistance est nombreuse malgré le mauvais temps. Les femmes protègent leur coiffe avec un lambeau de drap alors que les hommes demeurent stoïques, tête nue sous la pluie. Tous sont chaussés de galoches ou de sabots à longue semelle pointue, plane, sans talons, plus ou moins cloutée qui s'englue dans la boue du charnier.

Le glas a peu retenti au cours de la semaine écoulée. Le Révérend Curé donne seulement les noms de sept morts depuis le dimanche précédent. L'épidémie meurtrière est en régression. Aussi remercie-t-il à nouveau le Seigneur et les Saints protecteurs :

« *Deo gratias. Redimisti nos, Sancti Sebastiane et Roche, orate pro nobis*[1] ».

Néanmoins, l'atmosphère dans le bourg reste à la tristesse. En plus de l'église, échoppes, taverne et cabarets restent toujours fermés. La neige sur les hauteurs et la froidure de l'air annoncent l'hiver proche.

Depuis longtemps, les hirondelles ont fui vers d'autres cieux. Beaucoup de petits oiseaux et de corbeaux se hasardent près du village à la recherche de

---

1- « Grâces à Dieu. Préservez-nous, St S. et S. R., priez pour nous. »

quelque subsistance. Ce dimanche, le hurlement d'un loup sur le charnier est péniblement ressenti. Il semble évoquer la famine toujours présente dans la région et qui ajoute à la détresse des habitants.

Et, comme le Révérend Curé l'a annoncé, a lieu en fin de semaine une commémoration émouvante : ce vendredi, premier de novembre, est jour de « la feste de tous les Saincts » ; le lendemain samedi, deuxième de novembre, est celui de « la commémoration des fidelles Trépassez, double et de l'octave de tous les Saincts, jour vigile[1] du dimanche consacré au Seigneur. » À tout fidèle, il est de rigueur de vouer ces trois jours à la vénération de Dieu et de tous les Saints.

Pernette ainsi que Thomas et ses bêtes sont de retour. Thomas n'a plus de bétail « en commande ». Il doit revendre une vache pour rembourser son prêt au notaire.

Une neige légère qui a recouvert le toit des chalets et l'étendue des alpages a incité à leur abandon.

Pour Joseph, le temps presse. Son travail de meunier est terminé, mais il lui faut reprendre la réparation du toit, avec, maintenant, la possibilité de se faire aider par Thomas.

Jaquemine, fort lasse, n'en peut mais.

1- Jour vigile : la veille de fête religieuse.

Dès le lundi, il monte, par l'échelle, de la grange sur le toit pour le dégarnir des ancelles là où le chevron s'était rompu. C'est dans la partie la plus haute dominant le torrent. Une à une, de la sablière au faîtage, il enlève chaque ancelle qu'il dépose sur le côté. Certaines, toutes mouillées de pluie, mal équilibrées lui échappent, glissent, tombent en contrebas près de l'entrée de la cave. Le soir, il les amasse en un tas contre le mur du moulin alors que Jaquemine, comme chaque jour, fait réintégrer la cave aux poules sur leur perchoir.

Le lendemain, mardi, Joseph voudrait reprendre son travail dans l'espoir de le terminer avant vendredi, jour férié. Mais une fine couche de neige tombée pendant la nuit, le contrarie dans son projet. Heureusement, le soleil, à nouveau revenu dès l'après-midi, l'a fait fondre presque totalement à nuit tombante.

Thomas, absent du moulin, a pu mettre en place ses bêtes dans le chosal, puis solutionner la vente d'une vache.

Le mercredi, il vient aider Joseph.

En l'absence d'ancelles, la neige fondante a mouillé les lattes sous-jacentes et imprégné le « sous-pied » de la grange. Quelques gouttes tombent même dans le galetas.

Joseph remonte sur le toit. Il veut arracher les lattes recouvrant le chevron qu'il doit remplacer et que

Thomas, de l'intérieur décloue à l'aide d'un marteau, bien que gêné par son dos dans cette position.

L'après-midi, ils s'affairent à doubler le chevron cassé avec celui préparé par Joseph. La tâche est peu facile. Thomas en fait la remarque :

« T'as faict tout seul ce chevron ? Il est lourd, avec bien quinze pouces de gros[1] et dix pieds de long, il estoit pas possible de placer toy seul.

– Pour seür. Et puis me le faut cheviller sur pannes.

– Tout seul ? Pas possible de finir avant cet hiver. Il est tost[2] cet an.

– Mais Thomas, je finiroy preu avant »

Grâce à Thomas immobilisant à sa place le chevron, le chevillage en est hâtivement terminé avant la nuit.

Le lendemain, jeudi, ultime jour d'octobre, Joseph se lève à « l'aube du jour ». Il commence à transporter à la grange les ancelles amassées contre le mur de la cave. Il est bientôt prime quand Thomas arrive. Il se dit un peu fatigué, se plaint de tousser. Il a dû prendre froid avec l'arrivée du mauvais temps. C'est à ce moment que Jaquemine encore couchée s'éveille. Elle a mal dormi. Au cours de la nuit, une agitation inaccoutumée a régné dans la cave au point

---

1- Quinze pouces de gros (un pouce : deux centimètres sept millimètres) : environ quarante centimètres de tour.

2- Tost : tôt.

de la réveiller, elle, alors que Joseph, dans un profond sommeil, jouait à la ronfle.

Elle a pensé tout d'abord qu'il s'agissait d'une manifestation du starvan mais elle a cru entendre une poule imiter à plusieurs reprises le chant du coq.

Avant de se lever, elle réfléchit, anxieuse :

« Il est mauvois présage ».

Et Joseph qui n'est pas auprès d'elle. Il faut le dissuader de « monter sur le couvert[1] ». Elle s'habille, happe son mari alors qu'il monte à la grange en compagnie de Thomas :

« Joseph, te gardes bien. Il est trop dangereux. J'ay ouï, à nuit-close, une poule estrangement crier comme de coq.

– Encore tes resveries, femme.

– Non, Joseph. Me faut escouter.

– Merce Dieu ! Jaquemine. Me laisses tranquille, j'ay besogne à finir ce jour d'huy, pas vray Thomas ? »

Thomas tente d'intervenir :

« Joseph, si Jaquemine dit vray, il est grand danger.

– T'es couillon comme elle. Allons. On mange et on y va. »

Impressionné malgré lui, Joseph s'énerve. Ce n'est pas son habitude de jurer ni de traiter Thomas de poltron mais il lui faut terminer le couvert du moulin car, dès demain et pendant trois jours, il n'est

---

1- Couvert : couverture, toiture.

point permis de « besogner ». Ainsi le défend le Révérend Curé au nom de l'Église.

La matinée se passe pour Joseph à fixer les lattes que Thomas lui passe une à une. Le temps menace.

Dans l'après-disnée, il pleut d'abondance. Joseph se hâte de replacer chaque ancelle, imbriquée l'une dans l'autre, en remontant depuis la sablière au faîtage du toit. Sur le bois détrempé, avec ses vêtements mouillés, ses lents déplacements sont délicats. Il a quitté ses grosses galoches. Malgré cette précaution, il manque une fois de glisser, s'accroche à temps, se maintient à une panne. Mais ce brusque mouvement intempestif a fait s'écrouler plusieurs rangs d'ancelles. Il faut alors recommencer.

Le bruit et leur chute ont alarmé Jaquemine. Elle a surpris leur ombre à travers le vitrage teinté de la fenêtre qu'elle ouvre précipitamment, monte à la grange, supplie Joseph d'arrêter :

« Arreste, Joseph. T'es en danger de cheoir. »

Mais Joseph fait la sourde oreille. Alors que Thomas descend ramasser les ancelles, il poursuit son travail.

À nuit tombante, il a presque terminé. Si toutes les ancelles sont posées, il lui reste encore à mettre les « coennos », ces deux longues planches de sapin drapée dans leur écorce et qui, chargées de lourdes pierres plates, les maintiennent en place.

Thomas, dans la demi-obscurité de la grange enfin recouverte, veut descendre au galetas.

« Joseph ! T'arrives ? On y fera preu lundi quy vient.

– Non. Ces trois jours, s'il faict vent, il lève mes ancelles. »

Thomas l'entend déplacer sur le toit les grosses pierres pour pouvoir glisser les coennos sur le dernières ancelles posées. Supposant qu'il en a terminé, il lui crie :

« Joseph, je t'attends dehors avec l'eschelle. Je la prends ».

Il l'utilise pour descendre au galetas et se trouve en présence de sa sœur.

Jaquemine est désemparée :

« Et Joseph ? Où qu'il est ?

– La besogne, il est fini. Il vient ».

Thomas sort, pose l'échelle dans le chemin contre la paroi du moulin près de rentrée du galetas. Alors qu'il commence à monter les échelons et arrive au niveau du toit, il entend un cri de détresse, une pierre rouler bruyamment sur les ancelles, le hurlement de Jaquemine qui sort haletante :

« Il est cheü ».

Tous deux se précipitent en contrebas vers la cave. Thomas heurte une grosse pierre dont il ignorait la présence. Joseph est étendu, immobile le long de la bédière après sa terrible chute. Jaquemine crie de douleur, se tord les mains. Elle aide cependant Thomas à remonter son mari au galetas. Étendu sur la couche, la tête ensanglantée, il respire à peine. Jaquemine, au comble du désespoir, éclate en sanglots. Thomas décide :

« J'vais quérir Pernette. »

Un peu plus tard, quand Pernette arrive, Joseph a été rappelé à Dieu.

Tous trois passent la nuit à le veiller. Mais Jaquemine, effondrée sur le sol, se lamente désespérément.

Le lendemain, vendredi, premier de novembre, sera célébrée une grand'messe par les Révérends Pères Jésuites en l'honneur de ce « jour de feste de tous les Saincts ».

Alors que Thomas reste auprès du corps de son beau-frère, Jaquemine, au bras de sa mère, se traîne vers l'église malgré la neige qui tombe. Elles vont toutes deux assister à l'office religieux et surtout prier pour le repos de l'âme de Joseph.

L'appel joyeux des cloches en ce jour de fête de tous les Saints n'est pas terminé que l'un des Révérends Pères Jésuites en annonce la célébration par le chant d'entrée

« Accessistis ad civitatem Dci viventis…

Magnus Dominus en laudabilis nimis… »

Chapitre 5

« Vous vous estes approchés de la cité du Dieu vivant. Que le Seigneur est grand et infiniment digne de louanges », a clamé le Révérend Père Jésuite à l'introït de la messe.

Jaquemine, la tête penchée, à genoux sur le sol du charnier, aux côtés de sa mère avait encore plus courbé l'échine à cet appel. Sans se relever un seul instant, elle est demeurée en prières dans l'espérance d'une consolation à son profond chagrin.

L'office terminé, elle revient au moulin en compagnie de Pernette, tout aussi silencieuse. L'âme désemparée, elle ne ressent aucun apaisement

Sans Joseph, elle se retrouve bien seule à affronter un lourd destin. Elle ne possède rien dans la paroisse ni ailleurs. Même si sa mère décédait, elle ne pourrait jouir de son maigre bien dont hériterait seul, de par le droit, Thomas, son frère aîné. L'enfant attendu, qui eût été un événement joyeux dans son foyer, lui sera dorénavant une charge bien lourde pour l'élever. Elle ne peut plus espérer un nouveau mariage. En effet, pour une veuve, se remarier est une sorte de bigamie que réprouve le droit canon de l'Église. Une veuve ne peut avoir deux maris dans sa vie, sauf dispense de l'Illustrissime et Révérendissime Évêque.

Arrivée au moulin dont l'entrée est grande ouverte, son désespoir redouble. Joseph est là, mais sur la couche, sans linceul, dans l'attente de l'enterrement

« Oh ! Mère ! Maintenant me faut déshabiter le moulin.

– Hélas, ouy. Mais te faut pas mettre âme en peine. T'viens chez moy ».

Elles entrent toutes deux, épuisées de fatigue après la longue nuit de veille. Si Joseph demeure étendu, immobile pour toujours, Thomas est allongé sur le plancher, les bras en croix :

« Oh, Thomas ! » crie Pernette soudainement angoissée sans se rendre compte du ronflement pourtant bruyant de son fils endormi.

Alors qu'il se réveille, un peu ahuri, Jaquemine s'affaisse à genoux près de la couche. Elle pousse des gémissements auxquels se mêlent des sanglots puis d'émouvantes lamentations.

Pernette tente de la consoler :

« Tu lamentes[1], la mort de Joseph, Jaquemine. Dieu l'a en Sa miséricorde. »

1- Lamenter : pleurer, déplorer.

Mais sa fille ne l'entend pas ainsi. Elle semble être dans un état second provoqué par elle ne sait quelle étrange et nouvelle sensation. Quelque chose s'est mis à bouger dans ses entrailles. En une telle circonstance, elle ne peut savoir à quoi l'attribuer. Elle se met à trembler, s'écroule sur le plancher du galetas.

Elle s'est relevée alors que sonnait l'Angélus à l'instant où l'aiguille est « sur la pointe du midy » à l'horloge de l'église.

Elle ne veut pas manger, imitée en cela par sa mère. Seul Thomas manifeste quelque appétit

Dans l'après-disnée, elle veut aller voir le Révérend Curé Germain. Joseph, rappelé à Dieu, est mort de malemort et point de maladie pesteuse. Ne peut-il être soubterré en lieu saint ; non dans le souspied de l'église mais dans le charnier proche et surtout point dans « le charnier des pestiférés » ?

Elle en fait la demande au Révérend Curé :

« Révérend Curé, mon Joseph, il est cheu du couvert du moulin dedans le courtil, est mort hier à la nuitée. Il est possible de le soubterrer dedans le charnier de l'église ?

– Malheureusement non. Il est toujours maladie pesteuse dedans la paroisse, bien qu'elle s'esloigne par grace du Tout-Puissant. Alléluia ! Cette semaine, encore deux morts. Quand le Seigneur permettra, l'église sera rouverte aux fidelles et on recommencera à soubterrer dedans le charnier-cy ».

Il est près de l'heure dixième[1]. Alors que le glas retentit pour Joseph, un des Révérends Pères jésuites vient au moulin constater le décès de son censat Il ne renonce pas d'emblée à réclamer le reliquat de la cense due par Joseph dès la Saint Michel. Il visite le moulin bien vite et se retire.

« Là où il n'y a pas de quoy, le Roy perd son droit »

Comme il est de rigueur, Joseph est transporté de nuit par Thomas aidé d'un soubterreux payé quatre sols, enfin inhumé dans le charnier de la Mollettaz, au fond d'une fosse en compagnie de deux pestiférés.

C'est un enterrement très sommaire à la lueur d'une torche, mais combien éprouvant par la pensée pour Jaquemine restée seule au chosal. Car elle ne peut être présente, selon la coutume locale qui veut qu'une femme n'assiste pas à l'enterrement de son mari. Elle n'a que la ressource d'adresser une fervente prière à l'adresse du Tout-Puissant. Ce même soir, elle a quitté définitivement, non sans un serrement de cœur, le moulin d'où ses hardes et la volaille de sa basse-cour avaient été déménagées par Thomas.

Dans le chosal de sa mère, la nuit a été pénible pour Jaquemine sous sa couverte de laine. Elle n'a pu se reposer. À deux reprises, l'étrange sensation de ses entrailles l'a, cependant, moins troublée. Par sa mère, elle en avait eu l'explication.

1- Heure dixième : seize heures.

Elle avait pu enfin s'endormir ; le hurlement proche d'un loup les a réveillées toutes deux. Seul Thomas dormait encore, imperturbable, tout en jouant à la ronfle, comme le faisait Joseph. Par deux fois, le loup s'est manifesté, en ce lieu un peu à l'écart du bourg. Ses appels, d'une rare tonalité lugubre, étaient angoissants, surtout pour Jaquemine. Elle n'a pu se rendormir.

Au cours de la nuit, le visage triste aux yeux rougis et cernés, elle se prend à évoquer l'incident survenu, il y a moins de deux semaines :

L'arbre coupé qui tombe, écrase un chat noir, leur matou. Elle allait oublier le songe de la nuit précédente : les crapauds. Enfin ce que lui avait conté Joseph : la croix dans l'herbe formée de la hache et d'une branche de sapin...

Et il y a moins de trois jours, à nuit-close, le chant du coq, bien mauvais présage, transmis par l'appel d'une poule. La petite Marie Crespin est seule à avoir réchappé à cette puissance maligne qui semble s'acharner sur Jaquemine, sur elle uniquement.

Sans le vouloir, elle a mentionné le Malin. Le Diable se croit-il invoqué ? Elle fait son signe de croix. Plaise à Dieu que ses malheurs aient une fin.

Elle se lève, alors que retentit l'Angélus du matin. Elle est épuisée par deux nuits presque sans sommeil mais en ce jour solennel de « la Commémoration des fidelles Trépassés », elle ne veut pas manquer d'assister à la messe célébrée en leur souvenir. Elle fera la méridienne dans l'après-disnée.

Ils sont tous trois sur le charnier au milieu d'une nombreuse assistance. Devant la porte de l'église toujours close, l'office sacré débute par un appel du Révérend Curé. Il demande au Seigneur de donner aux Trépassés le repos éternel et la lumière sans fin :

« R*equiem aeternam dona eis, Domine, et lux perpetua luceat eis*[1]. »

En cet instant, ces mots latins que Jaquemine ne peut comprendre doivent concerner les Trépassés et donc son pauvre mari. Aussi, s'abîme-t-elle dans la prière. Elle ne remarque pas quelques regards de compassion dans la foule assemblée auprès d'elle. La mort par accident de son mari est maintenant connue. Le Révérend Curé à l'issue de la messe, en annonce l'enterrement fait la veille ainsi que ceux des deux morts de la maladie pesteuse.

Le lendemain, troisième de novembre, est un dimanche. En ce jour, la neige tombe à gros flocons, recouvrant tout le bourg dont elle change l'image. Sur le cimetière, les nombreux fidèles la piétinent dans l'attente de la cérémonie religieuse, célébrée toujours devant l'église. Le Révérend Curé Germain, souffrant, est remplacé par son vicaire, assisté de deux servants.

1- « Donnez-leur le repos éternel et que votre lumière luise à jamais sur eux. »

Malgré le mauvais temps, celui-ci termine la cérémonie. Il a la joie d'annoncer aux fidèles frileusement entassés devant lui sous la neige qu'aucun décès n'est à déplorer depuis ceux de Joseph Revil et des deux pestiférés survenus trois jours auparavant. La surprise est générale. C'est presque miraculeux. Dieu, dans son immense miséricorde a bien voulu pardonner aux pécheurs de la paroisse. Au nom de tous, le vicaire lui manifeste sa reconnaissance :

« *Ostendavis nobis, Domine, misericordiam tuam. Gratias agimus tibi, Domine*[1]. »

Cette action de grâces dite en latin reste encore incompréhensible pour Jaquemine et l'ensemble des fidèles. Mais elle a conscience qu'elle doit avoir pour objet de remercier Dieu de sa miséricorde. Il n'en est pas moins vrai qu'elle a perdu son mari pour toujours.

Toute l'après-disnée, elle la passe, comme Pernette, dans un profond sommeil. De faire la méridienne lui fait ainsi oublier ses malheurs pendant quelques heures.

Avec la venue de l'hiver, paradoxalement, la vie semble renaître dans la paroisse, bien discrètement au début. Si échoppes, cabarets et taverne restent encore hermétiquement clos, l'animation est perceptible dans les bâtisses.

1- « *Vous nous avez manifesté, Seigneur, votre miséricorde. Nous vous rendons grâce.* »

D'indispensables réparations sont hâtivement entreprises au niveau des toitures. Les ouvertures béantes des petites fenêtres se garnissent à nouveau d'étoffe huilée. Seules les demeures bourgeoises sont dotées de vitres, bien souillées d'ailleurs, comme le sont les vitraux de l'église.

On recommence à circuler dans les ruelles enneigées. La place de l'église et son charnier sont cependant toujours déserts, le vendredi, jour de marché hebdomadaire. Parfois, on entrevoit un porte-pannier se hasardant à la périphérie du bourg. Grâce à cette timide apparition, les nouvelles du duché recommencent à circuler. Elles se transmettent ainsi de bouche à oreille mais peu à peu, au fil des jours, elles sont l'objet d'annonces officielles au prône, lors de la messe dominicale.

Les conséquences du mal pesteux sont en diminution sensible et l'isolement des habitants moins sévère, mais ils restent exposés, pour la plupart, aux méfaits de la disette et pour quelques-uns, au drame de la famine.

Dimanche, premier de décembre, on apprend que la garnison de Casale, dans le duché de Montferrat, en Piémont, allait être attaquée par les troupes ducales, assistées des Espagnols. Les forces françaises arrivent à son secours. Mais le conflit est évité par l'intervention de « *il signor Abbate Giulio*

Mazarini [1] » quy, le vingt-sixième d'octobre, déploye entre les deux armées une banderolle avec ces mots « *Pace* [2] ».

Plus tard, il sera cardinal et appelé à une grande carrière en France sous les deux Rois Louis XIII, puis Louis XIV.

Ce dimanche, premier de décembre, est le premier dimanche de l'Avent, premier du cycle de Noël et de l'année ecclésiastique.

Depuis un mois, le fléau pesteux a disparu, grâce à la miséricorde de Dieu. Avec l'autorisation du châtelain et du syndic, l'église est rouverte au culte.

En ce grand jour, la nef est comble. La foule des fidèles est vêtue de sombre. La joie de revoir ouvertes les portes de l'édifice sacré est malheureusement encore ternie par le souvenir des disparus.

À l'assemblée des communiers tenue après la messe, les notables de la paroisse en évaluent le nombre au tiers de la population de près de trois cent quatre-vingts feux, soit environ deux mille âmes. Plus de sept cents ont ainsi disparu. Leurs noms ne purent être notés sur le registre paroissial par le Révérend Curé, débordé par le nombre quotidien des décès.

Les mendiants, toujours aussi nombreux, ont réapparu, plus misérables que jamais par le grand

---

1- Abbé Jules Mazarin.

2- « Paix »

froid de l'hiver. L'un d'eux a été vu disputant à un chien une carcasse de poulet.

Aussi le Révérend Curé, s'il tient à remercier le Divin Créateur pour avoir éloigné le fléau de la peste, l'implore-t-il à nouveau contre la famine, par l'oraison : « *Da nobis, quaesumus, Domine piae supplicationis effectum et famem propitiatus averte*[1]... »

Ce même dimanche s'ouvrent enfin les deux cabarets du bourg. Il y est à nouveau servi du vin « à pot » ou du cidre, seulement en dehors du temps des offices religieux. Mais on ne peut manger, puisque la seule taverne ou l'on vend du « vin par assiette » reste fermée, son tenancier étant mort de la maladie pesteuse. Et il n'est point d'auberge dans la paroisse.

Les journées d'hiver sont longues pour Jaquemine. Elle se sent bien esseulée malgré la présence de sa mère et de Thomas.

Il a sacrifié son seul cochon. Il en fait fumer les morceaux dans la cheminée dont le foyer est entretenu chaque jour par Jaquemine ; elle reste ainsi, à longueur de journée « accouvée[2] au coin du feu », à tisser un peu de dentelle ou à regarder d'un œil morose son ventre s'arrondir, au point d'avoir été obligée d'enlever les « busques[1] de son corps de

---

1- « Nous vous supplions, Seigneur, accordez-nous ce qui fait l'objet de nos pieuses supplications et éloignez-nous la famine par votre miséricorde. »

2- Accouvée : paresseusement installée.

juppe », devenu trop étroit. Elle sort parfois en compagnie de son frère, pour aller ramasser du bois mort, qu'elle aide à transporter jusqu'au chosal.

Ils n'ont pratiquement qu'un seul repas par jour ; et malgré son appétit plus marqué, Jaquemine doit se contenter d'un peu de laitage, plus rarement d'un œuf ou d'un peu de cochon. La petite quantité de farine ramenée du moulin est depuis longtemps avalée. Thomas dispose d'une réserve de foin très limitée qu'il économise le plus possible. Aussi, la vache ne donne-t-elle guère plus d'un « pot[2] » de lait chaque jour.

Dans l'unique pièce où bêtes et gens sont tous réunis l'atmosphère est morose. Si les journées sont longues pour Jaquemine, elles le sont aussi pour Thomas. Il se sent souvent fatigué. Il se plaint moins de sa toux, discrète mais persistante. Il veut l'ignorer.

Pernette, souvent absente, continue de donner ses soins dans le bourg. Elle en revient avec quelques sols en poche qui permettent d'améliorer un peu l'ordinaire. Elle va chez l'épicier-droguiste pour ses drogues et fait emplette d'un peu de nourriture, surtout de pain.

Stalande, fête de la Nativité de Notre-Seigneur Jésus-Christ est en cet an de grâce le mercredi, vingt-cinquième de décembre.

1- Busque : baleine de corset

2- Pot : deux litres cinq.

La veille, un peu avant « Matines[1] », l'heure sixième de la nuit, ils sont venus tous trois à l'église malgré le froid glacial. En souvenir des épreuves endurées au cours de l'année écoulée, ils étaient nombreux, les fidèles paroissiens, à rendre hommage au Christ.

Pendant le mois de janvier de la nouvelle année, Pernette est maintes fois dérangée. Une sorte d'épidémie de « fièvre double quotidiane par pourriture de l'humeur pituite » touche exclusivement les enfants. Elle dure plusieurs jours avec « toux par excès de pituite ». Elle s'accompagne « de douleur des yeux rouges sous tension » et « d'éruption purpurée lenticulaire, comme la petite vérole, subtile et bilieuse ». Cela ressemble fort à « la rougeolle » et beaucoup de petits enfants meurent de « catarrhe suffocant ».

Si Pernette traite la toux avec de la décoction de graines d'orge, elle veut guérir la suffocation « à l'aide d'un gargarisme composé de fiente de cheval : une poignée, eau : une pinte, eau de grande joubarbe : une versée. »

Il n'est pas possible de trouver en hiver la joubarbe qui pousse à même sur les toits de lauzes[2] dont « elle détourne la foudre », il faut alors utiliser

---

1- Les Matines ou vigiles : minuit.

2- Lause ou lauze : dalle de pierre.

une autre formule de gargarisme : « eau de plantain, lait de chèvre ».

À parties égales, c'est tout aussi efficace.

L'été, à cause de la maladie pesteuse et l'hiver, pendant le temps de l'Avent, aucun mariage n'a été célébré.

Beaucoup le seront dans le temps de Noël et le temps de l'Épiphanie jusqu'au mercredi, douzième de février, jour des Cendres en cette année et premier du temps de Carême, lequel est également « prohibé pour les cérémonies nuptiales ».

En cet an de grâce mil six cent trente et un, l'Épiphanie, jour sixième de janvier, est un lundi.

Dès le lendemain, le carillon retentit joyeusement au clocher. Les premiers mariages sont célébrés après leur annonce officielle au prône, trois dimanches de suite. Ils n'ont point lieu les lundi, samedi ni vendredi, jours trop proches de celui du Seigneur ou jour de sa mort, ni même le mercredi, réputé néfaste pour l'avenir du couple. De plus « la copule charnelle » entre nouveaux époux n'est permise qu'après « un délai de continence charnelle de sept jours. »

Plusieurs fois par semaine, le bourg s'anime agréablement au son joyeux des cloches. Comme l'a recommandé le Révérend Curé, « il est grand-temps de combler les vuides laissés par la mort de nombreux paroissiens. »

Après un long silence de plusieurs mois, on entend à nouveau la musique un peu criarde des joueurs de « rebec[1] » et les notes plus graves du « tabourin[2] accompagnant les espousées à l'église à nopces ».

Jaquemine, accompagnée de sa mère, assiste au mariage d'une de leurs cousines. Elle remarque le sourire contraint du futur époux entrant dans l'église. Ses yeux trahissent l'angoisse qui lui étreint le cœur en ce grand jour solennel.

À cet instant, Jaquemine replonge dans son passé. Elle se souvient de sa propre union avec Joseph. Il était alors tout aussi angoissé. Il craignait que, dans l'assistance, une âme mal intentionnée puisse, avec la complicité du Diable, lui « nouer l'aiguillette ».

L'aiguillette est « un cordon de fil, ferré aux deux bouts par un ferret ». Il permet de fermer par laçage l'ouverture d'un pourpoinct ou la braguette d'un haut-de-chausses.

Si elle demeure nouée, donc la braguette non libérée, la copulation charnelle devient impossible. Ainsi, le « nouement de l'aiguillette », cette expression imagée symbolise l'impuissance sexuelle ardemment voulue par « les jetteux de sort » qui, par jalousie ou rancune personnelle, veulent se venger

---

1- Rebec : violon à deux ou trois cordes.

2- Tabourin : petit tambour.

de l'un ou l'autre des « mariants » en empêchant la consommation du mariage.

L'impuissance est dite « surnaturelle » puisqu'elle concerne seulement le mari avec son épouse. Il suffit, pour l'obtenir, de nouer une lanière ou un lacet en invoquant les puissances démoniaques au moment de la cérémonie nuptiale où « les mariants se promettent obéissance et fidélité. »

Jaquemine et Joseph s'étaient retournés malgré eux à ce moment crucial vers l'assistance pour découvrir un possible « jetteu de sort ».

Heureusement, comme il le fait aujourd'hui, le Révérend Curé conscient de la nécessité de prévenir un tel danger, enjoint-il alors à tout noueur d'aiguillette de vider les lieux, menaçant « combien que de droit tout sorcier ou sorcière soient excommuniés de l'autorité de Monseigneur Jean-François de Sales, nostre Prélat, Évesque et Pasteur, en leur deffendant l'assistance[1] au mariage, Amen ».

Jaquemine se souvient.

Elle en avait fait la triste expérience du « nouement de l'aiguillette ». Et le jour où la copulation charnelle fut permise après le délai imposé, elle fut obligé de conjurer le maléfice.

Sur le conseil de sa mère, elle avait alors pris cet anneau nuptial de cuivre qu'elle a encore à l'annulaire et demandé à Joseph « de lascher sa pisse à

1- Assistance : présence.

travers de l'anneau nuptial » qu'elle tenait elle-même entre les doigts de sa main gauche. Ainsi, son mariage put-il être consommé le même soir.

Après la cérémonie nuptiale, au sortir de l'église, Jaquemine et Pernette ne manquent pas de découvrir, comme maints autres fidèles, que le châtelain Muffat et le syndic moderne de Loche sont tous deux chaussés de souliers « à pont-levis avec un vuide dessous la semelle », comme en avaient les soldats français. Par la suite, sabots et galoches façonnés par les artisans du pays le sont peu à peu avec ce talon qui facilite grandement la marche, surtout en terrain glissant.

Jusqu'au début du siècle, les souliers des hommes étaient sans pont-levis au contraire de ceux des femmes. Quelques-unes cependant étaient dites « avoir des souliers sans pont-levis » parce que réputées être trop enclines à « trop boire à la fontaine d'amour » et ainsi à se laisser facilement renverser sur le dos pour « faire la beste à deux dos ». Ce n'est pas le cas de Jaquemine qui, d'ailleurs, ignore ces expressions courantes au royaume de France.

Au cours de janvier, le vingt-sixième jour, a lieu malgré la neige une courte procession dans le bourg, en l'honneur de Saint Sébastien. On veut le remercier pour avoir contribué à écarter le fléau pesteux avec la permission de Dieu.

Pour la fête de la Purification de Notre-Dame, le dimanche, deuxième de février et quatrième dimanche après l'Épiphanie, la messe revêt encore un caractère de solennité.

En cette année, « le Caresme est bas » ; il commence en effet en février, le mercredi, douzième du mois. Mardi, la veille, « jour de Caresme-prenant », l'ambiance demeure morose bien que chaque foyer essaie de faire un peu « ripaille en consommant tout ce qu'il reste de chair » pour ne plus en manger jusqu'à Pâques.

Mardi gras ne donne lieu à aucune réjouissance carnavalesque malgré les nombreux mariages célébrés en ce dernier jour autorisé.

Jaquemine, toujours « accouvée au coin de l'atre » ne sort pratiquement jamais, sauf les dimanches pour assister aux offices religieux. Seule avec son chagrin, sa grossesse lui est d'autant plus pénible à supporter qu'elle est gênée en marchant avec ses sabots dans la neige des chemins. À chaque passage du nant Glappeys, elle détourne les yeux du lieu où elle a vécu des instants dramatiques.

Une légère fumée s'échappe de la cheminée. Les Révérends Pères Jésuites ont aussitôt « ascensé » le moulin à quelque manant dès la mort de Joseph.

La journée de « Caresme-prenant » s'est passée en compagnie de sa mère et de son frère. Étant veuve, elle n'a pas pu suivre « le proverbe de faire Caresme-prenant avec son époux et Pasques avec son curé » comme l'année dernière. La célébration possible de la deuxième fête n'est pas pour la consoler. Au cours de la dernière semaine de février, elle est angoissée par son état. Elle s'en ouvre à sa mère :

« Mère, mes entrailles remuent

– Pour seür. T'vas enfanter bientost, à lune nouvelle.

– Vous me porterez aide ?

– Ouy. Je prépare quy[1] il faut »

Sa grossesse lui pèse chaque jour davantage.

Aussi, à fin février, Pernette lui recommande-t-elle :

« T'vas aller chaque après-disnée prier dessus la pierre à Monseigneur l'Évesque. »

Il s'agit d'un roc émergeant du sol d'environ deux pieds, en bordure de la ruelle principale.

Lors de la visite de Monseigneur François de Sales, « évesque et prince de Genève », le lundi, vingt-quatrième de juillet mil six cent six, elle permit à sa Grandeur, de monter sur le dos de la mule et de poursuivre sa mission épiscopale.

Le vingt-huitième de décembre, mil six cent vingt-deux, à Lyon, il mourut en odeur de sainteté, pleuré de tout le monde. De son vivant, il avait su conquérir les cœurs et les âmes de tout un peuple.

1- Quy : ce que.

Depuis son rappel à Dieu, il poursuit son action généreuse et vient en aide aux femmes en couches.

Chaque jour, Jaquemine s'agenouille devant la pierre pour prier avec une ferveur accrue par l'angoisse. Elle est un peu surprise de se trouver entourée de plusieurs femmes dans le même état, venues comme elle implorer sa Grandeur. Neuf mois auparavant les soldats français étaient là.

Bien que n'ayant apparemment pas de « fleurs blanches » Jaquemine se plaint aussi de « strangurie [1] » ; elle pisse très souvent et cela s'accompagne parfois de sensations de brûlures au niveau de « la nature ». Ce sont certes, des « humeurs froides quy tombent sur les parties quy reçoivent l'urine et le muscle quy serre la vessie est ramolli ».

Pernette lui fait alors boire du lait dans lequel ont infusé des fleurs séchées de bleuet dont elle a malheureusement une faible réserve. Aussi « l'acrimonie de la pisse » ne cède-t-elle pas à ce court traitement.

Dans la nuit du quatrième de mars, à l'heure neuvième, celle des Laudes, Jaquemine se met à gémir. Elle se plaint de ses entrailles. Elle réveille sa mère :

« T'es en travail d'enfant, lui dit Pernette.

– Il me faict grand-mal. »

Jaquemine se tord de douleur alors que sa mère est occupée à fouiller dans un sac de toile :

« Tiens. Maschonne ces feuilles de laurier. »

1- Strangurie : difficulté d'uriner, cystite.

Ce que fait Jaquemine grimaçante.

« Me bailles-ça, maintenant », demande Pernette.

Elle en recueille dans la main la bouillie gluante que sa fille a crachée puis la lui étend sur le nombril.

Peu après, Jaquemine inonde sa couche :

« Mère, j'ay pissé ?

– Il est bon. T'as vuidé tes eaux. Je te vais encore bailler quelque chose. »

Elle lui prépare un mélange de trois pintes d'eau tiède et d'une de miel fort clair ; elle lui en fait boire.

À ce moment, les douleurs d'entrailles augmentent. Pernette écarte les genoux de sa fille et l'aide à « descharger du fruit quy est dedans sa matrice ».

C'est bien un garçon comme l'avait prévu Pernette. Avec son ciseau, elle en coupe « le cordon du petit intestin » sans se soucier du sang qui coule. De ses mains ensanglantées, elle enveloppe le nouveau-né dans une peau de chèvre pour le préserver du froid. Jaquemine se sent soulagée. Elle remercie Sa Grandeur François de Sales. Cependant, tout n'est pas fini.

« Maintenant, il te faut sortir l'arrière-faix » décide Pernette. Une décoction de semence de plantain que sa fille avale, l'aide à se libérer de « ses secondines[1] ».

Il est bientôt l'heure prime, au petit matin, quand Jaquemine reconnaissante fait une prière à Sa

1- Arrière-faix, secondines : placenta.

Grandeur François de Sales et peut enfin se reposer.

Mais, si la délivrance a pu se faire sans grande douleur, elle le doit aussi beaucoup à sa mère.

À la lueur vacillante du créju, la petite lampe à huile, elle regarde son enfant. À qui peut-il ressembler ? Pas plus que Pernette, elle ne peut se prononcer.

Après avoir crié, il s'est endormi dans la peau de chèvre étendue près de sa mère sur la couche.

Pernette appelle Thomas. Il rentre alors, frissonnant, secoué par la toux. Malgré le froid, il a erré dehors, ne devant pas assister à l'enfantement de sa sœur, donc à la naissance de son neveu.

Ainsi celui-ci est venu au monde, avec la permission divine, dans la nuit du quatrième de mars, pour la fête de Saint Casimir, en lune vieille.

Au son joyeux des cloches, il est baptisé dans les délais, comme l'exige l'Église. Il a reçu le prénom de Joseph-Marie en souvenir de son père et désormais il est inscrit sur le registre paroissial des naissances.

Plusieurs fois, en ce début de mars, le carillon se fera entendre pour fêter de nouveaux baptêmes.

Dans le chosal de Pernette, l'ambiance n'est cependant pas gaie malgré l'arrivée de Joseph-Marie. Les tristes souvenirs d'un passé récent sont encore trop présents.

Les jours passent. Pernette s'inquiète de l'état de sa fille qu'elle trouve un peu pâle et fatiguée. Elle demande à Thomas de lui capturer un lièvre, non seulement pour la chair, mais aussi pour soigner Jaquemine qui, depuis ses couches, souffre de « lochies[1] ». Elle perd notamment un peu de sang. Ces « fleurs », accompagnées d'un peu de fièvre, semble-t-il, sont bien certainement cause de sa fatigue. Même ses « mamelles ramollies » ne donnent pas assez de lait pour nourrir le bébé.

Thomas a pu enfin se saisir d'un lièvre. Pernette en prend le cœur qu'elle « gratte fortement » dans l'eau chaude. Elle y ajoute un peu d'argile, fait trois pintes de ce mélange visqueux encombré de débris sanglants.

Jaquemine en boit une pinte par jour.

Quelques jours plus tard, les lochies vont en diminuant et finalement s'arrêtent.

Joseph-Marie cause du souci à sa mère.

Dès le troisième jour de sa naissance, il avait les yeux un peu rouges. Lors du baptême, le Révérend vicaire le leur avait fait remarquer. Rapidement, les paupières se sont congestionnées. Les deux femmes voyaient un peu de liquide sanieux jaune-vert sourdre entre les cils. Le moindre toucher était douloureux à faire gémir le bébé.

Pernette a commencé un traitement avec « le pur fiel du lièvre » dont elle verse quelques gouttes sur

1- Lochies : écoulement séro-sanguinolent après accouchement.

les paupières qu'elle entr'ouvre difficilement. Malgré les plaintes de Joseph-Marie, elle poursuit pendant près d'une semaine. Aucune amélioration ne se manifeste. Au contraire, chaque œil a perdu son reflet brillant et une tache ulcéreuse se forme en son centre [1].

Pernette s'avise alors de remplacer le fiel par du blanc d'œuf dont elle inonde matin et soir les yeux maintenant obstinément fermés. Après quelques jours, elle constate que le nouveau remède est sans effet.

« Le catarrhe chaud persiste.

– Je sçais. Me falloit y adjouster l'eau de semence de grenouille et n'ay point », regrette Pernette.

En désespoir de cause, elle applique maintes fois une sorte de cataplasme fait avec « le morceau d'une tranche de veau toute crue entre deux linges ». Rien n'y fait. Pas même le cierge allumé dans l'église à l'autel de Saint Antoine, ni la neuvaine de prières dite à l'invocation du même Saint. À croire que le bébé est l'objet d'un maléfice, et Pernette tente de le conjurer avec un peu d'eau bénite.

Dans la paroisse, il est d'autres bébés, soignés par elle, qui ont présenté le même « catarrhe chaud » des yeux, sans le moindre succès de guérison. L'évolution du mal se révèle implacable. En entr'ouvrant les pau-

---

1- Cette affection évoque la conjonctivite gonococcique (chaude-pisse).

pières, elle ne peut que constater l'aspect trouble des deux yeux et l'ébauche d'une « taye » devant chaque pupille.

Le mois de mars se termine, avec quel soulagement pour tous. « En ce temps de Caresme, la loy ancienne de l'Église a estroitement prohibé toute viande ».

Observer cette loi pendant quarante jours est très éprouvant, alors que la maigre pitance quotidienne est déjà à peine suffisante même avec un peu de viande fumée de cochon.

Le dimanche de « Pasques fleuries » passé, on se trouve en Semaine Sainte. C'est bientôt la fin du « Caresme », Samedi Saint, jour vigile de « Pasques », lequel, en cet an de grâce mil six cent trente et un, est le trentième de mars.

« Pasques » est célébrée sans grande liesse. Après avoir vécu dans le passé tant de sombres journées, on ne peut croire que tout malheur soit écarté.

Effectivement, dans la nuit de dimanche suivant « Pasques », à « Pasques closes », un incendie se déclare dans le bourg, du côté du couchant.

Malgré la neige encore présente sur le toit, la ferme est complètement détruite. Non seulement le bétail, mais deux personnes âgées périssent. Aussi le syndic prend-il la décision de rétablir « le guet », c'est-à-dire la ronde de nuit de la « garde du feu », pour pouvoir donner rapidement l'alarme en cas de sinistre. Ce n'avait pu être fait lors du précédent incendie, courant septembre, en période de contagion pesteuse.

Ainsi, chaque nuit, de l'heure troisième[1] à la neuvième[2], un homme de guet est désigné pour parcourir les ruelles du bourg, une torche à la main, avec comme conséquence heureuse, celle d'éloigner les loups. Sans doute effrayés par la flamme, ils se tiennent à l'écart et n'osent s'aventurer que rarement dans le bourg.

Dans le cœur de chacun demeure cependant l'angoisse d'une nouvelle épidémie pesteuse. Aussi, en accord avec le Révérend Curé et les Révérends Pères Jésuites, le syndic et le conseil des communiers prennent-ils « la dévotion de ceindre l'église d'un chapelet de cyre ».

« Le dit syndic faict avec le Révérend Curé collecte par la paroisse pour acheter la cyre pour accomplir leur dévotion. Ils en achètent huit livres à trois florins la livre et tout est employé au-dit chapelet. »

La cire est fondue en petites boules enfilées une à une sur un long fil de chanvre. Le chapelet ainsi formé entoure à hauteur d'homme le vieux bâtiment de l'église. À cette occasion une messe est célébrée le dimanche, vingtième d'avril, en l'honneur de Saint Sébastien et de Saint Roch.

1- Heure troisième (nuit) : Complies, vingt et une heures.
2- Heure neuvième (nuit) : Laudes, trois heures du matin.

Le chapelet demeurera en place jusqu'au premier dimanche de l'Avent. Effectivement, en ce jour trentième de novembre, le Révérend Curé annoncera pour le lendemain matin « la levée du ceint de l'église avec office religieux ».

En avril, la neige fond peu à peu. Avec le retour du printemps, la vie semble renaître. À nouveau, les cloches sonnent pour les mariages ; ils ne pourront avoir lieu en mai, consacré à la Sainte Vierge.

L'activité reprend dans les jardins, et même dans les champs, surtout ceux de « l'adret », exposés au soleil. Dès la mi-avril, en lune nouvelle, on se remet à planter.

Au début de l'année, le Révérend Curé avait obtenu de Sa Grandeur, Monseigneur Jean-François de Sales, la permission d'édifier la nouvelle chapelle.

Honorable Michel Losserand, en reconnaissance de la guérison – voulue par Dieu sur l'intercession de Saint Roch – de sa femme atteinte de maladie pesteuse, avait fait don du terrain. Il offre alors de prendre à sa charge le coût de la cloche.

À l'issue d'une réunion au presbytère en présence du Révérend Curé, du syndic moderne, du châtelain, de l'honorable Losserand, du curial[1], du prêtre procureur de « la boeste aux ames » et du procureur de

1- Curial : chargé de la gestion matérielle de la cure.

la paroisse, les travaux d'édification de la chapelle sont alors « convenus à prix faicts avec le maistre-maçon, le maistre-charpentier et leurs manouvriers ». Mais pour aider au creusement des fondations, au transport des matériaux, de nombreux paroissiens viendront bénévolement comme « journaliers ». Ils participeront même à la construction d'un four à chaux et, le moment venu, assisteront les charpentiers pour le couvert de la chapelle dont ils peindront l'intérieur des murs.

Les matériaux, ainsi que la nourriture des ouvriers, sont assurés par les communiers. Cependant, l'argent venant à manquer, le Révérend Curé organise des « cueillettes » au cours des offices religieux.

Enfin, on prend contact avec le maître-fondeur François Gerdil, bourgeois de Sallanches.

Les travaux débutent à fin avril.

Pendant plusieurs jours, le four à chaux reste allumé. Les manouvriers besognent à longueur de journée, quel que soit le temps, pour le maigre salaire quotidien de dix sols, aidés par des journaliers bénévoles. Mais ils sont tous assurés de la bienveillance du Tout-Puissant en édifiant une chapelle.

Alors que le clocher s'élève lentement au-dessus du couvert, arrive l'artisan maître-fondeur, accompagné d'un mulet chargé de cuivre, d'étain et autres objets. Il est reçu quasi officiellement par le Révérend

Curé, les deux Révérends Pères Jésuites, le syndic et le châtelain.

Fondre une cloche est non seulement un acte solennel mais aussi un acte symbolique. Une cloche qui sonne, n'est-ce pas un appel au nom du Dieu Tout-Puissant ? Élevée à la rencontre de deux grandes vallées, elle saura rassembler les fidèles malgré sa taille relative.

Son poids de bronze a été fixé à plus de soixante-dix livres[1] dont seize d'étain, proportion indispensable pour la pérennité du son de cette œuvre. Elle sera fondue au cœur même de la paroisse, sur le pré de foire, avec le bienveillant accord des Révérends Pères Jésuites, propriétaires du terrain, et à l'emplacement choisi par le Révérend Curé.

Dès son arrivée, Gerdil, le maître-fondeur, aidé des journaliers, s'empresse de construire le four de maçonnerie qui sera alimenté par un feu de bois.

C'est un événement dans le pays. Et ils sont nombreux, les paroissiens, à venir contempler la patiente réalisation de cette œuvre vénérable.

Le maître-fondeur en édifie le moule avec des briques, de la terre glaise mélangée à du crottin de cheval, le tout assemblé à la chaux issue du four.

Il parvient peu à peu à fondre le cuivre, à y ajouter l'étain en fusion puis à en couler le mélange dans le moule par un godet. En brut de coulée, le métal est

1- Livre : cinq cent cinquante grammes.

hétérogène, alors il le recuit d'homogénéisation. Par ce travail à chaud pour plus de dix pour cent d'étain dans la phase malléable, il arrive à parfaire son œuvre.

Il est heureux d'avoir réussi, car souvent « on est penault comme un fondeur quand son ouvrage a manqué ».

Cette délicate opération s'est poursuivie de jour comme de nuit à la lueur des torches.

Ainsi, le vingt-deuxième de mai, il est procédé aux premiers essais de la cloche en présence des notables.

Et le dimanche, vingt-cinquième de mai, fête de la Très Sainte Trinité, à l'issue de la messe, la cloche est portée devant l'église en présence de la foule assemblée sous le soleil printanier.

Le Révérend Curé s'approche dévotement, lave le bronze à l'eau bénite, puis l'oint de l'huile sainte et, dans un troisième temps, fait brûler de l'encens. À l'honorable Michel Losserand, patron de la nouvelle chapelle et de sa cloche, il est permis de poser la main sur l'airain[1] bénit et de lui donner son nom. Il lui est ensuite demandé de choisir parmi les Révérends Abbés de la paroisse ici présents le recteur[2] de la chapelle édifiée sous le vocable de Sainte Anne et de Saint Roch.

1- *Airain : alliage de métaux à base de cuivre, bronze.*

2- *Recteur : qui assume ta fonction de prêtre.*

Peu avant, au prône, on a appris par le Révérend Curé que le traité signé à Cherasco, en date du sixième d'avril, à l'inspiration de « *il signor abbate Giulio Mazarini* », doit mettre fin à la guerre entre la Savoie et la France. Cette heureuse nouvelle ne comble pourtant pas les cœurs, autrement plus enflammés par l'annonce de la bénédiction de la chapelle de Darbon en action de grâces au Seigneur.

On est à fin mai. Le fléau pesteux n'a point refait son apparition. Par l'intercession de Saint Sébastien et de Saint Roch, Dieu, dans sa grande miséricorde, a donc bien pardonné aux pécheurs.

Ainsi, la cloche bénite pourra-t-elle être hissée en haut du petit clocher de la chapelle de Darbon après une fervente procession au cours d'une grandiose cérémonie, en hommage reconnaissant à Dieu et à tous les Saints, le jeudi, vingt-neuvième de mai, jour de la Fête-Dieu.

Jaquemine avec son bébé vit toujours auprès de sa mère et de son frère. Tous trois sont désespérés. Joseph-Marie tient toujours fermées ses paupières fortement plissées. En les entr'ouvrant avec peine, malgré les cris du bébé, chaque œil apparaît comme une petite boule blanchâtre, rapetissée, sans vie. Il leur faut à tous trois se rendre à l'évidence. Joseph-Marie est aveugle[1]. Il le sera à jamais. C'est malheureusement le

1- *Complication grave de la chaude pisse.*

cas de quelques-uns des autres bébés nés en cette période, malgré les soins de Pernette.

Très chrétiennement, Jaquemine se doit de nourrir au sein son bébé. Mais elle se demande si Dieu ne l'aura pas en pitié en le rappelant auprès de lui. Dans son état, Joseph-Marie, déjà bien maigre, ne sera jamais plus qu'une bouche à nourrir, une épave dans la vie. Chaque dimanche, elle l'emporte à la messe dans l'église où elle implore devant la Croix de Jésus un miracle pour son enfant. Mais, angoissée sans cesse, elle se demande si Dieu n'a pas abandonné Joseph-Marie, punissant ainsi ses parents. La faute en est-elle à Joseph, mort, tragiquement il est vrai, mais sans avoir reçu les derniers sacrements ? Elle-même, n'aurait-elle pas offensé Dieu en ne s'étant pas désespérément opposée au Français pour « son œuvre de chair » dont elle garde, malgré elle, un agréable souvenir ?

Joseph-Marie, ne serait-il pas maintenant tourmenté par le Démon ? Dans son désarroi, Jaquemine s'effraie d'une telle supposition.

Elle consacre de plus en plus le temps de ses longues journées, non pas à « préparer pitance » mais surtout à aider sa mère dans la recherche des plantes et l'élaboration des remèdes. Ainsi, elle s'initie peu à peu aux secrets de Pernette guérisseuse.

En ce printemps, un douloureux événement vient troubler l'atmosphère de relative détente dans la paroisse.

Le samedi, trente et unième de mai, on apprend la mort de Marie, fille de Maître Jean Crespin, notaire du lieu, disparue la veille, à nuit tombante.

Elle aurait été « attaquée par des loups quy l'ont déshabillée sans gaster ses habits puis s'en sont allés la manger près du nant. Les restes, os des cuisses et jambes ont esté trouvés dedans le bois le lendemain matin, à la faveur de corbeaux quy croassaient voltigeants par-dessus. »

La nouvelle fait surgir en Pernette et Jaquemine le souvenir du matou noir et de sa fin tragique, alors qu'il était poursuivi par Marie. Joseph, et maintenant Marie, ne sont plus. À l'évocation de cette double tragédie, elles prient toutes les deux. Elles se demandent anxieusement à qui attribuer cette étrange fatalité qui n'a pas manqué de s'abattre sur les deux disparus.

Cependant, la vie dans le bourg reprend son cours habituel. Dès le dimanche, premier de juin, le déroulement des offices religieux redevient normal comme avant l'apparition du fléau pesteux.

À prime, sera de nouveau célébré, chaque jour, l'office matinal, et une heure avant tierce, ce sera la grand'messe dominicale, au moins pendant toute la belle saison, pour revenir à tierce en hiver.

De même, le marché se rétablit à nouveau le vendredi sur l'emplacement du charnier. Si la « Foire de

La Trinité dans l'Octave de la Pentecoste » n'a pu se tenir cette année, elle aura lieu l'an prochain ici ; cependant, celle de la Saint-Jean et à l'automne, celle de « la Croix », le sixième de septembre sont au calendrier.

La colère de Dieu apaisée, le mal pesteux s'est éloigné.

Comme de tout temps, les querelles surgissent à nouveau entre les habitants, qu'il s'agisse de « hoirie » après décès de parents, de l'application de droits seigneuriaux, des « décimes de guerre », cet impôt à payer au syndic, du sel, ce monopole ducal très lourd, ou de disputes futiles qui naissent dans toute communauté de gens accablés de maladies étranges, souffrant de la faim et dont les récoltes malgré les invocations aux Saints dépendent des caprices du temps.

On se confie à Dieu. On en implore vainement la miséricorde et la permission d'espérer en des jours meilleurs. On tente de le fléchir en assistant aux diverses cérémonies du culte, en faisant pénitence, en versant une obole aux cueillettes, en implorant l'intercession des Saints, jusqu'à encenser la Vierge Marie dans le saint lieu.

Cependant les épidémies surgissent où dominent différentes fièvres, « ardentes continues » avec parfois « catarre suffocatif » ou accompagnées de « flux de ventre ». Parfois moins marquées, telles « la fièvre synoque sans putride » ou « la fièvre hétique, elles sont souvent mortelles, surtout chez les jeunes enfants.

Tout aussi graves, apparaissent aussi des épizooties touchant le bétail. Elles sont d'autant plus durement ressenties que la perte d'une vache, par exemple, est catastrophique, bien davantage que celle d'une épouse, aisément remplaçable par une nouvelle, épousée avec dot.

À tous ces malheurs s'ajoutent ceux dus au mauvais temps. Parfois, un amoncellement de nuages sombres peut être le prélude d'une tempête aussi dévastatrice qu'un violent orage de grêle.

Pour beaucoup, il est difficile d'accepter que tous ces maux soient toujours voulus, sinon tolérés, par Dieu. On en vient à admettre qu'ils sont sous la dépendance de Satan. L'Église évoque souvent sa présence, contre laquelle Elle met en garde et recommande de se prémunir grâce à la protection divine.

Satan. Ne pourrait-il pas exercer ses méfaits avec la complicité de « gens sans aveu » ? La maladie pesteuse se transmettait bien par des « engresseurs de peste. »

Il n'est pas impossible que de pareilles gens s'entendent avec Satan pour maléficier. Simplement, à l'occasion d'un mariage, ne tentent-ils pas de nouer l'aiguillette du mariant pour rendre impossible la copulation ?

D'autant plus que « Dieu laisse au Diable davantage de latitude par rapport à cet acte d'où a découlé le premier péché, que par rapport aux autres actes humains ». Quand la verge « se met en mouvement et en érection mais ne peut aller jusqu'au bout, alors est signe de maléfice. »

Au nombre des gens sans aveu, ces « créatures du Diable », beaucoup sont facilement reconnaissables. Par exemple, surtout celles affligées du « haut-mal [1] » ou atteintes de « mélancolie noire », de « frénésie », sans oublier celles présentant une malformation physique grave.

La femme, croit-on, est plus facilement possédée des démons. Elle qui « surpasse l'homme en superstition, sensualité, mensonge, frivolité… elle manque de force physique et recherche l'alliance du Diable et dedans les charmes, moyen de satisfaire sa lubricité vindicative ». On est loin de « la femme maistresse au temps de l'amour courtois » d'Aliénor d'Aquitaine, cinq siècles auparavant. Bien plus, « les montagnes mauldites », en particulier l'impressionnant massif du Mont-Blanc, inspirent la frayeur. On sait qu'elles sont hantées par les esprits infernaux qui poussent les glaciers jusqu'à ensevelir les maisons.

Dans un monde souvent hostile, on appréhende toute nouvelle importante officiellement transmise

1- Haut-mal : épilepsie.

non par un porte-pannier mais par un messager ducal ou quelque religieux, tel un moine en mission. Elle peut donner suite à des désagréments.

Au prône, le dimanche, vingt-deuxième de juin, on apprend seulement que le duché de Savoie vient d'être officiellement rendu à Son Altesse, Victor-Amédée Ier, à la date du onzième de juin, en vertu du traité de Cherasco, signé le seizième d'avril.

Aussi les cloches de l'église carillonnent-elles pour fêter cet heureux événement.

Or, en conséquence du traité, les troupes de Son Altesse, libérées des combats, sont mises au repos et réparties dans tout le duché. Le prince Thomas, gouverneur et lieutenant de Son Altesse en deçà des Monts, envoie dans la vallée du Haut-Faucigny un contingent de troupes mercenaires du régiment de Lorraine. Il en vient une escouade de vingt-cinq hommes dans le bourg dès le début de juillet.

Le duc Emmanuel-Philibert, par l'édit de Verceil en mil cinq cent soixante-deux « establit des gens de guerre quy soyent de nos propres subjects… »

C'est la première armée nationale du duché.

Charles-Emmanuel Ier, son successeur, avait institué « la milice générale » et « la milice choisie ou ducale » forte de huit mille hommes, devant être toujours prêts au combat

Si son occupation est pacifique, à la différence de celle des Français, elle n'est pas moins difficilement supportable. Tout « faisant-feu[1] » doit fournir à chaque homme d'armes les « utenciles[2] » soit :

« - une couche avec linceuls

- un godet

- une escuelle

- une place au feu

- une place à la chandelle. »

Sans oublier la mangeaille, bien que la paroisse soit censée fournir le nécessaire. Les éléments de la troupe se chargent eux-même de satisfaire aux concavités de leurs boyaux en allant « à la picorée[3] » dans les fermes qu'ils rançonnent.

Ce mardi, vingt-quatrième de juin était jour de la « vogue », la fête du pays. Cette année, comme précédemment, sauf l'an passé, de nombreux feux sont allumés sur les hauteurs entourant le bourg. Les « feux de la Saint-Jean » sont une survivance d'un ancien rite païen saluant l'arrivée de l'été. Il est toléré par l'Église.

Après avoir assisté à la foire de la Saint-Jean, Thomas monte en alpage, accompagné de Jaquemine portant Joseph-Marie. Depuis la fin de l'hiver il ressent une certaine lassitude… il ne s'en inquiète pas outre mesure. Certes, il a maigri, il toussote parfois ;

1- Faisant-feu : foyer, habitant.

2- Utenciles : prestations obligatoirement fournies aux soldats.

3- Picorée : pillage.

cela ne lui paraît pas alarmant. Ils sont en effet nombreux dans la paroisse à avoir perdu du poids pendant le carême et avec la disette, toujours présente. On a même trouvé mort de faim, le long du nant des Cordes, un mendiant, la bouche pleine d'herbes. Il avait voulu les avaler pour se nourrir.

Depuis quelque temps, Thomas transpire légèrement la nuit. Mais comme il n'a pas de fièvre perceptible au toucher de la main, Pernette met en cause la chaleur de l'été.

Par contre, sévit dans la vallée une sorte d'épidémie de moyenne importance caractérisée par une « fièvre quotidienne, un flux de ventre foireux [1] avec saveur amère à la bouche », se présentant même comme diarrhée.

Appelée à la traiter, Pernette préconise de « boire du lait dedans lequel on aura esteint du fer rouge » et elle recommande d'ajouter « un aliment à la gelée de corne de cerf ». Le résultat se fait-il attendre, il faut prendre en plus de « la graine de plantain séchée et broyée à boire avec la bouillie ».

Si quelques malades guérissent spontanément, d'autres, plus nombreux présentent après plusieurs jours de « la jauneur du visage et des yeux ». Ils sont en même temps « atteints de flux hépatique », ont « des selles comme des laveures de chair crues ». Très affaiblis, sans appétit, leur convalescence traîne

1- Flux de ventre foireux : diarrhée très liquide.

pendant plusieurs semaines. Il en est ainsi de l'un des prêtres, Abbé Blanc Pierre, en dépit des soins de Pernette.

Elle avait été aussi amenée à soigner un des Pères Jésuites. le Révérend Père Humbert, souffrant également de « flux de ventre ». Cela ne s'était pas amélioré. Comme il avait « ouï-dire » du mauvais état de l'Abbé Blanc, il fit appel au médecin Defoug, bourgeois de Cluses ; il avait guéri de cette maladie le Révérend Curé Pernet Pierre, plébain de la ville. Le médecin parcourt à cheval les six lieues de distance. Son arrivée dans le bourg fait presque sensation, d'autant plus que, selon « le commung bruict[1] » le Révérend Père Jésuite n'aurait plus voulu de « la médecine de guérisseuse-magicienne. »

Le traitement du médecin Defoug est fait d'un mélange de « poudre de vipère et d'antimoine diaphorétique », cela même issu d'un amalgame d'une partie d'antimoine et de trois parties de salpêtre en poudre. Il faut cependant y ajouter « trois à quatre grains d'opium dedans un bouillon. »

Le tout est à acheter chez l'épicier-droguiste du lieu.

Le Révérend Père Jésuite voit son état s'améliorer. Il n'a pas à prendre en dernier ressort de « la rapure de crane humain meslangé à du sang de lièvre et d'agneau desséché dedans du syrop de coins. »

1- Commung bruict : rumeur.

Parmi la population, il n'a pas été question de mettre en cause la milice ducale dans la survenue de cette épidémie, peu comparable en gravité à celle de la maladie pesteuse. D'ailleurs une affection semblable s'était vue au cours d'années précédentes.

Il y eut cependant quelques cas graves. Trois d'entre eux se terminèrent par une issue fatale, chez des mendiants les plus affamés.

Pernette se trouve être seule depuis le départ en alpage de Jaquemine et de Thomas, mais aussi depuis que le milicien qu'elle devait héberger a « escampé ». Il s'en est allé dormir ailleurs après son court séjour durant une après-disnée. Il a certainement été effrayé des étranges préparatifs de remèdes par Pernette, à base de vipère, de crapauds et d'autres drogues mystérieuses. Il a dû croire être en présence d'une sorcière, créature beaucoup plus dangereuse par ses sortilèges qu'un ennemi au combat.

Au cours de l'été qui se passe sans incident marquant, elle revoit chaque dimanche sa fille et son bébé. Jaquemine vient assister aux offices dominicaux. Elle enmontagne le lundi matin.

Un peu avant la Saint Michel, Thomas et Jaquemine redescendent de l'alpage avec leurs « bestiaux ». En juillet, avait eu lieu la cueillette des « guignes », maintenant, en début d'automne celle des croésons », les pommes sauvages dont on fait le cidre.

Les soldats de la milice ducale sont toujours présents. Si leur occupation est un peu pénible au début, ils n'ont par la suite pas abusé de la « picorée ».

Aux premières neiges, ils quittent le pays pour gagner la vallée, plus hospitalière.

Thomas n'a pas aidé les deux femmes à cueillir les croésons. Le retour des bestiaux lui a été assez pénible. Il en ressent une fatigue plus marquée que les années précédentes. Dans la journée, il a, par instants, sa petite toux sèche.

La persistance d'une légère transpiration nocturne, n'inquiète ni lui, ni Pernette. Il a encore un peu maigri cet été, mais elle est persuadée qu'avec du repos durant les mois d'hiver, il pourra reprendre des forces.

Dans le courant du mois d'octobre, Joseph-Marie s'agite parfois et s'énerve. Il pleurniche, entr'ouvre ses paupières sur des yeux glauques. Il semble souffrir en avalant. Il n'a pourtant pas de fièvre palpable au toucher, seulement « une petite enfleure dessous la gorge, comme des escrouelles, ces tumeurs sanguines faictes aux parties glanduleuses, engendrées de pituite gypsée, grasse et visqueuse. Si l'humeur mélancholique s'y mesle, elles s'eschauffent ». C'est bien le cas. Elles grossissent, deviennent douloureuses en peu de jours. Joseph-Marie se met à tousser d'une toux rauque tandis que ses cris s'affaiblissent puis s'éteignent. Il a de plus en plus de peine à avaler. « Le pouls est ondoyant et petit ». Il a ce que les médecins appellent une « squinancie », ou mieux une « esquinancie, avec langue livide et enflammée ». C'est une maladie grave dont Pernette commence aussitôt le traitement. « De la fiente blanche de chien, la mettre en poudre, la jetter dedans la bouche au plus profond d'icelle avec un tuyau de plume et en souffler dessous la luette le plus avant possible. »

En ouvrant la bouche, apparaissent des taches blanches au niveau de la luette qui s'étendent jusqu'au « gavion[1] ».

Après trois jours, le traitement s'avère inefficace. Joseph-Marie a de plus en plus de peine à respirer. Il arrive, au cours d'une tétée, de lui voir refluer du lait par le nez. On a l'impression que « l'artère trachée » se bouche. Il s'étouffe de plus en plus bruyamment De pâle, le visage prend une teinte bleuâtre.

Pernette applique sur la gorge un onguent fait de térébenthine, de jaune d'œuf et de miel à partie égales. Mais en vain.

Jaquemine, angoissée, suit les efforts désespérés de sa mère pour tenter de sauver le bébé. Elle sait maintenant : après plus d'une semaine de maladie, Joseph-Marie va mourir. Telle est la volonté de Dieu, malgré le cierge placé en l'église devant le maître-

1- Gavion : gosier. Il s'agit d'angine diphtérique.

autel, la prière des malades dite à son chevet par l'Abbé Blanc et l'oint d'huile sainte au nom du Seigneur.

« *Domine exaudi orationem meam et clamor meus ad te perveniat. Alleluia*[1]. »

Hélas, le lendemain, neuvième jour de son mal et vingt-quatrième jour d'octobre, Joseph-Marie meurt, étouffé[2].

Jaquemine a bien du chagrin. L'enfant, peut-être « un bastard », était cependant le seul qu'elle pouvait espérer avoir. Elle ne pourra se remarier. Elle en est certaine. La fatalité ou un mauvais sort ont voulu qu'il fût aveugle. Quelle triste destinée aurait eue cet enfant toujours à la charge de sa mère ? Dieu a voulu le rappeler à Lui.

Ainsi Joseph-Marie est donc mort un vendredi, puisque jour de marché dans le bourg. Mais elle y pense soudain. Le jour ! Un décès dans une famille, un vendredi, c'est la certitude d'un nouveau deuil pour bientôt. Elle s'en ouvre à Pernette.

« Mère, vous pensez ? Joseph-Marie mort ; il est un vendredi.

– Je sçais. J'en ay grand tourment.

– Alors, quy ?

Dieu seul le sçait. »

1- « Seigneur, exaucez ma prière et que mon cri aille jusqu'à vous. »

2- Diphtérie laryngée ou croup.

Thomas, parti au marché, en revient peu après sexte. Il est allé au presbytère avertir de ce décès le Révérend Curé qui lui a annoncé la mort d'« esquinancie » de deux autres enfants, soignés d'ailleurs par Pernette.

Le froid particulièrement vif en cette fin d'octobre est certainement la cause. Et la volonté de Dieu, ému par la souffrance de ses petits malades, a été de les rappeler à Lui.

À peine arrivé, Thomas se tient aussitôt accouvé au coin du feu. Il frissonne et tousse d'une toux plus grasse. Il a dû prendre froid. Peut-être même a-t-il un peu de fièvre ? Pernette ne s'aurait l'affirmer mais il est certain « qu'il souffre d'acreté du sang. »

Elle lui donne un calmant de la toux. C'est « une pomme creusée, remplie de miel rosat, à faire cuire dessus la braise et à la manger. »

La toux persiste, malgré le traitement, impossible à poursuivre au-delà de quatre jours, faute de composants.

Dans le courant de novembre, elle est presque constante avec crachement gluant et responsable du manque d'appétit dont Thomas se plaint. En effet elle provoque « l'abondance de quelque matière grossière et visqueuse quy se trouvent dedans l'estomac, lequel embarrassant son levain, en empesche le picotement quy cause cette sensation quy cause la faim. »

Thomas perd encore du poids. La maigreur est encore accentuée par son attitude courbée. La bosse de son échine, encore plus apparente, serait même douloureuse.

Vers la mi-décembre, il tousse bien davantage. Sa toux s'accompagne de crachats abondants, parfois striés de sang. Cela est certes « causé par la corruption de quelque viscère comme est le poulmon. »

Au « toucher prolongé » de la main, Pernette découvre qu'il a de la « fièvre hétique[1] » et ces crachements sanguinolents évoquent « la phtysie, cette maladie du poulmon quy finit par faire cracher une partie du poulmon pourry après une longue exulcération, et enfin on devient en chartre[2]. »

Pernette se rappelle en effet que plusieurs, atteints de phtysie, sont morts de langueur : « les forces s'abattent, les costes s'élèvent, le ventre est abattu et retiré, les cuisses, les bras et les doits sont arides, les ongles se courbent, le poil tombe, la peau est flétrie… »

Pernette, désespérée, ne sait quel remède donner. Contre la fièvre « hétique », elle essaie de mélanger « lait avec du safran. Ajouter de la suie et du sel puis mettre entre deux linges et envelopper le petit doit de la main gauche. »

1- Hétique (= hectique) : fièvre lente avec dépérissement graduel. Cela évoque la tuberculose.

2- Chartre : langueur, amaigrissement.

Elle fait elle-même l'application tout en murmurant intensément une formule compagnée de maints signes de croix.

Avec Jaquemine, elles ont placé des cierges à l'église, multiplié les offrandes et fait des neuvaines pour implorer la mansuétude divine.

Maintenant Thomas reste allongé sur sa couche. Il est bien en état de chartre. Contre cette langueur, à défaut de « chair de limaçon » Pernette lui donne à boire du lait d'ânesse. Et contre les crachats putrides et sanglants, « issus de l'empyème[1] dont il faut évacuer le feu par les selles, les sueurs et l'urine, seule la décoction de lierre terrestre guérit fondamentalement les empyèmes ; on en faict boire au malade en forme de tisanne ».

Malgré tous les soins, l'état de Thomas s'aggrave. Il s'affaiblit de jour en jour.

Le mercredi, vingt-quatrième de décembre, jour vigile de Stalande, fête de la Nativité de Notre-Seigneur, Pernette et Jaquemine se rendent à la grand'messe de la mie-nuit, soit à l'heure sixième de la nuit, à Matines.

Elles abandonnent momentanément Thomas dans l'intention d'implorer Jésus pour sa guérison.

À peine sorties, elles remarquent de nombreux points lumineux sur les pentes enneigées. Ce sont tous les fidèles qui se rendent à la messe de minuit,

---

1- Empyème : abcès.

un « brandon[1] » au poing pour éloigner les loups. Ils l'éteignent, à l'arrivée sur le charnier, pour ne le rallumer qu'au moment du retour.

L'église s'emplit peu à peu, malgré la température glaciale du chœur. La demi-obscurité y régnant habituellement a disparu grâce aux deux torches près de l'entrée et aux bougies allumées en plus grand nombre pour célébrer cette fête.

Pernette et Jaquemine en ont placé une devant le Maître-Autel. Au cours de l'office religieux, elles prient ardemment pour sauver Thomas. Dieu est leur seul espoir. Aussi restent-elles constamment agenouillées, grelottantes de froid comme tous les autres fidèles.

Au moment de la cueillette faite par un des prêtres, le sol, que Jaquemine s'apprête à mettre dans la sébile, lui échappe, tombe sur le sous-pied. Est-ce un présage ?

De plus en plus angoissée, elle est alors agitée d'un tremblement et implore désespérément le Seigneur.

La messe à peine finie elles se hâtent de revenir au chosal. Sitôt arrivées, elles s'efforcent de rallumer la lampe à huile. Thomas est toujours étendu, étrangement immobile. Elles s'en approchent. La lampe éclaire son visage. La barbe est inondée de sang qui a même taché la couche.

1- Brandon : torche.

Elles éclatent en sanglots. Jaquemine manifeste bruyamment sa douleur. Elle gémit sans arrêt, se tord les bras, se jette à genoux.

Pernette, moins agitée mais tout aussi désespérée regarde longuement le visage de son fils.

Thomas n'est plus de ce monde. Dieu en a décidé ainsi.

La mort de Joseph-Marie, un vendredi, augurait, hélas, d'un autre décès dans la famille.

Chapitre 6

La nuit de Noël s'est terminée très douloureusement, dans la désolation, pour les deux femmes.

Elles se retrouvent maintenant bien abandonnées.

Trois êtres chers ont disparu en un peu plus d'une année. Quelle inexorable fatalité les accable ? Ont-elles offensé Dieu ou sont-elles victimes de sortilèges ?

Lentement le jour se lève.

Auprès de Pernette, toujours figée dans son immobilité, le désespoir de Jaquemine s'amplifie. Aux gémissements succèdent les lamentations. La perte de son mari avait déjà été pour elle un événement dramatique qui l'avait marquée. Ensuite, ce fut la disparition de son fils. Mais un enfant dans un tel état lui eût été un lourd fardeau. Et Dieu l'avait voulu ainsi. Elle s'était enfin remise bien vite du choc péniblement ressenti sur le moment. Sa mère et elle pouvaient compter sur la présence de Thomas. Un homme au foyer est une protection dans un monde difficile, hostile le plus souvent. La femme n'existe que pour avoir des enfants et les élever. Condamnée à être seule, malgre la présence d'une mère à ses côtés, à quoi peut-elle être utile désormais ? Quel est son devenir ?

Jaquemine, abandonnée à elle-même, a seulement le faible espoir d'être servante chez quelque noble ou bourgeois. Elle ne peut que vivoter, tomber finalement dans la misère, « tirer le Diable par la queue [1] », être amenée à vivre d'expédients jusqu'à même s'adonner à des pratiques inspirées par Lui, mais honnies par l'Église.

Envahie par son chagrin, débordée par le tumulte de ses réflexions, elle se trouve à nouveau grandement troublée au point d'être saisie de tremblements.

Pernette se retourne, la voit s'affaler sur le sol, les mains crispées.

À ce moment retentit l'Angélus. Il est sexte.

L'appel des cloches semble réanimer Pernette et calmer Jaquemine.

« Ma fille, il te faut acquieter [2] maintenant. Je vais l'aller voir, le Révérend Curé à l'église. »

Jaquemine se relève lentement, le visage en pleurs, les cheveux défaits.

1- Le Diable était censé tourner le dos au pauvre hère pour l'induire davantage en tentation. Celui-ci le retenait alors par la queue, désespérément.

2- Acquieter : calmer, reposer.

L'inhumation de Thomas, décidée pour le samedi, se fera dans le charnier devant l'église.

Au retour de son entrevue avec le Révérend Curé, Pernette trouve sa fille étrangement calme. Il est vrai qu'elle lui avait demandé de « s'acquieter ». Elles restent en prières auprès de Thomas pendant les deux jours précédant la sépulture et Jaquemine, maintenant prostrée, le reste jusqu'au moment où son frère est descendu dans la fosse. Le cadavre, enveloppé dans un linceul, a glissé quelque peu et le visage de Thomas apparaît dans son effrayante pâleur. En présence de la faible assistance et du Révérend Vicaire officiant, elle éclate bruyamment en sanglots, se met à trembler au point que Pernette s'empresse de l'entraîner dès l'ultime bénédiction.

En ce début d'année, les journées s'écoulent dans une morne tristesse. L'hiver se passe, lentement, avec son cortège de malheurs. Le froid intense fait périr de pauvres mendiants, provoque l'apparition de nombreuses épidémies de « fièvre pourprée », « d'esquinancie » et de maintes autres maladies tout aussi graves, sinon mortelles.

Dieu les a peut-être envoyées en punition des péchés des habitants. Pernette est amenée à soigner nombre de malades, sans beaucoup de succès. La « feste de Pasques », en cet an de grâce mil six cent trente-deux, se trouve être le onzième d'avril.

Le vingt-troisième de mai est aussi « jour de feste, celuy où on faict la commémoration de la descente du Sainct-Esprit sur les Apostres, descrite dans les Actes ». En ce dimanche de « Pentecoste » est célébrée une messe solennelle.

Dans l'église, un visiteur inattendu est arrivé. Il s'est mis au premier rang des fidèles, eux-mêmes tout surpris de cette apparition. Il est nu-pieds, vêtu d'une longue « robbe » de bure grise, sous un manteau tombant à mi-hauteur. Elle est ceinturée par une grosse corde de chanvre aux multiples nœuds et pendant presque au sol. Un coqueluchon, large capuchon de la même étoffe dont la longue pointe tombe sur le haut du dos, encadre son visage envahi par une barbe blanche étalée sur la poitrine. Il jette un regard circulaire plein de compassion sur l'ensemble des fidèles qui, avec une certaine émotion, reconnaissent en lui un Révérend Père Capucin.

Il vient d'Annecy, envoyé par Charles-Auguste de Sales, Révérend Vicaire Général auprès de son oncle, Monseigneur Jean-François de Sales, lui-même frère du Révérendissime Monseigneur François de Sales, mort en odeur de sainteté dix années auparavant.

Plus que de la pastorale et de l'administration, le Révérend Vicaire Général est surtout passionné par la vie de son oncle. Il en a déjà écrit, en latin, l'histoire émouvante et il en poursuit le procès en canonisation après cinq années.

En effet, du vivant de Monseigneur, et surtout depuis sa mort, innombrables ont été les guérisons miraculeuses faites à l'invocation de son nom, ou après un pèlerinage à son tombeau, au couvent de la Visitation, fondé par lui à Annecy.

Ainsi, une religieuse, Sœur Marie-Judith Gilbert assurait qu'elle « avoit veü des relations quy font foy de plus de cent miracles insignes, tels que ressuscités, des aveugles-nés rendus à la lumière, des démoniaques sans nombre délivrés de la possession des desmons… »

Cependant pour mener à bien l'instruction de ce procès, plus nombreux et plus précis doivent être les témoignages concernant les guérisons et les miracles de Monseigneur François de Sales. Ils sont à recueillir dans tout le duché de Savoie, ce à quoi se sont consacrés les Révérends Capucins, à la requête du Révérend Vicaire Général.

Au prône, le Révérend Curé annonce officiellement la venue du Révérend Père Capucin Thomas Rey et la mission à lui confiée. Dans l'émotion générale, il invite tous les fidèles à assister à la prédication ce soir, à l'heure première[1] de nuit, puis à la réunion le lendemain matin, à l'heure tierce[2], au presbytère, dans le but de consigner par écrit les dépositions des témoins afin d'obtenir la béatification du

1- À dix-neuf heures.

2- À neuf heures.

Révérendissime Évêque et Prince de Genève, dont la visite, dans la paroisse, avait eu lieu trente-six années auparavant.

Le soir, l'église est comble.

Quittant les Révérends Jésuites qui l'accompagnaient et auprès desquels il avait trouvé l'hospitalité, le Révérend Père Thomas monte en chaire. Il est fort impressionnant avec sa barbe largement étalée sur sa longue « robbe » et surtout avec ses yeux noirs emplis de dévotion mystique.

Dans un silence recueilli, il parcourt lentement du regard l'assistance, puis, il parle longuement de la vie du Monseigneur défunt, évoque son prosélytisme. Il a réussi « le retour à la vraye religion du Christ du Chablais, région du Duché, un temps envahie et esgarée par l'hérétisme de Calvin. » Il insiste longuement sur les guérisons miraculeuses obtenues à son invocation « en deçà et au-delà des Monts » et dans la paroisse, dont plusieurs habitants en furent bénéficiaires.

Il termine dans la tension générale par l'Oremus :

« *Aures tuae pietatis, mitissime Deus, inclina precibus nostris*[1]... » que la foule, bouleversée, perçoit avec une ferveur intense. Là-haut, dans la chaire, les bras étendus, il fait évoquer l'image du Christ. L'émotion de la foule est à son comble.

1- « *O Dieu, très clément, prêtez à nos prières les oreilles de votre bonté...* »

Des hommes, retenant leurs larmes, reniflent bruyamment. Beaucoup de femmes éclatent en sanglots ; certaines poussent même des gémissements. Deux d'entre elles, dont Jaquemine s'effondrent.

Accompagnée de sa mère, elle était entrée une des premières dans l'église.

Elle était au nombre de celles qui avaient enfanté, courant mars de l'année dernière. Alors, toujours « en mal d'enfant », elles n'avaient point manqué de venir, selon la coutume, avant « le travail d'enfantement » invoquer l'aide de Monseigneur François de Sales, en le priant, à genoux sur la terre de la grande ruelle, auprès du rocher.

Pour la plupart, grâce à ce court pèlerinage, l'événement s'était passé sans incident.

On avait cependant appris deux décès : l'un, d'une femme en couches, l'autre d'une mère atteinte « d'inflammation de la matrice ». Elles n'avaient certes point prié avec grande ferveur.

Dans l'atmosphère exaltée régnant dans la nef, Jaquemine avait vu ses mains se mettre à trembler, ses yeux s'embuer de larmes. Son nez encombré de « morve agglutinée » la gênait à respirer.

Elle avait senti son cœur battre plus vite, s'affoler, s'enfler dans la poitrine. La gorge serrée, elle s'était mise à gémir, puis, s'étouffant, la bouche grande ouverte, dans un râle prolongé, elle s'était laissée tomber. Il s'en était fallu de peu que Pernette ne tombât avec elle en voulant la retenir, après avoir vainement tenté de la calmer et du regard et du geste.

Le Révérend Père Thomas la fixe des yeux un court instant et lui demande :

« Il vous faut mettre à séant[1]. »

Jaquemine se relève lentement. Un peu confuse, elle s'assied sur le banc. De son côté, le Révérend Père Capucin reprend la parole pour tenter de calmer l'agitation des cœurs et des âmes.

Il termine en insistant sur le rendez-vous qu'il donne pour le lendemain au presbytère afin d'établir les documents relatant les événements miraculeux survenus dans la paroisse au seul nom de Monseigneur François de Sales.

Le lendemain matin, à l'heure tierce, nombreux sont les paroissiens à venir témoigner de ses bienfaits et de ses miracles.

Ainsi :

Lors de sa visite épiscopale, le vingt-quatrième de juillet de l'an de grâce mil six cent six, il y eut : « un démoniaque délivré de la possession du diable » et depuis, au moins « quatre femmes en travail d'enfant délivrées du péril évident de mort, un frénétique restabli en son bon sens, un aveugle illuminé », sans oublier, pendant la maladie pesteuse, deux ans auparavant, au moins cinq personnes guéries des « fièvres pestilentielles ».

1- *Séant : assis.*

Certains sont à même d'assurer que les objets perdus, voire des trésors, ont été retrouvés grâce à lui.

À l'issue des dépositions, le Révérend Père Thomas range dans un sac les papiers, presque tous signés d'une croix, mais qu'attestent les signatures des Révérends Père Capucin, Curé et Jésuites.

Dans l'après-midi, il poursuit son chemin en direction des paroisses de la vallée de l'Arve. Il est assuré, devant le nombre croissant de documents, que le Vicaire Général obtiendra la béatification de son oncle, tant aimé et tant regretté.

Mais, en fait, ce procès sera récusé à Rome en fin d'année pour vice de forme, ou plus exactement face à la réaction de Capucins en faveur du Révérend Père Chérubin, de Maurienne, également évangélisateur du Chablais. Il ne sera repris que le vingt-troisième de juin de l'an de grâce mil six cent cinquante-six pour s'achever deux ans plus tard, le vingt-troisième de septembre et aboutir à la béatification le vingt-huitième de décembre mil six cent soixante et un, enfin à la canonisation le dix-neuvième d'avril mil six cent soixante-cinq.

Les jours suivants, la vie poursuit son cours habituel avec les mêmes difficultés, aggravées par la survenue presque quotidienne d'événements plus ou moins dramatiques, tels des morts par accident ou par maladie d'origine inconnue. Un certain climat de méfiance et de jalousie règne à l'état latent. Ainsi de nombreuses procédures sont engagées pour des motifs souvent mineurs, sinon futiles, témoignant d'un esprit de chicane. Elles traînent longtemps avant leur dénouement et « les sacs de procès » sont bien des fois transmis en héritage, à la grande satisfaction des gens de justice. « On court à la chicane » pour deux pieds carrés de foin coupé, pour « une plante de sapin » abattue et surtout pour « biens de hoirie » à la mort d'un parent.

Parfois crève un mouton ou une vache. Cette perte est douloureusement ressentie par l'intéressé qui, sans pouvoir toujours entamer un procès, suspecte telle ou telle personne, objet désormais d'une rancune tenace appelant vengeance.

En ce printemps, on apprend le décès d'Aimé Chastron, époux de Marie, qui, malgré ses remèdes secrets, n'a pu le sauver « des humeurs peccantes tombant dessus le diaphragme surpris par l'inflammation et le malade est tombé aussitost en frénésie ». On se demande s'il n'est point mort de sortilège que n'a pu conjurer sa femme. Elle se retrouve ainsi seule, à la soixantaine ou environ, ses deux enfants ayant émigré en Germanie depuis plus d'un lustre. Affectée par la perte de son mari, elle abandonne presque sa pratique de guérisseuse. On la voit assister à chaque office tous les jours. Pour beaucoup, sa présence permanente à l'église tend à prouver qu'elle n'a rien d'une sorcière suspectée de pactiser avec le démon. Pour d'autres, au contraire, pressentant sa fin, prochaine, elle a beaucoup à se faire pardonner ses actes de magie, sortilèges et même maléfices. On lui en attribue passablement.

L'effacement rapide de Marie Chastron augmente en conséquence l'activité de Pernette. Jaquemine, toujours abattue par le passé récent, se voit cependant contrainte d'aider sa mère, surtout pour la cueillette de plantes faite en fonction des phases de la lune et selon les heures de la journée. Elle participe aussi à la confection de ses onguents, cérats, poudres...

Ainsi le mois de mai, mois de la Vierge Marie, est un mois propice pour la préparation de la poudre de vipère qui « purifie le sang, guérit les galles, les dartres ; elle est bonne pour les phtysiques et dedans les fièvres putrides et malignes, elle excite les sueurs ».

Il leur faut donc capturer des vipères. Elles en ont aperçu près du nant, non loin du cerisier en fleurs. En possession d'un ou plusieurs reptiles, la formule de préparation est très simple « coupez leur la queue et la teste et les escorchez. Prenez en le corps, le cœur et le foye que vous lavez dedans du vin blanc ; suspendez-les pour les faire sécher à l'ombre. Coupez-les ensuite par petits morceaux et les pulvérisez bien dedans un grand mortier de bronze. »

Pernette regrette fort de n'avoir pas eu de cette poudre pour soigner Thomas. Il eût été guéri.

Si, comme sa mère, Jaquemine peut compter sur ses doigts jusqu'à la vingtaine avec une certaine précision, elle sait également à peine lire. Elle reconnaît cependant comme elle des signes et des titres dans les pages manuscrites que Pernette détient de ses parents. Les esquisses de dessin servent également de repères et elle arrive à retenir en mémoire des recettes que sa mère lui répète inlassablement en s'aidant du cahier.

Au fil des jours, son expérience s'accroît et elle marque un intérêt grandissant à cette activité.

En compagnie de Pernette, elle va chez l'épicier-droguiste-ciergier du bourg pour se fournir en ingrédients. Elles s'approvisionnent aussi auprès de porte-panniers, tels les frères Nicolas et Pierre Gouppie, de Sallanches, lors de leur passage. Maintenant, leur mule est chargée amplement de marchandises diverses, tels herbes, épices de Provence, toiles, chapelets, indiennneries… et même sel de contrebande. Depuis la fin des hostilités, ils ont largement varié la gamme de leurs produits. Bien plus, on voit même des « magnins », originaires « d'au-delà des Monts », en halle, offrir leurs services pour rétamer à l'étain les ustensiles de cuisine en fer ou en cuivre.

Un jour, Pernette est demandée pour soigner l'enfant d'Aimé Grosset, notaire et syndic moderne du bourg depuis le matin.

Maître de Loche n'assume plus cette charge. Les trois années de son mandat se sont écoulées à fin avril. Son remplacement était obligatoire, d'autant plus que, seul syndic depuis le décès de son collègue et notaire Vouthier, il n'avait pu collecter les impôts en totalité pendant ces années troublées où sévissaient mal pesteux et famine provoqués par les hostilités avec les français. Or, le syndic est responsable sur ses biens de la collecte des impositions, en particulier des redevances féodales. La non-observance étant qualifiée de délit, Maître de Loche fut accusé de « péculat ». Cette accusation de détournement lui vaut la prison à Annecy. Aussi la fonction de syndic est-elle peu enviée.

Et le dimanche, neuvième de mai, fête de Saint Grégoire, le Révérend Curé Germain annonce la réunion des communiers, une réunion solennelle pour l'élection de deux syndics.

Elle se tiendra après l'office dominical, sous la halle, en raison du mauvais temps. À l'appel des cloches, plus des deux tiers des intéressés sont présents. Le notaire Jean Crespin est le secrétaire. Il relève consciencieusement les noms des participants, puis rédigera le procès verbal qu'il signera, ainsi que deux autres témoins étrangers à la paroisse.

Sous le regard attentif du châtelain, l'élection des deux syndics nouveaux, « les syndics modernes » s'avère laborieuse.

Finalement Grosset Aymé, dit Janin, notaire royal ducal, ainsi que honorable Pottuz Pierre sont élus à l'unanimité, presque contre leur volonté. Ils prêtent serment sur les Saintes Écritures et s'emparent chacun d'un bâton, insigne de leur pouvoir.

Mai s'est écoulé dans une température très froide, glaciale même lors des onzième, douzième et treizième jours du mois, fêtes des saints de glace, surtout le douzième, de Saint Mérée et Sainte Domitille. On semble enfin aller vers les beaux jours en ce début de juin aux journées ensoleillées, favorables aux pâturages et aux cultures.

Et, on apprend, par un porte-pannier, une nouvelle qui met le bourg en émoi. Effectivement le samedi, cinquième de juin, on doit ouvrir le tombeau de Monseigneur François de Sales transporté, lors de son décès, jusqu'à Annecy et déposé dans l'intérieur de la chapelle du couvent de la Visitation.

Aussi, dès le jeudi, troisième de juin, le Révérend Curé Germain, les deux Révérends Pères Jésuites et les prêtres du Chapitre, sauf le vicaire resté pour la messe dominicale, partent-ils à dos de cheval pour assister à la cérémonie. À leur retour, ils en relatent le déroulement. En présence d'une nombreuse assistance, « le chapeau (de Monseigneur François) quy estoit suspendu à la voûte commença à faire grand'bruit... On laisse s'approcher un aveugle sourd-muet de naissance et un paralytique de naissance ; ils sont guéris... Cela donnera l'esmeute au peuple... Il crioit à la porte de l'église :

« Venez, venez, nostre grand'sainct va faire un miracle. »

Pour le commun des mortels, Monseigneur François de Sales est un Saint : il est Saint François de Sales.

Ces nouveaux miracles en présence de la foule étaient suffisants, semble-t-il, pour assurer la canonisation par Sa Sainteté Urbain VIII.

En fait, on sait qu'elle fut reportée.

Peu après, un autre événement imprévu surprend désagréablement les paroissiens. La milice, issue du régiment étranger français, dit de son Altesse Royale Victor-Amédée Ier, sous les ordres du colonel François de Mesmes, seigneur de Marolles, fait son apparition. Elle s'installe dans chacun des foyers du bourg, où chaque « faisant feu » se voit contraint de céder à ses exigences, comme ce fut le cas l'an passé, et doit fournir à chacun des soldats « utenciles et mangeaille ». Ceux-ci ne manquent cependant pas de s'imposer dans les logis réputés plus confortables tels ceux de notaires, de nobles et « aultres spectables ».

Attiré par la présence de Jaquemine, un des miliciens s'empresse cependant de quitter le chosal en apprenant être chez une guérisseuse dont il redoute un « mal donné » par magie.

Ils resteront les trois mois de l'été pour ne repartir qu'à fin septembre. Dans le bourg comprenant quelque deux cents « feux » pour les cinq cents de l'ensemble de la paroisse décimée par la peste, ils ne sont qu'une escouade de vingt-cinq hommes sur les huit mille en permanence sous « les enseignes ».

Pendant l'été, ils passent leur temps dans les deux cabarets et la taverne à jouer aux cartes, surtout au berlan où l'on fait les enchères à trois. Ils engagent ainsi les rares sols de leurs bourses. Ils signalent leur présence par des chants, des cris et des chamailleries, au grand dam des religieux non loin de là. Au fil des jours, il est « un commung bruict ». Il court de bouche à oreille dans la paroisse. Selon lui, il y a quelques aventures sentimentales, que réprouvent et la morale et l'Église, entre miliciens et bergères gardiennes de bétail dans des pâturages un peu isolés.

Le lundi, vingtième de septembre, fête de Saint Eustache, est un jour doublement fêté dans toute la paroisse. Les miliciens quittent le pays, alors que s'allument un peu partout grands feux de joie et maints flambeaux et que retentissent les joyeux roulements des tabourins accompagnés par la foule en liesse. En effet, la veille, on venait d'apprendre, avec une semaine de retard, que, dans l'Octave de la Nativité de la Vierge, plus exactement le mardi, quatorzième de septembre, était venu au monde François-Hyacinthe, fils et premier enfant de Son Altesse Royale Victor-Amédée Ier, époux depuis le dix octobre mil six cent dix-neuf de Chrestienne de France, fille du Roi Henri IV et sœur de Sa Majesté Louis XIII.

On est déjà en octobre. Dès la deuxième semaine, tombent les premières neiges de l'hiver.

Le mardi, dix-neuvième du mois, à l'issue de l'office matinal, le Révérend Curé va au-devant du Révérend Père Jésuite Denis Mugnier auquel il demande sans aménité :

« Hier, lundi, il estoit jour de feste Saint Luc ?

– *Deo gratias*[1].

– Il estoit jour touchant aumosne du Cloistre.

– Ne vous eschauffez point, Vénérable Messire Curé. Nous amassons la graine et commençons demain aumosne.

– Je tiens à voir oculairement la chose. Les pauvres ont faim.

– *Da nobis, o Pater Denisus, piae supplicationis effectum*[2] » lui répond le Révérend Père Jésuite en parodiant l'oraison sur le temps de famine, selon un

1- *« Dieu, merci. »*

2- *« Accordez-nous, ô Père Denis, l'effet de nos humbles prières. »*

mode ironique, devant l'air outré du Révérend Curé qui lui répond assez sèchement avant de s'éloigner :

« *Ducere rationem officii necesse est*[1] ! ».

Cette joute oratoire de courte durée traduit bien la qualité des rapports entre les Révérends Pères Jésuites et le clergé séculier. Ces propos aigre-doux témoignent d'une tension permanente née de la disproportion des revenus du prieuré de la Compagnie de Jésus et de ceux du clergé, qui dépendent d'elle pour la plus grande partie.

Le montant des prébendes servi par elle aux Révérends Curés, Prêtres, Sacristains et deux Prêtres Chantres est resté immuable depuis des décennies alors que les charges de l'église et du culte ne cessent de s'accroître.

Les Révérends Pères Jésuites sont tenus de distribuer l'aumône du Cloître et celle du Lardon. Leurs ressources proviennent de la dîme, d'ailleurs fort impopulaire, et d'ascensements de nombreux moulins, scieries et moulins à huile. Elles sont en augmentation et les rendent largement bénéficiaires. Le procureur de la Compagnie de Jésus de Chambéry monte chaque année percevoir les revenus du prieuré au profit du collège de cette ville.

Logés à l'aise dans le grand bâtiment jouxtant celui de l'église, alors que le presbytère, insuffisant,

---

1- « Il est indispensable de tenir compte de la bonne cause » (aumône).

est en mauvais état, les Révérends Pères Jésuites peuvent maintenir le collège de la paroisse.

Mais, facteur plus important, un facteur doctrinal est aussi cause de cette tension entre religieux.

C'est l'existence réelle d'une certaine contestation dans l'attribution respective des privilèges religieux accordés tant aux uns qu'aux autres et dont bénéficient surtout les Révérends Pères Capucins et Jésuites. En opposition contre eux, Monseigneur l'Évêque entend être maître absolu dans son diocèse.

Enfin, les Révérends Pères Capucins, Cordeliers et surtout Jésuites sont volontiers en faveur, pour les pauvres pécheurs, d'un accommodement avec le ciel, cela, malgré la réprobation beaucoup plus rigoriste du clergé séculier, lequel tend ainsi à déplorer la morale relâchée des Révérends Pères Jésuites.

En cet an de grâce mil six cent trente-trois, le printemps est relativement précoce. La neige tombe pour la dernière fois le jour de la Saint-Athanase, soit le lundi, deuxième de mai. Elle fond rapidement ; les journées suivantes sont assez chaudes sous un soleil radieux.

Le vendredi, treizième du mois, jour de marché dans le bourg, un porte-pannier vient vendre ses articles. Il se sent un peu fatigué, ayant quelque peu « des cours de ventre ». Il se fait soigner par Pernette. Sur son conseil, il avale une décoction de graines de plantain, efficace contre la diarrhée. Il lui dévoile ses craintes : une épidémie de fièvre maligne sévit à Genève, d'où il vient.

Effectivement, tout au début juin et sans que personne ne songe à établir une relation de cause à effet, un mal touche les personnes clientes du porte-pannier à qui elles ont acheté herbes, épices ou poignée de sel.

« Les forces des malades sont subitement abbatues. On est saisi d'un léger frisson quy est bientost suivi de chaleur. Les excréments du ventre sont extraordinairement puants. Le pouls est au commencement semblable au naturel, il s'affaiblit peu de temps après. Quelques fois, les inquiétudes du corps et le délire succèdent. La langue devient rude et rêche. Il paroit des taches de pourpre principalement aux lombes et à la poitrine. Le malade est déffait et changé. Il a des insomnies opiniastres et des délires subits. »

Le traitement de cette « fièvre maligne[1] » est délicat. Pernette conseille soit « de la graine de plantain séchée, broyée et prise dedans la bouillie » soit de « la semence de patience dedans du vin rouge associée à de la poudre de vipère dedans un verre d'eau de charbon bénit » qui entraînera une transpiration salutaire.

Sollicitée par quelques rares manants, Marie Chastron préconise « la gelée de corne de cerf qu'on

1- *Elle évoque la forme grave de la typhoïde.*

faict fondre sur le feu pour mesler avec la boisson ordinaire ».

Malgré ces remèdes, on compte de nombreux décès dûs à « déjection sanglante par le bas » ou par « maladie iliaque ».

D'autres malades ont cependant guéri après quelques jours d'une attente anxieuse, mais leur guérison a été certainement obtenue par la mansuétude divine.

Ainsi, l'épidémie a semblé s'être arrêtée dès que le Révérend Prêtre Jean-Baptiste Grosset eut entrepris d'édifier, en un lieu situé au couchant du bourg, près du nant le Pellicot, une chapelle dédiée à la Passion du Christ, d'où le nom de Chapelle du Calvaire. Élevée par un Révérend Prêtre du Clergé séculier du chapitre paroissial avec l'accord des Révérends Pères Jésuites, elle a au moins l'avantage de les avoir réconciliés pour un temps !

L'année suivante se différencie quelque peu de la précédente. Dès le début, une épidémie de « quinte, une maladie de teste avec rheume et distillation et pestilence quy excite à tousser avec une grande violence[1] » atteint surtout les enfants. Elle se complique, chez les tout-jeunes de « péripneumonie avec inflammation des poulmons ». L'issue est fatale. Le seul remède est de boire de la « fiente[2] d'un che-

1- Elle évoque la coqueluche.

2- Fiente : excréments.

val entier toute fraische infusée dedans un verre de vin ». On peut la remplacer par « la fiente blanche d'une poule ».

Il ne se passe pas d'années sans que des maux de diverses natures ne touchent isolément des personnes ou ne sévissent simultanément dans plusieurs foyers de la paroisse. Si leur origine reste toujours mystérieuse ils ne peuvent pas être dûs toujours à « l'ire de Dieu » puisque ses serviteurs en sont parfois atteints. Il n'est donc pas impossible d'évoquer quelque maléfice suscité par vengeance personnelle ou volonté diabolique de nuisance. On ne manque pas alors de soupçonner tel parent ou voisin avec qui on est en « grièfve relation », d'autant plus s'il est présumé capable de faire appel au diable. Car, le diable existe. Il est partout dans l'ombre et peut se manifester à nuit-close. D'ailleurs, à l'église, les religieux mettent en garde les fidèles contre Satan, qu'ils attaquent souvent avec véhémence dans leurs sermons.

Dans la paroisse, on parle de « mal donné ». C'est un « commung bruict » qui se répand. Les noms des personnes soupçonnées d'être à l'origine des malheurs sont en général oubliés avec la fin de la maladie, une fois la rancune apaisée.

À la fin du printemps, le samedi, vingt-quatrième de juin, fête de la Nativité de Saint-Jean-Baptiste, est jour de la vogue. C'est une journée de réjouissances au cours de laquelle, dans le bourg en liesse, on cherche à oublier les soucis quotidiens.

Le lendemain, dimanche, jour du Seigneur, est à nouveau fête pour l'ensemble de la paroisse.

En effet, au cours de l'office religieux, le Révérend Curé apprend aux fidèles, un instant ébahis, la naissance de Charles-Emmanuel, deuxième fils de son Altesse Victor-Amédée Ier, et frère de François-Hyacinthe. Il est né cinq jours auparavant, le vingtième du mois et fête de Saint Sylvere.

À nouveau retentissent les tabourins et s'allument les feux de joie, alors que ceux de la Saint-Jean ne sont pas encore éteints.

À cette période d'allégresse populaire succèdent quelques journées calmes, exceptionnellement ensoleillées.

Mais, jalouses du temps passé à « s'esbaudir[1] », les puissances diaboliques suscitent à nouveau de nombreux maléfices, particulièrement graves pour le bétail et très préjudiciables aux hommes.

Une maladie survient. Elle atteint les vaches. « Elles ont peine à marcher, à manger et donnent peu de lait. On trouve des ulcères sur les pis, dedans la bouche et entre les onglons des pattes. Ce sont des chairs corrodées par l'acreté de la lymphe quy se jette sur quelque partie[2] ».

1- *S'esbaudir : se réjouir.*

2- *L'affection évoque la fièvre aphteuse.*

La diminution en quantité du lait suscite une inquiétude accrue par la disette toujours présente. Mais combien plus violemment ressentie est la perte d'une vache dont le prix de soixante florins représente une fortune !

Pour combattre ce mal, Pernette utilise des remèdes qui se sont avérés efficaces chez l'homme : il faut « bien nettoyer les playes, les mondifier[1] quand on les panse, en bien nettoyer le pus et l'ordure ».

Plus précisément, elle préconise aussi « une liqueur faicte des excréments de bœuf ou de chèvre délayés avec vin ; en faire l'expression et avec cette liqueur mondifier les ulcères. » Et « si l'ulcère est chancreux, prendre des crapauds et des lézards, les faire calciner au feu dedans un pot de terre neuf et bien bouché et réduire le tout en cendre, la garder ; laver l'ulcère avec l'eau de plantain et saupoudrer l'ulcère avec cette poudre. »

Tous s'efforcent de soigner minutieusement leur vache malade. L'enjeu est considérable. Le traitement semble parfois réussir, mais si les symptômes s'améliorent avec le temps, la bête n'en est pas moins affaiblie et le rendement en lait très diminué.

On en vient ainsi à se poser, encore et toujours, la question de sortilèges, même à chuchoter un nom. Le « commung bruict » se répand selon lequel Marie

---

1- Mondifier : nettoyer.

Chastron est passée dans le village d'Odier dix jours auparavant où, depuis, deux bêtes ont crevé.

Les premiers mois de l'hiver sont particulièrement pénibles, surtout à fin décembre. Nombreux sont les mendiants à recourir à l'aumône du Cloître. Le temps se radoucit pendant la première semaine de janvier, d'ailleurs en lune nouvelle, au contraire des derniers six jours de l'année précédente. Cela permet d'augurer que les six derniers mois de l'année nouvelle seront plus cléments, avec la permission de Dieu.

Effectivement, en cet an de grâce mil six cent trente-cinq, le climat, très frais au début, se radoucit. L'été est favorable aux récoltes qui sont d'un bon rendement.

La disette est moins intolérable que ne le sont les maladies. Au décours du printemps, une maladie épidémique se manifeste par « des pustules plus élevées, ressemblant fort à la fièvre pourprée. Elle est accompagnée dans le commencement d'une douleur dans le dos, d'une pulsation à l'espine[1], d'un mal de teste avec pesanteur… d'une respiration embarrassée, de vomissement ; les terreurs, les songes, les assauts épileptiques annoncent la petite vérole[2]. »

Dans bien des cas, l'affection se termine après trois semaines d'éruption vésico-pustuleuses qui lais-

1- Espine : vertèbre.

2- Variole.

sent des traces indélébiles sur la peau, du visage surtout Parfois, vers le quinzième jour de la maladie, la mort survient.

Pernette est appelée maintes fois à donner ses soins. « Fièvre pourprée et petite vérole » ne sont pas à ses yeux « deux maladies différentes » qu'elle ne peut d'ailleurs étiqueter de façon précise.

Elle assure à Jaquemine que le traitement efficace est à base de « corne de cerf bruslée, tout en adjoustant l'application de graisse de porc autour des reins aussy tost que les pustules commencent à sortir ».

Beaucoup de leurs malades ont pu réchapper de la mort, tout en demeurant cependant fort affaiblis avec des stigmates cutanés importants. Au nombre des décès, on compte celui du Révérend Père Jésuite Denis Mugnier.

Pernette, puis sa fille ont successivement contracté la maladie. Mais leurs prières à Dieu les ont mises sous sa protection. Ainsi, elles ont été atteintes « heureusement de vérole volante », la forme légère du mal dont « on en a que quelques grains par cy, par là, le visage à peine greslé. »

Par contre, la Marie Chastron en a été épargnée. Comment et par qui l'a-t-elle été ? Pernette qui se le demande, la rencontre sur le charnier devant l'église. Elle la voit marcher courbée, s'appuyant sur un bâton, les cheveux gris sous sa coiffe, le visage grêlé déjà bien ridé. Elle est âgée, la cinquantaine ou environ.

Elles se croisent tout en feignant s'ignorer. À peine se sont-elles dépassées que toutes deux s'arrêtent presque au même instant, tournent la tête pour se fustiger du regard. Les yeux se croisent ; après volte-face, chacune fait son signe de croix en murmurant tout bas :

« Au Meschant, la sorcière. »

Il est préférable de l'appeler « meschant » que « dyable ». Invoquer son nom peut porter malheur.

À Pentecôte, dimanche, vingtième de mai, on apprend, lors de la grand'messe, un heureux événement : le quinzième du mois est née Marguerite Yolande de Savoie, troisième enfant de son Altesse Royale et sœur de François-Hyacinthe et de Charles-Emmanuel.

Mais un peu plus tard est annoncée une bien triste nouvelle. Le cinquième de juin, Monseigneur Jean-François de Sales, Évêque de Genevois en Annecy, est décédé. Peut-être a-t-il été victime de la petite vérole ?

Cette disparition est douloureusement ressentie, surtout dans les rangs du clergé. Immanquablement, elle fait évoquer le souvenir de son défunt frère vénéré, François de Sales. Une messe solennelle est célébrée par le Révérend Père Jésuite Nicolas Humbert et dont l'introït débute par des mots latins que beaucoup ont – hélas – en mémoire :

« *Requiem aeternam dona eis, Domini, et lux perpetua luceat eis*[1]... »

Vers la mi-septembre, dans l'Octave de la Nativité de la Vierge Marie, on trouve endormie la Marie Chastron assez loin de chez elle, au bord du nant Arly. Elle a certainement passé la nuit auprès de l'eau. Elle semble mal se réveiller, même avoir quelque peine à parler. Elle a toujours son bâton à la main.

Au cours de l'après-midi du même jour, des nuages orageux s'amoncellent dans le ciel au-dessus du bourg, malgré l'appel angoissé des cloches carillonnées à la hâte. Une chute de grêle assez violente endommage des récoltes sur l'adret, le versant ensoleillé de la vallée.

C'est tout d'abord la consternation, avant même d'avoir évalué l'ampleur des dégâts. « La gresle » est fort dévastatrice pour l'ensemble de la végétation par l'impact de ses éléments solides plus ou moins importants. Localisée souvent sur un secteur déterminé par avance, elle ne peut être que la conséquence d'un maléfice voulu par une personne aux agissements diaboliques. Dans son infinie miséricorde, le Seigneur ne peut vouloir accumuler d'aussi sombres nuées grondantes dans son ciel pour faire subir une telle épreuve si dommageable à ses fidèles.

1- « Donnez-leur le repos éternel, Seigneur et que la lumière les éclaire toujours... »

Le syndic Grosset en est conscient, et, rencontrant le Révérend Curé Germain, il s'en entretient avec lui :

« Vénérable Messire Curé, la gresle est-il point maléfice donné griefvement ?

– Spectable syndic moderne, il est contre volonté de Dieu. Gresle est maléfice ! »

Maléfice, certes, mais dû à qui ?

Dans le bourg on commence à évoquer le nom de la Marie Chastron. Quelle étrange coïncidence : tenant encore un bâton dans sa main crispée, elle était au bord de l'eau. Ne l'aurait-elle point battue au cours d'une nuit sabbatique en compagnie des démons infernaux pour provoquer la grêle ? Ne serait-elle point devenue sorcière, elle, la guérisseuse ? On se le demande. Peu à peu, « un commung bruict » court dans la paroisse. On parle de la mort du Révérend Père Jésuite Denis Mugnier, bien qu'on ne pleure pas particulièrement sa disparition. La Marie Chastron n'y serait-elle pas pour quelque chose, sur l'ordre de Satan ?

Mais, fait plus grave, elle est peu à peu accusée, sans en chercher le motif, d'avoir voulu « cette gresle calamiteuse ».

Le lendemain, le vent souffle en tempête. Une pluie orageuse très abondante entraîne un débordement des nants ; ce qui provoque inondations et gros dégâts, et surtout mort d'enfants.

C'en est trop.

Le dimanche suivant, seizième de septembre, au cours de la messe, le Révérend Curé invoque tout d'abord le Seigneur. Il le supplie d'éloigner toutes « les tempestes » :

« *Quaesumus, Domine, aerearum discedat malignitas tempestatum*[1]… »

Nul ne doute de l'efficacité du divin exorcisme.

Puis, au prône, il demande par monitoire « à tout fidelle de point pactiser avec le démon et de faire connoîstre tout sortilège et aultre maléfice ou mal donné ».

Cela est dit « *nomine dempto*[2] », car il ne veut ni ne peut accuser nommément quelqu'un.

Mais dans l'église, tous les yeux scrutent avidement chaque visage parmi les fidèles. On cherche celui de la Marie Chastron. Elle n'est point là. Son absence de la grand'messe dominicale n'est-elle pas une preuve de plus ? Aucun de ses deux enfants n'est présent. On sait qu'ils ont émigré en Germanie. En reviendront-ils un jour ?

La messe terminée, ils sont plusieurs à patauger dans la boue pour vouloir aller au chosal de la Marie. Après un moment d'hésitation, Pernette les suit avec un peu de retard. Elle est bousculée dans la ruelle par

---

1- « Nous vous demandons, Seigneur, d'éloigner de nous la malignité des tempêtes. »

2- « Sans nommer personne. »

un des cochons errants, effrayé, sans doute au passage de le petite troupe de manants. Ils veulent « faire grief du péché de sorcellerie à la Marie ».

Marie est bien chez elle, où on l'a ramenée l'avant-veille. Étendue, immobile en travers de sa paillasse, elle tourne à peine la tête vers les intrus, un peu surprise par l'aspect hostile de leurs visages.

On lui crie : « Debout ! Il te faut mettre en bransle. » Elle les regarde en silence. De sa main gauche, elle soulève quelque peu son bras droit qui, lâché, retombe lourdement, toujours immobile.

On lui demande :

« Alors, pas de response, la femelle ? »

À ce moment, Pernette arrive essouflée. Elle voit la scène. La Marie a la jambe et le bras droits pendants, sans réaction au toucher.

« Elle est baguée à dextre[1] » dit Jaquemine.

Néanmoins, deux hommes s'apprêtent à la lever de force. Elle veut s'opposer, protester. Sa mimique est silencieuse. À peine debout, on la lâche ; elle s'écroule après avoir vainement tenté de s'agripper de sa main valide au pourpoint de l'un deux. On la regarde à terre d'un œil incrédule.

Pourtant, il faut se rendre à l'évidence. Dieu l'a punie. Il l'a paralysée de tout son côté droit, lui a même ôté la parole. Elle ne pourra plus invoquer Satan. Elle est perdue. On l'abandonne.

1- Baguée à dextre : paralysée à droite.

Elle mourra peu après dans l'après-disnée sans le recours de la religion, en état de péché.

Elle est enterrée, en l'absence de toute cérémonie religieuse, non dans le lieu sacré du charnier, mais un peu à l'écart.

Au cours du dernier mois de l'année, on parle encore d'elle. Après sa disparition, le commung bruict lui impute non seulement de grandes intempéries, de graves maladies ou même la mort de certaines gens, mais aussi de têtes de bétail, dont la perte est plus péniblement ressentie par le petit peuple des manants.

Par une étrange coïncidence, l'automne est assez doux. La neige ne fait son apparition qu'à la Saint-André, le vendredi, trentième de novembre. Ce jour de marché hebdomadaire, elle a attendu l'après-disnée pour recouvrir le paysage d'une éclatante blancheur et ainsi ensevelir presque pour toujours le souvenir de la Marie, la sorcière.

En ce printemps de l'an de grâce mil six cent trente-six, « an de bissextre[1] », plus précisément le dimanche trentième de mars, à Pasques closes, le Révérend Curé annonce au prône l'arrivée de Georges Despine en qualité de Régent[2] du collège des Jésuites au prieuré. Il est ici présent dans l'église.

1- *An de bissextre : année bissextile.*

2- *Régent : instituteur.*

Debout, au premier rang des basses chaises[1], devant les membres du Chapitre aux visages connus, il est vite repérable. Immobile, les mains jointes, il semble très méditatif, indifférent, en apparence, à tous les regards qui convergent vers lui. Grand, brun, drapé dans sa longue robbe de bure sombre, le visage aux traits fins, agrémenté d'une discrète barbe, l'aspect en est sympathique.

Il n'est pas encore entré dans l'Ordre de la Compagnie de Jésus. Âgé de la trentaine ou environ, il semble cependant fort jeune bien qu'il ait déjà parcouru une longue approche religieuse.

Après deux ans de noviciat, il a promis les vœux perpétuels. Puis deux ans de juvénat l'ont amené à passer une licence de lettres, suivie de trois années de « scholasticat de philosophie et de sciences » dont il a réussi la licence. Il a pu être maintenant nommé Régent de collège, plus précisément de celui de la paroisse, pour deux ans.

Son stage terminé, viendra le temps des études religieuses de « scholasticat de théologie » d'une durée de quatre ans. Mais au terme de la troisième année, il sera ordonné prêtre avant de subir encore un an de probation. Peut-être un jour sera-t-il admis à prononcer le quatrième vœu puis à entrer dans la « *societas professa* », et reconnu apte à gouverner, « *aptus ad gubernationem* » pour enfin être

---

1- Basses chaises : réservées aux novices.

probablement désigné comme supérieur local ou provincial.

N'ayant pas encore obtenu la prêtrise, Messire le Régent Georges Despine n'est pas autorisé, comme l'est le Révérend Père Jésuite Nicolas Humbert, à célébrer un office religieux en l'église, surtout une messe officielle, que s'est réservée l'Ordre de la Compagnie de Jésus. Il se doit cependant de n'en manquer aucun.

Il a la charge de donner des leçons aux garçons fréquentant le collège et également celle de s'occuper de l'aumône du Cloître jusqu'à l'échéance de la Sainte-Marie-Magdelaine, le vingt-deuxième de juillet, ce qui lui laisse peu de temps libre.

Jaquemine et sa mère sont au fond de l'église avec le groupe des femmes, massées derrière celui des hommes. Elles étaient arrivées parmi les derniers fidèles parce que Pernette se sentait essoufflée à avoir marché un peu trop rapidement pour rattraper un retard dû à une mauvaise nuit. Son cœur s'était mis à battre trop vite et ses jambes lui semblent plus lourdes à se mouvoir. Elle ne peut en connaître la cause.

Eût-elle consulté Defoug, médecin à Cluses, il eût immanquablement pensé que « la palpitation du cour quy se connoist à son battement violent, à des sauts impétueux et déréglés » pouvait faire incriminer « le ver dedans le péricarde » et dont le traitement tout simple consiste en du « suc d'ail, de raifort ou de cresson dont on prend une cuillerée de tems en tems ». Contre les palpitations en général, est indiqué « un nouët des essences et infusions de plantes aromatiques faictes dedans du vin ». Le nouët lui-même est déjà un mélange « faict de jaunes d'œufs, de sel, de beurre, de fiel[1], qu'on lie dedans un linge et est de la grosseur d'une aveline[2] ». On l'utilise aussi comme « remède pour suppléer au défaut des clystères et le faire entrer dedans le fondement[3] d'où on le retire par le moyen d'un filet, qu'on y laisse. »

Pernette aurait bien besoin de ces soins qu'elle ne connaît pas. En effet, depuis quelques mois, elle se sent lasse. Âgée de soixante ans ou environ, elle a beaucoup vieilli et laisse de plus en plus à sa fille la charge de soigner les malades qui la demandent.

Elle se plaint d'être parfois essoufflée, surtout à la montée de sentier pentu. Depuis peu, ses pieds enflent au cours de la journée au point de la gêner dans les sabots devenus trop étroits.

Il est certain qu'il s'agit d'un début « d'hydropysie, cet amas d'eau quy produit une tumeur à la partie de laquelle on sent de la mollesse et de la fluctuation. Les parties commencent à enfler vers le

---

1- Fiel : bile.

2- Aveline : grosse noisette.

3- Fondement : « trou par lequel l'homme descharge son ventre » (anus).

talon ; la tumeur est édémateuse et garde les impressions du doit[1] ; elle diminue la nuit et paroit plus petite le matin, elle augmente pendant le jour et le soir, elle est plus grosse. La tumeur monte peu à peu et successivement jusques au ventre… »

À la fin de l'office religieux, Pernette a cependant repris son souffle. Certes, ses sabots la gênent encore. Elle s'apprête néanmoins à revenir chez elle. Elles attendent toutes deux la lente sortie des femmes pour se joindre à leur suite, alors que le groupe des hommes se prépare à les imiter.

Jaquemine se retourne un court instant.

Le Régent n'est plus à sa place. Sa mince silhouette se dirige vers la porte de la sacristie.

À peine Jaquemine l'a-t-elle entrevue.

1- Doit : doigt.

Chapitre 7

La vie dans la paroisse reprend son cours habituel. Aucun événement concernant le duché n'est connu. On commente par contre l'arrivée de ce nouveau Régent qui a aussitôt pris ses fonctions au collège. Il semble faire assez bonne impression, bien que faisant partie de la compagnie des Révérends Pères Jésuites, dont le seul énoncé du nom rend « riotteux » beaucoup de paroissiens, même parmi les prêtres du Chapitre. On lui sait gré cependant de s'occuper seul de l'aumône du Cloître et peu à peu on en arrive à presque regretter qu'il ait été envoyé par le Révérend Recteur de la Compagnie de Jésus de Chambéry.

On n'oublie pas pour autant maints soucis quotidiens plus ou moins angoissants. Si la population, surtout les manants, doit subir des conditions atmosphériques souvent défavorables aux récoltes, elle a dans son ensemble toujours à souffrir de maladies inexplicables, d'accidents ou autres sinistres bien imprévus. On fait de plus en plus appel à Jaquemine, à défaut de Pernette toujours aussi lasse, réfugiée dans son chosal. Il est admis depuis toujours qu'on est guérisseuse de façon héréditaire dans une famille. Aussi, « la fille à la Pernette » est-elle adoptée.

Jaquemine est ainsi peu à peu amenée à donner ses soins, le plus souvent aux enfants maintes fois sujets aux maladies, telle la fièvre pourprée, le catarrhe suffocant, l'esquinancie… Beaucoup d'entre eux y succombent. Et il n'est pas de jour, de semaine sans que les cloches ne sonnent le glas. C'en est affligeant.

Le clergé, au cours des multiples offices religieux, s'efforce d'apaiser la souffrance et l'angoisse de ses paroissiens dont beaucoup cherchent une consolation à leur désespérance en invoquant la Sainte Vierge, Dieu et ses Saints. Cet appel leur semble demeurer sans réponse. Si certains acceptent toujours l'apparente indifférence du Tout-Puissant, il en est un grand nombre à vouloir plus ou moins consciemment s'insurger contre les malheurs d'une triste fatalité. Ainsi, la plupart s'en émeuvent. Leur désarroi les conduit à une irritation permanente qui les rend agressifs. En mal de procédure, ils n'hésitent pas, pour des motifs plus ou moins futiles, à engager une action en justice, avec l'aide intéressée d'un notaire ou d'un de ses clercs. Elle a lieu auprès du juge-mage, de Bonneville, avec pour principal résultat d'envenimer les rapports au quotidien dans l'entourage.

Mais il en est aussi à vouloir se tourner vers Satan, ce dieu des Ténèbres, jusqu'à même envisager de pactiser avec Lui dans l'espoir chimérique de maints privilèges.

Conscient de ces comportements, le Révérend Curé tente bien de calmer les esprits. Il s'efforce de faire admettre que presque tous ses paroissiens « vivent assez bien ensemble quoy qu'il ayent souvent quelques riottes ».

Au prône, le dimanche, il prêche l'apaisement en invoquant l'assistance de Dieu :

« *O Domine, da fidelibus tuis pacem et perturbationenses sedationem*[1]. »

Mais il ne peut réussir à calmer l'agitation ni la vague des rumeurs toujours renaissantes, le « commung bruict » qui court sans cesse dans le pays.

Ainsi, on dit qu'un tel, dans un accès de colère a battu sa femme soupçonnée d'inceste avec un homme dont la parenté est si éloignée qu'elle ne peut être prise en compte. Car, s'il y eut copulation charnelle, elle ne fut pas incestueuse puisque « le degré de parenté prohibé par l'Église, est, depuis le concile de Latran (1516) réduit de huit à quatre degrés de parenté à cause que le corps est composé de quatre éléments et de quatre humeurs. »

En définitive, il est avéré maintenant qu'il n'y eut pas copulation charnelle coupable. Seul est en cause

---

1- « O Seigneur, donne à tes fidèles la paix et la fin des conflits. »

un mari jaloux, un notaire qui « avoit trop bu en tire larigot de l'esprit-de-vin[1] et ainsi s'estoit enluminé la trogne ; alors, son diaphragme offensé luy causat délire et frénésie ».

Jaquemine est appelée à soigner le visage tuméfié de l'épouse. Elle réussit à en « mondifier » rapidement les plaies, en ayant l'idée d'utiliser des feuilles d'arnica trempées dans un restant de cet esprit-de-vin, et appliquées sur les lésions. En peu de jours, tout se cicatrise sans trop de séquelles.

Dans le clan des notaires, si on a un temps jasé sur le scandale, il est maintenant fait mention de la guérisseuse et de son succès.

Jaquemine se trouve ainsi encouragée à poursuivre ses initiatives dans la préparation des onguents ou des cérats avec l'aide de sa mère. Pernette préfère rester dans son chosal et en sortir de moins en moins. Le dimanche, seulement, elle va assister à la grand'messe. Par temps de pluie, ce lui est assez pénible. Dans le chemin boueux, ses sabots s'enlisent et gênent la marche. Son cœur se met à battre plus vite. L'hydropisie gagne peu à peu ses mollets. De plus, quand elle doit monter sur un sentier déclive elle s'essouffle rapidement Elle dit à sa fille :

« On y peut rien faire ».

Elle se doute que « sa contrainte d'haleine luy vient du vice des poulmons ».

1- Esprit-de-vin : eau-de-vie.

Cependant, en semaine, par beau temps, et le vendredi, jour de marché, elle se hasarde dans le bourg pour faire quelques emplettes.

Elle en profite pour s'approvisionner chez l'épicier-droguiste-ciergier dont elle est une des plus fidèles de ses chalands[1]. Elle en rapporte de la cire, des huiles, des poudres, des résines, de la térébenthine... » Tout ceci est utile pour la préparation de « cérats réfrigératifs, stomachiques ou aultres, tous bénéfiques pour les maladies du cuir comme la gale, les dartres... »

À la demande de sa fille, elle complète ses achats auprès de porte-panniers de passage dans le bourg. Ils ont un grand choix de produits provenant de pays du sud, tels que graines, herbes séchées, poudres diverses comme le safran, cette « poudre quy espanouit le cœur ».

L'un de ces vendeurs lui parle d'une recette, glanée au cours de ses longs déplacements et qui serait un onguent, merveilleux calmant des douleurs.

Il est à préparer avec « un meslange d'herbe apollinaire[2], de bourgeons de peuplier noir dedans de l'axonge de porc masle ». Son nom, « onguent populeum » est semblable au latin, ce langage ésotérique des Révérends Prêtres au cours de leurs offices religieux.

1- Chaland : client, acheteur.

2- Herbe apollinaire : jusquiame.

Jaquemine a l'occasion de l'utiliser précisément chez l'un d'entre eux qui, après une chute malencontreuse, souffre d'une « entorsure » de la cheville.

Pendant plusieurs jours, elle lui apporte à domicile un peu de cet onguent magique qu'elle lui prépare chaque fois et dont elle le masse. À son dernier passage, le hasard lui a fait rencontrer Messire le Régent venu voir le Révérend Abbé. Sa visite terminée, il sortait pour regagner le prieuré.

Leurs regards se croisent. Messire le Régent la salue, le premier, d'un signe de tête alors qu'elle-même pose une main sur la poitrine et s'incline respectueusement

Il est passé.

Jaquemine, émue, demeure immobile un instant. Elle n'ose se retourner. Elle a encore devant elle l'élégante silhouette de la longue « robbe » grise, l'image des yeux noirs plongeant en elle. D'où le trouble qui l'envahit, les mains qui se mettent à trembler. De son côté, Messire le Régent poursuit tranquillement son chemin. Il traverse le charnier et, après avoir longé le torrent, gagne le prieuré.

À peine est-il entré par la vieille porte voûtée qu'il est interpellé. Le Révérend Père Jésuite Humbert lui demande :

« Alors, Messire Régent, vous avez surveillé boulenge de nostre aumosne du Cloistre ?

– Ouy. Révérend Père Humbert. Mais il va lentement Honneste Joseph Evrard, un des boulengers, est cheü maladroitement.

– Alors, il vous faut mander la Pernette. Elle demeure dedans un chosal au lieu-dit « Le Calvaire », au couchant du bourg.

– Mais elle est souffrante, à ouï-dire.

– Il est vray. Alors, sa fille, Jaquemine.

– Est-il point elle quy soigne Révérend Abbé Pelloux pour entorsure ?

– Il est bien possible. Il vous faut l'aller quérir. »

Alors que le Révérend Père Jésuite s'éloigne, Messire le Régent reste songeur. Ainsi, la femme qu'il a croisée en sortant serait la guérisseuse. Il la connaît pour l'avoir vue à l'aumône du Cloître, il en revoit surtout la tête toujours un peu penchée à droite, le visage aux yeux bridés donnant à son regard oblique une note étrange.

Guérisseuse, elle l'est. Il le sait de bonne part : « *id certis auctoribus compertum est* ». Mais le seul énoncé de ce mot le fait méditer.

Au terme de ces deux années de Régent, il devra alors préparer son scolasticat d'études religieuses où sera étudiée la magie, privilège des Mages chez les Mèdes et les Perses dans les temps passés. Elle cherche à dominer les phénomènes sortant de l'évolution ordinaire de la nature. Il en avait déjà été question précédemment lors des cours de sciences.

Il songe à Jaquemine. Guérisseuse. Est-elle dotée du pouvoir de guérir comme doit l'avoir acquis un médecin, bien qu'elle n'ait point fait d'études ? Aurait-elle alors recours à la magie ?

Il quitte le prieuré. Méditatif, il marche lentement, tentant en vain d'éclaircir ses pensées, de mettre un terme à leur divagation. Car il cherche encore d'autres explications, sans cependant oser envisager la sorcellerie. À peine ce nom l'effleure-t-il qu'il en repousse aussitôt l'évocation.

Dans le chosal, Jaquemine est fort occupée à activer le feu de l'âtre. Sa mère est assise à ses côtés, sur le banc. Elle demeure tranquille, les yeux perdus au loin. Soudain elle interpelle sa fille :

– Jaquemine, guette voir ».

Jaquemine se retourne vivement Elle n'en croit pas ses yeux. Dans l'embrasure de la porte grande ouverte se tient, immobile, Messire le Régent. Elle en est tellement surprise qu'elle en reste muette, le fixe de ses yeux écarquillés, porte une main tremblante à sa gorge.

« Il est vous, Jaquemine ? Le Révérend Père Humbert vous faict mander venir auprès d'honneste Joseph Evrard. Il est cheu. »

Devant le silence de sa fille, Pernette demande :

« Il est grief mal ?

– Il a point ses esprits esmus par la cheute.

– Jaquemine, il te faut remède spiritueux volatil, tel vinaigre de sureau. T'as perçu ? À luy mettre dessous le nez ».

Elle ordonne aussitôt à sa fille toujours immobile :

– Il te faut haster et suivre Messire le Régent. »

Sur le sentier étroit, ils marchent tous deux, l'un derrière l'autre, en silence, Messire le Régent en tête. Un silence si lourd de pensées qu'il ne pouvait durer. Dans la ruelle du bourg, Jaquemine presse le pas, arrive à la hauteur de Messire le Régent.

Sans même la regarder, il lui demande :

« Vous avez teste penchée à costé dextre. Une fluxion vous a rendu torticolli ? »

De ses petits yeux, Jaquemine le regarde. Elle lui répond laconiquement d'une voix mal assurée :

« Il est en naissant ».

Aucun autre mot n'est échangé. En vue de l'église, Messire le Régent quitte Jaquemine sur un signe de tête.

Un peu plus tard, elle est auprès d'honneste Evrard. Il commence à « reprendre ses esprits ». À trois reprises, elle lui met sous le nez un chiffon imbibé de vinaigre de sureau, ce remède spiritueux volatil. Il semble efficace puisque, le lendemain, Evrard se remet au travail malgré un mal de tête persistant.

Chaque jour, Jaquemine va chercher pour sa mère et pour elle-même un peu de ce pain que distribue

Messire le Régent à l'occasion de l'aumône du Cloître. De loin, dans la longue file qui s'avance lentement, elle le regarde exercer sa fonction avec calme. Il fixe chaque visage puis tend la petite boule de pain en murmurant : « Dieu vous garde ». La petite formule est appréciée des pauvres honteux.

Il a grande mémoire des physionomies au point de refuser d'un léger mouvement de tête accompagné d'un sourire ironique une nouvelle ration à quiconque essaie de passer à nouveau.

La première fois, il avait demandé à Jaquemine pourquoi elle demandait deux parts. Elle lui avait répondu :

« Messire le Régent, il est pour ma pauvre mère malade. »

Pris par un sentiment de pitié, il lui avait fait confiance.

Cette ration de chaque jour aide Pernette et sa fille. Depuis la mort de Thomas, elles n'ont plus de vache, seulement quelques poules. Pernette souffrante, Jaquemine s'occupe de plus en plus du petit jardin au rendement aléatoire.

Pour compléter leur pitance, en allant rechercher des plantes, elles ramassent des pissenlits, des orties ou des cônes de sapin. Le moment venu, elles se gavent des quelques fruits que peuvent produire leurs arbres fruitiers, le pommier, les pruniers et surtout le cerisier.

Il leur faut néanmoins toujours plus de sols[1] pour pouvoir acheter non seulement des drogues mais aussi de la nourriture. Or Jaquemine a beaucoup de difficultés à obtenir les deux sols de la visite chaque fois qu'elle donne des soins.

Mai arrive à son terme. Durant ce mois consacré à la Sainte Vierge Marie et dont on connaît la grande mansuétude, le temps a été relativement beau. Il s'est encore amélioré après la belle journée du jeudi, vingt-deuxième de mai, lors de la célébration solennelle de « la Feste-Dieu » avec la présence de tous les religieux, dont le corps du Chapitre au complet.

Ainsi, dans le massif de la Roche Brune dominant la vallée, la neige a entièrement fondu. Sur les hautes chaînes montagneuses avoisinantes, se voient encore des névés, peu importants en comparaison de l'immense étendue de glaces éternellement présentes sur les Monts Mauldits, au levant du soleil.

Bien que contrainte d'haleine à l'effort et gênée dans la marche par ses jambes envahies d'hydropisie, Pernette, au bras de Jaquemine a tenu à suivre la procession grandiose de la Feste-Dieu.

Mais le soir, à son retour, elle a de plus en plus « la poitrine engagée ». Assise sur sa couche, elle ne peut s'étendre. Sitôt allongée, elle suffoque, se prend à tousser. Son visage et surtout les lèvres bleuissent.

1- Sols : sous.

Son ventre démesurément grossi est sensible, surtout dans le flanc droit. Il est certain qu'elle « souffre d'incubus[1] » et qu'elle a « un fardeau dessus la poitrine, qu'elle va estouffer.

Il lui survient des inquiétudes à la poitrine, à croire qu'un ennemy se vient ruer dessus elle ». Elle demeure ainsi assise toute la nuit, très oppressée et plus ou moins somnolente.

Jaquemine est fort désemparée devant l'état de sa mère. Peut être une saignée serait-elle efficace, mais cela lui est chose impossible à réaliser.

Pendant plusieurs jours, elle lui donne, sur sa demande, des purgatifs à base de « poudre de rheubarbe » qui a la propriété de « lascher le cœur du ventre à la dose d'un gros[2] dedans un bouillon », le tout suivi « d'une décoction de plantain ».

Elle espère ainsi « espuiser les eaux quy gonflent tout le corps de plus en plus » comme c'est le cas dans cette « hydropisie universelle » ou qui tend à le devenir. L'apparent échec du traitement incite Jaquemine à entreprendre de nouvelles formules sur le conseil même de Pernette.

D'abord « un gros de racine de bruyère en substance, infusée dedans un verre de vin blanc ». En effet « le flux des urines acrimonieuses » semble augmenter.

1- Incubus : oppression.

2- Un gros : trois grammes huit.

Puis elle prépare de la poudre de crapaud. Il lui faut mettre dans « un pot douze à quinze grains[1] de poudre de crapaux séchés à l'ombre avec autant de sucre, leur ayant auparavant coupé la teste et lavé les intestins trois à quatre fois, entre trois à quatre jours d'intervalle ».

Sans s'aggraver réellement, la maladie de Pernette semble demeurer stationnaire. Mais elle ne mange plus, allant jusqu'à refuser la soupe d'orties ou un morceau de lard salé.

Une semaine s'écoule dans une atmosphère pénible. Jaquemine a conscience que l'état de la malade n'évolue pas favorablement malgré ses nombreuses prières, les cierges à l'église et les divers remèdes.

Après chaque absence, elle revient au chosal le plus rapidement possible avec maintenant l'angoisse d'une aggravation soudaine de l'état de sa mère. Ayant son accord, Jaquemine fait appel au Révérend Curé. Il envoie son vicaire avec mission d'apporter aide à la malade. À ses côtés, il récite l'oraison consacrée :

« *Omnipotens sempiterne Deus, salus aetema credentium, exaudi nos pro famula tua infirma pro qua misericordiae tuae imploramus auxilium*[2]... »

1- Un grain : zéro gramme cinquante-trois.

2- « Dieu tout puissant, qui êtes le salut éternel de ceux qui croient en vous ; exaucez les prières que nous vous adressons en faveur de votre servante pour laquelle nous implorons le secours de votre miséricorde. »

Le dimanche, huitième de juin, Pernette se sentant un peu mieux, manifeste son intention d'aller assister à la grand'messe, surtout pour implorer elle-même le Seigneur.

Elle insiste même malgré les réserves de Jaquemine angoissée par « la resverie» vécue dans la nuit au cours d'un sommeil agité, celle de la mort de Thomas, son frère.

Soutenue par Jaquemine, elle avance avec peine dans le sentier. Elle aborde lentement la ruelle du bourg encore parsemée d'immondices. Elles sont dépassées par d'autres paroissiens, pressés d'arriver et qui les saluent hâtivement d'un geste au passage.

En vue de l'église, arrive à leur hauteur Pierrine qui s'enquiert :

« Alors, la Pernette. Il va pas mieux ?

– Non... Je... suis... bien... fatiguée... Je crois... il est... bientost... la... fin.

– Allons. Allons. Faut pas jacter[1] ainsy. Vous avez temps encore.

– Ouy... Temps... de... béer[2]... après... la... mort. »

Le seul énoncé de ces mots affole Jaquemine dont les yeux s'emplissent de larmes. À cet instant, l'appel des cloches semble se faire plus pressant. Pernette veut se hâter en montant la légère déclivité du char-

---

1- Jacter : bavarder.

2- Béer : perdre son temps, se reposer.

nier à la terre fort inégale après le passage des nombreux fidèles.

Brusquement, elle porte ses mains à la poitrine. Une quinte de toux étouffante ramène sur ses lèvres bleuies une abondante expectoration mousseuse teintée de rouge. La cyanose du visage s'accentue. Jaquemine tente de l'entourer de ses bras pour l'empêcher de tomber. En vain.

Dans un ultime sursaut, elle lui saisit les mains. Elles sont glacées. Pernette s'effondre. Agenouillée sur la terre du charnier, elle exhale les derniers râles de l'agonie. Elle demeure inerte. Tout est fini.

Jaquemine éclate en sanglots convulsifs. Elle se tord les mains, s'étend sur sa mère en poussant de longs gémissements de désespoir.

L'enterrement a lieu le mercredi suivant en présence d'une assistance assez nombreuse que Jaquemine surprend par ses manifestations de chagrin à l'apparence jugée un peu trop théâtrale, surtout quand le corps de sa mère, enveloppée d'un linceul est descendu au fond de la fosse creusée dans le charnier.

Pendant plusieurs jours, on parle de ce décès survenu à l'entrée de l'église et du désespoir de « la Jaquemine ». Il est surtout question de feu « la Pernette Allard, la guérisseuse maintenant défuncte. » Sa capacité de soigner les malades plus efficacement que la Marie Chastron est reconnue par certains, mais vilipendée par d'autres. Il est toutefois admis qu'elle pouvait « couper le feu » chez les personnes atteintes de brûlures en parvenant à calmer la souffrance. On en arrive même à évoquer le souvenir de feu Jean, son père, le sourcier, qui avait un don particulier pour détecter dans la terre les sources et les nappes d'eau, avec une branche de coudrier[1].

Jaquemine se retrouve seule, douloureusement seule dans ce monde si hostile, en butte parfois à l'ire divine et souvent aux agissements démoniaques de personnes inspirées par Satan

Heureusement pour elle, le droit féodal, « l'eschute », est inopérant puisqu'il concerne seulement l'hoirie des biens sans héritier direct, garçon ou même fille. Elle peut donc continuer à vivre dans le chosal avec, auprès d'elle, constamment, l'ombre de ses chers disparus, surtout celle de sa mère, rappelée à Dieu en ce dimanche, huitième de juin, fête de Saint Médard.

Mais elle ne peut, malgré elle, s'abandonner longtemps à son chagrin. Elle est la seule guérisseuse de la paroisse et, ainsi, contrainte de poursuivre l'exercice de sa mère pour survivre jusqu'au terme de sa vie.

Elle s'avère également de plus en plus indispensable. Ils sont nombreux à croire en l'efficacité de ses

1- Coudrier : noisetier.

soins. Ils appréhendent cependant sa nervosité latente et surtout le regard fébrile de ses yeux noirs sans cesse éclipsés par maints clignotements de ses paupières bridées.

Elle est respectée et crainte à la fois. On n'ose guère se lier d'amitié avec elle. Même parmi les proches parents, des cousins, beaucoup ont une attitude réservée.

Seule dans le chosal, elle se trouve souvent accablée de tristesse. À des nuits presque sans dormir, en succèdent d'autres au sommeil parfois troublé de cauchemars. Après une sortie dans le bourg au cours de laquelle elle fait une rencontre agréable à ses yeux, telle celle du Révérend Curé ou mieux encore de Messire le Régent, elle semble se ressaisir. Elle fait quelque emplette, reprend appétit, prépare plus intensément ses drogues, allant même jusqu'à capturer un crapaud ou une vipère le long du ruisseau près du cerisier.

En juin, la nature se pare des mille fleurs du printemps. Les prés sont envahis de pissenlits aux reflets d'or. Les cerisiers arborent la grande houppe de leurs blanches corolles, lumineuses sur le décor sombre des forêts ou l'immensité verte des prés fleuris. Les manants s'affairent aux travaux des champs dans l'espérance d'une belle récolte, si Dieu accède à la prière des fidèles et à la demande du Révérend Curé :

« *Effunde, quaesumus Domine Deus noster, benedictionem tuam super populum tuum: ut et dante te benignitatem, terra nostra defructus suos*[1]… »

En ce samedi, vingt et unième de juin, Jaquemine, sur le seuil de la porte contemple le vol joyeux des oiseaux chantant dans un ciel d'été au-dessus du cerisier en fleurs. Elle remarque soudain, au pied de l'arbre une forme sombre allongée dans l'herbe. Elle s'en approche. À son grand étonnement, elle reconnaît le visage du Révérend Abbé Claveau. Il fait la méridienne.

Elle le laisse reposer en paix et se retire.

Messire l'Abbé Claveau, du Chapitre de la paroisse, a fait une longue promenade dans la montagne. Comme il est d'usage, après la Feste-Dieu, le Révérend Curé et les membres du Chapitre vont bénir les alpages et leurs habitants, les bergers et leurs bêtes. Ils reçoivent, en reconnaissance, un cadeau, le plus souvent du fromage qu'ils amassent dans la cabache, une corbeille portée à bout de bras, assez lourdement chargée en fin de parcours.

En descendant sur les sentes de la forêt, le Révérend Abbé bute contre une pierre. Déséquilibré, il tombe, heurte une branche cassée et se blesse peu profondément au mollet. Cependant la plaie saigne.

1- « *Seigneur, notre Dieu, répandez votre bénédiction sur notre peuple: afin que notre terre recevant de vous la fertilité produise ses fruits.* »

Dans un chosal, sur le chemin du retour, il est soigné. Contre « le flus du sang » de la plaie contuse, on lui applique une toile d'araignée qu'il maintient sous son bas-de-chausses.

Harassé de fatigue à l'approche du bourg, il s'assied dans l'herbe, le dos au cerisier, près du chosal de Jaquemine. Il sombre dans la torpeur, glisse insensiblement, s'étend sur le sol.

C'est à cet instant que Jaquemine le découvre.

À un certain moment, il s'éveille… Il a l'étrange impression que quelque chose bouge sur sa soutane et glisse lentement au niveau de la ceinture. Il entr'ouvre les yeux, penche la tête, aperçoit celle d'une bête étrange, de profil. Un œil le fascine, un œil dont la pupille est une fente verticale.

Maintenant deux yeux le fixent

Sortant d'un court mais profond sommeil, il met un instant avant de réaliser. Chose incroyable, cette tête est celle d'un serpent, d'un serpent démoniaque, d'une vipère, étalée sur lui.

La terreur le glace. Son souffle s'arrête. Il demeure pétrifié face à cette monstrueuse créature qui commence à se mouvoir lentement, à ramper en silence. Elle glisse, roule sur le sol, s'évanouit dans l'herbe haute. À peine a-t-elle disparu, que le Révérend Abbé pris de panique, s'appuie d'une main contre l'arbre, se lève, bondit, s'enfuit, abandonnant cabache et fromages au pied du cerisier.

Il gagne le bourg. Après un court passage au presbytère où, d'une voix hachée, il a conté son aventure, il rentre chez ses parents. Sans perdre de temps, le Révérend Curé Germain, en personne, accompagné du vicaire va récupérer les précieux fromages abandonnés près du cerisier par le Révérend Abbé.

Ils rencontrent Jaquemine allant puiser de l'eau dans le ruisseau :

« La Jaquemine, il est icy lieu hanté des serpents ?

– Révérend Curé, il en est point chiche [1] comme ailleurs.

– Il me chaut [2] de sçavoir. Vous avez point veu Messire l'Abbé Claveau icy, couché dessous le guignier ?

– Révérend Curé. Je l'ay veu endormi et ne l'ay point voulu éveiller.

– Vous l'avez veu escamper ?

– Non point, Révérend Curé. J'estois céans dedans mon chosal. Il avoit quoy, mordu par serpent ?

– Nenni, la Jaquemine, mais vipère démoniaque couchée dessus luy. Est-il donc vray que rien vous ne sçavez ?

– Révérend Curé, devant Dieu je vous assure qu'il est vray. »

Mais le Révérend Curé ne la croit qu'à demi, encore que l'invocation divine eut pu le convaincre.

1- Chiche : avare. « Il n'y en a pas moins qu'ailleurs. »

2- Il me chaut : il m'importe.

Il trouve quelque chose de changé dans l'attitude de cette femme. Elle accuse « un estat de frémissement » qu'objectivent les mouvements incessants des doigts dans ses mains jointes. Elle a aussi quelque chose de nouveau dans le regard qu'il ne peut définir.

Il se tourne vers son vicaire :

« *Non possum ejus testimonio fidem adhibere*[1] ».

Il clôt brusquement la conversation et, sans ajouter mot, repart avec le vicaire, tous deux chargés de la cabache aux fromages.

Ainsi abandonnée, Jaquemine demeure ébahie. Elle ne comprend pas, regarde autour d'elle le pré fleuri, le ruisseau qui coule en contrebas du cerisier en fleurs. Elle se demande pourquoi le Révérend Curé l'a ainsi questionnée sur une vipère, pourquoi le Révérend Abbé a abandonné sa cabache. A-t-il été mordu par une de ces bêtes démoniaques ?

Un peu troublée, elle rentre dans le chosal.

Le lendemain, elle apprend par un voisin du Révérend Abbé Claveau que, blessé à la jambe, il est alité avec ce qui serait une « hydropisie sensible » du mollet.

On ne l'a pas appelée pour donner des soins.

C'est seulement cinq jours plus tard qu'elle est demandée. À l'arrivée, elle se trouve en présence d'une plaie purulente dans une jambe enflée, rouge et douloureuse au toucher. Étendu, grelottant pres-

---

1- *« Je ne puis croire en son témoignage. »*

que sur sa couche, le blessé est certainement en fièvre et, chose assez curieuse, il est particulièrement irritable, ce que confirment ses proches :

« Il a souvent quelques riottes et embarras d'esprit ».

Il est vrai qu'il est anxieux, qu'il éprouve beaucoup de gêne à ouvrir grande la bouche. Il souffre de douleurs imprécises par tout le corps, en relation certes avec « l'irritation du principe nerveux ».

Malgré les applications locales de feuilles d'arnica macérées dans de l'esprit-de-vin, la plaie ne s'est pas « mondifiée. » Cependant, sans en changer l'aspect, un fragment de bois parvient à s'écouler avec le pus.

Le surlendemain, le Révérend Abbé se plaint d'esquinancie, de crampes de plus en plus douloureuses, dont l'origine évidente est due « au retirement des nerfs et des muscles quy y sont attachés, causé par une vapeur crasse et lente quy est entre les membranes des muscles. »

La jambe elle-même est devenue très enflée par abondante hydropysie et très sensible à un point tel que le moindre attouchement provoque des gémissements douloureux.

« Le mal est fort grief », pense Jaquemine.

Mais ce qui est incompréhensible pour elle, pour l'entourage et également pour le Révérend Curé en visite, est le visage du Révérend Abbé. Il demeure constamment contracté avec l'apparence d'un rire figé, tel « le ris sardonien, ris forcé et amer quy ne passe pas le nœud de la gorge, quy arrive à ceux quy ont mangé la sardonia, espèce de renoncule quy rend les gens insensés ou leur cause une contraction des nerfs quy font retenir les lèvres. »

Le Révérend Abbé est affligé d'un mal d'autant plus inexplicable qu'il présente « des crampes de l'eschine quy le font se tordre en arrière ». Il est presque arc-bouté de façon permanente avec de douloureux accès paroxystiques. Ils sont déclenchés au moindre attouchement extérieur ou par un simple mouvement du malade[1].

Il se fait suppliant, réclame des calmants :

« Aah ! Le mal me travaille moult griefvement. Me faut acquiéter ».

Il a de plus en plus de difficultés pour manger. Il se plaint de la soif, n'ayant presque rien bu depuis des jours. À chaque tentative, il avale avec beaucoup d'effort, se met aussitôt à tousser et même à suffoquer. L'hydropisie a gagné la cuisse qui se présente très enflée, revêtue d'une peau rouge et douloureuse.

Une « fièvre continue, ardente, aiguë » se maintient. Pourtant, le Révérend Abbé a gardé tous ses esprits. Le mal apparaît à tous comme de plus en plus étrange. Jaquemine, elle-même ne sait plus comment le combattre.

1- *L'affection évoque le tétanos.*

Contre les crampes de l'eschine, elle a essayé une formule qu'elle souhaitait ardemment être efficace : « Une bonne quantité de limaçons rouges et les couvrir avec une quantité suffisante de sel médiocrement pilé. Faire tenir les quatre coins de la serviette par deux personnes, remuer pendant une heure les limaçons et le sel de la dite serviette, après placer un vase quy recevra la liqueur quy découlera de la serviette puis ferez chauffer cette liqueur et frotter chaudement l'espine du dos jusqu'au scrotum voisin du fondement. »

Mais l'application de ce remède est trop douloureuse. Il est abandonné. Contre ce mal mystérieux, on implore alors le Seigneur. Le Révérend Curé célèbre un office religieux en l'église, la messe pour les malades :

« *Ommipotens sempiterne Deus salus aeterna credentium, exaudi pro famulo tuo abbate Claveau infirma pro quo misericordiae tuae imploramus auxilium*[1]... »

Des cierges sont allumés devant le Maître-Autel. Des neuvaines sont dites par la famille du Révérend Abbé. Lui-même prie le Seigneur :

1- « *Dieu tout puissant, qui êtes le salut éternel de ceux qui croient en vous : exaucez les prières que nous adressons en faveur de votre abbé Claveau malade pour qui nous implorons le secours de votre miséricorde.* »

« *Miserere mei, Domine, quoniam infirmus sum. Sana me, quoniam conturbata surit mea ossa et anima mea turbata est valde*[1]. »

Néanmoins, son état s'aggrave rapidement. Il a de plus en plus de peine à respirer. Son visage bleuit, ses lèvres se foncent. Il n'y a plus aucune chance de le sauver. Venu le voir, le Révérend Curé lui conseille :

« Révérend Abbé, il vous faut point attendre d'estre plus griefvement malade pour mettre ordre à sa conscience. »

Le Révérend Abbé a compris. Resté toujours lucide, il a confirmation que sa fin est proche. Il reçoit les derniers sacrements du Révérend Curé.

Le soir, à nuit tombante, une semaine après le début de l'esquinancie, son état semble désespéré. Il garde ses esprits jusqu'à la dernière minute et remercie encore le Révérend Curé de sa présence.

Il meurt d'asphyxie alors qu'il priait encore le Seigneur auquel il confiait son âme :

« *Domine Jesu, suscipe spiritum meum*[2]... »

Il n'a pu achever.

La foule des fidèles est importante le jour de l'enterrement. Après l'inhumation dans l'église, ils sont nombreux à parler de l'étrange « mal convulsif » qui

---

1- *« Ayez pitié de moi, Seigneur parce que je suis malade ; guérissez-moi, parce que mes os sont ébranlés, mon âme est dans l'agitation. »*

2- *« Seigneur Jésus, accueillez mon âme. »*

a fait mourir le Révérend Abbé Jean Claveau, un enfant du pays. Les commentaires vont bon train. Il est surtout question de la vipère qui serait cause de tout le mal. Que faisait-elle sur le ventre du Révérend Abbé endormi ? Qui l'avait envoyée ? À qui avait-elle obéi ? Peut-être au Diable pour le venger d'avoir été chassé des « montagnes » par les nombreuses bénédictions du Révérend Abbé.

Certains vont même jusqu'à insinuer que la bête diabolique a pu bénéficier de quelque complicité, toujours en accord avec Satan. Deux à trois fois, le nom de Jaquemine a été chuchoté, puisque son chosal est tout proche et que cela s'est passé au pied d'un cerisier, en son domaine.

N'est-elle pas guérisseuse ? Pourtant, elle n'a point guéri le Révérend Abbé, ni Jean-Marie Million, atteint de frénésie. D'autres noms sont également cités. Alors, en avait elle décidé ainsi ?

Le dimanche suivant, au prône, le Révérend Curé, pendant son monitoire demande à nouveau « à tout fidelle de point pactiser avec le démon. »

Serait-ce une allusion à Jaquemine ? Certains le pensent.

Cependant l'émotion s'apaise peu à peu, les commentaires tirent à leur fin.

On est en juillet. Le mois s'avère être assez chaud. Le temps clément permet de faire aisément les foins et d'augurer de bonnes récoltes.

Jaquemine est encore appelée à donner des soins. Elle obtient quelques succès. Son julep[1] à base de plaintain est d'un heureux effet sur les cours de ventre. Elle a même, en début de mois, soigné une fillette dont le dos présentait une brûlure assez étendue à la suite de l'incendie d'une ferme où avaient péri une vache et deux moutons. Elle a bien « mondifié » la plaie avec onguent fait d'un mélange de suc de plaintain, de suie et « d'herbe à la Reyne[2] ». C'est une herbe assez nouvelle, originaire d'au-delà des océans et que lui avait procurée un porte-pannier. Jaquemine avait même réussi à supprimer la souffrance causée par la brûlure, on ne sait trop comment. Peut-être « par incantation et vertu magnétique »? Comme Pernette, elle peut « aussy couper le feu ».

Dans les jours qui suivent le décès du Révérend Abbé, l'apparition des troubles émotifs qu'a toujours plus ou moins présentés Jaquemine sont en progression. Elle n'en prend pas vraiment conscience au début.

Cependant, son émotivité naturelle augmente insensiblement et se teinte d'un certain degré d'énervement auquel succède parfois un abattement de courte durée. Ces variations de déséquilibre émotionnel engendrent chez elle une certaine irritabilité

1- Julep : potion.

2- Herbe à la Reyne : tabac.

de son caractère, ce qui aggrave le contact de ses relations, surtout avec les femmes.

Lors de la préparation de son onguent avec l'herbe à la Reyne, elle avait néanmoins remarqué un léger tremblement de ses doigts qu'elle avait attribué aux vertus merveilleuses de cette plante. Or, elle constate que le même phénomène est susceptible de se présenter avec d'autres plantes. Cette constatation contribue à accroître un sentiment d'angoisse déjà latent, qui se concrétise plus nettement par des palpitations de son cœur.

Au cours des semaines suivantes, elle croit avoir un peu maigri puisqu'elle a la sensation que son « corps de juppe » la soutient moins bien, malgré la présence constante des busques dans les busquières.

Il est vrai qu'elle n'a plus sa boule de pain quotidien. Depuis la fête de Sainte Marie-Magdelaine, la distribution de l'aumône du Cloître est terminée.

Jaquemine présente en outre une alternance plus tranchée de périodes de lassitude assez déprimante et d'entrain plus dynamique. Ces dernières coïncident assez curieusement avec la rencontre de Messire le Régent

Si elle ne le voit plus quotidiennement au prieuré comme avant le vingt-deuxième de juillet, elle l'aperçoit chaque dimanche lors de la célébration de la messe. Elle le croise aussi dans les ruelles du bourg au hasard de ses déplacements.

Inconsciemment peut-être, elle ralentit le pas, traîne un peu les sabots pour le saluer bien dévotement. Une fois, en se retournant, il lui a semblé que son regard s'était attardé sur elle. Anormalement émue, ses mains ont accentué leur tremblement et son cœur s'est mis à battre plus vite.

Il arrive parfois que l'image de Messire le Régent hante ses rêves durant la nuit comme elle s'impose, de jour, à ses yeux.

Dans les premiers jours d'août, un dimanche, au sortir de l'église, elle est interpellée par Nicholarde de Loche :

« Jaquemine, je suis chagrine. Cette lune, j'ay point veu de mes fleurs. »

Jaquemine la regarde. Son visage révèle une anxiété profonde. Elle connaît la situation de détresse dans laquelle Nicholarde se trouve. Son mari, ancien syndic de la paroisse, est en prison à Annecy pour « cause de péculat ». Elle a beaucoup vieilli. Pourtant, elle n'est pas très âgée. Elle doit avoir la quarantaine ou environ. Cette absence des menstrues peut n'être que naturelle, sans autre cause. Mais il lui faut, à la demande même de Nicholarde, tenter de les lui faire revenir, quelle qu'en soit la cause.

Jaquemine se souvient de son expérience personnelle. Ce fut, certes, un échec. Mais elle ne peut que conseiller à Nicholarde :

« Il vous faut mettre herbe de la Sainct-Jean dedans la nature.

– Alors. Vous me la baillerez. »

Dès le lendemain, Jaquemine apporte un bouquet d'armoise en fleurs. En l'absence de Nicholarde, elle le remet à la servante qui le place dans un vase d'étain empli d'eau. Elle étale la multitude des fleurs jaunâtres, groupées en petits capitules dressés, au parfum faiblement épicé.

Jaquemine revient le lendemain, trouve Nicholarde dans son logis qui se plaint d'avoir des démangeaisons du nez, « de patir d'un fort rheume[1]. »

En effet, le nez est très encombré, les paupières sont congestives et les yeux légèrement rouges.

Un peu surprise, Jaquemine remarque alors le bouquet d'armoise intact dans son vase. Elle demande :

« Je vois cy-dessus mes herbes de la Sainct-Jean. Vous avez point mis dedans la nature ?

– Point encore. Depuis hier, j'ay petite fièvre de rheume.

– Il vous faut haster ».

Jaquemine se saisit alors de l'armoise, se met, de façon un peu rapide, à en détacher feuilles et fleurs.

Aussitôt Nicholarde se prend à éternuer bruyam-

1- *De patir d'un fort rheume : de souffrir d'un fort rhume.*

ment puis à tousser. Elle se plaint d'avoir le nez bouché, d'où s'écoule cependant de l'humeur. Elle semble de plus en plus gênée à respirer. Elle est angoissée.

« Jaquemine, j'ay moult esternuments et surtout inquiétudes de poitrine. »

Jaquemine, surprise, est maintenant inquiète. Elle ne comprend vraiment pas ce qui peut provoquer si brutalement ce phénomène qu'elle découvre pour la première fois. Ce n'est sûrement pas l'armoise. Elle le sait par expérience. Or, il est avéré que « l'esternument est une convulsion du cerveau par laquelle il se dégage quelques ventosités ou humidités quy l'incommodent ». Mais le cerveau de Nicholarde ne paraît pas se bien dégager. Elle est de plus en plus oppressée. Elle se prend à soupçonner Jaquemine et l'incrimine aussitôt :

« Il est mal point naturel ny formé par cause ordinaire[1]. »

Jaquemine en reste coite, surtout quand Nicholarde ajoute :

« Il est bouquet maléficié !

– Par Dieu, j'ay point maléficié. »

Suffoquée par une telle accusation, elle en laisse tomber les fleurs sur le sol où elles s'éparpillent.

Nicholarde pousse incontinent Jaquemine à la porte :

1- *Cela évoque une réaction allergique due au pollen.*

« Escampe vite, mauldite sorcière ! »

Cette péripétie, dont le caractère anormal, surnaturel même, est évident, a profondément ému Jaquemine. Elle se sait innocente de tout sortilège puisqu'elle est sans relation aucune avec Satan. Surtout, le dernier mot lancé par Nicholarde l'a bouleversée. Son cœur bat encore la chamade. Elle se traîne dans le bourg sur le chemin du retour. Passant près de l'église, elle se décide à s'y réfugier.

On est en plein office, à l'Antienne de la Vierge. Elle ignore, malgré elle, la présence de nombreux fidèles. À peine entrée, elle veut se mettre à genoux, s'empêtre dans sa longue cotte noire, manque de tomber sur le sous-pied de la nef centrale, pousse un gémissement remarqué par l'entourage plutôt intrigué. Qu'arrive-t-il à Jaquemine ? Serait-elle « tourmenté du malin Esprit ? »

Péniblement elle regagne son chosal, bien seule, triste et déprimée. Elle ignore que son état est dû à « la surabondance d'humeur mélancholique quy provoque la tristesse ».

Cependant, elle a appris de sa mère qu'une plante printanière à la fleur dorée est capable de surmonter la tristesse, donc « de nettoyer le sang mélancholique ». Il s'agit du bouton-d'or, cette fleur que les vaches évitent de brouter. Pernette n'en avait plus à lui donner lors des deuils précédents, surtout celui de Thomas. Mais elle-même en a cueilli à la Saint-Jean.

Désormais seule dans la vie, elle n'a d'autre issue que d'attendre la décision du Seigneur de la rappeler à Lui. Elle en est là de ses pensées.

Dans l'attente de cet espoir, il lui faut tenir. Mourir sans la permission divine serait un péché mortel qui lui refuserait la grâce de Dieu et, au contraire, attirerait son ire. Il faut suivre le conseil que Pernette avait suggéré, c'est-à-dire la nécessité de prendre de la décoction de bouton-d'or.

Dans une pinte d'eau, à défaut de vin blanc, elle en met à bouillir une pincée, soit l'équivalent « d'un gros ». La plante séchée n'est plus vénéneuse comme elle peut l'être en étant fraîchement arrachée.

Jaquemine parvient ainsi à reprendre pleinement ses esprits malgré cependant un déséquilibre émotionnel mal perçu par elle.

Elle est consciente de l'amplification du tremblement de ses mains mais non de la discrète accélération permanente de son cœur. Elle la ressent pourtant dans certaines circonstances, comme à la seule rencontre de Messire le Régent.

Au cours de ce mois d'août, sévit dans le pays une maladie caractérisée surtout par de la fièvre. Elle touche maintes personnes auprès de qui Jaquemine est à nouveau appelée. En même temps, une affection étrange frappe le bétail. Au désespoir de beaucoup de manants, leurs vache, chèvre ou brebis ont avorté sans pouvoir en déceler la cause qui doit être due à quelque influence mystérieuse. C'est le moins qu'on puisse dire.

Au quinzième du mois, la célébration de la grand'messe en ce jour solennel de « l'Assomption de Nostre-Dame » n'est point faite, comme de coutume, par le Révérend Père Jésuite. En effet ; le Révérend Nicolas Humbert est malade. Depuis deux à trois jours, il semble être fébrile. La fièvre, légère au début, se révèle être « synoque [1] sans putride » c'est-à-dire « sans corruption des humeurs ni des chairs, et ne donnant aucun relaschement au malade ».

Au sortir de la messe, Jaquemine est mandée auprès de lui. Seul dans sa cellule, le malade se plaint « de sueurs au cours de la nuitée. Son pouls est grand, la chaleur est grande et humide ».

Jaquemine ne sait comment traiter cette fièvre. Il en est tant de diverses sortes : de quarte, de tierce, de double tierce, de lente, de maligne, de continue synoque…

Elle ne connaît que la fièvre contre laquelle elle conseille de boire beaucoup de décoction « d'orge mondé [2] ». Cela semble être efficace chez le Révérend Père Humbert, car la température s'abaisse après une

---

1- *Fièvre synoque : fièvre continue.*

2- *Mondé : débarrassée de son écorce.*

semaine. Elle tombe cependant incomplètement pour reprendre quelques jours plus tard. Il s'agit donc bien d'une « fièvre synoque sans putride » mais « continue, rémittente », comme l'aurait précisée un médecin.

Le malade n'a point « de diarrhée ni flux d'urines. Il ne s'amaigrit point » mais se sent un peu las.

Lors de la reprise de la fièvre, Jaquemine fait « bien couvrir le malade avec de l'eau de chardon bénit[1] ».

Mais cette évolution cyclique de la température se poursuivra encore[2]. Elle se normalisera peu à peu et définitivement lorsque Jaquemine aura préparé un autre remède : pour cela, elle a réussi à tuer une vipère près du cerisier, en bordure du ruisseau, où elles sont nombreuses. Après « préparation, elle adjouste à une décoction de centaurée un peu de la poudre de vipère, environ un scrupule[3]. L'application sur la peau de ce remède augmente la transpiration du malade et l'amène ainsi à guérison. » Celle-ci semble finalement être obtenue dans la première quinzaine d'octobre.

Mais le Révérend Père Jésuite demeure toujours très fatigué. Contre cette « peine de corps quy lasse et quy travaille », Jaquemine propose au malade de

---

1- Chardon bénit : plante centaurée.

2- Cette affection évoque la fièvre de Malte.

3- Scrupule : un gramme vingt-sept.

boire de « la bière de froment quy engraisse ». Or il préfère le bon lait de vache, qu'elle ait avorté ou non, et dont un manant lui apporte un pot[1] chaque jour.

Bien qu'ayant repris ses cours au collège matin et après-disnée, Messire le Régent a souvent assisté le Révérend Père Jésuite durant sa maladie, avec cependant la crainte d'être atteint lui aussi de cette même fièvre synoque rémittente. Aussi demande-t-il à Jaquemine de lui faire un onguent ou un cérat pour l'en protéger.

Surprise sur le moment, elle accueille sa demande avec émotion. Rentrée chez elle, elle hésite longuement sur ses intentions. Puis, après mûre réflexion, elle se décide enfin à préparer non un cérat, mais une poudre, dans un but plus ou moins avouable.

Elle doit donc attendre pendant cinq jours le retour de la nouvelle lune car, si étrange que cela paraisse, elle a besoin de ses « fleurs » pour préparer cette poudre.

Elle réussit à calmer l'impatience de Messire le Régent.

Dès la lune nouvelle elle se met à l'ouvrage :

Alors « d'un petit pain de deux liards[2] tout chaud, elle oste la calotte de dessus, faict un trou avec le doit index pas bien avant et faict tomber neuf gouttes du sang de ses fleurs dedans le milieu du

---

1- Pot : mesure de capacité environ deux litres trois.

2- Liard (monnaie) : trois deniers - Quatre liards : un sol (sou).

pain et s'est faict un saignement de nez et en a reçeu neuf gouttes et remet la calotte dessus et faict sécher dedans un four, et après le réduict en poudre. »

Elle en a alors donné à Messire le Régent trois prises par jour à diluer dans un peu de vin. Ainsi n'a-t-il pas été atteint de la fièvre sinoque remittente.

Il en sait gré à Jaquemine toujours déférente à son égard et toujours aussi étreinte par l'émotion de le voir près d'elle.

Depuis les derniers soins, elle est agitée de sentiments complexes et contradictoires. Elle se trouve culpabilisée d'avoir ainsi drogué Messire le Régent. Elle en a honte au point de demander pardon dans ses prières au divin Créateur. En même temps, elle est envahie par une folle espérance dans l'attente d'un événement pour lequel, également, elle implore par avance le pardon de Notre-Seigneur.

Lors de sa dernière visite au prieuré, elle se présente un peu plus émue que d'ordinaire, avec un tremblement menu mais visible de ses doigts.

Ses yeux semblent fuir un instant le regard intéressé de Messire le Régent à qui le discret changement de Jaquemine n'a pas échappé :

« Jaquemine, vous semblez trembler comme feuille de tremble.

– Ouy, Messire le Régent. Depuis ce printemps, je crois.

– Vous estes en bon point[1] ?

– Ouy, Messire le Régent mais en grand tourment.

– Il est alors faiblesse des nerfs », conclut Messire le Régent avec un léger sourire. La conversation ainsi terminée, il lui tape discrètement sur l'épaule en disant :

« Dieu vous garde en bien ».

Il la quitte, passe dans la pièce voisine où il se met à table avec le Révérend Père Jésuite, à nouveau « en bon point ». Ils parlent du retour prochain de « l'aumosne du Cloistre. »

Profondément émue par le geste de « mignotise[2] » de Messire le Régent, Jaquemine a quitté le prieuré.

Tout au long du chemin, elle songe à sa poudre, réalisée sans l'invocation des bons Anges et encore moins des maudits Démons, mais plutôt sous le signe de la magie. Elle en espère d'heureuses conséquences pour elle-même, peu persuadée de son efficacité contre la fièvre sinoque.

Elle porte sa main sur l'épaule qu'a effleurée celle de Messire le Régent. Elle se demande si ce geste est déjà un des heureux effets de sa poudre. Elle n'ose le croire. Tout au long de la journée et les jours suivants, elle ne cesse d'y songer. Mais rien ne vient

1- Point : état de santé.

2- Mignotise : caresse, flatterie.

rompre le rythme quotidien de sa vie monotone. Elle entrevoit Messire le Régent seulement le dimanche à la messe. Comme il semble loin d'elle ! Elle en est bien triste et sombre à nouveau dans la mélancolie au point de vouloir reprendre sa tisane de bouton-d'or.

À cette période un peu tardive, elle croit pouvoir en trouver encore en altitude, et sinon peut-être essayer avec d'autres plantes. Aussi décide-telle de parcourir à leur recherche les prés puis la lisière des bois dans les montagnes environnantes. Quelques-unes sont en pleine floraison, d'autres, au contraire, offrent leurs baies dont certaines bien tentantes.

Après une longue marche, elle en découvre une à la lisière d'une forêt. La plante, très ramifiée, d'aspect buissonnant, est attirante par ses fruits semblables aux guignes rouge-noir et qu'entoure un calice de cinq lobes au ton vert persistant. Si Jaquemine a déjà fait provision de fausse gentiane[1], connue d'elle pour ses propriétés, elle ne saurait identifier cette découverte. Elle ose porter à sa bouche une de ces baies et la mâcher. La saveur douceâtre qui s'en dégage lui déplaît. Elle la crache. Elle en cueille cependant une petite provision.

Au-delà des Monts, on donne à cette plante le nom de « *bella dona majoribus foliis et floribus*[2] »

1- Fausse gentiane : ellébore blanc.

2- Belladone : plante vénéneuse pouvant provoquer un délire hallucinatoire.

Jaquemine redescend lentement le long de la forêt en direction du bourg. Peu de temps après, elle ressent une sensation assez curieuse. Sa bouche manque de salive. Sa vue semble baisser et son cœur tend à s'accélérer de façon très anormale. Les fleurs, les arbres, le paysage, un nuage dans le ciel bleu deviennent de plus en plus flous. Sa tête s'alourdit et la contraint à s'asseoir, puis à s'étendre sur le sol couvert de mousse. Sa béguine[1] tombe. Elle n'en a cure.

Il est indéniable que « son diaphragme offensé par des humeurs peccantes cause un transport au cerveau ».

Elle ferme les yeux un long moment. Quand elle les rouvre, elle se trouve aller un peu mieux. Mais elle croit voir des choses fantastiques, de « vaines apparences ».

Dans le ciel, sur le fond d'un nuage aux formes étranges, une ombre est passée. Un peu plus tard, elle se précise. C'est un « fantosme » qui se trouve dans son champ de vision. Il se penche sur elle. À demi consciente, elle veut le chasser en secouant la tête. Elle ferme les yeux, regarde à nouveau. Le fantosme est toujours présent. Elle cherche à le détailler, il a bien l'apparence d'un visage humain, paré même d'une discrète barbe sombre, tout comme sa moustache.

Elle se demande si elle n'est point « sujette à resverie ».

1- Béguine : (local) coiffe.

Ce fantosme est d'autant plus étrange qu'il se met à parler. En effet elle croit l'entendre dire :

« Vous avez resvé[1] ? Est-il vostre cerveau altéré ? »

Elle ne peut répondre à ces mots d'ailleurs imparfaitement perçus. Dans son cerveau, les idées sont imprécises comme l'est encore sa vue. Souffrant de la soif, elle a la bouche très sèche au point de la gêner à parler. Elle est toujours un peu oppressée, peut-être à cause de son cœur galopant dans la poitrine.

Cependant, ses troubles diminuent peu à peu après un temps assez long qu'elle ne saurait mesurer.

Et le fantosme est toujours là, assis auprès d'elle. Elle s'en assure en tournant la tête.

Soudain, c'est le choc. Elle croit rêver. Elle a une vision. Sa vue n'est pas encore nette. Elle se frotte les yeux. Elle regarde à nouveau « le fantosme ». Elle ne peut y croire. Elle s'assied, regarde à nouveau le visage de ce fantosme animé d'un léger sourire. Elle se rend à l'évidence.

C'est lui, c'est bien Lui, qui est assis auprès d'elle, c'est Messire le Régent

Elle l'entend parler :

« Vous aviez petite incommodité, sans doute, venant du cerveau altéré ? Pourquoy ?

– Sçais-pas.

– Il va mieux maintenant ?

– Ouy, Mes-sire-Ré-gent. Ay-soif »

1- Vous rêvez.

En attendant patiemment le retour à la lucidité de Jaquemine, il savourait une à une des myrtilles qu'il était allé ramasser. Il lui en offre une poignée. Elle l'engloutit fébrilement dans sa bouche.

Elle balbutie à nouveau :

« Il-est-bien-vous, Mes-sire Ré-gent ?

– Ouy, il est bien moy.

– Mal-aise m'est sur-ve-nu. Suis encore lasse. Mon cœur… »

Sous son corps de juppe, elle porte la main à son cœur cependant plus calme, pousse un long soupir, ferme les yeux et, plus ou moins consciemment laisser aller lentement sa tête contre Messire le Régent toujours assis.

Il ne bouge pas, contemple la longue chevelure à l'abandon sur les épaules, les paupières obstinément closes et le visage maintenant détendu de Jaquemine.

Malgré lui, il s'attarde dans cette contemplation d'autant plus que le corps de juppe un peu écarté laisse entrevoir la naissance de deux seins. L'image de cette vision le trouble. Quelque chose se passe en lui qui l'attire sur cette créature au charme de plus en plus envoûtant.

Mais pressentant un danger imminent, il pense chercher à le fuir. Il lui faut agir. Il glisse une main dans les cheveux de Jaquemine pour éloigner son visage.

Au contact de ce qu'elle croit être une « mignotise », elle entrouvre les yeux, le fixe passionnément. Ce regard le bouleverse. Il s'immobilise un instant et, inconsciemment, l'attire à lui. Il n'a fait qu'ébaucher ce geste. Aussitôt Jaquemine l'entoure de ses bras et ses lèvres baisent les siennes. Il se raidit dans une dernière réaction de défense, mais en vain. Il succombe, se laisse renverser sur la mousse.

Ils demeurent tous deux un court instant étendus, immobiles dans les bras l'un de l'autre, Jaquemine inondée de tant de bonheur, mais lui balbutie un ultime recours à Dieu :

« *Deo, queso ab omnibus cor meum tentationibus emunda*[1]... »

Il n'a pas le temps d'achever.

Sans qu'il puisse s'y opposer, Jaquemine glisse sur lui, resserre son étreinte, se fait plus pressante, se permet enfin « des attouchements déshonnestes et aultres privautez concernant l'honneur ».

L'appel lancé au Seigneur n'a certes pas été entendu. Messire le Régent se sent envahi par une sensation étrange. Il se rappelle soudain l'avoir déjà ressentie lors de ses études de scolasticat en la ville de Chambéry quand, se hâtant dans les ruelles, il croisait certaines femmes bien différentes des autres, des « ribaudes, ces filles abandonnées » contre les-

---

1- « Daignez, Seigneur, délivrer mon cœur de toutes sortes de tentations... »

quelles on l'avait mis en garde à maintes reprises. Mais chaque fois, le trouble n'avait été que passager, comme il l'est parfois, la nuit, au cours de « certaines resveries ».

Cette même « chaleur quy enflamme les parties honteuses d'un homme » se fait maintenant autrement plus insistante. Son vît, presque toujours somnolent, semble se réveiller sous sa longue robbe. Il gonfle, grandit jusqu'à devenir encombrant, arrogant même. Les attouchements déshonnestes se font plus précis.

Messire le Régent est l'objet d'une « galanterie illicite ». Désormais, toute résistance lui est impossible. Vaincu malgré lui, il est « à la mercy de la violente passion que la nature inspire aux gens de divers sexes pour se joindre afin de perpétuer l'espèce. »

Fébrilement, Jaquemine a très vite retroussé « la robbe » de Messire le Régent et sa propre cotte...

Ainsi s'accomplit une copulation charnelle dans l'ivresse de la passion amoureuse portée à son paroxysme.

Lui, il est perdu dans un autre monde inconnu, au-delà des cieux. Elle, au comble de la volupté, pousse un long brame.

Ils sont maintenant étendus côte à côte, les bras de Jaquemine autour du cou de Georges. Pour elle, il n'est plus Messire le Régent. Ils demeurent un long moment, silencieux, les yeux fermés, à revivre cette étreinte inoubliable.

Puis, elle semble se réveiller et applique sur les lèvres de Georges un « *basium suavium* ». Ce baiser, le baiser impudique cher aux Latins, fait ouvrir les yeux de Georges. Il se prend à contempler béatement les branches de sapin largement déployées au-dessus d'eux, dans l'immensité du ciel bleu voilé d'un seul nuage.

Le ciel uniformément bleu. Cette tache nuageuse. Une image symbolique voulue par Dieu pour le péché commis à l'instant, après une vie sans faute jusqu'à ce jour ?

Soudain, l'appel de l'Angélus.

Messire le Régent revient à lui, desserre l'étreinte de la femme, rabat sa robbe, se relève. Devant le regard désolé de Jaquemine, il s'agenouille, les yeux au ciel. Il lui faut demander pardon à Dieu :

« *Libidimus sum. Miserere mei. O Domine, peccavi, quoniam infirmus sum. Dimita mei debita mea*[1]... »

Messire le Régent se relève et s'enfuit. Il est loin.

À la vue de son visage bouleversé, Jaquemine n'a pas tenté de le retenir. Elle reste seule, encore pantelante, le sang bouillonnant dans ses veines. Elle s'assied, caresse le lit de mousse de ses amours cou-

---

1- *« Je me suis livré au plaisir de la chair. Ayez pitié de moi, ô mon Dieu. J'ai péché parce que je suis faible. Pardonnez-moi mon offense. »*

pables. Son cœur vagabonde toujours mais son esprit est plus calme. Elle revit cet incroyable pèlerinage au lieu de notre naissance. Elle est certaine de l'avoir suscité.

Elle songe avec délices combien souveraine a été la poudre magique qu'elle avait préparée.

Ainsi, avec un tel philtre d'amour, elle a réussi à suborner Messire le Régent. Elle ose s'avouer :

« On a péché, tant pis que[1] devant le Seigneur ! »

1- *« On a péché d'autant plus mal que (ce fut) devant le Seigneur. »*

Chapitre 8

La sonnerie de l'Angélus prend fin au moment où Messire le Régent fait irruption sur la place de l'église. Le son des cloches flotte encore dans l'air.

Les feux de l'amour charnel se sont peu à peu éteints en lui tout au long du trajet. À la vue de l'édifice sacré, il s'arrête. Il a grand'conscience d'être chargé du péché de la chair. Il y songe avec beaucoup de remords :

« Il est chose griefve pour moy quy ay prononcé des vœux ».

Aussi fait-il acte de contrition :

« *Absolve me, Domine, ut a peccatorum nexibus tua benignitate liberis*[1] ».

Puis il se dirige sur la gauche en direction du prieuré.

À peine arrivé, il se trouve en présence du Révérend Père Jésuite, lequel, à la seule vue de son

---

1- « Pardonnez-moi Seigneur, afin que votre bonté me délivre des liens du péché. »

Régent, a l'intuition d'un événement survenu en sa personne. Il songe un instant à le questionner, mais il a lui-même une autre préoccupation plus immédiate :

« Honneste Joseph Evrard, nostre boulenger est frappé d'un mal estrange. Il est tout agité et traversé de moult tremblements et furieux moments de frénésie.

– Comment, Révérend Père ?

– Il a crié puis est cheu à terre et la langue entre ses pauvres dents.

– Il est point mort, Révérend Père ?

– Non point. Après somnolence, il s'est éveillé et a pissé dedans son haut-de-chausses[1] ! Vous saviez donc pas ? Vous estiez où ?

– Dedans la montagne de la Roche Brune, Révérend Père.

– Honneste Evrard habite point loin. »

Messire le Régent garde alors un silence gêné. S'il a oublié un instant dans la conversation la faute commise, elle resurgit en lui.

Le Révérend Père Jésuite fixe plus attentivement celui qu'il devine maintenant être un pécheur devant Dieu, d'autant plus qu'il semble être de plus en plus mal à l'aise. Sa longue robbe de bure déjà froissée et tachée l'est davantage que d'ordinaire.

Sous le regard scrutateur, de plus en plus soupçonneux, Messire le Régent baisse les yeux,

1- Cette affection évoque l'épilepsie.

rapproche instinctivement ses deux bras pendants, joint les mains. Le Révérend Père Jésuite rompt le silence d'une voix maintenant plus autoritaire :

« Vous paroissez estre trouvé en faute. Est-il vray ? »

Pour Messire le Régent, l'aveu est plus facile à faire en le langage de l'Église :

« *Peccavi, Reverendus Pater.*

– *Qualis peccatum ?*

– *Miserere mei, Reverendus Pater, libidinosus sum.*

– *Narrare est mihi*[1].

Puis, abandonnant le latin, il demande à Messire le Régent de se mettre à genoux et de confesser entièrement le péché de fornication. Le ton de ses paroles est moins sévère. Le Révérend Père Jésuite semble s'intéresser davantage à la narration des circonstances du péché qu'au péché lui-même. Il contemple le pauvre pécheur repentant, agenouillé devant lui, la tête penchée sur ses mains jointes.

Messire le Régent relate lentement sa mésaventure : la rencontre à l'orée d'une forêt au cours de sa promenade, la femme presque en pâmoison, son étreinte subite, le trouble qui l'a lui-même envahi, peut-être provoqué par un charme, et malgré un appel pressant au Divin Créateur, la chute inéluctable dans le péché de la fornication.

1- *« J'ai péché. – Quel péché ? – Pardonnez-moi, Révérend Père, j'ai péché de chair. – Raconte-moi. »*

« *In nomine Patris, Filii et Spiritus sancti, Benedic mihi, Pater, quia peccavi*[1] » a terminé Messire le Régent.

Un court silence s'établit entre les deux hommes, l'un revivant la scène, l'autre l'imaginant peut-être.

Ce dernier, le Révérend Père jésuite pousse un soupir et, d'une voix neutre, demande :

« Il est pour la première fois chez vous ?

– Juste Dieu, ouy, je le vous jure. Révérend Père et en ay moult regret.

– Vous avez point dit le nom de la jeune femme de quy[2] vous avez forniqué.

– Il est Jacquemine, Révérend Père.

– Laquelle ? La guérisseuse, celle qui m'a soigné ma fièvre ?

– Hélas, oui, Révérend Père.

– Elle est point sorcière, il est à sçavoir. Mais l'œuvre de chair est démoniaque. Quand le démon entre dedans le corps comme Dieu entre dedans l'âme, essence de la vie, il peut lier l'usage de la raison, avec la permission divine, et en injectant diverses infirmités, aller jusqu'à la paralysie de la raison et ainsi provoquer haine et amour fol. Il pousse au péché invisiblement non seulement par persuasion, mais par matière de disposition. L'intelligence est illuminée par l'ange bon pour la seule connoissance de la

1- *« Donnez-moi votre bénédiction, Père, parce que j'ai péché. »*
2- *De qui : avec qui.*

vérité d'où procède l'amour de quy est bon. Mais chez vous, elle a peü être obscurcie par un ange mauvois, un démon pour la connoissance de la vérité apparente, cela par une confusion des idées et des images d'où se découle un amour désordonné du lien apparent quy est la délectation charnelle après laquelle les hommes courent. Ainsi, il est dit dans le *Malleus Maleficarum*, de Sprenger. Combien[1] qu'il soit commis grand péché, il sera licitement possible de le pardonner, si vous implorez dès maintenant la mansuétude de Dieu pour le pardon de ce péché.

– *Exaudi Domine quaero supplicum preces et confitentium tibi parce peccatis ut pariter mihi indulgenciam tribuae benignus et pacem*[2]. »

Messire le Régent a prononcé ces mots avec une grande ferveur.

« En pénitence de cette fornication, vous ferez deux jours de jeusne et prières à l'adresse du Seigneur dans le lieu sainct de nostre église. Vostre faute est un peu griefve, mais il est la première fois. Espérez beaucoup en la miséricorde de Dieu », lui signifie le Révérend Père Jésuite.

– Je vous rends grâce, Révérend Père.

1- *Combien que : bien que.*

2- *« Excusez-Seigneur, les très humbles prières de celui qui s'adresse à vous et remettez les péchés de celui qui les confesse afin qu'il recoive en même temps de votre bonté le pardon des offenses et la paix. »*

– Après ces deux jours de prières et de jeusne, la faute est accommodable, mais jamais ne devez recommencer. Après-demain : *absolutoria sacerdotis sententia*[1].

– Je vous le promets, Révérend Père. J'ay vif regret d'avoir péché ainsi et offensé Dieu. »

Messire le Régent se relève, le cœur et l'âme soulagés.

Dès l'entrée à l'intérieur de l'église, il met la main dans l'eau bénite et, tout en se signant, lève les yeux. Il frémit de tout son corps : dans l'encadrement d'une des fenêtres situées un peu en retrait, un vitrail aux couleurs encore vives représente Saint Michel repoussant une silhouette à tête de bouc, celle de Satan. L'œil diabolique jette un regard complice au grand pécheur, près du bénéitier, et qui se hâte aussitôt vers l'autel. Il a beaucoup à se faire pardonner.

Ainsi, chaque jour, ignorant volontairement l'appel muet de Satan, demeure-t-il de longues heures en prière. Il revient seulement au prieuré pour des besoins naturels et pour n'ingurgiter autre chose que de l'eau d'une source jaillissant non loin de là, vers le pré de foire. Même la nuit, il assiste aux offices, Complies, Matines et Laudes. Il dort très peu dans les intervalles.

1- *Absolution.*

À la fin du jeûne, il est assez affaibli. Mais il reprend vite des forces pour donner à nouveau des cours aux enfants du collège du prieuré.

Dès la Saint-Luc, le samedi dix-huitième d'octobre, il doit s'occuper de la « boulenge », du pain à l'occasion de l'aumône du Cloître, et dont la distribution ne commencera que le lundi matin.

En ce qui concerne la boulenge, il est hors de question de reprendre honnête Joseph Evrard. Il est touché par ce mal étrange de frénésie. Un autre meunier est choisi, malgré les candidatures nombreuses que justifie la distribution quotidienne gratuite de deux parts, dont une pour l'épouse du « boulenger ».

Ainsi, chaque jour, une heure après l'office matinal de prime, Messire le Régent devra-t-il à nouveau s'occuper lui-même de donner à chacun une de ces boules tant désirées, dont il aura surveillé la boulenge la veille au soir dès l'heure dixième[1].

Il a la charge du collège du prieuré durant tout l'après-disnée, dès l'heure septième jusqu'à dixième[2]. Le Révérend Père Jésuite assure les cours du matin de tierce à sexte[3].

Les élèves présents sont peu nombreux. Ce sont seulement les garçons, tous originaires du bourg. Ceux des hameaux loignés ne peuvent en effet venir

---

1- Dixième heure : seize heures.

2- Septième à dixième : treize à seize.

3- Tierce à sexte : neuf à douze (midi).

par les chemins enneigés tout au long de l'hiver, et aux beaux jours, ils doivent aider leurs parents aux travaux des champs et à la garde des bêtes dans les pâturages.

Le catéchisme est déjà enseigné à l'église, au prône, chaque dimanche. Il l'est surtout par les interrogats[1] adressés à toute l'assistance, selon les directives du Concile de Trente.

Il l'est également pendant les longues heures d'instruction religieuse du collège. En marge de cet enseignement essentiel sont également dispensées quelques leçons pour permettre d'acquérir les notions élémentaires de calcul, de lecture et même d'écriture.

Seuls les fils de notaires ou d'autres nobles et bourgeois peuvent se permettre par la suite de s'offrir des cours au collège de Chambéry ou même à l'université d'Avignon en France, pour des études de droit. En particulier, l'accès au collège savoyard en Avignon est facilité par l'octroi d'un bénéfice ecclésiastique ou d'une bourse, dûe à la générosité du Révérendissime Cardinal de Brogny.

Dans les collèges, les classes mixtes ne sont pas permises. Donc les filles ne peuvent être admises. Elles n'ont d'ailleurs point besoin d'étudier, puisqu'il leur est réservé une autre destinée, celle de perpétuer l'espèce. Il en est ainsi et Messire le Régent ne peut le regretter.

1- Interrogats : interrogations.

Or, ce matin du lundi, vingtième d'octobre, alors que commence la distribution du pain, il n'avait pas songé à la surprise qui l'attendait

Une interminable file d'attente est alignée en bordure du torrent, le long du mur du prieuré dans l'espoir d'un abri, d'ailleurs précaire, contre le mauvais temps.

Et il ne s'est pas écoulé une dizaine de mendiants ou de pauvres honteux que brusquement, elle se trouve devant lui, tendant une main mal assurée. Il n'en croit pas ses yeux. Mais oui, c'est bien elle. Il l'avait oubliée. Malgré lui, il ébauche un signe de croix. La surprise fait place à l'angoisse dont l'origine est peut-être dans la crainte soudaine d'un charme magique.

Il donne une boule de pain à la main tremblante qui s'en saisit. Il ose enfin la regarder en face. Elle semble avoir changé. Elle a quelque chose d'anormal dans son regard qui le fixe un peu trop intensément de ses yeux grands ouverts. Elle ne prononce cependant pas un mot, le remercie silencieusement en portant sa main droite sur la poitrine avec une discrète révérence de sa tête, toujours inclinée à droite.

Jaquemine se retire, s'éloigne d'un pas lent.

Machinalement, il poursuit la distribution du pain sans la perdre des yeux. Plus loin, alors qu'elle arrive à la hauteur de la tour du prieuré, elle se retourne. Leurs regards se croisent un court instant.

Pour lui, c'est le choc. Il marque un temps d'arrêt.

Il revit brusquement la copulation charnelle, le grief péché. Son cœur se met à battre. Il voudrait tout oublier.

Heureusement, il est soudain rappelé à lui par un mendiant qui l'implore :

« Merce Dieu. Vous me voulez point bailler pain ? »

Cependant toute la matinée, l'image de la femme l'obsède. Même le Révérend Père Jésuite, avec qui, à sexte, il lappe l'écuelle, le trouve un peu absent :

« Peu me chaut, mais vous estes un tantin distroit, il me semble.

– Il est rien de grief, Révérend Père. Je suis mémoratif[1] de mon scolasticat de sciences et lettres. »

Le Révérend Père Jésuite regarde d'un air peu convaincu celui qui a conscience maintenant d'avoir proféré un mensonge, péché point grief, croit-il. « Mesme s'il est à nouveau péché véniel, il est cependant encore péché ».

Messire le Régent finit d'avaler sa soupe. Resté seul, il demande à Dieu de bien vouloir le lui pardonner.

Pendant les cours du collège et tout en surveillant plus tard la boulenge, il parvient difficilement à chasser de ses yeux le visage de la femme impure. Dès l'aube, à l'office matinal de prime, il appréhende de

1- *Mémoratif : avoir en mémoire.*

la rencontrer à nouveau. Bien plus, il craint de la voir chaque matin, toujours à quêter l'aumône.

Or, chose surprenante, elle n'est pas présente dans la longue suite des mendiants. Leur nombre était tel que les derniers n'ont pas eu de pain. Ils s'en vont, la mine fort attristée.

Au moment où Messire le Régent se prépare à se retirer, Jaquemine se présente. Elle est devant lui. Il s'immobilise subjugué par le regard passionné qu'elle se permet de lui lancer. Son trouble est manifeste ; il cherche à le dissiper et murmure : « Plus rien à vous bailler. Le pain, il est fini. »

Sans rien ajouter, il l'abandonne. À peine Jaquemine a-t-elle entrevu Messire le Régent – Georges pour elle – qu'il n'est plus là. Elle quitte le prieuré.

Le dimanche, vingt-sixième d'octobre, fête de Saint Evariste, il entre dans l'église pour assister à la sainte messe dominicale. Il s'engage lentement dans la nef. Il n'a pas encore dépassé les femmes, massées comme il se doit derrière les hommes, qu'inconsciemment peut-être, il tourne la tête sur sa gauche.

Il la voit soudain. Elle est là, au bord de l'allée, qui lui jette un regard, ce regard dont il craint le charme magique.

À nouveau troublé, d'autant plus qu'il se trouve dans le saint lieu, il invoque le Seigneur en murmurant :

« *Anima mea turbata est valde. Ne delinqua me, Domine meus*[1]. »

Il presse le pas, aborde le groupe des hommes, traverse le transept et gagne sa place parmi « les basses chaises » du chœur, avec l'espoir que prière et célébration du saint office calmeront le désarroi de son âme.

Cette femme ne serait-elle point magicienne et ne tenterait-elle pas de le « charmer[2] » ?

Dans les semaines qui suivent, Jaquemine ne manque aucun jour pour venir chercher du pain et dans le but inavouable de rencontrer Georges plutôt que Messire le Régent.

Pour lui, la venue chaque matin, six fois par semaine de cette femme pécheresse, est toujours aussi obsédante. Elle hante parfois ses rêves la nuit. Certains même parmi ses songes rappellent son péché. Il en est tout ému à son lever.

Les jours succèdent aux jours durant ce début d'hiver, tout aussi rigoureux que les précédents. L'abondante neige, tombée dès le lendemain de la Saint-Martin, le onzième de novembre, gêne beaucoup dans leurs déplacements les habitants des hameaux un peu éloignés. Cependant, le dimanche, tous s'efforcent de venir assister à la messe domini-

---

1- « Mon âme est agitée d'un grand tumulte. Ne m'abandonnez pas, Seigneur ! ».

2- Charme : enchantement magique.

cale. Si quelques rares fidèles viennent à cheval, beaucoup sont à pied, pataugeant dans les sentiers envahis par la neige et la boue. Ils se retrouvent dans les ruelles du bourg abandonnées des chiens et surtout des cochons.

La nuit, les loups ne s'aventurent que par intermittence. Ils craignent toujours la flamme de la torche portée par l'homme du guet ou, très rarement, le foyer d'un dramatique incendie.

Jaquemine se sent de plus en plus isolée dans son chosal à l'écart du bourg. Elle a beaucoup de peine à marcher avec ses sabots qui s'enlisent dans le chemin boueux. Néanmoins, elle ne manque jamais de venir chaque matin au prieuré où elle se trouve toujours demandée pour rendre visite à quelques malades, plus nombreux en cette froide saison.

Ainsi, le samedi, vingtième de décembre et vigile de la Saint-Thomas, quelle n'est pas sa surprise quand Messire le Régent, habituellement froid et distant, lui adresse la parole. Il lui demande :

« Jaquemine, il vous faut venir auprès du Révérend Père Jésuite Humbert. L'est malade. »

Elle demeure un instant interdite. Jaquemine, a-t-il dit. Il l'a ainsi appelée par son prénom. Elle le dévisage plus intensément mais il ne supporte pas son regard et baisse les yeux.

Elle entre dans le couloir du prieuré, monte à l'étage, gagne la cellule où se trouve la couche du

Révérend Père Jésuite. Il est allongé. Il se plaint d'une « douleur vague quy se fait sentir, tantost dedans une partie, tantost dedans une autre. Il est du rhumatisme ».

Si le diagnostic semble aisé, le traitement est plus délicat. Pour cela « il n'est rien de plus souverain que de faire suer le malade. Il faut tenir le malade bien chaudement ». C'est important. Donc : « luy faire une petite loge avec plusieurs couvertes de sorte qu'il n'ayt point d'air sinon par la bouche, laisser sur le malade à proportion de ses forces ». Il faut en outre le purger « avec trois onces de manne [1] de fresne infusée dedans du vin blanc ». Enfin tout « en tenant le malade chaudement, le frotter avec des liqueurs chaudes comme l'eau-de-vie camphrée, ou avec de la graisse humaine dedans laquelle vous aurez mis de l'esprit-de-vin ».

À défaut de cet étrange émollient, Jaquemine conseille une liqueur chaude à base de romarin, « l'eau de la reine de Hongrie ».

Pour cette ample sudation, le malade sera contraint de rester allongé à longueur de journée, d'autant plus qu'il présente au gros orteil gauche « une tumeur avec chaleur extraordinaire et grande douleur à la partie. Pour la résoudre, mettre dessus des ordures de l'oreille [2] à quoy vous meslerez un

---

1- Manne : exsudat sucré du frêne.

2- Ordures de l'oreille : cerumen.

peu d'huile d'aveline ou bien enveloppez le doit avec de l'excrément humain. »

Jaquemine sait qu'elle est obligée de revenir, ne serait-ce que pour « mondifier » la plaie du panaris quand il laissera s'échapper du pus.

Elle reviendra donc au prieuré, l'asile de sa passion puisque dans ce sanctuaire réside Georges, Messire le Régent.

Elle a conscience que « ses regards sont desjà des filtres d'amour, quy insensiblement gagnent le cœur de Georges ». Mais cela ne lui suffit pas. Elle envisage de préparer à nouveau une drogue, véritable philtre d'amour. Sans l'aide d'aucun démon, ce n'est point répréhensible mais le but qu'elle s'est fixé est au contraire un péché grief. Peu lui chaut ! En pensant à Georges, elle est toujours « à l'heure du berger[1] ».

Elle en est là de ses réflexions quand elle songe : elle n'a pas encore ses fleurs. Elle ne peut attendre deux semaines. Elle prépare alors une poudre « à base de racine de testicule de prêtre ou plante satyrion[2], cette plante quy excite à la luxure. Seulement tenue dedans la main, elle met en chaleur ».

Le lendemain, passant derrière Messire le Régent, elle lui jette, à son insu, de cette poudre dans le cou en murmurant :

1- Heure du berger : moment où la femme est disposée à faire l'amour.

2- Plante satyrion : genre orchidée.

« *Ecce homo magnus*, tu entreras dedans mon jardin quand on t'arrache ».

Puis, allant dans la cellule, où repose le Révérend Père Jésuite, elle aperçoit la porte entr'ouverte de celle de Messire le Régent. Sur la couche, il y a un morceau de pain. Subrepticement elle enfouit un peu de la poudre dans la mie.

Elle revient le surlendemain, après Complies, retardée qu'elle fut par une visite un peu éloignée. Elle entr'ouvre doucement la porte. Le Révérend Père Jésuite dort profondément. Il joue même à la ronfle sous deux couvertes de laine et une peau de mouton.

La porte située vis-à-vis dans le couloir est celle de la cellule de Messire le Régent. Sans frapper, elle entre. Georges est en train de se dévêtir. Il est quasiment nu. Affolé, il veut voiler sa nudité. Jaquemine referme lentement la porte, avance, les yeux exorbités fixés sur les siens, hypnotisés. Elle l'entoure de ses bras…

À la clarté d'une chandelle dont la flamme vacille, Messire le Régent a succombé pour la deuxième fois.

Elle est partie.

Maintenant, il se retrouve seul dans cette cellule aux murs nus, avec, au-dessus de la porte, face à la petite fenêtre, une simple croix de bois fixée à la paroi. Il la regarde. Elle lui rappelle et le Christ, et Dieu lui-même, qu'il vient d'offenser.

La gravité de la faute lui apparaît dans toute son ampleur.

« Il est à nouveau coupable du péché de chair. Il ne devoit plus retourner au péché, après avoir esté pardonné, de crainte qu'il soyt surpris de la mort[1] en estat de péché mortel, conséquemment[2] damné, n'estant pas assuré de l'heure d'icelle[3]. »

Il médite cela, en pleine immobilité, assis sur sa couche.

À cette femme, cause de son grand péché, comment a-t-il pu céder si rapidement ? Ne l'avait-on pas déjà, avant de prononcer ses vœux, maintes fois mis en garde contre la femme, dangereuse par son manque de foi ? *Femina*, ce mot ne vient-il pas de *fe* et de *minus* : « femme à moins de foi » ?

Dans ses bras malgré lui, il n'a pu résister, il a sombré encore dans la paillardise. Cette femme a dû user de magie et l'a soumis à son enchantement. Il va devoir à nouveau confesser ce péché.

Le tumulte des pensées dans son cerveau le bouleverse. Il tente vainement d'oublier l'ivresse voluptueuse qui l'a envahi dans les bras de cette créature.

Il s'allonge sur la couche. Après une dernière prière, il parvient à s'endormir.

1- De la mort : par la mort.

2- Conséquemment : en conséquence.

3- L'heure d'icelle : se rapporte à l'heure de sa mort.

Dès le lendemain, il avoue, avec beaucoup d'appréhension, au Révérend Père Humbert sa nouvelle faute. Sur un ton pathétique, il confesse comment il a été saisi de vertige à la vue de cette femme survenue inopinément dans sa cellule. Le Révérend Père Jésuite, étendu, l'écoute en silence. Messire le Régent, ayant terminé, s'attend à une sévère réprimande.

Tout au contraire, sa confession est reçue avec grande indulgence par le Révérend Père Jésuite qui énonce calmement sa pensée :

« Pour juger en acte, il faut tenir compte de l'intention de son auteur plus comme[1] la matérialité du faict. »

« Peut-estre tant de clémence est deüe[2] à maladie de quy souffre Révérend Père » songe Messire le Régent.

Par contre, son confesseur se montre particulièrement sévère envers Jaquemine en particulier, et la femme en général.

« Cette femme est seule. Une femme quy pense seule pense à mal, selon Sénèque dans ses *Tragédies*. »

Puis, citant Chrysostome sur un texte de Mathieu, il ajoute :

« La femme, qu'est-elle d'aultre que tentation charnelle et fléau délectable ? »

1- Plus comme : plus que

2- Deüe : due.

Après une pause due à une douleur de son échine, il reprend :

« Il est moult scandales causés par la femme, en la paroisse mesme et ailleurs. Ainsi l'a escrit le Révérendissime Evesque François de Sales en sa tournée pastorale en l'abbaye d'Aulx, où il est quantité de putains et concubines. Ainsi, toute malice n'est rien près d'une malice de femme. Celle-là, il est une magicienne. Esloignez-vous d'elle, dès ce jour d'huy. La faute punie sera pardonnée à vous, Messire le Régent »

Après avoir abandonné Messire le Régent dans sa cellule, Jaquemine, perdue dans ses pensées se préoccupe cependant de gagner son chosal. Elle se dirige aussi silencieusement que possible vers la porte du prieuré, l'ouvre puis la referme lentement.

Sitôt dehors, elle se trouve soudain à quelque pas d'un homme. Il lui fait face, un brandon[1] à la main. À la lueur de la flamme, elle reconnaît Nicolas Clément, désigné pour faire le guet du feu durant cette nuit. C'est le riotteux qui s'était pris de querelle avec Joseph. Elle cherche à le fuir. Lui, reste immobile, la regarde s'éloigner. Il est étonné de sa présence au prieuré à une heure aussi tardive.

Jaquemine l'a vite oublié. Replongée dans un état second, elle se trouve encore dans les bras de

1- Brandon : torche.

Georges. Elle revit l'extase passionnée de ces instants. Auprès de lui, pour elle, cette cellule est un paradis.

Comme un automate, elle poursuit son chemin. Elle ne perçoit nullement le hurlement inquiétant d'un loup dans la forêt de la Roche Brune. Elle est absente, les yeux perdus au loin dans le noir. Plusieurs fois, elle butte contre une pierre ou quelque obstacle invisible. Elle manque de tomber. Mais elle continue. Elle s'aperçoit tout à coup qu'elle a dépassé son chosal. Un peu plus consciente, elle revient alors sur ses pas.

Une fois couchée, elle parviendra enfin à dormir, mais ce sera d'un sommeil agité de « tendres resveries ».

Elle se lève avec le jour. Une seule pensée l'obsède : le revoir. Elle se hâte en direction du bourg. Mais combien grande est sa déception. Messire le Régent n'est pas à la distribution. Il est remplacé par Jean, fils à Joseph Juglard. Elle l'interroge. À sa question, il lui dit qu'en l'absence de Messire le Régent, malade, il est chargé de la besogne. Tout le pain a été servi. La place est maintenant désertée par les pauvres.

Jaquemine, qui s'était éloignée, revient sur ses pas. S'il est malade, peut-être a-t-on besoin d'elle ? Elle ose essayer d'entrer dans le prieuré, se heurte à porte-close. Elle croit comprendre. Malade ou non, Georges ne sera désormais plus présent chaque matin pour l'aumône du Cloître.

Le lendemain, mercredi, jour vigile de « la feste de la Nativité de Notre Seigneur », sera célébrée, à la mie-nuit, une messe solennelle. Un brandon à la main, Jaquemine y vient malgré un froid particulièrement intense. Et, selon le dicton populaire, « Si Stalande à son pignon, Pasques à son tison[1] », ce serait le contraire cette année nouvelle ; donc à Pasques, le temps sera dément.

Messire le Régent est un des premiers assistants qu'elle remarque dans les basses chaises. Il semble être en bonne santé. Elle ne peut l'approcher à la fin de la cérémonie.

Par la suite, elle ne l'apercevra que rarement, presque à la dérobée. Au début des offices religieux, il a déjà pris place alors que l'église commence à s'emplir lentement de ses fidèles. Chaque fois, il quitte le lieu saint par une porte latérale, voisine du prieuré.

En ce jeudi, jour férié, puisque rappelant « *Circumcisio Domini* », la nouvelle année ne débute pas sous d'heureux auspices pour Jaquemine.

Depuis au moins cinq jours, elle ne parvient pas à voir Messire le Régent, et chose surprenante, ne l'entrevoit même plus à l'église. Il peut être très souffrant. Hélas, elle se rend compte qu'il a disparu définitivement puisque, en ce premier jour de jan-

1- À Noël au balcon, à Pâques au tison.

vier, un autre Messire le Régent a pris sa place dans les basses chaises.

Elle s'enferme chez elle, y demeure prostrée, plongée dans son passé récent.

Son état dépressif, que souligne l'égarement de ses yeux aux paupières boursouflées par les larmes, fait place à une agitation anxieuse. La fixité du regard s'accompagne du tremblement des mains, même d'une crispation des doigts.

Deux jours durant, elle reste sans répondre aux heurts frappés sur la porte, refusant les appels ainsi formulés. Or sévit, à nouveau, une épidémie de fièvre tierce et d'esquinancie.

Convaincue enfin de l'exaspération croissante traduite par les coups suivis d'imprécations, elle se voit contrainte de sortir.

Les premiers pas la conduisent à nouveau au prieuré. Quelle n'est pas sa déception quand le distributeur de pain, l'autre Messire le Régent lui demande :

« Il est bien vous, la Jaquemine, la guérisseuse ?

– Ouy, Messire le Régent.

– À vous, j'ay rien à donner. »

Elle revient désespérée. Non seulement elle n'aura plus chaque jour sa boule de pain accordée gracieusement jusque-là par Georges, mais, depuis qu'il l'a abandonnée, elle se trouve être rejetée par les Révérends Pères Jésuites.

À la Chandeleur, lundi, deuxième de février, le temps est particulièrement doux au point que « l'ours, sortant de sa tasnière, peut marquer l'empreinte de son pied dedans la neige ». Il est ainsi permis d'espérer, comme ce fut le cas lors du grand froid de Stalande, en un printemps précoce et plus doux.

Pendant la procession rituelle en ce jour férié, Jaquemine est aux côtés de Pierrine. La marche silencieuse terminée, elles se trouvent près de la halle. Pierrine, un peu intriguée, demande à Jaquemine :

« Je vous vois point ces temps. Vous estes fatiguée ?

– Un tantin.

– À vous voir, on a remarqué et il est vray, vous avez œuil gros comme œuil de bœuf et cou élargi comme gouettre. »

Jaquemine demeure interdite.

Dans ses moments d'angoisse, elle porte souvent les mains à son cou.

Elle n'avait pas décelé qu'il se fut « élargi » et encore moins que ses yeux eussent grossi, surtout en l'absence chez elle de tout miroir d'étain. Grâce à Pierrine, elle se rend compte qu'elle a bien un gouettre, cette tumeur que les médecins nomment « broncocelle, quy pend comme une vessie dessous le menton. En la comprimant avec les doits, on sent la matière quy passe d'un costé de la tumeur à l'aultre ».

Cette constatation semble révolter Jaquemine. Elle en devient riotteuse au point de s'irriter contre elle-même. Elle voit qu'elle a maigri. Dans ses rares moments de calme, le relâchement à nouveau apparent de son corps de juppe lui fait prendre la mesure de cet amaigrissement qu'elle incrimine à la maigre pitance de chaque jour. Elle ne mange presque jamais à sa faim, d'autant moins qu'elle n'a plus la ration quotidienne de pain du prieuré.

Le prieuré. Qu'est-Il devenu ? Il a escampé, mais est-Il dans cette ville lointaine qui se nomme… qui s'appelle… Chambéry ?

Est-Il allé encore plus loin, au-delà des Monts ? De ne pas le savoir, elle se tourmente.

Mais dans les instants de détente, elle en vient à reconnaître que cet amour, « il estoit impossible et faute griefve devant Dieu ».

Si la première fois, elle s'était confessée du péché de la chair et en fut absoute après avoir tout avoué, elle n'a point osé se présenter à nouveau devant son confesseur. Elle persiste dans cette erreur coupable.

Or, le Seigneur, après avoir attendu en vain, a dû vouloir la punir.

Le dimanche, quinzième de février, fête de Saint Faustin et Saint Iovite, après avoir rendu visite à deux malades atteints de fièvre pourprée, elle rentre au chosal.

Le soir, elle a la sensation d'une légère brûlure sous le sein gauche.

Or, le matin même, pendant la messe, alors qu'au prône, le Révérend Curé parlait de « tribulation, cette misère qu'on prend en gré[1] comme venant de la part de Dieu, souvent en chastiment de péché », il lui avait semblé ressentir « une incommodité[2] » en cet endroit. Elle ne s'en inquiète pas outre mesure et se couche.

Le lendemain, au réveil, la douleur se précise, tend à s'irradier dans le dos. La région est particulièrement sensible au toucher. Jaquemine s'efforce de regarder en relevant le sein. Elle parvient à discerner dans la grisaille de sa peau « une espèce d'érisipelle quy l'entoure comme une ceinture ».

En trois jours, la douleur a gagné le dos. Au toucher, Jaquemine perçoit, ce qu'aurait décrit un médecin, « de petites tumeurs crystallines formées de petites vessies contigues quy s'élèvent à la peau... ». Et bientôt, elle ressent « une espèce de bruslure de la peau quy laisse eschapper une sérosité acre, caustique et mesme une espèce d'eau purulente ». Cette affection, « deue à l'acreté de la bile » a pour nom « feu persique[3] ».

1- Gré : acceptation.

2- Incommodité : maladie « qui ne retient pas au lit mais fait souffrir ».

3- Feu persique : c'est le nom du zona.

Jaquemine veut s'en guérir elle-même. Elle essaie d'appliquer sur les lésions « des fomentations[1] avec de l'eau d'orge ». Mais si les petites tumeurs cristallines ne se transforment pas en plaie purulente, la brûlure n'en demeure pas moins vive. Au cours des journées, lors de ses déplacements dans le bourg auprès des malades, elle la supporte aisément. Il n'en est pas de même revenue au chosal. Elle est bien seule avec ses souvenirs. Elle évoque les chers disparus de sa famille, surtout sa mère et, très rarement il est vrai, le sergent français.

L'ombre de Georges, Messire le Régent, demeure toujours auprès d'elle. Elle en arrive parfois à se demander si une telle passion, tyrannique maintenant, a pu naître de ses pratiques magiques. Elle les a voulues sur Georges et se trouve « estre enveloppée et enflammée par la poix de l'amour de concupiscence charnelle au point de ne plus pouvoir estre forcée à la résistance », comme il le lui avait avoué, le soir, dans sa cellule. Elle n'avait pas bien compris le sens de ses paroles qu'elle a retenues par cœur.

Si localement, l'amélioration de l'état des vessies cristallines se précise, la douleur persiste, tout aussi intense. Jaquemine essaie « des fomentations de lait chaud puis l'infusion de fleurs séchées de sureau et de poudre de safran », sans aucune amélioration.

1- Fomentations : applications locales humides de décoctions de plantes.

Elle prend alors conscience que Dieu ne peut vouloir lui pardonner d'avoir provoqué au péché de la chair, par deux fois, un de ses fidèles serviteurs. N'aurait-il pas également permis ce mal étrange qui l'envahit au niveau du cœur ? Aussi, se met-elle à prier avec plus de ferveur chaque jour, chez elle et à l'église le dimanche. Elle implore surtout son divin pardon. En vain. La douleur ne cède pas.

Peut-être le Seigneur veut-il la punir, tant qu'elle n'aura pas confessé sa grande faute et obtenu l'absolution ? Saisie d'angoisse, elle se résigne à tout avouer au Révérend Curé lui-même.

Il l'écoute avec attention. Il en tire une conclusion sur ces quelques mots, incompris de Jaquemine de plus en plus troublée. Elle ne sait pas qu'ils concernent Messire le Régent :

« *Eode voluptate daemonis captus fuit et nunc exitus*[1] ».

Elle fait pénitence, comme il lui est imposé.

Maintenant, elle sera en règle avec Dieu, qu'elle prie toujours avec la même ferveur.

Cependant les heures s'écoulent sans que la douleur se calme. En désespoir de cause, il lui vient l'idée de se faire des applications locales d'un onguent réalisé en utilisant les baies cueillies lors de la première rencontre avec Messire le Régent. Elle les avait fait

1- *« Il a été prisonnier de la même volupté démoniaque et maintenant il est mort ».*

sécher puis les avait gardées en souvenir de cette journée fatidique.

Elle prépare une certaine quantité, mélangeant une once de la poudre des baies écrasées et trois onces « d'axonge de cochon masle ».

Le soir, avant de gagner sa couche, elle s'en oint toute la poitrine, « là où les costes s'assemblent ».

Quelle nuit n'a-t-elle pas vécue !

Elle la revit ce matin au réveil. Il était tard, à la mie-nuit. On a heurté la porte du chosal. Georges était là. Elle lui a sauté au cou, a voulu l'entraîner sur la couche. Mais c'est lui qui l'a entraînée, nue, malgré la neige. Au prieuré, dans la même cellule que la dernière fois, dans sa cellule, ils ont vécu une folle nuit d'amour, à en crier de bonheur. Georges avait même pris la chandelle éclairant la scène, en avait promené la flamme sur la poitrine sans qu'elle, Jaquemine, en eût vraiment conscience.

Dans l'état d'extase où elle était plongée, elle ne se souvient pas de son retour au chosal.

L'évocation de cette nuit merveilleuse, si enivrante fut-elle, s'estompe peu à peu en Jaquemine. Sa tête, de plus en plus lourde, est douloureuse. Elle a soif, se lève pour boire. Un vertige la saisit. Elle manque de tomber. Le trouble de sa vue lui fait chercher la pôche pour boire de l'eau. La main contre sa gorge, elle tente de calmer son cœur qui bondit dans la poitrine. Soudainement lasse, elle se couche et, malgré la douleur, finit par s'endormir.

Elle se réveille vers sexte. Elle se sent moins troublée. Elle s'habille, sort sur le pas de la porte. La fine neige qui tombe a effacé les traces de l'équipée nocturne. Au loin, Jaquemine arrive à repérer le clocher d'où lui parviennent les notes de l'Angélus. Elle se signe, prononce trois fois l'Ave Maria. Elle doit bien cela à la Vierge Marie après une telle nuit de fornication dont le souvenir s'est déjà bien estompé en elle.

Cependant, elle pense à Georges. Il est donc revenu dans la paroisse. Au début de l'après-disnée, elle va dans le bourg avec l'espoir de le rencontrer. Elle se dirige vers le prieuré. Au moment d'y entrer, deux religieux en sortent, le Révérend Père Jésuite Humbert et l'autre Messire le Régent, celui qui avait refusé l'aumône du pain. Ils s'arrêtent tous deux pour un dialogue assez animé.

Jaquemine n'envisage plus d'entrer dans le bâtiment. Georges n'est pas là puisque son remplaçant est ici présent. Fort déçue, elle revient sur ses pas.

Le soir, peut-être encore hantée par l'image du prieuré, elle ressent moins la douleur. De plus, elle se trouve fort lasse et se couche en omettant de s'oindre de l'onguent. Elle parvient à s'endormir.

Le lendemain, elle semble mieux aller et voit quelques malades. Dans l'après-disnée, elle s'emploie à préparer des remèdes, l'un à base de « poudre de vipère quy arreste la dissenterie », l'autre à base de « poudre de crapau bruslé contre la grande chaleur et la démangeaison du fondement »

Elle prend le pot contenant son onguent. Elle envisage de l'utiliser ce soir pour soigner son mal afin d'en hâter la guérison.

Un peu après none, une femme affolée vient la quérir pour donner des soins à son enfant. Dans un hameau voisin du bourg, un loup l'a agressé et sauvagement mordu à la jambe.

Mais le petit blessé était mort à l'arrivée de Jaquemine. Il avait perdu tout son sang par l'ample blessure. Sa mère effondrée, parle de bête diabolique envoyée par Satan.

À son retour au chosal, Jaquemine, bouleversée, maîtrise difficilement ses mains tremblantes, supporte mal l'accélération des battements de son cœur.

Elle imagine la terrifiante odyssée de cet enfant, imprudemment aventuré dans la neige, hors de chez lui, attaqué par un loup qui commence à le dévorer.

Dans l'après-soupée, une fois dite la prière du soir, Jaquemine étale une large couche de l'onguent sur la peau déjà tachée par l'oint précédent Au moment de se coucher, elle entend les hurlements proches de deux loups. À imaginer qu'ils sont envoyés grâce à quelque sortilège pour l'assaillir dans son chosal. Certes l'entrée en est fermée, mais Jaquemine soudainement lasse ne peut le vérifier.

Il est vraiment nuit-close quand elle se lève enfin et, d'un pas assuré ouvre la porte, se trouve face à deux loups la gueule grande ouverte, l'œil agressif. Jaquemine se courbe lentement, pose ses mains dans la neige. Ses yeux sont à la hauteur des yeux phosphorescents des deux bêtes.

Dans un bref hurlement, comme une invite, ils s'enfuient soudain, puis tournent la tête un court instant en un appel muet à Jaquemine. Mais elle est déjà partie sur leurs traces dans une course effrénée. Comme eux en proie à la famine, elle se prend à hurler avec une étrange facilité et elle les devance aisément. Ses bras et jambes ont l'étonnante souplesse des pattes d'un fauve. Son visage lui semble s'être allongé semblable à la gueule d'un loup avec la même fourrure étendue à tout le corps. Ses yeux voient dans l'obscurité. Elle sème ainsi la terreur dans la vallée au point que toutes les bêtes sauvages, même ours et lynx, s'écartent d'elle. Elle s'empare d'enfants égarés, mord des femmes épouvantées, combat des sangliers surpris, fait fuir des renards apeurés, affole des marmottes sorties de leurs terriers.

Au dehors des ténèbres d'une immense forêt, elle est soudainement accompagnée d'un grand loup aux yeux de feu.

Enflammée elle-même, elle se trouve aussitôt soumise à la domination du regard de cet animal sauvage en rut.

Elle s'étend dans l'herbe d'une prairie. C'est alors l'ivresse de l'accouplement.

À la fin de la nuit, alors que la lune émerge à l'horizon sur les Monts Mauldits, elle dévore un chamois. Elle veut entraîner la bête agonisante, mais toutes deux glissent sur un névé, tombent dans le vide en pleine neige…

À tierce, l'Angélus a retenti depuis longtemps quand Jaquemine s'éveille au cours de la matinée. Comme l'avant-veille, elle a la tête lourde, la gorge sèche, le cœur toujours trop rapide. Ses yeux s'accoutument mal à la pâle lumière de la pièce. Elle a froid, met un moment à réaliser qu'elle est étendue, nue, sur le sol de son chosal.

Elle était tombée de sa couche. Elle prend enfin conscience d'avoir dormi d'un sommeil agité. Elle n'a qu'un souvenir estompé de cette nuit fort mouvementée. Elle frissonne de froid et surtout d'horreur à la seule pensée qu'un loup-garou puisse se repaître si aisément de chair humaine.

Elle se demande avec anxiété si un être humain peut vraiment se transformer en loup, et si cela est en le pouvoir de Satan. Cela lui paraît difficile, sinon impossible. Elle n'a point de sang sur les mains, ni sur les lèvres.

Et pourtant, cette nuit…

Jaquemine se trouve bien désorientée.

Le mardi, troisième de mars, est jour de Caresme-prenant, Mardi gras. Ce même jour, honneste Joseph Evrard est cheu au cours d'une nouvelle crise de frénésie. Jaquemine est appelée auprès de lui. Malheureusement dès son arrivée, il agonise et meurt aussitôt.

Le lendemain, mercredi des Cendres, Jaquemine est présente à l'office religieux célébré en ce premier jour du Caresme. Dans l'assistance des fidèles, elle a la surprise de reconnaître Maître de Loche accompagné de sa femme. Il vient d'être libéré d'une longue peine de prison à Annecy.

À la sortie de l'église, Jaquemine se trouve fortuitement à leurs côtés.

Nicholarde a dû conter à son mari l'épisode du sortilège dont elle a assuré être la victime. Jaquemine s'en rend compte rapidement par le regard peu amène que Maître de Loche lui lance. Au cours d'un instant passé à la dévisager, il semble s'attarder, et sur l'éclat à la fixité troublante de ses deux yeux « de bœuf » dans le visage amaigri, et sur « la vessie en forme de gouettre qui pend à son cou[1] ».

Puis il lui reproche assez véhémentement :

« Il est donc que vous avez voulu maléficier mon espouse ».

1- Deux signes évoquant un dysfonctionnement de la glande thyroïde avec tremblements, accélération du cœur, amaigrissement.

Quelques personnes à l'entour s'arrêtent, avides d'assister à la suite de cet incident. Mais Jaquemine, offusquée, ne peut rien répondre. Tremblant de tous ses membres, elle regagne aussitôt son chosal.

Le glas retentit presque chaque jour au clocher. Cependant ce vendredi, son carillon résonne différemment parmi l'affluence en ce jour de marché. On commente la fin de honneste Joseph Evrard, atteint de frénésie. Le mot fait évoquer le mal tout aussi semblable dont fut victime le Révérend Abbé Claveau. Il avait été atteint, lui aussi, de « convulsions frénétiques » après avoir été « charmé » par une vipère dans un pré où il s'était malheureusement couché. Or elle se trouvait dans le pré de Jaquemine.

Quelle coïncidence étrange ! Ne peut-on pas se demander à qui, en dehors du Diable, l'animal satanique avait obéi ?

On commence à parler de Pernette ; on en arrive à la regretter. Elle était bonne guérisseuse dans le passé, bien qu'on eût pu avoir souvent quelque arrière-pensée de pratique magicienne. En fut-elle coupable ? Or Dieu l'a rappelée à Lui et elle fut enterrée très chrétiennement.

L'aspect pour le moins étrange de Jaquemine et qu'avait remarqué Maître de Loche, fait naître également une rumeur. On se demande si elle n'est point elle-même possédée du démon. Le commung bruict recommence à courir la paroisse. Il va s'amplifiant. Il est question de maléfices auxquels beaucoup sont trop souvent soumis et de leur auteur possible. Le starvan ne peut être responsable des méfaits du mauvais temps, des inondations, de la grêle, de la perte d'un mouton ou d'une vache, de la disparition d'un objet indispensable, de l'avortement d'une femme enceinte, des troubles de l'esprit d'un enfant, de la mort brutale d'un bébé, d'un accident imprévu et même du nouement de l'aiguillette.

On peut parfois trouver l'explication par la découverte d'une pierre dans le jardin, du cadavre d'un crapaud, d'une vipère dans un sous-pied ou enfin d'un onguent maléfique comme celui des engresseurs de peste. On en vient même à chuchoter sur l'existence d'une sargogue[1] qui se tient parfois dans la nuit du vendredi au lieu dit : « le Petit-Bois » près d'un ruisseau.

Le dimanche, quinzième de mars, fête de Saint Longin, le Révérend Curé a, au cours de la messe, longuement parlé du démon, capable de provoquer tous les maux et de Dieu qui accorde permission de nous en délivrer. Ainsi, il est dit :

« Le Seigneur veut pas le mal ; il veut permettre qu'il arrive ; car il est[2] bon pour la perfection de

---

1- Sargogue : (local) synagogue - Lieu de dévotion sabbatique à Satan.

2- Il est : c'est.

l'homme. Avant tout la liberté de l'homme luy est laissée quy est de pouvoir ainsi pécher et de devoir son salut à la grace de Dieu tout puissant. Il nous peut aider et nous veut envoyer des Anges pour se battre contre les démons. »

Il termine par cette adjuration :

« Au nom de Jésus-Christ, Nostre Dieu et Seigneur, avec l'intercession de l'Immaculée Vierge Marie et de l'Archange Sainct Michel et de tous les Saincts, entreprenons avec confiance de repousser les attaques et ruses des démons et de ceux quy pactisent avec eux.

Ab insidiis diaboli et daemones adjuvatione Divini nemeris expellere[1]. »

Selon la règle, Jaquemine se trouve dans le groupe des femmes massé loin du chœur.

Le sermon du Révérend Curé terminé, des regards se tournent furtivement vers elle. Cela ne lui a pas échappé. Elle en souffre. Ses gros yeux s'emplissent de larmes, son torticolli s'accentue, elle se met à trembler davantage. La douleur de poitrine qui s'était atténuée ces derniers jours semble plus vive. Jaquemine tombe à genoux. Elle reste prostrée jusqu'à la fin de l'office, les mains jointes posées contre son cou ébranlé par les battements de son cœur.

1- « Chasser les démons et leurs pièges avec l'aide et la volonté de Dieu ».

Tous les fidèles sont plus ou moins troublés dans leur curiosité inquiète à la vue de Jaquemine, dont les Révérends Pères Jésuites et même le Révérend Curé ne s'approchent pas.

Dehors, la neige tombe. Elle recouvre le bourg et ses ruelles d'une blancheur immaculée. Jaquemine s'éloigne de la grand'place encore animée par quelques groupes en grand conciliabule. Elle se sent observée. Elle est accablée par la crainte d'être devenue une cible, non pour Satan mais pour des paroissiens. Elle se demande si elle-même ne serait pas plutôt l'objet d'un sortilège de la part d'une méchante créature, soupçonnée aussi dans la paroisse de complicité avec le Diable jusqu'à participer aux réunions nocturnes de la sargogue.

Elle en est à imaginer la présence sournoise de Satan à ses côtés. Elle l'entend grogner, se retourne, affolée. C'est seulement un chien qui la suit à la trace depuis un moment Elle s'enferme dans le chosal, y demeure accouvée au coin du feu, après avoir aisément réussi à le ranimer. Elle voudrait se guérir de cette tumeur anormale du cou et par trop apparente aux yeux de tous. Comme les deux applications de l'onguent sur la poitrine semblent la soulager, elle veut l'essayer à nouveau sur « le gouettre ». Elle vide le pot et étale une couche débordant même sur les seins.

En fin d'après-disnée, elle se sent particulièrement lasse. Sans même vouloir grignoter la moitié d'un quignon de pain, elle se déshabille avec des gestes maladroits, s'étend sur sa couche sans même penser à éteindre son créju. Couchée, elle s'en aperçoit mais se refuse à se lever. Son cœur bat trop vite et elle a la tête lourde. D'ailleurs le peu d'huile de la lampe consommé, la flamme s'éteindra d'elle-même.

Jaquemine s'est endormie.

À nuit-close, elle se lève. Dans l'étroite cheminée, un appel lui est parvenu.

Elle a reconnu la voix de Pierrine :

« Jaquemine, vous faut venir avec moy. Vite ! »

Extraordinairement légère comme un oiseau, Jaquemine se lève, survole la braise rougeoyante du foyer, monte lentement dans la fumée qui s'en dégage. Sitôt dehors, Pierrine la happe par le bras et toutes deux, complètement nues, se lancent dans la nuit. Elles planent en direction d'un endroit lointain où brille une lueur étrange qui rampe sur le sol comme un serpent Silencieusement, elles atterrissent, en douceur, telle une plume.

Elles connaissent enfin le but de leur envolée. Elles se trouvent au « Petit-Bois » avec plusieurs hommes et femmes presque entièrement dévêtus malgré la fraîcheur nocturne. Elles savent que tous sont présents en ce lieu, près du ruisseau, pour prendre part au rituel de la sargogue en présence de Satan. Il est là, silhouette étrangement humaine d'un gros matou noir aux longues oreilles semblables à des cornes. Il s'aide de l'appui de sa longue queue pour se déplacer presque sautillant sur les deux pattes arrière aux longues griffes.

Jaquemine songe au chat de Joseph, son défunt mari. Elle n'est pas surprise de voir Satan ouvrir une bouche hersée de longs crocs, se mettre à parler d'une voix grogneuse quand il donne des ordres, miaulante quand il se plaint de ses ouailles.

Il leur enjoint d'accabler tous les autres paroissiens en provoquant « tempeste de neige, l'hiver, gresle l'été, pource que[1] l'eau du ruisseau est fouëttée à son invocation », et enfin « de faire moult sortilèges et maléfices au but[2] de luy amener l'ame de moult chrestiens. »

Il ne manque pas de reprocher à tous leur assiduité à aller à l'église, à adresser leurs prières « à aultre que luy, seul Prince des Ténèbres ».

Toute l'assistance, fanatisée à ses ordres, frémit sous la réprimande. Elle s'agenouille devant lui pour l'adorer.

L'obscurité serait complète sans la lueur un peu verdâtre d'un feu follet rampant sur le sol à la

---

1- Pour ce que : parce que.

2- Au but : dans le but.

manière d'un serpent entre les troncs d'immenses sapins aux hautes branches.

Jaquemine voit Satan relever la queue et s'immobiliser. Alors, chacun, à tour de rôle, s'approche, « luy baisotte le cul[1] ». Après cet acte d'allégeance au « Prince des Ténèbres, » une partie tout aussi inoubliable se déroule.

Chaque femme, tel un démon succube[2], se couche et s'offre avidement à « la copulation charnelle avec chacun des masles présents », ravis d'être des démons incubes[3], comme Satan, leur Prince, dont « le vît long de deux pieds[4] est estrangement glacé, » selon Jaquemine.

Ensuite a lieu un semblant de festin composé essentiellement de sang humain, de cervelles d'enfants et autres bonnes choses, le tout sans sel.

Enfin la cérémonie sabbatique se poursuit par une danse générale enivrante, surtout pour Jaquemine enlacée avec le « Prince des Ténèbres. »

Au premier chant du coq, bien avant que le jour ne se lève, tout s'arrête. La sargogue semble se fondre magiquement et s'évanouir.

1- *Baisotter: donner des baisers réitérés.*

2- *Démon succube: démon à figure de femme pour exciter les hommes.*

3- *Démon incube: démon à figure d'homme pour exciter les femmes.*

4- *Un pied: (mesure de longueur) trente-trois centimètres.*

Jaquemine est étendue sur sa couche. Avant même d'entr'ouvrir les paupières, elle se plaint de lassitude extrême. Elle souffre de mal de tête, de sécheresse de sa bouche, de palpitations de son cœur. Malgré la brume dans son cerveau, elle croit se rappeler avoir souffert des mêmes malaises par deux fois.

Le chant du coq lui parvient.

Il lui fait évoquer la nuit sabbatique qu'elle croit avoir vécue. Bien que s'estompant de plus en plus, l'image de ses divers épisodes hanteront sa cervelle pendant plusieurs jours.

Dimanche, vingt-deuxième de mars et fête de Saint Paul, la messe dominicale revêt une certaine importance. Depuis la veille, on est au printemps et le Révérend Curé rejoint le souci de tous ses paroissiens en songeant aux récoltes de l'année.

Tout d'abord, il se fait véhément, menace d'excommunication et de damnation tous ceux qui, avec l'aide de Satan, auraient la tentation de vouloir maléficier pour causer la famine.

Puis, il implore le Seigneur pour qu'il daigne accorder à ses fidèles abondance de biens pour leur nourriture.

« *Largire fidelibus tuis, omnipotens Deus, congruam terme fructuum ubertatem*[1]... »

1- « *Dieu tout puissant, accordez à vos fidèles l'abondance convenable des biens de la terre.* »

Il semble que le Seigneur veuille bien manifester sa bonté.

Dès le lendemain de la fête de l'Annonciation, soit le jeudi, vingt-sixième de mars et fête de Saint Oudar, le ciel se montre plus clément. Même en l'absence de soleil pendant plusieurs jours, les températures sont relativement douces pour la saison. La neige fond assez vite à l'adret et en certains endroits de l'envers, peut-être privilégiés. Les nuits demeurent fraîches sous un ciel nuageux qui écarte tout risque de gel aux conséquences graves. Les perce-neige sont apparus alors que l'étendue veloutée des prés commence à verdir légèrement.

Dès le dimanche de la Passion, le soleil paraît presque chaque jour. Il se glisse entre les nuages de moins en moins denses. Le chant des oiseaux égaie le paysage. On se prend à espérer en des saisons favorables à une belle récolte., grâce à la bonté divine.

Dans quinze jours, on fêtera la fin du Caresme et tout aussi joyeusement le jour de Pasques, dimanche de la Résurrection du Christ

Déjà à Pasques fleuries, les arbres se mettent à timidement bourgeonner. Le chant des oiseaux emplit le cadre déjà printanier de la vallée. On voit même le vol des corbeaux en direction des hautes forêts.

Jaquemine est triste. Elle a été moins souvent appelée durant les dernières semaines. Elle est sciemment ignorée d'une partie de la population et même rejetée par un nombre croissant de malades. Elle en prend conscience. Aussi, lors d'un enterrement auquel elle avait assisté, plusieurs tenaient à garder leur distance. Elle en est encore tourmentée.

Maintenant, elle n'est pas sans savoir qu'au village du Pratz, la Joséphine Conseil fait preuve de ses capacités de guérisseuse. On en parlait déjà un peu auparavant mais le commung bruict tend de plus en plus à faire admettre qu'elle serait pareillement idoine[1] à guérir, comme le fut Pernette, seul nom cité.

On va volontiers la quérir malgré la distance d'une lieue à parcourir. Elle est réclamée chaque fois « avec de plus en plus d'instance[2] ».

Dans cette atmosphère morose, Jaquemine se sent de jour en jour un peu plus lasse. Elle a beaucoup maigri. Elle s'en rend compte. Cela peut s'expliquer par la restriction alimentaire pendant les quarante jours du Caresme au cours desquel il n'est pas permis de toucher au moindre morceau de viande ; sauf « la viande de Caresme[3] », mais elle est si rare qu'elle ne se trouve pas sur toutes les tables.

En cette année, le dimanche, douzième d'avril est « Feste de Pasques. » Si certains, nobles et bourgeois,

---

1- Idoine : convenable, propre à.

2- Instance : de façon pressante.

3- Viande de Caresme : poisson.

peuvent se permettre de festoyer, manants et habitants sont réduits à une pauvre portion congrue. Les réserves alimentaires ont été épuisées à la fin d'un long hiver. Chacun attend impatiemment l'arrivée des nouvelles récoltes, qu'avec la permission divine, on espère abondantes. Il n'est cependant pas impossible d'améliorer, dès Pasques, la mangeaille de chaque jour avec un peu de viande fumée de cochon ou de la chair de lièvre capturé au piège.

Les réjouissances en ce jour sont absentes de la table de Jaquemine, sans le moindre morceau de viande. Le nombre réduit de ses malades ne lui permet guère d'acheter autre chose qu'un peu de pain et de graisse. Les deux poules de la basse-cour lui offrent de temps en temps un œuf.

Le lendemain, lundi de Pâques, par un temps radieux sous un ciel bleu aux rares nuages, Jaquemine sort ; elle erre dans son pré, en partie sans neige, se dirige vers le ruisseau dans l'espoir de trouver des plants de pissenlits ou même d'orties. Jetant les yeux sur le cerisier, elle est surprise de le voir déjà paré de nombreux bourgeons agrémentés d'une tache blanche sans aucune ébauche de verdure sur les branches.

Ce prélude floral est annonciateur d'une magnifique floraison, mais d'autant plus incroyable que prématurée, à mi-avril. Il est vrai que Noël et la Chandeleur furent annonciateurs de « Pasques à son pignon » et que la température si clémente en ce début de printemps est une faveur du Tout-Puissant.

Or, Jaquemine parcourt des yeux l'étendue de la vallée, surtout sur le versant de l'adret. Elle repère de nombreux autres cerisiers. Tous offrent la triste image de leur sombre ramure, nue comme un squelette.

Néanmoins, il est à craindre, si le Seigneur le tolère, que le Prince des Ténèbres ne puisse ramener froid et tempête. Dès lors, il ne sera pas permis à Jaquemine d'espérer la moindre guigne de son bel arbre.

De jour en jour, elle remarque avec satisfaction l'avancée de la floraison. Elle en vient à s'interroger si Dieu l'a voulue en sa faveur, contre le gré de Satan. Dans la vallée, les autres cerisiers sont désespérément immuables.

Mais, pense-t-elle, ne va-t-on pas imaginer au contraire que le Démon ne s'abstienne de tout maléfice par une alliance contractée avec Jaquemine ?

Un matin, en fin de semaine, Jaquemine, désœuvrée et morose, passe sur le pont de bois vétuste enjambant le Glappey. Elle s'y arrête, regarde couler l'eau grise du torrent, aussi terne que sa vie, et des yeux en remonte le cours pour s'arrêter vers le vieux moulin.

Elle plonge dans son passé, revoit l'endroit où Joseph s'était écrasé après sa terrible chute du haut du bâtiment où, un certain vendredi de l'an mil six cent trente, elle fut violée par un soldat du Roi de France. Elle n'aperçoit qu'une partie de la façade et de la fenêtre d'où s'échappe une fumée légère.

Jaquemine demeure un instant attentive, intriguée par ce phénomène anormal. Puis elle prend peur, tente d'alerter les quelques rares passants qui, devant ses gestes, ses cris et surtout l'éclat de ses yeux hors de l'orbite, s'esquivent aussitôt. Surtout l'un d'eux, Nicolas Clément.

La fumée se fait de plus en plus dense. Des flammèches s'envolent vers le torrent C'est un incendie. Quelques personnes s'arrêtent. Seule Jaquemine se hâte vers le presbytère tout proche où elle est reçue sur le pas de la porte, avec méfiance devant son état d'agitation :

« Révérend Abbé, il est le feu !

– Où donc ?

– Chez Joseph. Non. Moulin du Bruay, à costé. »

Enfin sonne l'appel angoissé du toscin. On se précipite. Rapidement s'organise une chaîne de secours. L'eau puisée avec des seaux dans le torrent passe de main en main pour être lancée dans les flammes.

La lutte se poursuit toute la matinée, heureusement favorisée par l'absence de vent. L'incendie n'a détruit qu'une partie de la façade et du couvert.

Si on a enfin réussi à le maîtriser, ce fut grâce à l'intervention du Révérend Curé Germain portant par deux fois le Saint Sacrement. Il a aspergé d'eau bénite le feu, ensuite l'a exorcisé, en disant :

« *Exorcizo te, Creatura ignis, in nomine Dei Patris... Audi ergo, Ignis, adjurare et protinus recede de loco isto*[1]... »

Avec le désir de participer au sauvetage de l'ancien moulin où elle a vécu avec Joseph, Jaquemine s'était emparé d'un seau. Il lui fut presque arraché des mains par le Révérend Père Jésuite Humbert qui, l'œil mauvais, lui crie :

« Escampez et vite ! *Gens diaboli*[2] ».

Jaquemine n'a pas compris le sens de tous ces mots, comme elle ne s'explique pas son irritation subite en la voyant. Elle pense aussitôt à Messire le Régent Georges, combien plus agréable. Qu'en est-il advenu ?

Elle repart lentement, toute consternée. Elle ne peut se douter que lui aussi, le Révérend Père Jésuite a pensé au même Régent, *sed peccavit ille*[3].

Bien après son départ, une discussion s'est engagée entre le Révérend Père Jésuite d'une part et honneste Antoine Michaud d'autre part, censat[4] du moulin depuis la disparition de Joseph Revil :

1- *« Je t'exorcise, toi, Créature de feu, au nom de Dieu le Père, entends donc, feu, mon adjuration et retire-toi immédiatement de cet endroit. »*

2- *« Créature du diable. »*

3- *Mais il a péché celui-là.*

4- *Censat : locataire, en quelque sorte.*

« Ce matin, vous estiez dedans le moulin ?

– Non, Révérend Père, j'estois dedans bourg avec Jeanne, ma femme.

– Et point de feu dedans l'atre ?

– Estoit tout esteint, Révérend Père.

– Et point créju allumé ?

– Non point. Il estoit grand jour, Révérend Père.

– Il est maléfice, alors ?

– Il est Dieu possible, Révérend Père. Le feu, il a amoindri pour ce que[1] le Révérend Curé est venu avec Sainct Sacrement. »

Alors que Michaud insiste sur cette explication, Nicolas Clément s'approche. Il a entendu la conversation animée et intervient :

« Je vous demande excuse, Révérend Père Jésuite, mais je vous ay ouï parler maléfice.

– Il est vray qu'il est possible.

– Devant le feu[2], la Jaquemine, elle est restée sur le pont du Glappey, le long temps à regarder vers le moulin, Révérend Père. Avec ses yeux hors de l'orbite, comme œuil de bœuf.

– Mesmement, il est près de son chosal cerisier fleurissant, Révérend Père.

– À mi-avril, il est pure jactance, Clément. J'iroy voir oculairement.

– Il est vray, Révérend Père.

1- Pour ce que : parce que.

2- Devant le feu : avant le feu.

– Elle a bouté feu au moulin, il a bruslé par maléfice, s'écrie Michaud apparemment rassuré. Vous croyez, Révérend Père ?

– Je crois cette créature *gens diaboli.* »

Sur ces derniers mots, le Révérend Père jésuite se rend au prieuré pour y retrouver Messire le Régent.

Les cours religieux s'achèvent à l'instant même.

« Messire Régent, cateschisme terminé ? Alors, venez. Nous faut voir la Jaquemine.

– On va s'enquérir à elle ?

– *Credo, femina profecto misella diaboli*[1] ».

Après le passage du pont, ils font un crochet pour évaluer les dégâts de l'incendie. Une partie de la façade et du toit ont souffert. Heureusement, la machinerie dans la cave est intacte.

« Honneste Michaud, vous faut pas jocquier[2] mais vite avoyer[3] la tasche sans chommer et finir pour aoust. »

Il s'éloigne, de plus en plus irrité. Il presse le pas en compagnie de Messire le Régent

À peine sont-ils en vue du chosal de Jaquemine que se distingue au loin, se détachant sur la robe sombre d'une forêt, le léger duvet d'une large touffe blanche.

« Voyez, s'exclame le Révérend Père Jésuite.

1- *« Je crois, certainement une misérable femme diabolique. »*

2- *Jocquier : rester à rien faire.*

3- *Avoyer : mettre en route un travail.*

– Quoy, Révérend Père ?

– Cet arbre fleurissant, un cerisier.

– Desjà, à mi-avril avec neige ? Il est seulement ainsi à l'entour de Chambéry,. Révérend Père.

– Trouvez-vous pas estrange ?

– Il est vray, Révérend Père. Et le cerisier est appartenant à quy ?

– *Ei, femina diaboli una*[1]. »

Du doigt, il désigne Jaquemine sur le pas de sa porte.

Elle n'est pas peu surprise de les voir arriver, surtout le Révérend Père Jésuite Humbert après l'accueil qu'il lui a réservé peu auparavant

Très inquiète, elle les salue gravement d'une inclinaison de tête.

Sans paraître s'en apercevoir, le Révérend Père Humbert demande en montrant l'arbre :

« Il est vostre, le cerisier ?

– Ouy, Révérend Père Jésuite.

– Pourquoy il est fleurissant, seul entre tous ?

– Sçais pas, Révérend Père Jésuite.

– Il est peut-estre œuvre du démon ?

– Oh, non ! Révérend Père, je le vous jure par Nostre-Seigneur. »

Le Révérend Père Jésuite et Messire le Régent pendant un court instant de silence l'observent intensément, en songeant à Satan :

1- *« À elle, une femme diabolique. »*

« Ne seroit-il point joint à vous[1] ?

– Mais quy, Révérend Père Jésuite ? »

Il ne répond pas. Tous deux rebroussent aussitôt chemin.

À peine les regarde-t-elle s'éloigner qu'elle rentre dans le chosal, se jette sur sa couche en proie à une crise convulsive.

Elle est suspectée de sorcellerie, de commerce avec Satan. Accablée de désespoir, elle éclate en sanglots.

Ils se dirigent vers le presbytère.

Le Révérend Curé est surpris de leur visite et surtout de la présence du Révérend Père Humbert en raison de la froideur de leurs relations.

« Il est chose griefve, Révérend Curé. Je vous viens entretenir. Vous sçavez, le moulin a bruslé par maléfice. Le feu s'est esteint grâce à vous. Vous connoissez la sorcière ?

– Je la crois connoistre, Révérend Père.

– Il est bien Jaquemine, la guérisseuse, Révérend Curé. Elle est restée un long temps dessus le pont Glappey pour jetter sortilège dessus moulin.

– Je l'ay oui dire de Maistre de Loche, Révérend Père.

– Et en son pré, il est cerisier fleurissant ce jour d'huy, Révérend Curé.

1- *Joint : lié avec.*

– Desjà ! ce dix-huitième d'avril, feste de Saint Aniet. Il me faut l'aller voir avec vous, Révérend Père. »

Tous trois passent près du chosal de Jaquemine sans en heurter l'huis et se dirigent vers le cerisier.

Il est bien « fleurissant ». Le Révérend Curé est surpris de pareil phénomène. En cette période de printemps, une telle floraison sur ce seul cerisier est effectivement très « estrange ». Elle contraste avec la teinte ocre du pré entouré de neige. L'herbe sèche parsemée de la tache sombre de quelques taupinières est à peine colorée par la teinte blanche des perce-neige.

Les trois religieux n'osent cependant pas trop s'approcher de cet arbre. Messire le Régent remarque, à courte distance du pied du cerisier, un trou dans la terre, d'environ quatre pouces de large. Ce ne peut être celui d'une taupe ou d'un mulot.

Intrigué, il demande au Révérend Curé :

« Il est quoy, ce pertuys[1], Révérend Curé ? »

Après un instant de réflexion, il lui répond :

« Arbre, pertuys, ruisseau, il est lieu ensorcelé, lieu de sabbat démoniaque. Demain est Pasques closes. Nous faut revenir lundi. *Adjutorium nostrum in nomine Domini*[2] ».

Sur ce bref exorcisme, ils regagnent le bourg.

Dans le chosal, Jaquemine, en proie à une agitation extrême, reste étendue sur sa couche. Elle a

1- Pertuys : trou.

2- « Notre secours est au nom du Seigneur. »

parfois des crises d'angoisse. Elle n'en dort pas de la nuit. Tantôt, au moindre bruit dans l'obscurité, elle imagine la présence de Satan près d'elle, tantôt elle est terrifiée par la crainte des prochains jours.

Au petit matin, épuisée de fatigue, elle tombe alors dans un profond sommeil.

Aujourd'hui, dimanche de Pasques closes, le Révérend Père Jésuite célèbre la grand'messe. À peine entré, il se dirige vers le Maître-Autel, s'incline, recule à pas lents, se retourne face à la foule à laquelle il s'adresse

« Devant que d'officier à la sainte messe, un solennel advertissement :

De la part de Monseigneur le Révérendissime Nostre Evesque, je commande à tous excommuniés et sorcière de sortir de l'église et confins du charnier pendant la cérémonie de l'office divin. »

Un mot surtout a frappé l'auditoire, celui de sorcière. Depuis la veille, le commung bruict accuse nommément Jaquemine d'être une sorcière. On la cherche du regard parmi les femmes présentes. Or elle n'y est pas. Cela suscite une réelle émotion. Elle renie donc Dieu et son Église.

Ainsi se confirme la terrible accusation.

Dès lundi, à none, le Révérend Curé, accompagné du Révérend Père Jésuite et de Messire le Régent se réunissent devant l'église. Nicolas Clément se joint à eux, muni d'une pioche, selon l'ordre qu'il avait reçu.

Ils se dirigent tous quatre vers le chosal de Jaquemine, s'immobilisent à quelque distance du cerisier.

Alors que le Révérend Père s'avance seul de quelques pas, les trois autres plient un genou et, mains jointes attendent la fin du court exorcisme lancé à l'adresse du cerisier démoniaque.

« *Exsurgat Deus, et dissipentur inimici ejus et fugiant qui oderum eum, a facie ejus*[1]. »

Après cet intermède, le Révérend Curé donne l'ordre à Nicolas Clément :

« Maintenant, vous faut fouir le pertuys !

L'homme ne semble pas très rassuré devant le cerisier jailli du pré de Jaquemine, la sorcière, dont le chosal est si proche.

La porte vient de s'ouvrir. Jaquemine apparaît sur le seuil. Elle est surprise d'apercevoir le petit groupe et surtout de voir Nicolas Clément, le riotteux, brandir une pioche. Jaquemine veut s'avancer. Mais le Révérend Curé lui crie : « *Vade retro*[2] ». tout en accompagnant cette injonction d'un geste explicite de la main.

1- *« Que Dieu se lève et que ses ennemis soient dispersés et que fuient devant lui ceux qui les haïssent. »*
2- *« Recule. »*

Depuis de longues minutes, Nicolas Clément creuse le sol. Enfin il se relève :

« Révérend Curé, la terre s'est abysmée en une fosse. »

Après une rapide inspection, il confirme :

« Révérend Curé, il est bien racines du cerisier. »

Les trois religieux semblent se concerter silencieusement et le Révérend Curé décide :

« Nous mescroyons[1]. Faut encore fouir tant[2] que possible ! »

Nicolas Clément continue. Il lui semble, un instant, que dans le fond de la cavité, la terre effondrée semble remuer. Il s'arrête et affolé :

« Révérend Curé, la terre paroit se mouvoir. »

Tous trois le rejoignent. Entre les racines, la terre bouge de plus en plus.

Soudain apparaissent deux étranges têtes plates : celles de deux serpents. Oh ! Seigneur ! des vipères !

Ce n'est qu'un cri :

« Malédiction ! »

Tous quatre se signent, passent devant Jaquemine interloquée, s'enfuient en hurlant :

« Mauldite sorcière ! ».

1- Mescroire : ne pas croire.

2- Tant : autant que.

Chapitre 9

Le retour vers la ville se fait dans une réelle agitation. Tout au long du chemin, il a été question de « la sorcière », de la présence de vipères démoniaques dans les racines du cerisier et surtout du pacte quasi certain de Jaquemine « *cum Satanae, Hostis Dei*[1] ». En effet l'arbre fleurit non seulement avec l'aide de Satan, mais aussi en sa présence.

Près du charnier, ils rencontrent le syndic moderne Grosset et Maître de Loche en grande conversation. Nicolas Clément s'éloigne, pressé surtout d'aller dans les cabarets conter la sensationnelle nouvelle. De plus, il est chargé par le Révérend Curé d'aller quérir l'autre syndic moderne Pierre Pottuz et maître Guillaume Grosset, notaire et curial de la paroisse. Le petit groupe se dirige vers le presbytère. Après un court moment d'hésitation, le Révérend Père Humbert est du nombre. Il a pris conscience de la gravité de l'affaire :

1- « Avec Satan, l'ennemi de Dieu ».

« Il nous en peut chaloir[1] », pense-t-il.

Enfin tous sont réunis.

Le Révérend Curé expose alors aux autorités laïques ce qu'ils ont vu et conclut :

« Nous avons veu tel maléfice en horreur et détestation. Nous sçavons la Jaquemine guérisseuse mais elle est plus diffamée[2] d'estre sorcière et mérite chastiment. *Maleficia sicut haeretica*[3]. »

Le Révérend Père Jésuite, s'il opine du chef, n'en demeure pas moins silencieux ainsi que Messire le Régent, immobile, dans une attitude déférente.

Plus encore que le châtelain, Maître de Loche est en accord avec les paroles du Révérend Curé, d'autant plus qu'il a maintenant la certitude que la Jaquemine a tenté de « jetter un sort sur sa femme avec des fleurs maléficiées ». Il ne manque pas de le faire savoir.

Sans opposition aucune, est décidée « la prise de corps à l'encontre de la Jaquemine Revil, sorcière, et il est à procéder rigoureusement contre elle par peine exemplaire, en conformité de la loy du Seigneur de quy on veut éviter l'ire ».

La réunion terminée, le châtelain va requérir le sergent ducal. Après concertation avec le curial, la décision est prise de se rendre en début de l'aprèsdisnée chez Jaquemine Revil.

1- « Cela peut être important pour nous. »

2- Diffamée : avoir mauvaise réputation.

3- « Sorcière comme hérétique » : crime assimilé à l'hérésie.

Elle ne semble pas surprise de leur arrivée. Accouvée au coin du feu, elle se lève sans hâte. Elle joint seulement les mains crispées quand le sergent ducal lui dit sur un ton péremptoire :

« Jaquemine Revil, je vous faics commandement de tout promptement me suivre pas à pas de ma personne. »

Elle obtempère et, sans piper mot, sort la première. Elle est rejointe aussitôt puis dépassée par le sergent ducal et suivie par les deux autres témoins.

À quelque distance de là, elle s'arrête malgré elle, jette un dernier regard sur son chosal et le cerisier en fleurs. C'est à cause de lui…

Le petit groupe se dirige tout droit vers la grand'place. Leur court passage dans le bourg est remarqué. Il fait sensation. À l'intérieur d'une vieille bâtisse jouxtant la tour seigneuriale d'un côté, la halle de l'autre, se trouve la prison. Elle consiste en une seule pièce à l'unique lucarne avec vue sur le prieuré et l'église.

Jaquemine y est aussitôt enfermée sans aucun lien aux mains ni aux chevilles. Mieux vaut éviter tout contact avec une sorcière.

Quand la grosse clé a tourné dans « la serrure à tressière[1] », elle se trouve désespérément seule, abandonnée même de Dieu. Du moins le croit-elle en entendant les pas s'éloigner.

1- À tressière : qui ne s'ouvre que d'un côté.

À son retour au presbytère, le sergent ducal rend compte au Révérend Curé :

« J'ay faict commandement et tout promptement icelle Jaquemine mené et conduit dedans le crotton[1] du bourg. »

Jaquemine, la sorcière, est en prison.

Le commung bruict court la ville et les villages avoisinants. La nouvelle est bouleversante. La présence, maintenant évidente, d'une sorcière dans la paroisse, jusqu'à ce jour seulement soupçonnée, fait naître colère et angoisse dans de nombreux foyers.

Ainsi, la maladie dans la famille, la mort d'un parent, les bêtes qui crèvent, le feu qui anéantit, le mauvais temps et surtout la grêle qui détruisent sont peut-être bien œuvres de maléfice de la sorcière. De plus, n'avait-elle point fait pacte avec le Diable ? On sait qu'il y a, la nuit, aux changements de lune et à la Saint-Jean, des réunions avec Lui.

Maintenant, il est avéré « qu'elle a connivé[2] à Satan » et on se demande s'il n'y a pas « d'aultres femmes arguées[3] de mesme suspicion ».

Des vieux, dans le bourg, évoquent des souvenirs d'antan. Pernette, sa mère était guérisseuse. N'était-elle point sorcière tout aussi ?

1- Crotton : prison (local).

2- Connivé : complice de.

3- Arguer : critiquer.

S'il n'est pas de mise de l'accuser du fléau pesteux, peut-être a-t-elle bien connivé à Satan pour provoquer les maux dont on a souffert ? N'a-t-elle pas transmis rites et secrets de maléfices à sa fille, sorcière maintenant au « crotton » ? Celle-ci, il faut « la chastier et durement ».

Mais il n'est pas possible de la condamner à quelque châtiment que ce soit sans avoir recours à la justice. En effet, son incarcération, si justifiée, croit-on sur le plan local, pour crime de sorcellerie, ne l'est pas selon les règles du droit pénal. Il faut avertir le juge-mage à Bonneville.

Tout aussi urgent est d'exorciser et de purifier le « *locum infestum*[1] », selon la recommandation du Révérend Curé. Il est l'endroit maudit où s'est manifestée la présence de Satan par les serpents diaboliques cachés dans les racines du cerisier.

Le Révérend Curé, légitime ministre de l'Église, promu plébain par le Révérendissime Évêque Monseigneur François de Sales a compétence pour faire cet exorcisme dont un rite sévère est imposé. Ainsi, l'officiant, entre autres qualités doit être respectable, non seulement par ses fonctions, mais encore par la gravité de ses mœurs, et s'appuyer, non sur lui-même, mais sur la force qui vient de Dieu.

Le Révérend Curé plébain, afin d'éviter les artifices employés par le Démon pour le tromper, a décidé

1- « Locum infestum » : *lieu infesté.*

de purifier le « *locum infestum a igne*[1] » une fois achevé le rite de l'exorcisme.

Il est indispensable que tous les fidèles de la paroisse, même ceux des hameaux éloignés soient présents à cette solennelle cérémonie. Elle aura lieu le dimanche suivant, vingt-sixième du mois, fête de Saint Clete et de Saint Marcellin. L'annonce en est faite à chaque office religieux au cours de la semaine et le dernier jour, pendant la messe dominicale.

L'importance de l'exorcisme projeté est ressentie par tous les fidèles lors de l'exhortation empreinte de gravité lancée par le Révérend Curé du haut de sa chaire dans la nef gagnée par l'émotion.

La foule s'assemble sur la grand'place. Puis elle se dirige, au son des cloches, en une longue file, droit au couchant, par un temps gris sous un ciel couvert.

En tête s'avance le Révérend Curé, mains jointes, tenant haut une sainte croix de bronze et dans son sillage, le vicaire porteur de l'eau bénite.

À leur suite sont tous les religieux du Chapitre, le Révérend Père Jésuite et Messire le Régent. Derrière eux, viennent les deux syndics, leur bâton à la main, le châtelain avec un brandon allumé. Enfin, à quelques pas, la multitude de fidèles étrangement silencieuse.

Dès l'arrivée sur le pré, encore dégarni de la neige, la vue du cerisier fleuri frappe les imagina-

1- A igne*: par le feu.*

tions. On remarque aussitôt, à ses pieds, un amas de bottes de paille sous un amoncellement de branches et de troncs de sapin, en exécution de l'ordre donné par le Révérend Curé.

Dans un bel ensemble, la foule s'immobilise puis s'agenouille. Accompagné du seul vicaire avec l'eau bénite, le Révérend Curé s'approche de l'endroit souillé par le Démon. Tout le monde remarque l'étole aux palles violettes tombant de ses épaules. Il s'arrête. D'un geste décidé, il s'empare du goupillon, ce bâton garni d'une queue de renard à son extrémité, le plonge dans l'eau bénite, en asperge les branches basses du « *cerasus diabolicus*[1] », ainsi que l'important volume de paille et de bois entassé sur le sol.

Il fait lentement le tour du cerisier du diable tout en continuant méticuleusement l'aspersion purificatrice.

Il revient un peu au-devant de la foule agenouillée, fait le signe de croix.

« *In nomine Patris, Filii et Spiritus Sancti.* »

« À haulte voix claire », il dit la litanie des Saints avec une suite « d'*oremus* ».

« *Deus in adjutorium meum intende. Domine ad adjuvandam me.* » Après un court et pathétique silence, il entreprend l'exorcisme en lisant le psaume soixante-sept du Rituel romain :

« *Exorcizamus te, cerasus Satanae, immunde spiri-*

1- Cerasus diabolicus *: cerisier du diable.*

tus, omnis satanica potestas, omnis incursio infernalis adversarii… Non ultra audeas serpens callidisime, decipere humaneum genus Dei Ecclesiam persequi, ac Dei electos excutere et cribare sicut triticum[1]… »

Il fait à nouveau le signe de croix et poursuit :

« *Vade Satana, inventor et magister omnis fallaciae, hostis humanae salutis*[2]… »

Il s'arrête, fait encore le signe de croix.

Il s'est adressé au cerisier du diable.

Il s'agenouille. Maintenant, il lui faut s'en prendre aux serpents, suppôts de Satan :

« *Exorcizo et adjuro, vos pestiferi serpentes, per Deum Patrem ommipotentem… ut confestim recedatis ab is pratis et si Dei Providentia adhuc vitam vobis indulgeat, ne amplius in eis habitetis sed ad illa, ac talia loca transeatis*[3]… ».

À ce moment, une légère brise fait frémir les branches du cerisier jusque-là immobiles. L'émotion

---

1- *« Nous t'exorcisons, toi, cerisier du Diable, esprit immonde, invasion de l'esprit infernal… Désormais, tu n'oseras plus, perfide serpent, tromper le genre humain, persécuter l'Église de Dieu ni secouer et cribler comme le froment les élus de Dieu… »*

2- *« Va-t-en, Satan, inventeur et maître de toute tromperie, ennemi du salut des hommes. »*

3- *« Je vous exorcise et vous adjure, vous, serpents de malheur, par Dieu tout-Puissant, de partir immédiatement de ces prés, et si la Providence divine a bien voulu vous accorder jusqu'à maintenant la vie, ne restez pas davantage dans ces lieux, mais abandonnez-les pour d'autres plus éloignés que ceux-ci. »*

grandit dans la foule. Elle comprend que le diable et les serpents sont mis « à espreuve bien rude ».

Après un moment de silence et de prières durant lequel Satan doit pouvoir fuir, le Révérend Curé se remet debout. D'un geste discret, il appelle le châtelain qui se relève et se déplace lentement, imbu de l'importance de son rôle. Il approche le brandon de la paille. Elle s'enflamme.

Rapidement, le feu embrase le bois, gagne les branches du cerisier dont les fleurs, dans l'air brûlant, tombent en plein brasier. Quelques flammèches s'envolent pour aller s'éteindre dans la mince couche de neige en bordure du pré.

C'est un spectacle hallucinant de voir cet immense chandelier de feu, sur fond neigeux des montagnes, avec, en premier plan, s'élevant haut et droit, le tracé austère de la croix aux mains du Révérend Curé.

Dans la foule, l'émotion est à son comble. On prie avec d'autant plus de ferveur que l'on a vu, un court instant, dans les branches enflammées du cerisier, l'horrible visage de Satan. Il est donc toujours là. Il mène malgré tout son offensive.

Ainsi, une saute de vent, souffle démoniaque, ramène quelques flammèches en direction des fidèles à genoux.

Devant cette diabolique attaque, tous sont contraints de courber l'échine.

Dans le paysage enfumé, sous un ciel maussade, il reste seulement le tronc calciné et noirci du cerisier diabolique, dressé au-dessus d'un amas de cendres à ses pieds.

Cependant, l'Esprit Malin est enfin terrassé. Satan a fui. Maintenant, le Révérend Curé récite, d'une voix béate, « l'oraison après la délivrance ».

« *Oremus te, Deus omnipotens, ut spiritus iniquitatis amplius non habeat potestatem in hoc famula, sed ut fugiat et non revertatur*[1] ».

En lui-même, *famula*, la servante, est la Jaquemine, la femme qui a eu commerce avec Satan. Elle et Lui, en vérité, « se sont bien joints de complicité ». Elle est bel et bien « énerguménée[2] de Luy ».

Depuis une semaine, Jaquemine « tient prison ».

Paradoxalement, elle se trouve aller mieux du point de vue de sa santé. Elle est en effet nourrie plus qu'elle ne l'était chez elle. Si elle a peu de viande, il lui est cependant servi chaque jour une boule de pain, du fromage, même un œuf, et une écuelle matin et soir d'une maigre soupe de légumes – plus qu'elle n'en avait dans son chosal. Par contre, « les commodités où on se va descharger le ventre » sont

---

1- « Nous te prions, Dieu Tout-Puissant afin que l'esprit d'iniquité n'ait plus le pouvoir sur une telle servante, mais qu'il s'enfuie et ne revienne pas. »

2- Énerguménée : possédée du Diable.

réduites à un trou creusé dans la terre non loin de la paillasse qui lui sert de couche.

Dans ce crotton assez exigu, de dix pieds sur huit, elle a tout le temps de méditer sur son sort.

À terme, il comporte un grand risque. Mais, alors qu'elle était déprimée, seule dans son chosal, elle semble, au contraire, chaque jour s'armer pour se défendre d'une telle accusation de sorcellerie. Elle se trouve toujours avoir ce tremblement discret des mains et les battements anxieux de son cœur ainsi que ce regard « d'œuil de bœuf ».

Mais elle est plus calme ; aucune aggravation ne s'est produite à la suite de son incarcération.

Peut-être, l'image quotidienne du prieuré devant ses yeux, par « la fenestre grillée double[1] » toujours un peu entr'ouverte, lui fait-elle songer à Georges et espérer le revoir ; bien qu'en son for intérieur, ce soit un rêve chimérique. Elle ne peut invoquer Dieu ni ses Saints, mais sait-on jamais ?

Elle veut délibérément ignorer les coups d'œil furtifs lancés dans sa direction par les passants sur la grand'place. Ils sont particulièrement nombreux le vendredi, jour de marché et le dimanche après la messe. Sans se soucier des cochons errant devant la halle, elle reste de longues heures, perdue dans les souvenirs de son passé récent, à fixer des yeux le prieuré et sa tour.

1- Grillée double : barreaux doublés.

La détention se poursuit bien au-delà d'une semaine.

« *Maleficia sicut haeretica* ». La sorcière, c'est comme une hérétique avait dit le Révérend Curé. Aussi le châtelain, s'il s'était permis la prise de corps contre Jaquemine, n'en avait-il pas moins appelé au juge-mage du Faucigny, spectable Aymé Mesclaud, docteur en droit, siégeant en la ville de Bonneville. Aidé par le curial et Maître de Loche, il en avait rédigé le procès-verbal de façon telle qu'il pouvait valoir plainte contre la sorcière, ayant valeur d'accusation. Malgré l'irrégularité de la procédure, le cas de sorcellerie, équivalant à un crime, se devait d'être jugé nonobstant toute autre règle.

« Ce vingt-deuxième d'avril, moy, Pierre Joly, chastelain rière[1] la paroisse de Megève, mandement de Flumet, à spectable Aymé Mesclaud juge-mage rière Bonneville, vous fait asçavoir que ladite Jaquemine Revil, demeurant rière la dite paroisse, laquelle est réputée et diffamée publiquement et par commung bruict et par Révérend Curé plébain Antoine Germain, de la dite paroisse, pour sorcière et avoir voulu, par exemple maléficier ladite Nicholarde de Loche, espouse du dit Maistre Pierre de Loche, notaire royal ducal rière la dite paroisse, et la descouverte en lieu souillé (*locus infestus*) de moult serpents dessous le cerisier diabolique de la dite sorcière et

1- Rière : en, dans.

avoir connivé à Satan, toutes sortes de choses quy la convainquent tant plus de son obstination diabolique. J'ay faict et commandement de prise de corps contre icelle, à toutes fins sur la comparution devant le juge-mage… »

Au reçu de ce courrier, le juge-mage ne peut hésiter. La sorcellerie est une affaire trop griefve pour s'embarrasser de problème de procédure.

Dès le lundi, vingt-septième d'avril, il dépêche, pour « inquisition spéciale », un commissaire accompagné d'un huissier de justice « aux fins d'enquester sur crime de sorcellerie, item entendre tout complaignans ou dénoncians et devront rédiger par escrit les dépositions des tesmoins quy peuvent assurer la vérité du faict qu'il veut esclaircir, tant à charge comme à descharge[1] ».

Les deux envoyés du juge-mage arrivent à cheval sur la place de l'église dans la paroisse, couverte de neige depuis la veille.

Ils se dirigent aussitôt vers le presbytère, y rencontrent le Révérend Curé qu'ils entendent seul, après lui avoir fait prêter serment sur les Écritures Saintes.

Il leur conte, en détail, la griefve affaire du cerisier diabolique, fleuri au début d'avril et surtout la présence des serpents, ces suppôts de Satan, cachés

1- Tant à charge comme à: autant à charge qu'à…

dans les racines de l'arbre. Il a été contraint de tout exorciser très rituellement, le dimanche précédent

Le commissaire, surtout, est très impressionné. Avec l'huissier, ils se rendent tous deux sur place. La vue de ce tronc noir, comme l'image de Satan, jaillissant de la neige droit vers le ciel les émeut d'autant plus qu'au même moment, un vol de corbeaux glisse bruyamment sur fond de nuages.

Ils entrent dans le chosal de Jaquemine, le fouillent précautionneusement, partagés entre l'espoir de découvrir des preuves et la crainte d'intervenir dans la maison d'une sorcière.

Ils trouvent deux pots de terre contenant de la graisse, humaine bien sûr, et assurément d'enfant non baptisé, puis d'autres pleins de poudres magiques de toutes sortes, enfin des ossements mêlés à des peaux de serpents, des vipères, dont l'image diabolique n'est plus à discuter.

Le comble est la découverte de feuillets jaunis, couverts d'une écriture maladroite mais emplis de formules secrètes, maléfiques pour la plupart, que le commissaire a de la peine à comprendre. Ils n'osent cependant s'emparer des rares vêtements usagés.

Avec combien de précautions, en s'aidant de baguettes de bois, ils parviennent à enfouir ces preuves accablantes dans un sac de toile qu'ils portent ensuite sur un bâton, à distance de l'épaule. Ils reviennent au presbytère.

Le commissaire fait part au Révérend Curé de leur émotion à la vue de l'arbre damné, tout en restant discret sur le résultat de leur fouille dans le chosal de la sorcière. L'enquête doit demeurer confidentielle.

Au souvenir des confessions de Jaquemine, le Révérend Curé leur précise, toujours sous la foi du serment, l'accusation de sorcellerie : « Elle m'a confessé avoir forniqué par deux fois avec un serviteur de l'Église qu'elle auroit point entraisné dedans le péché sans user de sortilèges. »

Lecture lui est faite du procès-verbal ; le Révérend Curé persiste et appose sa signature que contresignent les deux officiels.

Il leur offre l'hospitalité durant leur court séjour dans la paroisse.

Le commissaire et l'huissier de justice se rendent ensuite chez Maître de Loche. Le notaire est momentanément absent. Pour éloigner la servante, le commissaire la charge d'aller quérir son maître.

Après avoir, selon la règle du droit, demandé, comme ce le fut pour le Révérend Curé, nom, âge puis la prestation de serment afin de dire la vérité, il interroge Nicholarde sur les agissements de Jaquemine à son égard et sur son éventuelle parenté avec elle : « Dieu mercy ! Il est point parentage avec cette sorcière ! ». Au seul énoncé de ce mot, Nicholarde, le visage rouge de colère, relate, d'une voix précipitée le mal auquel l'avait exposée le maléfice de Jaquemine :

« Elle est diffamée d'estre sorcière. Quand j'estois fatiguée, elle m'a baillé des fleurs maléficiées pour me guérir. Aussitost ces fleurs dedans nostre maison, j'ay esté encore moult fatiguée. J'avois le nez oppressé et les poulmons contraints d'haleine… ». Elle s'étend un peu longuement sur « son estat deü à un mal point ordinaire ».

L'huissier s'efforce d'enregistrer ses affirmations. Il est obligé de l'interrompre plusieurs fois pour lui faire répéter.

« Ce mal point ordinaire » était bien un maléfice puisqu'elle dit en conclusion :

« J'ay bruslé les mauldites fleurs et mon mal a fini par disparoistre. » Le commissaire lit le texte du procès-verbal que Nicholarde approuve. Elle signe d'une croix.

La servante, ramenant le notaire, confirme les dires de sa maîtresse. Elle manque de casser la plume d'oie et s'y reprend à deux fois pour apposer une croix sur le papier à côté de celle de sa maîtresse.

Les signatures sont constatées et mentionnées par les deux enquêteurs qui signent eux-mêmes, tout en invitant Maître de Loche à les imiter.

Ils ne vont pas voir Jaquemine. Dans sa prison, elle regarde la neige tombée sur le bourg. Elle lui rappelle des souvenirs qui la réconfortent. Entre autres celui de la nuit passée avec Georges au prieuré, après qu'il eut osé venir la chercher dans son chosal à nuit-close…

Le lendemain, les deux hommes assistent à l'office matinal, puis vont au moulin de Bruay.

Selon les mêmes normes, le commissaire interroge honneste Antoine Michaud et note : « Il est point parent de cette femme. Il a juré par Dieu dire la vérité et la dit. Le moulin a pris feu, samedi devant Pasques closes, sans sçavoir par quoy. Luy, Antoine Michaud, n'estoit pas là mais la sorcière, ladite Jaquemine estoit dessus le pont Glappey et qu'elle sçavoit pourquoy, advertissant la première le Révérend Curé.

Le feu, il estoit bien par cause de maléfice puisqu'il s'estoit arresté lors que le Révérend Curé l'est venu exorciser.

Nicholas Clément, il est aussi tesmoin. »

Antoine Michaud veut bien les accompagner chez ce témoin. Naturellement, il signe d'une main malhabile le procès-verbal que ses deux interlocuteurs paraphent de leurs signatures.

Ils se rendent tous trois chez Nicolas Clément. La marche est un peu pénible dans le sentier enneigé, mais le paysage est magnifique. Son chosal domine un peu la vallée. Il permet d'apercevoir l'église et surtout son clocher. L'homme n'est pas surpris de leur visite. En dehors de la présence de Michaud, et sans connaître la teneur du procès-verbal déjà signé, il donne une relation similaire de l'incendie, dont « il dit estre bien souvenans ».

Comme Michaud, il accuse la Jaquemine, la sorcière, d'en être à l'origine. Enfin, au terme des formalités, il signe d'une croix informe le procès-verbal dont il approuve la lecture.

Commissaire et huissier de justice sont à nouveau place de l'église. Ils se préparent à partir avec leurs montures. Sur le retour, ils traînent un peu dans la ruelle principale et, sans recueillir d'autres témoignages sous serment, reçoivent les doléances de quelques manants ou habitants. Tous ont à se plaindre de maladies, de morts, surtout d'enfants, de tempêtes, de grêle et de perte de bétail, toujours attribués aux sortilèges de la sorcière. Sa mère devait certainement déjà en être une. Ce serait circonstance aggravante pour Jaquemine si la chose était confirmée.

Ils arrivent presque de nuit à Bonneville, fatigués par cette longue trotte par des chemins en mauvais état, bien que sans neige, dans la vallée de la rivière Arve. Ils s'étaient auparavant arrêtés à Cluses dans une taverne où « le vin se vend par assiette ». Ils ont pu ainsi se reposer un peu et « satisfaire aux concavités de leurs boyaux ».

Le lendemain, avant-dernier jour d'avril, ils remettent en main propre à spectable Mesclaud, juge-mage, un sac clos et cacheté, résultat de leurs

« informations », contenant aussi les pièces saisies chez Jaquemine Revil.

Dans une des salles voûtées du vieux château, en leur compagnie et assisté de son greffier, il prend connaissance du dossier. Sa teneur le convainc au-delà de toutes limites. Cependant il interroge le commissaire :

« Après ouy-dire, vous pensez que la Jaquemine est abandonnée et subjecte au diable ?

– Personne ne le peut mescroyre, Messire juge-mage.

– Il est bien et il vous faut l'aller quérir, tout incontinent. » Il signe « la prise de corps contre Jaquemine Revil aux fins de comparoistre devant la judicature-mage du Faucigny, rière Bonneville… »

Ils sont sept cavaliers à partir, sans grand enthousiasme, avant sexte. Le commissaire est accompagné de deux huissiers de justice et de quatre hommes d'armes, des soldats de justice, sans oublier une mule pour la sorcière.

Tard, le soir, ils sont dans le bourg. Commissaire et huissiers passent la nuit dans l'auberge tandis que leurs quatre compagnons dorment dans une grange.

Levés très tôt, ils se présentent, dès prime, devant l'entrée de la prison. Le geôlier leur en ouvre la porte. Jaquemine, mal réveillée, réalise enfin la situation. On vient pour l'emmener à Bonneville. Elle ne ressent pourtant qu'un léger sentiment d'angoisse ; elle regrette surtout, étant à nouveau prisonnière, de ne plus voir le prieuré après ces dix jours passés à le contempler. Aussi, est-ce avec un profond soupir qu'elle se laisse mettre aux chevilles « une paire de fer à enferrer les prisonniers avec chevillée de fer où il y a deux trous à mettre clavette ».

Le voyage est particulièrement pénible pour elle. Avec ses pieds liés, elle peut chevaucher seulement assise en amazone. Elle court le risque de tomber maintes fois. Sa tristesse va s'augmentant au fur et à mesure que la petite troupe s'éloigne de cette place de l'église où s'élève le prieuré.

Elle se voit emmenée au centre de l'escorte dont les cavaliers se tiennent à une certaine distance. En tête sont les trois officiers de justice, puis deux soldats. Les deux autres sont derrière elle. Ils ferment la marche. Son passage dans Sallanches, puis Cluses suscite la curiosité des passants. Ils se demandent de quel crime cette femme serait coupable. À la réflexion, ce ne peut être qu'une sorcière.

Enfin la petite troupe arrive en vue des remparts de Bonneville dressés d'un côté de la porte du Pertuiset tout au long de la rive droite de la rivière Arve et de l'autre côté se perdant à l'assaut de la montagne.

Jaquemine est exténuée. Elle a faim et soif. Mais on ne s'arrête pas, même pour boire dans la rivière.

La monumentale porte s'est ouverte. Ils la franchissent sous les regards des gardes armés, troublés à la vue d'une sorcière. Ils suivent la ruelle du Pertuiset, tournent à droite place du Parquet. Leur passage fait s'écarter cochons et chiens errants toujours à la recherche de quelque nourriture.

Au pas lent des chevaux fatigués, Jaquemine ressent sur cette place une violente émotion. Elle a le temps de découvrir le gibet auquel balance, attaché à une corde, le cadavre d'un pendu.

Ils montent en direction de l'église Sainte Catherine par la rue de la Corraterie.

Jaquemine, bouleversée, ne sait à quel saint l'église est dédiée, mais, implorant son secours, elle prie intensément le Seigneur de lui venir en aide.

Après un court passage dans la ruelle des Chambrettes, apparemment plus fréquentée que les autres par les cochons et tout aussi encombrée d'ordures, ils sont à l'entrée du château. Un édifice imposant avec ses deux grandes tours, la Noire au levant, la Blanche au couchant. Il en est une, plus petite, dressée en direction de l'église.

Ils franchissent les deux portes donnant accès à l'intérieur. Dans la tour Blanche est un pertuis qui permet de descendre dans une salle basse, voûtée : « le bas crotton ».

C'est là que Jaquemine est enfermée après qu'elle eut imploré à manger et surtout à boire. Il lui est enfin donné satisfaction. À la lueur d'une petite lampe à huile, elle dévore un quignon de pain, lappe une soupe fort claire et froide, où nagent quelques haricots.

Puis, en raison de la fraîcheur humide qui règne dans le crotton, elle se jette habillée sur la paillasse posée à même la terre.

La lumière s'est éteinte d'elle-même. Malgré la fatigue, Jaquemine ne peut s'endormir, non seulement par crainte des rats qui se manifestent, mais aussi pour être retombée dans « un estat de mélancholie ».

Si la prison du bourg n'était guère moins misérable, elle avait une lucarne donnant sur l'extérieur, surtout la façade du prieuré. Ici, aucune ouverture n'existe.

Jaquemine est à se demander combien de temps elle restera comme enterrée dans cette prison. L'angoisse l'étreint à nouveau. Elle se prend à désespérer, les larmes lui montent aux yeux. Elle implore à nouveau le Seigneur Tout-Puissant.

D'après les *Statuta Sabaudiae* promulgués par le duc Amédée Huitième, le dix-septième de juin de l'an de grâce mil quatre cent trente, le sieur juge-mage doit interroger l'accusée, Jaquemine Revil en l'occurrence, dans les vingt-quatre heures suivant sa comparution en la judicature-mage.

Il devrait donc l'entendre ce vendredi, premier de mai. Or ce jour est férié ; et « *in honorem Virgini*[1] », il reporte l'audition au lendemain.

Le samedi, dès tièrce, il quitte « le siège de la jugerie du Faucigny » place du Parquet pour se rendre à la prison.

Il est accompagné de son greffier. En place depuis deux années, il n'a pas encore eu la possibilité d'instruire un procès de sorcellerie. Si tous deux, et lui surtout, se réjouissent du montant généreux des « espices[2] » qu'ils s'octroiront à la fin d'un tel procès, ils en éprouvent néanmoins une certaine crainte. Les sorcières sont très dangereuses. Elles vous jettent des sorts. Lui, juge-mage, s'est bien prémuni, pense-t-il, avec sur lui une image bénie du Seigneur et une médaille de bronze à l'effigie de la Sainte Vierge.

Mais quelles sont les limites du pouvoir de ces femmes, surtout si elles ont l'aide de Satan ? Il y songe depuis qu'il a signé la prise de corps. Cette seule signature et cet acte ne l'exposent-ils pas déjà à la vindicte diabolique ?

Certes la lecture du *Malleus Maleficarum* qu'il possède, est assez rassurante. Il y est affirmé qu'il est « trois classes d'hommes bénis de Dieu » dont « les premiers sont ceux quy exercent contre elles (les sorcières) la justice publique. En effet, selon l'Apostre,

---

1- « En l'honneur de la Vierge. »

2- Espices : indemnités que s'offrent les juges.

tout pouvoir vient de Dieu. Alors rien d'estonnant si les desmons sont escartés par la puissance des Anges quand ces magistrats exercent la justice contre cet horrible crime, la sorcellerie ».

Il craint néanmoins toutes sortes de maléfices. Ainsi, dans le livre, il a appris comment une sorcière « sçait enlever aux hommes le membre viril ». Certes, il n'est « pas enlevé au corps mais cela est causé par les sortilèges et les illusions des desmons, bouleversant l'organe de la veüe[1] en changeant les images de la puissance imaginative ».

Jaquemine ne pourrait-elle pas le réaliser avec l'aide de Satan « a quy il semble bien qu'elle ayt connivé » ?

Après un parcours silencieux, les deux hommes arrivent au château. Dans une chambre, dite de justice, il fait quérir Jaquemine par son geôlier.

Ils sont tous deux fort surpris à la vue de cette femme amaigrie, de taille moyenne. Mais ce qui frappe le plus est le port de sa tête incliné à droite, et ses yeux à l'éclat brillant, presque sortis de leurs orbites. Ils découvrent enfin la grosseur de son cou sous le menton.

C'est seulement un peu plus tard, au cours de l'interrogatoire que le juge-mage remarquera le tremblement des mains.

1- Veüe : vue.

Malgré lui, il se voit contraint, dans un geste de protection, de mettre la main sur la médaille à l'image de la Sainte Vierge, accrochée à son pourpoinct sous sa robbe[1] de serge.

Il évite le plus possible les yeux inquiétants de cette sorcière qu'il lorgne d'un regard oblique.

Après concertation avec le greffier, il commence l'interrogatoire. Auparavant, il demande à l'accusée de dire la vérité et d'en faire serment devant Dieu. Ce que Jaquemine fait aussitôt, bien qu'il ne soit pas convaincu de la sincérité de cet acte.

Suit alors la demande de son identité, de son âge, du nom de ses parents, de sa situation de famille.

Le greffier s'empresse de tout noter, en abrégé, sur son plumitif. Une première question est posée à Jaquemine :

« Vous sçavez pour quoy vous avez esté requise à venir ?

– Je suis pas certaine de sçavoir, euh...

– Vous me pouvez appeler sieur-juge. »

Jaquemine se doute bien du chef d'accusation mais elle veut tenter de se défendre. Elle conserve l'espoir de revenir en la paroisse et aussi, au fond du cœur, de revoir Georges. C'est peut-être une perspective chimérique mais est-elle vraiment irréalisable ?

Enfin, le juge-mage, qui doit avoir quarante ans ou environ, lui semble être peu assuré. Il ne lui est vrai-

1- *Robbe : vêtement recouvrant tout le corps.*

ment pas antipathique, à voir ses yeux bleus dans un visage garni d'une barbe blonde et coiffé d'une toque de velours noir plissé, agrémentée d'un joyau brillant.

« Je vous demande : vous cueillez fleurs ?

– Ouy, sieur-juge. Pour guérir quand on me mande chez un malade.

– Elles sont traittables a[1] vous ?

– Nature ou à bouillir à l'eau ou pour parfumer.

– Et aussi meslangées d'aultres choses ? Des drogues ?

– Il est possible, sieur-juge, meslanger de graines, de safran et aultre.

– Et aussi pour maléficier ?

– Jamais, sieur-juge.

– Mesme pas avec hostie ou eau bénite ?

– J'ay point Dieu offensé, sieur-juge, et l'aurois pas voulu. »

À cet instant, son interlocuteur examine le procès-verbal d'inquisition posé sur la table devant lui, à côté du *Malleus Maleficarum* qu'il compulse ensuite ; il lit :

« Comment se faict la profession sacrilège ? Il y a trois sortes de sorcières ; celles quy blessent mais ne peuvent guérir ; celles quy guérissent mais en vertu d'un pact[2] avec le desmon ne peuvent blesser ; celles quy blessent et guérissent »

1- A : par, avec.

2- Pact : accord de sortilège réalisable avec l'aide de Satan.

Il réfléchit un instant. Peut-être cette femme est-elle de la troisième sorte? Elle peut guérir mais blesser aussi. Il y a quelque chose de bien étrange dans son comportement: le torticolli plus marqué, le tremblement de ses mains plus accentué.

« Vous avez voulu faire périr homme ou femme ou aultre enfant?

– Par devant Dieu, jamais, sieur-juge.

– Ou bestail?

– Non point

– Vous avez point charmé quantes[1] fois hommes ou femmes ou aultre enfant? »

La question est embarrassante pour Jaquemine. Elle lui fait évoquer Georges et les philtres d'amour. Elle se demande si ce magistrat en est informé. Peut-être l'est-il par une révélation du Révérend Curé à qui elle s'est confessée, et non point par Georges; il n'est plus en la paroisse et n'aurait pas témoigné contre elle.

On n'a pas manqué de relever l'hésitation de la sorcière: « Vous avez point response?

– J'ay pas charmé des hommes, sieur-juge », répond-elle en songeant que Messire le Régent était un religieux. C'est un raisonnement un peu subtil que Dieu voudra bien pardonner.

Mais on insiste:

« Ni femme ni aultre enfant?

1- *Quantes fois: maintes fois.*

– Jamais, sieur-juge.

– Il y a un long temps que vous estes allée à confession ?

– Il estoit la dernière fois devant la feste de Stalande, sieur-juge.

– Et point à Pasques ?

– Je le voulois faire à Pasques closes, sieur-juge.

– Vous estes pas venue à messe, ce dimanche de Pasques closes ?

– Il est vray. J'estois fatiguée, sieur-juge.

– Vous assistez aux offices tous les dimanches et jours de feste ?

– Ouy, sieur-juge, si je suis pas malade. »

Un silence s'établit.

Jaquemine songe à la question concernant les confessions. Va-t-on mettre en cause Georges ? Elle veut le défendre.

De son côté, le juge-mage se tourne vers son greffier qui semble avoir peine à rédiger le plumitif avec sa plume d'oie. Il en plonge sans cesse la pointe dans le petit pot de plomb empli d'encre faite de vitriol[1], de noix de galle et de gomme.

Il poursuit :

« Vous avez veü brusler maison ?

– Il est arrivé, sieur-juge.

– En commencement ?

1- *Sulfate d'un métal (cuivre, fer, zinc).*

– Une fois seulement devant Pasques closes, sieur-juge.

– Il estoit maison conneüe de vous ?

– Ouy, un moulin, dit de Bruay, sieur-juge.

– Vous estes accourue à son aide ?

– À porter les seaux d'eau, sieur-juge.

– Et point à enflammer ? ».

Jaquemine reste interdite. Que veut-il dire par là ? Elle ne comprend pas la raison de certaines des questions. Gagnée par l'anxiété, elle se trouble, serre convulsivement les mains.

Cela n'a pas échappé aux deux hommes. C'est à nouveau l'interrogatoire pressant :

« Il est mention d'un cerisier dedans la paroisse, a dit le Révérend Curé.

– Ouy, sieur-juge. Il est un cerisier quy a fleuri très tost et je sçais pas pour quoy.

– Il est estrange qu'il estoit chez vous.

– Je le peux pas expliquer, sieur-juge.

– Pourtant, on a trouvé serpents aux racines.

– Grand Dieu ! Je sçavois point.

– Vous sçaviez pas que vipères y vivoient ?

– Non, sieur-juge. Il en estoit beaucoup au bord du ruisseau jouxtant l'arbre.

– Pourtant, elles estoient maléfiques. Le Révérend Abbé Claveau, il est mort après maléfice par vipère « *exitus propter maleficium* ».

– Il est mort par convulsion.

– Il est vray. De par contact avec vipère diabolique. »

Jaquemine est soudainement en plein désarroi. Elle a compris qu'on veut l'accuser de sorcellerie et d'avoir ainsi provoqué la fin du Révérend Abbé, alors qu'elle se sait innocente.

– Je vous jure, sieur-juge, par Dieu et la Vierge Marie avoir point maléficié le Révérend Abbé Claveau. »

Mais ne tenant pas compte de la protestation, il reprend :

« Il est estrange, ce nid de vipères auprès de vostre chosal où on a trouvé maintes peaux de vipère et ossements.

– Il estoit utile pour des remèdes de poudre de vipère.

– Ouy. Remèdes maléfiques pour charmer.

– Non point, sieur-juge.

– Et la graisse dedans les pots ?

– Il est seulement graisse d'eschine de cochon.

– Et point humaine ?

– Oh ! Non ! sieur-juge. »

Jaquemine se met à trembler plus violemment, d'émotion, de fatigue ou peut-être de froid. En effet la fraîcheur moite de la pièce est visible à l'évidence par l'humidité des vieilles pierres des murs disjoints.

À ce moment, le greffier s'étire, se met à bâller. Il adresse, du regard, une interrogation muette à son juge qui acquiesce d'un mouvement de tête. C'est terminé pour ce jour.

Le caporal des soldats de justice est appelé. Il arrive avec deux de ses hommes. Ils reconduisent Jaquemine, empêtrée par ses chaînes, dans le bas crotton, encore plus humide et plus froid.

Le lendemain, il n'est pas question de reprendre l'interrogatoire, « *in honorera Christi*[1] ». En effet, ce dimanche, troisième de mai, est fête de l'Invention de la Sainte Croix, commémorant la découverte de la vraie Croix du Christ par Sainte Hélène, en l'an de grâce mil trois cent vingt-six.

Lundi, à tierce, le geôlier vient à la porte du crotton qu'il ouvre. Au grincement des gonds rouillés, Jaquemine sort de sa torpeur. Seule avec elle-même dans la demi-obscurité de la cellule telle une grotte taillée en pleine roche, elle demeure plongée dans une triste méditation.

Alors que s'écoulent interminablement les heures, les jours, à la pâle lueur d'une lampe à huile, elle se sent de plus en plus affaiblie dans son corps frissonnant de froid. Son tourment s'accroît sans cesse à l'évocation de ses souvenirs ou en songeant à ce que sera la fin d'une femme accusée de sorcellerie. Malgré sa marche entravée par les fers, elle se présente devant le juge-mage avec un visage dont la pâleur augmente la tristesse et le désarroi. Les yeux surtout

1- « *En l'honneur du Christ* ».

sont expressifs. Ils se font implorants et suscitent la pitié. Les deux hommes en détournent les leurs. Alors que l'un s'empare d'un livre sur son bureau, l'autre s'affaire à tailler une plume d'oie.

Tout en évitant le regard de Jaquemine, le juge-mage lui demande de prêter à nouveau serment puis il la questionne :

« Estes-vous point née et extroite[1] d'une mère sorcière, sçavoir de feu Pernette Allard ?

– Non, sieur-juge, ma mère estoit guérisseuse, devant Dieu. » Mais la question est plus précise :

« Subsécutivement, vous avez point ensuivy les vestiges[2] de la dite mère ?

– Si, sieur-juge. Comme elle, guérisseuse seulement.

– Plusieurs, rière vostre paroisse vous ont improuvée[3] et appellée sorcière.

– Je nie, sieur-juge.

– Ainsi vous avez souffert telle injure sans desmontrer en avoir ressentiment.

– Il est depuy naguères[4], sieur-juge.

– Vous connoissiez la Marie Crespin ?

– Ouy et pauvre d'elle.

1- *Extroite : extraite, issue.*

2- *Vestiges : en conséquence, marcher sur les traces, calquer les mêmes agissements.*

3- *Improuver : condamner, reprocher.*

4- *Naguères : peu de temps.*

– Vous sçavez comment elle est morte ?
– Ouy, sieur-juge, dévorée par meschant loup.
– Il estoit seul ? Quy l'avoit envoyé ?
– Je sçais pas, sieur-juge. »

La question alarme soudain Jaquemine. On se propose de l'accuser d'avoir fait périr cette fillette sous la dent cruelle d'un loup envoyé par elle ou, pis encore, de s'être transformée elle-même en un tel animal, telle une vraie sorcière.

« Je suis pas sorcière, proteste-t-elle, et ay point connivé à loup. Devant Dieu je le jure. »

Elle se met à pleurer désespérément en songeant qu'une nuit, elle se transforma en loup. Mais le sieur juge est occupé à feuilleter son livre sur la lycanthropie : « La question concerne des loups quy de temps en temps arrachent à leurs maisons et dévorent des hommes et des enfants et s'en vont, rodants avec une telle ruse que nulle habileté, nulle puissance ne les peut blesser ni capturer. Il faut dire que parfois la chose tient à une cause naturelle et parfois à l'art magique si cela vient par les sorcières… Ils sont de vrays loups mais possédés à diable ».

Ainsi on ne peut se changer en loup ; la lycanthropie est souvent fille du délire. Il ferme le livre, s'adresse à Jaquemine sans être ému par ses pleurs : « Il me faut la vérité dire expressément. »

– Vous me mescroyez, mais devant Dieu, je la dis, sieur-juge. »

Il demeure dubitatif. Les derniers mots prononcés entre deux sanglots ont été presque bredouillés. Assise sur son banc, elle semble ne plus pouvoir réagir, « preste à lascher brides ».

Il se tourne vers le greffier, l'interroge du regard. Tous deux sont d'accord. Il faut obtenir l'aveu de la sorcière et de son pacte diabolique : « Estes-vous allée à nuit-close à une synagogue ? »

Jaquemine, muette, secoue la tête.

« Vous avez connivé a Satan ? »

Le silence est identique.

« Vous avez eu commerce avec luy ? »

Aucune réponse, même d'un signe de la tête.

« Vous avez copulé charnellement avec démon incube ? »

Toujours le même mutisme troublé par les reniflements de Jaquemine, même à la suite de la question suivante :

« Vous avez diverses fois charmé et enchanté des marians pour empescher la consommation du mariage ? »

Puisqu'il est écrit dans le livre : « une femme qui pleure est un mensonge : deux genres de larmes dans les yeux de femme en même temps, les unes pour la douleur, les aultres pour la ruse. »

Alors le juge-mage élève la voix :

« Vous avez charmé et enchanté par diablerie diverses fois un homme ? »

Soudain, Jaquemine qui semblait effondrée réagit. L'image de Georges s'impose à elle. Veut-on l'impliquer, lui, en la contraignant à avouer qu'elle a commis le péché de chair avec lui et ainsi pouvoir « mesdire et luy porter grief » ? Elle va se défendre, parant ainsi, croit-elle, la menace qui pèse sur Georges. Elle reprend vigueur, se lève, serre les poings et, de ses yeux pleins de larmes, fixe le juge-mage surpris et dont le regard s'était abandonné sur le visage de Jaquemine.

« Sieur-juge, j'ay point eu commerce avec Satan ni avec aultre homme par diablerie ni aultre maléfice diabolique. »

Même avec Messire le Régent, Satan n'était pas son complice. D'ailleurs, Dieu le comprendra et lui pardonnera ce péché.

Elle semble sincère dans ses dénégations. Cependant son aspect et son comportement évoquent bien qu'elle soit « possédée du démon, énerguménée du Malin-Esprit ». C'est le diable qui parle par la bouche de Jaquemine.

L'interrogatoire est terminé.

Après lecture, le greffier dépose les papiers du plumitif sur la table. Jaquemine à qui il lui demande de signer répond :

« Je sçais pas.

– Il vous faut faire marque d'une croix. »

Elle obéit.

« Vous chicotez[1] point la lecture ou voulez modifier vos responses ? Il me le faut sçavoir.

– Je suis innocente et point sorcière.

– Il vous faut faire marque derechef. »

Le greffier reprend la plume et note :

« A été répetté à ladite Jaquemine Revil quy n'a sçeü[2] signer et marque a faicte. »

En la présence de Jaquemine, les documents sont placés dans un sac qui est cacheté.

« Vostre affaire est dedans le sac », lui dit le sieur juge-mage Mesclaud. Puis, s'adressant au greffier :

« Garde-sacs[3], vous avez dépost que vous portez à honorable procureur-général, aussitost que faire se peut. »

Il n'est pas recommandé de laisser traîner une « affaire crimineuse touchant sorcellerie ». En effet, une sorcière trop longtemps abandonnée seule en son crotton peut avoir la visite de Satan pour la conseiller et l'aider dans sa défense.

Aussi, le lendemain, dès réception des pièces, le procureur-général s'empresse-t-il de les consulter. Il décide de faire confronter l'accusée aux témoins. « Après avoir veü par nous, Jean Guerre procureur-général du Faucigny, estant en ladite jugerie du

---

1- Chicoter : contester.

2- Sçeü : su (de sçavoir : savoir).

3- Garde-sacs : greffier qui a le dépôt des pièces du greffe.

Faucigny rière Bonnevile les pièces, actes informations prinses[1] contre ladite accusée Jaquemine Revil et ses responses faictes devant Aymé Mesclaud, juge-mage, avons dit ordonné que les tesmoins ouïs auxdites informations seront par nous confrontés à ladite accusée... »

L'accomplissement de cette formalité ouvre la deuxième partie de la procédure, qualifiée de « procès extraordinaire ». Cette « inquisition spéciale » a lieu uniquement pour « affaire crimineuse passible de peine afflictive », ce qui est le cas du crime de sorcellerie.

Dans un premier temps, le témoin requis par le juge-mage a connaissance de ses déclarations faites lors de l'inquisition sur place et signées par lui. Il s'agit de savoir « s'il veut y persister, y adjouster ou diminuer ». Il doit alors contresigner. Ainsi « recollé et répétté par le dit juge », il ne peut plus varier dans son témoignage, et dans un deuxième temps, sera confronté, seul, face à l'accusée.

Le premier témoin cité est le Révérend Curé Antoine Germain. Mais il fait savoir qu'il est malade et ne peut se déplacer.

Le deuxième témoin cité est Nicholarde de Loche. Elle est la première à faire, en compagnie de son époux, le voyage jusqu'à Bonneville. Elle doit néanmoins se présenter seule.

1- Prinses : prises.

Après l'interrogatoire d'identité et la prestation du serment, le juge-mage lui demande d'une voix déférente :

« Vous estes bien souvenante avoir esté examinée et avoir déposé entre les mains du dit commissaire de justice ?

– Ouy, sieur-juge.

– Je vous faics lecture de ladite déposition. »

Lecture faite, le juge-mage propose :

« Si lecture affirmée véritable par vous, vous signerez. » Nicholarde de Loche n'a aucune hésitation ; le greffier écrit : « Icelle déposition contenir vérité qu'à présent elle affirme persister véritable et déclare ne point sçavoir signer »

Elle trace donc une croix, suivie des signatures des deux hommes de justice. Sur ordre du sieur juge-mage, le geôlier appelé fait avancer Jaquemine tout en se tenant à distance. Lasse et gênée par ses fers, elle se laisse choir sur le banc.

Nicholarde et Jaquemine se trouvent face à face. Nicholarde regarde « affreusement » son ennemie qui baisse les yeux. Elle, qui n'est pas sorcière, semble avoir un pouvoir beaucoup plus fascinant que celle ainsi nommée.

Le court silence est rompu par la voix du juge-mage :

« Vous devez toutes deux prester serment sur les Escritures Saintes. » Ceci fait, il s'adresse à Nicholarde :

« Vous connoissez ladite accusée ?

– Ouy. Trop, hélas !

– Vous vous connoissez l'une et l'aultre. Jaquemine Revil, ladite Nicholarde de Loche a fait requeste de plainte contre vous. Vous avez reproche contre ladite plaignante ?

– Non, sieur-juge. Elle est dame bien famée[1] et luy ay point maléficié de fleurs, j'en prends Nostre Seigneur à tesmoin.

– Vous avez rien à adjouster ?

– Non, sieur-juge.

– Je vais lire la déposition de ladite Nicholarde de Loche, faicte lors de l'inquisition en la paroisse. »

La lecture terminée, il demande à Nicholarde :

« Vous dites et soustenez, en face de ladite accusée, le contenu de ladite déposition véritable et persistez ?

– Ouy, sieur-juge.

– Sieur-juge, proteste Jaquemine, je nie avoir maléficié les fleurs. » Enfin, ainsi toutes deux « répéttées, elles ont persisté et signé d'une croix » contresignées par le juge-mage et le greffier.

Nicholarde s'est éloignée avec un dernier regard de mépris haineux pour Jaquemine abattue, toujours affalée sur son banc.

La confrontation avec honneste Antoine Michaud se déroule selon le même processus. Elle n'apporte

1- *Famée : réputée.*

rien de nouveau, chaque partie demeurant sur ses positions. Cependant pour le juge-mage, l'accusée peut bien avoir « bouté le feu au moulin par maléfice a[1] aide satanique. »

Le troisième et dernier témoin à être présent est honneste Nicolas Clément. Après les inévitables formalités rituelles, le juge-mage lit la déposition faite pendant l'inquisition en la paroisse.

À la question posée de savoir si honneste Nicolas Clément affirme que « ledit contenu contient vérité et est véritable », il répond :

« Je l'affirme, sieur-juge et y veux adjouster.

– Il est possible. Greffier, escrivez.

– J'ay veü la sorcière Jaquemine Revil, à nuit-close, sortir du prieuré où sont les Révérends Pères Jésuites. Elle a deü jetter sortilège au Révérend Père Nicolas Humbert quy en estoit malade et avoit le corps à la fatigue pendant des semaines.

– Vous le soustenez, car il est chose griefve de maléficier religieux ?

– Je le soustiens, sieur-juge. En cette nuit, j'estois alors l'homme du guet et la Jaquemine en a esté moult surprise de me voir au-devant d'elle avec mon brandon allumé.

– Le Révérend Père Humbert, il est point mort ?

– Non, sieur-juge.

– Et Messire le Régent ?

1- A : avec.

– Point tombé malade. Peut-estre, grâce à la Jaquemine et sortilège d'elle. »

L'hostilité contre les Jésuites régnant dans la paroisse, laquelle était favorable au clergé et à son Révérend Curé, est certainement à l'origine de cette insinuation. Le juge-mage prend dans le sac aux documents la déposition faite par le Révérend Curé Antoine Germain.

Il relit le passage concernant la confession de Jaquemine :

« Elle a forniqué par deux fois avec un serviteur de l'Église qu'elle auroit point entraisné sans user de sortilège. » Seul le Révérend Père Humbert a été malade. Peut-être Messire le Régent a-t-il, à son insu, été complice de la sorcière avec laquelle il pourrait avoir forniqué ?

« Il est quoy advenu du Messire le Régent ?

– Il a escampé de la paroisse. »

Le juge-mage est songeur. Le Révérend Curé a dit vrai. Il faudra donc interroger la sorcière sur ce fait nouveau.

Le témoignage d'honneste Nicolas Clément a été noté *in extenso*[1] par le greffier dans le plumitif. Après lecture, honneste Nicolas Clément déclare : « icelle dernière déposition contenir vérité et affirme estre véritable et il déclare ne peut sçavoir signer. » Une fois le document régularisé, Jaquemine est amenée

1- In extenso : *en entier.*

face au témoin. Elle en supporte la haine contenue dans son regard.

Les préliminaires d'usage terminés, le juge-mage avertit Jaquemine : « Honneste Nicolas Clément a faict déposition contre vous. Vous avez reproche contre ledit tesmoin ?

– Sieur-juge, il estoit mortel ennemy pour mon défunct mary et aussy pour moy.

– Vous avez rien à adjouster ?

– Sçais pas, sieur-juge. »

Alors il lui lit la déposition complète suivie de l'additif que « honneste Nicolas Clément soustient estre véritable et a signé d'une croix. »

À l'évocation du prieuré et de ses occupants, Jaquemine demeure quelques instants interdite. Ce Nicolas Clément a voulu diffamer Georges en l'impliquant dans un prétendu sortilège. Elle retrouve alors en elle assez de vigueur pour le défendre. Elle accentue son attaque contre Nicolas Clément :

« Sieur-juge, ce Nicolas Clément est un larron et pour un verre de vin, on luy feroit dire ce qu'on voudroit »

Honneste Nicolas Clément se contente de hausser les épaules. Le juge-mage veut poursuivre l'interrogatoire sur l'affaire du prieuré, mais en présence de Jaquemine seulement.

Alors que Nicolas Clément s'en va, il parle à voix basse à son greffier. Celui-ci se retire dans une pièce voisine. Seul avec Jaquemine inquiète, le juge-mage est plongé dans la lecture de son livre :

« Les femmes sont faibles et cherchent un moyen de se venger plus facilement en secret par des maléfices… Toute malice n'est rien près d'une malice de femme » selon « l'Ecclésiastique 25-26 ».

« Sieur juge-mage, tout est prest », interpelle le greffier.

Jaquemine et le juge-mage vont dans une salle voisine. Ils ne sont que tous deux. Jaquemine, sur un vieux banc, masse ses chevilles douloureuses alors que lui, assis, avec dans son dos un grand rideau, feuillette les pages de son livre. Il passe à nouveau sa main sous sa toge avant d'oser affronter les yeux de Jaquemine :

« Le Révérend Père Humbert estoit malade de quoy ?

– Il estoit malade de fièvre quotidienne, sieur-juge.

– Vous luy avez donné remèdes seulement pour guérir ?

– Ouy, sieur-juge, pour guérison.

– Vous avez point voulu vous venger de luy ?

– Par Dieu, jamais, sieur-juge.

– Ainsi, vous avez point usé de sortilège contre ce serviteur de Dieu ?

– Oh, jamais, sieur-juge. Ce Nicolas Clément, il est un menteur, sieur-juge.

– Et vous avez commis pesché de chair grâce à sortilège ?

– Jamais, il est pas vray, sieur-juge.

– Pourtant vous avez advoué[1] à confession l'avoir faict a[2] serviteur de l'Église.

– Il est vray mais ay point maléficié ni connivé à Satan, sieur-juge.

– Ainsi, vous advouez. Le nom de ce serviteur de l'Église ? Baillez-moy tesmoignage. »

Jaquemine ne répond pas. Elle est maintenant certaine que l'on veut à nouveau impliquer Georges, sur la déposition de Nicolas Clément. Elle a un regain d'énergie qu'elle emploie à prendre la défense de Messire le Régent et à tenter de lui épargner une procédure.

Le juge-mage fait une nouvelle tentative. Il lui lit la déposition du Révérend Curé. Jaquemine n'en est pas très surprise. Il en était donc bien informé, ce qui explique le sens de ses questions.

Mais il précise son attaque :

« Le serviteur de l'Église a[2] quy vous avez péché, il estoit au prieuré ? »

Elle est décidée à tout pour couvrir Georges. D'ailleurs, le Révérend Curé n'est pas présent. Elle se demande pourquoi. Tant pis s'il viendra plus tard :

« J'ay point péché par sortilège au prieuré a[1] serviteur de l'Église, sieur-juge.

1- Advouer : avouer.

2- A : avec.

– Alors quel est ce serviteur ?

– Je le peux pas dire, sieur-juge.

– Où cela est-il arrivé ? » insiste-t-il, l'œil enfiévré.

Mais il est déçu. Jaquemine « garde la chose sur les lèvres[1]» Un long silence s'établit, que rompt le sieur juge-mage. « Bouvard, venez ».

Devant Jaquemine surprise, le greffier sort de derrière le rideau, un sourire ironique aux lèvres. Le juge-mage avait pensé pouvoir obtenir les aveux de Jaquemine, se croyant seule avec lui, et le greffier, dissimulé de l'autre côté du rideau, d'enregistrer sur le plumitif.

Il pousse un soupir. Mais sa religion est faite. Pour lui, Jaquemine est coupable du crime de sorcellerie. Cependant, conformément à la procédure, il lui demande si elle peut invoquer « des faicts justificatifs pour sa descharge et des reproches pertinents ».

Jaquemine ne voit pas ce qu'elle pourrait proposer pour sa défense.

D'ailleurs les reproches, qu'elle a déjà faits, ne sont pas estimés recevables, lui a dit le juge-mage. Il estime donc inutile de faire procéder à « une enqueste justificative » en faveur de l'accusée.

Tous les écrits du dossier et les pièces saisies dans le chosal de Jaquemine sont soigneusement enfermées dans un sac aux cachets de cire et transmises au procureur général ; lequel devra rédiger ses « conclu-

1- Garder la chose sur les lèvres : garder le silence.

sions définitives », s'il est persuadé de l'innocence de l'accusée, d'où arrêt de la procédure avec mise en liberté. Ou « indéfinitives », et ce sera la nécessité de poursuivre plus amplement la procédure. Celle-ci ne peut être que très douloureuse.

En ce samedi, neuvième de mai, et fête de Saint Grégoire de Nazianze, un soleil printanier brille sur la vallée fleurie bordée de cimes encore enneigées.

Il ne s'est pas écoulé plus de deux jours quand le procureur général siégeant en la jugerie du Faucigny, place du Parquet, rière la ville de Bonneville, transmet ses conclusions. Elles doivent éclairer si besoin en est, la religion de spectable Aymé Mesclaud, sieur juge-mage.

Dans le château de Bonneville, il est en compagnie du greffier qui lui dit incontinent :

« Sieur-juge, j'ay reçeü les conclusions du sieur procureur général.

– Me les baillez. »

Il lit :

« Les dépositions et recollements en confrontation des tesmoins sont idoines[1] pour la poursuitte dudit procès quy ne peut estre pendu au croc[2], puisque ladite Jaquemine Revil conteste ; nous, avec

---

1- Idoine : convenables, propices.

2- Les affaires classées terminaient dans un sac qui était alors pendu à un crochet.

l'advis des sieurs assesseurs soubsignés avons dit et ordonné que sans préjudice des preuves résultantes des charges et informations prinses contre ladite accusée, elle devroit estre appliquée à la question ordinaire et extraordinaire pour ce dont elle a esté accusée.

Elle est chargée de deux maléfices principaulx dont le premier faict par ladite accusée fut en personne de Nicolarde de Loche, espouse dudit Maistre Pierre de Loche, notaire royal ducal en ladite paroisse de Megève, premier tesmoin, lequel maléfice consiste en ce que ladite accusée estant allée en sa maison a maléficié des fleurs quy ont rendu ladite Nicholarde de Loche contrainte d'haleine. Le second maléfice est d'avoir connivé a Satan, se voyant exclamée, diffamée et reconnue pour une sorcière rière le bourg susnommé, lieu de son habitation, par les effets funestes de ses sortilèges s'est advisée de ce stratagème diabolique[1]...

Aux fins luy appliquer la question ordinaire et extraordinaire, il doit estre faict requeste au très noble Hector Milliet, baron de Challes et d'Arvillard, président dudit Sénat, rière la ville de Chambéry pour tirer de la bouche de ladite accusée plus ample vérité si faire se peut plus amplement des excès de quoi elle a esté chargée. »

1- *Il est question du cerisier diabolique.*

Spectable Aymé Mesclaud, juge-mage prend la parole :

« Il est impossible ne point approuver les conclusions indéfinitives du sieur-procureur général. »

Jaquemine sera mise à la géhenne[1].

1- *Géhenne : supplice.*

Chapitre 10

Le lendemain, mardi, douzième de mai, un peu après poitron-minet, alors que le jour se lève par un temps nuageux, Jaquemine, toujours enchaînée sort du château. Une fine neige tombe. Il fait froid en ce jour des Saint Nevée et Sainte Domitille, deuxièmes des trois saints de glace.

Devant la porte, une charrette, « au cul de laquelle on avoit, la veille, fouetté un manant coupeur de bourse[1] ». Dans les brancards, une mule s'ébroue un instant sous la neige.

On oblige Jaquemine à monter et à s'asseoir dans la charrette. Elle est entourée d'un caporal, de quatre soldats de justice armés de lances, tous à cheval. On attend un peu. Arrivent alors le sieur-juge, le commissaire, enfin le greffier portant, accroché à sa selle, un sac de cuir aux cachets de cire rouge.

Avec ses fers aux jambes et devant ce déploiement d'hommes en compagnie du sieur-juge, Jaquemine a

1- Délinquant, voleur.

la certitude de ne pas revenir à son chosal. On ne lui a d'ailleurs rien dit depuis sa dernière entrevue. Elle s'en inquiète :

« Où me va-t-on mener? Je suis point sorcière, sieur-juge. » La seule réponse est un silence obstiné malgré son insistance.

Elle frissonne de peur autant que de froid. La neige recouvre peu à peu ses épaules et sa coiffe.

L'ordre de départ est donné.

On passe à nouveau devant l'église, sur la place du Parquet puis on tourne à droite par la rue du Pont. La petite troupe franchit la lourde porte d'enceinte. Elle se trouve face à la rivière Arve qu'elle traverse sur un vieil ouvrage de bois, en direction du nord, vers la Roche, à l'opposé de son précédent trajet.

Jaquemine s'en est rendu compte. Tout espoir de revenir chez elle est désormais anéanti. Elle demande à nouveau où l'on va. On ignore volontairement ses questions.

La petite escorte a dépassé un bourg enfermé dans une enceinte fortifiée, surmonté d'un château dominant le val du Foron. Elle monte lentement vers un col enneigé.

Le paysage est tout nouveau pour Jaquemine. Elle n'a pas le cœur de l'admirer. Elle souffre du froid, surtout à ses pieds immobilisés par les fers. Sa détresse s'accroît avec le temps tout au long de cette marche vers une destination inconnue.

La charrette arrive dans une plaine largement étalée. Sur la gauche, Jaquemine croit apercevoir une immense étendue d'eau que dominent des montagnes rocheuses aux sommets enneigés.

Le ciel s'est éclairci. On est en vue d'une longue suite de remparts. À l'arrière-plan, sur une haute éminence rocheuse, s'élève un château fort flanqué d'imposantes tours carrées.

Non loin de l'entrée de la ville se dresse un étrange édifice de piliers auxquels sont exposés les corps de quelques suppliciés. Le tableau est sinistre. Il effraie Jaquemine mais laisse indifférents les hommes de l'escorte. À peine a-t-elle franchi la porte que retentit l'Angélus du soir. Par les ruelles étroites, encombrées d'étals, de tas de bois, de fumiers et d'immondices, ils s'avancent lentement. À leur vue, la populace s'écarte, craintive. Ils gagnent une maison forte bâtie sur une île au milieu d'un cours d'eau. Au moment de franchir le pont en permettant l'accès, le commissaire se tourne vers le greffier, puis vers le caporal :

« Nous voicy enfin arrivés au-devant du palais de l'Isle, en la bonne ville d'Annecy. »

Alors qu'ils franchissent la rivière, Jaquemine entend parler du Thiou sans comprendre la signification de ce mot.

Les hautes murailles du palais de l'Isle près du cours d'eau sont pourvues en amont d'une imposante échauguette.

Au rez-de-chaussée, dans une des quatre pièces voûtées servant de prison, Jaquemine est enfermée, seule, sans autre forme de procès. Elle se met à tousser. Elle a pris froid au cours de son transfert.

Un geôlier survient. Il lui apporte à manger. La pitance servie dans une écuelle et le quignon de pain l'accompagnant ne la tentent pas. Elle n'a pas faim.

L'homme ne la délivre pas de ses fers. Elle regarde son visage, un instant près d'elle, se prend aussitôt à évoquer le souvenir de Georges. Elle réfléchit. Elle ne peut s'expliquer la soudaine réminiscence de ce passé.

Après avoir enfin lapé son écuelle, elle songe à son transfert dans cette prison. On veut, bien entendu, lui faire avouer qu'elle est une sorcière. Peut-être, sur les témoignages du Révérend Curé et de Nicolas Clément cherche-t-on toujours à impliquer Georges ?

Interrogatoires et confrontations avec les divers témoins ont amené procureur et juge à la conviction que Jaquemine est bien une sorcière. Mais, en l'absence d'aveu, ils ne possèdent pas la preuve irréfutable. En leur for intérieur, au stade actuel du procès, il ne leur serait cependant pas impossible de condamner cette sorcière que n'assiste aucun avocat. Au nom de la Religion, il leur faut châtier les sorcières pour leur pacte avec le Dieu des Ténèbres. Et s'ils persistent à rechercher et obtenir cet aveu par les méthodes d'investigation en leur pouvoir, ils sont tout aussi avides, sans oser se l'avouer, d'en connaître davantage sur le comportement avec Satan de ces femmes lubriques, surtout à l'occasion de synagogues.

La poursuite d'un tel procès ne peut avoir lieu qu'en la ville d'Annecy, siège du Conseil présidial de la province du Genevois. Après avis du Sénat, des juges plus compétents l'amèneront jusqu'à son dénouement final.

Il y eut certes, autrefois, ailleurs qu'à Annecy, de dramatiques condamnations pour faits de sorcellerie. Ainsi, en l'an mil quatre cent cinquante-huit, Guigor Balmat et Rolette Duc périssent par le feu à Chamonix. Ce fut aussi le cas de Jeanne Rey, à Beaufort, au début de ce siècle.

Le Conseil présidial n'examine pas de suite le procès de Jaquemine. D'autres procédures importantes sont en cours, dont également une de sorcellerie.

Tout au long de la journée, une animation constante règne dans le bâtiment. Le surlendemain de son arrivée, Jaquemine perçoit les cris de douleur d'une femme.

Elle reste à se morfondre, plongée dans une grande détresse, avec la seule visite deux fois par jour de son geôlier.

Dès leur première entrevue, elle a ressenti une impression qu'elle ne peut définir. Elle a cru reconnaître cet homme. Cela est évidemment chose insensée. Pourtant, à chacune de ses apparitions, le trouble en elle s'accentue, à la seule vue de son visage.

Non seulement c'est inexplicable, mais étrange, d'autant qu'elle se sent de plus en plus émue. Il est possible que la seule présence deux fois par jour, si courte soit-elle, d'un homme lui soit un réconfort dans sa solitude après ses longues journées de prison. À Bonneville, le geôlier l'avait pourtant laissée indifférente.

De surcroît, le comportement de ce geôlier la surprend un peu.

Le premier jour, il l'avait regardée avec crainte. Après avoir posé sur le sol écuelle, pain et pot d'eau, il s'était promptement retiré.

Le lendemain, il avait, un court instant, regardé les yeux attristés de sa prisonnière. Puis, le soir, il s'attardait quelque peu à détailler les traits de son visage.

Le troisième jour, à son entrée, Jaquemine se lève de son grabat, et, malgré ses entraves, tente de s'approcher de lui. Il recule aussitôt, sort précipitamment.

Elle demeure perplexe.

Le quatrième jour, elle s'attend à le voir apporter à manger, toujours avec la même crainte et dans le plus grand mutisme. Or, à peine a-t-il déposé à terre la pitance quotidienne qu'il se redresse et lui demande :

« Il est vray que vous estes sorcière ?

– Merce Dieu ! Non ! Je le suis point. Je le jure devant Dieu. »

Il s'approche d'elle, ébauche un geste équivoque, comme pour l'enlacer. Mais, peut-être pas entièrement convaincu par son serment, une crainte subite le fait battre en retraite.

Jaquemine en est troublée. Le comportement de cet homme en présence d'une femme qu'il semble désirer est certes explicable, comme l'est d'ailleurs sa rapide retraite par peur irraisonnée. Mais elle ne peut s'expliquer l'émoi qui l'a envahie à la vue de ce visage un instant si proche d'elle. Son cœur et ses mains s'en ressentent encore.

Le soir, alors qu'elle demeure étendue toute triste sur la paillasse de son grabat, elle tourne la tête, le regarde poser les éléments de son repas. Leurs regards s'accrochent. Maintenu sous le charme de Jaquemine qui le dévore des yeux, les lèvres entrouvertes, il est de plus en plus près d'elle. Si près qu'elle n'oppose aucune résistance quand il lui enlève ses chaînes, lui relève la cotte, écarte les cuisses, s'étend sur son corps après avoir dénoué fébrilement l'aiguillette de son haut-de-chausses…

Cette nuit-là, le cœur de Jaquemine continue de bondir dans la poitrine. Elle ne trouve pas le sommeil. Elle est encore envahie par l'ivresse d'un moment qu'elle pensait ne plus revivre. Et avec un homme qui l'émeut plus que de raison.

Il n'a plus peur du péché de chair avec une sorcière, et le lendemain elle s'abandonne encore à lui.

Le jour suivant, il arrive, le matin, fort en retard. Il lui explique « qu'il estoit allé à la messe ».

« J'ay perçeu les cloches. On est dimanche ? interroge Jaquemine.

– Ouy. »

Elle regrette de ne pouvoir assister à l'office sacré.

Le lundi matin, à peine ont-ils fini de copuler qu'elle lui demande : « Le sieur-juge, il m'a oubliée ?

– Non, ce matin, il est procession du premier jour des Rogations et il vous veut voir dedans l'après-disnée. »

Effectivement, vers l'heure huitième[1], le caporal et deux soldats de justice l'accompagnent à l'étage.

Dans la pièce, où flotte une odeur d'encens, siège le Conseil présidial au grand complet. Le président et ses deux assesseurs sont assistés d'un chevalier d'honneur, d'un procureur, d'un avocat fiscal, d'un greffier et autres officiers de justice, soit une dizaine de personnages assez imposants dans leurs habits de justice.

Mais surtout un prêtre exorciste est présent, portant surplis et étole violette. Après avoir fait mettre

1- *Heure huitième : quatorze heures.*

tout le monde à genoux, il commence à exorciser le diable en Jaquemine. Il met une extrémité de l'étole au cou de « l'énergumenée », puis « la munit du signe de la Croix contre l'Esprit-malin » ainsi que les assistants et lui-même.

Après litanies et prières, il termine sur la fin de cette antienne : « *Et ne nos inducas in tentationem sed libera nos*[1] ».

La tension est à un degré élevé dans la salle embaumée d'encens et subitement devenue silencieuse.

Enfin le prêtre, un instant immobile, la ranime en se dirigeant vers la porte. Sa mission est terminée ; il a exorcisé la sorcière.

Les membres du Conseil présidial regagnent leurs fauteuils, tout en prenant garde de ne pas la toucher et d'en éviter le regard. Ils ont pris la précaution, tous, de porter sur eux du sel exorcisé au jour de Pasques-fleuries et un rameau de buis bénit.

Alors commence la partie judiciaire.

Le président s'adresse à Jaquemine, debout, le visage crispé, sans larmes. Après l'interrogatoire d'identité, il lui pose des questions concernant le maléfice contre Nicholarde de Loche. Il insiste sur ses participations aux nombreuses synagogues, sur ses contacts charnels avec le démon incube, sur son pacte avec Satan et plus spécialement sur le cerisier

1- *« Et ne nous induisez pas en tentation mais libérez-nous. »*

diabolique, objet de plusieurs demandes de précision.

Jaquemine, bien que fort lasse, semble avoir depuis peu un regain de vigueur. Elle ne manque pas de protester de son innocence. Ce qui ne convainc nullement son auditoire.

Après une courte délibération, il est notifié l'absolue nécessité où l'on se trouve de prouver son pacte avec le Prince des Ténèbres. Pour cela, on recherchera sur le corps de l'accusée le « *stigma diaboli*[1] ».

Auparavant, « Maistre Robert Lyonnet, chirurgien ordinaire, est appellé à bien et fidellement visiter ladite accusée Jaquemine Revil pour sçavoir si elle a quelque chose quy puisse empescher le présent acte ».

Après examen, le maître-chirurgien conclut que l'état de santé de Jaquemine permet la recherche du *stigma diaboli*. Il est alors ordonné que « dès le lendemain dedans l'après-disnée de mener dedans la chambre de justice icelle Jaquemine, despouillée de ses habits et la revestir de la chemise de justice où estant, avons en suite reçu serment de Maistre Lyonnet et faire rechercher et trouver de tout *stigma diaboli* dessus le corps de ladite accusée ».

Il est aisé de supposer qu'entre Jaquemine et Satan, l'accord, déjà évident par la présence du cerisier diabolique, comporte promesse de nombreux

1- Stigma diaboli*: marque du diable.*

avantages pour elle. En particulier, il est probable qu'elle bénéficie du « *donum taciturnitatis* », le sort du silence. Il permet, de rendre insensible à la douleur, de ne pas avouer les crimes, car Satan monte à la gorge, « bouche les organes de la parole comme il retient les larmes des yeux ». Quand le pacte fut concrétisé lors de la tenue d'une des nombreuses synagogues auxquelles Jaquemine n'a certes pas manqué d'assister, le Prince des Ténèbres a voulu imprimer en un endroit quelconque du corps de la sorcière une marque indélébile et surtout insensible. De plus, une piqûre faite à ce « *stigma diaboli* » n'amène aucune trace de sang. La découverte de ce signe est considérée comme une présomption violente de sorcellerie, la preuve évidente d'un contact étroit avec Satan.

Le sacrement satanique odieux est l'antithèse du baptême chrétien dont il offense le rite d'initiation.

Le lendemain est le deuxième jour des Rogations : jour de jeûne imposé à tous et procession solennelle pour solliciter de la bienveillance divine la protection « des biens de la terre ».

Dans l'après-disnée, en la chambre de justice, le Conseil présidial au complet assiste à la recherche de la marque diabolique. Deux de ses membres, dont le président, sont enrhumés. Jaquemine présente un visage très éprouvé par le jeûne et surtout par la détresse. L'éclat « œuil de bœuf » de ses yeux impressionne et inquiète à la fois. Heureusement, elle n'est plus énergumenée depuis l'exorcisme de la veille.

D'une voix enrouée, le président ordonne au maître-chirurgien : « En nostre présence et assistance faictes procéder à la visite de toute ladite enquise [1] ».

Jaquemine, tremblante dans sa longue chemise de bure à la blancheur douteuse est debout près d'une table basse.

Immanquablement, le maître-chirurgien est attiré par le broncocelle, cette étrange tumeur sous le menton. Il le palpe d'une main tout en brandissant de l'autre une aiguille longue de quatre « doits [2] ».

Il s'adresse à Jaquemine :

« Il est glande non roulante sous le cou peut-estre broncocelle ou mieux suffocation de matrice. Vous aviez la dite tumeur de naissance ?

– Non. Elle m'estoit survenue avec le temps, sieur-juge.

– Je suis maistre-chirurgien. »

Et s'adressant au président, il explique :

« Or, pour me ranger de l'opinion de mes maistres et auteurs quy ont escrit en médecins particulièrement Hypocrate et Gallien, je dis après eux qu'il n'y a que trois sortes de tumeurs en géné-

---

1- Personne enquise : soumise à interrogatoire.

2- Un doit : (mesure de longueur) zéro centimètre neuf (épaisseur d'un doigt).

ral, sçavoir naturelles, non naturelles et contre nature et de toute espèce quy n'en sçauroit aucune quy soit despourveüe de sentiment[1]... »

Mais à l'examen par les multiples piqûres de « l'espingle » assez douloureuses pour Jaquemine, apparaissent chaque fois des gouttelettes de sang. Le maître-chirurgien en tire une évidente conclusion. « Il soustient que ladite tumeur est provenue de quelque cause soit cautérisation naturelle. » Il doit alors poursuivre la recherche de la marque diabolique. Il fait quitter à Jaquemine sa chemise, la contraint à s'étendre nue sur la table. Sans s'attarder à la région des parties honteuses par trop malodorantes, il scrute lentement la peau du ventre, s'attarde à explorer le nombril, soulève les seins, découvre enfin les aisselles dans l'espoir de trouver quelque cicatrice. Il utilise son aiguille en maints endroits suspects à ses yeux.

Il oblige Jaquemine à se tourner sur le ventre et fait le même examen des pieds à la tête. Il repère un « dartre » dans le dos mais « il n'est pas contre nature et n'est point despourveü de sentiment ». Il termine en écartant les fesses un court instant pour un rapide coup d'œil au fondement

« Il n'est rien de surnaturel. »

L'assemblée des juges et son président suivent la scène avec une attention non exempte de lubricité,

1- *Sentiment : sensibilité.*

bien que plusieurs fois ils aient vu le même spectacle d'une nudité ; hélas, elle était souvent trop âgée. Celle-ci est certes d'une femme jeune encore mais un peu inquiétante avec son port de tête penché, son cou disgracieux et surtout ses grands yeux au regard troublant.

Devant le résultat négatif de ce premier examen, le président invite le maître-chirurgien à poursuivre :

« Il est trouvé qu'il y avoit rien en le corps de ladite enquise quy puisse empescher le présent acte ny auculne marque de sorcellerie, je vous mande de la faire raser de ses cheveux et par les endroits nécessaires pour le faict de ladite visite. »

Alors que le greffier poursuit sans arrêt l'enregistrement de la séance, la maître-chirurgien s'emploie à raser totalement les cheveux de Jaquemine puis les aisselles et le « pénil », cette « partie antérieure de l'os barré quy est autour des parties naturelles où croist du poil quy est la marque de la puberté tant aux masles qu'aux femelles, et appellé en latin *pubes*[1]. »

Cependant il ne rase pas plus avant, « dans le fondement ny vers la nature bien que Satan imprime souvent ses marques en des parties si sales qu'on a horreur de les y aller chercher ».

Après une recherche minutieuse et de multiples piqûres même au niveau du fondement où, en déses-

1- Pubes : *pubis.*

poir de cause, il s'est enfin risqué, il n'a pas trouvé de cicatrice ou autre lésion de la peau pouvant évoquer une marque du diable.

Devant cet échec, d'ailleurs favorable à Jaquemine, le maître-chirurgien se tourne vers le président. La vue de ses sourcils marqués et très sombres lui fait soudainement penser à ceux plus clairs de Jaquemine. Il les avait oubliés.

Il les rase malgré ses protestations.

Au niveau de l'arcade sourcilière gauche, il décèle une induration, séquelle d'un choc ancien. Cette « tumeur sur le tour de la fosse de l'œuil » l'intrigue.

Par trois fois, il la sonde à l'aide de l'aiguille, sans que Jaquemine, les yeux bandés, ne réagisse à la douleur.

On lui enlève le bandeau. L'épreuve est terminée.

Alors que les soldats de justice viennent chercher la pauvre accusée qui s'habille maladroitement, le maître-chirurgien rend compte du résultat aux juges et au greffier. Celui-ci rédige le procès-verbal :

« Nous avons examiné et visité la dite enquise par toutes les parties de son corps et avons remarqué quelques tumeurs et stigmates sur icelle, par le moyen de nostre aiguille avons esprouvé quelques marques où elle a eu un sentiment exquis avec perte de sang, hormis en celle sur l'os du front en la teste des sourcils et ayant introduit ladite aiguille longue d'un doit, l'avons poussée dedans au péricrane quy ne sçauroit souffrir lésion sans luy faire connoistre soudain et aigu ressentiment[1] et n'estant point sorti de sang de ladite piqueure non pas mesme l'aiguille teintée d'iceluy, je soustiens que ladite marque, soit tumeur est provenue de quelque cause soit cautérisation surnaturelle. »

Après un tel rapport aussi péremptoire, le président du Conseil présidial tire la conclusion :

« Veü le rapport de visite de la personne de ladite Jaquemine Revil enquise faict par le maistre-chirurgien Robert Lyonnet, trouvé par iceluy que ladite enquise est de tant plus chargée de crime de quy elle est accusée pour s'estre retrouvée une marque surnaturelle sur la teste. » Le *stigma diaboli* a donc été trouvé chez Jaquemine.

Jaquemine est fort lasse, exténuée même. Elle frissonne par moments. Sa toux est de plus en plus pénible. Mais elle veut persister dans son attitude. Elle croit toujours que l'aveu de sorcellerie compromettrait le sort de Georges mis en cause par les témoignages du Révérend Curé et de ce riotteux Nicolas Clément. Aussi est-elle résolue à se défendre autant qu'elle le pourra.

Après ces longues heures passées dans les conditions humiliantes à la recherche du *stigma diaboli*, elle se retrouve à nouveau dans la prison.

1- Ressentiment : sensation douloureuse.

Peu avant l'appel de l'Angélus, à l'heure douzième, son ami, le geôlier fait son apparition.

Il la regarde. Comme elle a changé. Elle n'a plus de cheveux, plus de sourcils. Elle est ainsi presque défigurée avec ses gros yeux encore plus apparents. Des taches de sang s'étalent en maints endroits de son cou, surtout au niveau de la tumeur et même sur ses mains.

Maintenant, il a la certitude d'être en présence d'une sorcière, une vraie sorcière. On a trouvé sur elle la marque du diable. On l'en a prévenu. Il s'éloigne aussitôt malgré le désir qu'il avait ressenti dès son entrée, de la posséder encore.

À l'unanimité de ses membres, le Conseil présidial, par sentence du mercredi, vingtième de mai, « ordonne que la dite Jaquemine Revil, accusée de sorcellerie seroit appliquée à la géhenne ».

En effet, les juges, s'ils sont intimement convaincus de la culpabilité de Jaquemine, doivent cependant étayer cette conviction. L'absolue certitude ne peut être obtenue que par l'aveu.

Ainsi, en toute conscience, ils pourront alors prononcer la condamnation de l'accusée.

La géhenne, ultime recours dans une action judiciaire criminelle permet d'arriver à la découverte de la vérité. Elle provoque non seulement les aveux du crime mais aussi la dénonciation de complices éventuels.

Pour la justice, elle n'est pas une mesure de répression mais un moyen. En effet, doctrine et jurisprudence sont d'accord sur ce mode de procédure.

Ce même jour, mercredi, vingtième de mai, Jaquemine se retrouve à nouveau dans la chambre de justice, préalablement exorcisée pour la seconde fois. Une odeur d'encens flotte encore dans l'atmosphère. Les démons sont chassés.

Aux côtés de quatre soldats, elle demeure debout un long moment, dans l'attente des juges du Conseil présidial.

Ils arrivent enfin. À peine installés, ils entament le processus habituel en pareil cas. Après interrogation d'identité, il lui est demandé de prêter serment de dire toute la vérité. Ensuite on lui lit le procès-verbal du juge-mage de Bonneville et le président demande :

« Estes vous souvenante[1] des responses que vous avez faictes par devant le sieur juge-mage de Bonneville ?

– J'en suis bonnement souvenante. »

Il lui explique alors qu'après la découverte sur elle de la marque du diable, a été rendue une sentence en date de ce jour. Elle l'accuse d'être une sorcière et d'avoir connivé à Satan dans le but d'accomplir maints maléfices. Il lui demande instamment et pour la dernière fois d'avouer.

1- Estes-vous souvenante : vous souvenez-vous ?

Il lui « remontre que ses négations sont captieuses, qu'il est par instinct du Diable quy désiroit faire perdre sa pauvre ame l'empeschant de venir à resipiscence et réconciliation à Dieu ». Malgré cette ultime sommation, Jaquemine se refuse à tout aveu. Alors, d'une voix irritée, le président lit l'arrêt la soumettant « soyt à peine de géhenne de l'estrapade ».

Alarmée, Jaquemine demande :

« Il est quoy, la géhenne ?

– Il est torture pour obtenir vostre adveu[1] de sorcière.

– Je le suis point, sieur-juge. »

Mais, le « sieur juge » et le Conseil présidial ne l'entendent pas ainsi.

Selon la procédure, est appelé « le maistre-chirurgien » Robert Lyonnet. Il lui est demandé de prêter serment puis d'examiner « ladite criminelle pour sçavoir si elle est en estat de supporter la géhenne. »

Il accepte et, dans ce but, donne ordre à deux des quatre soldats de justice ici présents :

« Vous me devez promettre et jurer entre nos mains de ne rendre[2] aulcune chose de ce quy se passera au présent acte. »

Après en avoir juré le secret sur les Écritures saintes, ils emmènent Jaquemine dans la salle de la géhenne.

1- *Adveu : aveu.*

2- *Rendre : divulguer.*

Le maître-chirurgien arrive quelques instants après. Jaquemine, le visage apparemment sans angoisse, est toujours debout entre les deux soldats assermentés, un peu à l'écart de la sorcière. Il doit « sçavoir si, sur la personne de ladite sorcière, il n'est aulcune chose quy empesche l'exécution de la sentence ».

L'examen est assez succint. Le maître-chirurgien croit bien connaître l'état de Jaquemine pour l'avoir visitée la veille. Tout au plus lui faut-il tirer la langue et lui écarte-t-il les cuisses pour admirer la nature.

Il rend compte de cet examen minutieux :

« Sieur-Président, j'ay visité ladite accusée. Il n'y avoit rien sur son corps quy empesche le présent acte de question. »

À la suite de ce rapport, également enregistré par le greffier toujours présent, les juges s'installent dans les sièges qui leurs sont réservés pour le spectacle de la géhenne. Ordre est donné aux deux soldats :

« Despouillez l'accusée de ses habits ordinaires et luy revestir la chemise de justice. »

Tous sont très intéressés par la nudité de Jaquemine qui esquisse un geste de défense vite réprimé.

« Maintenant, de la bien attacher à la corde. »

Les soldats obéissent aussitôt. À l'aide d'une corde de chanvre, ils lui lient les chevilles, puis les poignets, avec les bras immobilisés dans le dos. Cette manœuvre est douloureuse, surtout au niveau des mains. Mais elle n'arrache aucune plainte à Jaquemine.

Elle a les yeux perdus au loin. Depuis l'entrée dans cette pièce, elle est dans un état second. À peine a-t-elle, en arrivant, repéré au plafond de bois, à dix pieds de haut, une moufle soigneusement arrimée. Sur cet ensemble de deux poulies de bois, court une grosse corde également de chanvre. Elle se termine par un imposant crochet de fer à l'une de ses extrémités.

Une dernière fois, le président met Jaquemine en demeure d'avouer qu'elle est une sorcière. Sinon, il sera contraint, pour la recherche de la vérité à la faire mettre à la « question ordinaire du supplice de l'estrapade ». Du doigt, il désigne la moufle et sa corde. Jaquemine demeure muette.

Ordre est alors donné aux deux soldats de justice « d'appliquer ladite question ordinaire ».

Ils accrochent les sangles des poignets au crochet de la corde dont ils tirent lentement l'autre extrémité.

Les bras de Jaquemine se tendent dans son dos. De plus en plus durement. Elle grimace de douleur, sans émettre aucune plainte ni aucune larme. Elle s'élève lentement à une hauteur telle que ses pieds flottent verticalement dans le vide. Malgré l'horrible souffrance de ses épaules bloquées et de ses mains de plus en plus glacées, elle ne répond pas à une nouvelle sommation des juges.

Quelques minutes se passent. Le supplice continue, très douloureux. L'épaule gauche craque, paraît éclater. Jaquemine émet malgré elle un court gémissement. Pourtant, elle songe intensément au prieuré de la paroisse, à Georges. Pour lui, elle endure le supplice. Avouer être une sorcière pourrait le mettre en cause, du moins le croit-elle.

Sur un signe du président, les deux soldats lâchent brusquement la corde. Jaquemine tombe sur le sol. Elle le heurte successivement de ses pieds entravés, des genoux, du menton. Sur ce dernier choc, le plus atroce, elle crispe les paupières sans cependant proférer aucune plainte.

À genoux sur le sol, elle est à nouveau interpellée pour obtenir l'aveu désiré. Elle demeure « lèvres closes[1] ».

Aussi, « la question » est-elle ordonnée pour la deuxième fois. À peine ses pieds ont-ils décollé du sol, qu'un seul soldat maintient la corde. L'autre s'absente, revient, un seau plein d'eau froide à la main. Brusquement, il en inonde à plusieurs reprises le visage de Jaquemine. Chaque fois, elle manque de s'étouffer. On l'exhorte encore à avouer. En vain. Malgré l'atroce douleur de ses épaules, elle demeure silencieuse.

1- Demeurer lèvres closes : garder le silence.

Un deuxième seau d'eau glacée l'inonde.

Toute l'assistance contemple avidement ce corps, aux formes révélées par la chemise trempée. Surtout les seins, plongeant dans le vide sont très évocateurs.

Jaquemine garde le silence.

Cette détermination de sa part conforte l'opinion du Conseil présidial. Malgré la torture, la sorcière ne se plaint pas, ne proteste pas, ne verse aucune larme. Elle a donc bien pactisé avec Satan. En retour, Il lui a offert l'aide contre les justiciers, le « *donum taciturnitatis*[1] ».

Le sort de silence est dû à la tumeur de son cou. Si elle n'est pas due à « une suffocation de matrice provoquée par Satan pour empescher la sorcière d'advouer et pour atténuer la souffrance, alors, il s'est luy-même placé dedans son gosier : tant il se gonfle, tant elle garde le silence. »

C'est ce que pense le maître-chirurgien en contemplant Jaquemine.

Encore deux fois, elle est projetée à terre. Son menton est blessé. Du sang coule abondamment de son nez écrasé. Le front est envahi d'une enflure qui gagne les paupières.

La durée de la torture, pour ne pas être fatale, ne doit pas excéder trois heures. Or, après deux heures de géhenne sans succès, le conseil présidial estime « qu'assez de temps pour tourmenter ladite accusée

1- Donum taciturnitatis *: le sort (don) du silence.*

se trouve escoulé, dit et ordonne de la destacher, de la rhabiller et conduire dedans son cachot et que luy soyt fourny vivres et pailles fraisches par le geolier selon des nécessités. »

Le maître-chirurgien panse les plaies du menton et traite le saignement de son nez avec de « la fumée de la fiente de cochon estant reçeue dedans les narines ». Il essaie de « rhabiller l'espaule ». Sans succès.

Les soldats de justice accompagnent Jaquemine. Ils ont, en plus, reçu l'ordre de chercher à connaître l'origine de son sort de taciturnité.

Comme il n'a pas été trouvé sur elle par le maître-chirurgien de « caractères[1] » ni onguent, il est possible qu'une drogue, diabolique ou non soit dissimulée dans sa prison et mise à sa disposition.

Ils fouillent le sol à l'aide de pioches, inspectent les murs, soulèvent la couche.

Leurs recherches sont sans succès.

Il est bientôt l'heure de l'Angélus du soir quand survient le greffier. L'un des soldats avoue :

« Sieur-greffier, on a rien trouvé céans. »

À cet instant, arrive le geôlier. Il apporte à Jaquemine de quoi manger. Le greffier l'interpelle :

« Despine, tu luy bailles point drogues contre espices[2] ?

1- Caractères : talismans.

2- Espices : dédommagement, indemnités.

– Par Dieu, sieur-greffier, je faics serment de luy en point bailler. » Les trois hommes se retirent alors que le geôlier dispose sur le sol l'écuelle et le reste de la nourriture.

Jaquemine, seule avec lui, se trouve soudainement bouleversée. À nouveau son cœur s'est emballé, ses mains douloureuses tremblent dans l'émotion insoutenable qui l'étreint.

Assise sur sa couche, elle regarde intensément le geôlier : « Il est quoy vostre nom ?

– Despine, Jean Despine. Pour quoy ?

– Despine, vous avez point parent Jésuite ?

– Hélas ! Ouy, Georges. *Exitus*, m'a dit le chanoine.

– Il est quoy ?

– *Exitus*. Il est vouloir dire : mort, Dieu ayt son âme. »

À l'annonce de la terrible nouvelle, Jaquemine s'effondre, anéantie. Georges est mort !

Ce jeudi, vingt et unième de mai est fête de l'Ascension. En ce jour de repos, le Conseil présidial ne peut siéger, « *in honorem Christi*[1] ». Aussi, dans sa prison, Jaquemine reste-t-elle seule, confrontée à son désespoir. La disparition de Georges lui a été confirmée par son geôlier. Elle ne peut accepter une telle nouvelle. Ce doit être une erreur. Georges n'est pas mort. Elle se prend même à espérer. Pourtant c'est

1- « En l'honneur du Christ »

son propre frère qui la lui a annoncée. Est-il possible que ce soit vrai ? Dieu l'aurait-Il abandonné ou alors aurait-Il pris la décision de le rappeler auprès de Lui ?

Toutes ces possibilités sont permises. Les pensées les plus tristes tourmentent son cerveau, aussi accablé que son corps est épuisé. Elle ne peut s'endormir que tard dans la nuit après être demeurée étendue de longues heures, les yeux perdus dans le noir, sans se soucier de la sarabande des rats sur le sol.

Au matin, le geôlier lui apporte à manger de la viande de carème, Jaquemine est encore endormie. L'agitation dans son sommeil se traduit sur son visage tourmenté par des spasmes et par l'énoncé répété de mots presque incompréhensibles. Il est cependant question de pain, de Régent, de prieuré et de Georges.

Le soir, il la trouve en larmes. Si elle a vidé le pot plein d'eau, elle n'a par contre, rien mangé. Elle le fixe intensément de ses yeux aux paupières boursouflées, donnant à sa tête dénudée une allure étrange.

Apeuré, il bat en retraite et l'entend demander :

« Par quoy il est mort ?

– Quy ? Georges ?

– Ouy.

– À l'entour[1] de Chambéry est allé en lieu sainct du Lémenc et il est cheü. »

Sans plus de détail, il se retire, surpris par ces questions.

1- À l'entour : près de, autour.

Elle a bien entendu. Georges est mort en un lieu saint. Le Seigneur l'a donc rappelé à Lui. Peut-être pour le punir ? Serait-elle fautive, elle aussi, pour l'avoir, par des philtres, incité au péché ? Il ne lui reste plus qu'à mourir en implorant du Seigneur sa miséricorde et le pardon de Georges.

Elle pleure à chaudes larmes.

Le lendemain, dès prime, elle se retrouve dans la salle de la géhenne. Bientôt le Conseil présidial au grand complet apparaît, accompagné du maître-chirurgien. Le même rituel se déroule. C'est à nouveau les exhortations réitérées du président, l'examen médical et enfin la sentence la menaçant de « la question extraordinaire ». À ce moment, un des soldats de justice apporte une lourde pierre. Il la dépose avec peine sur le sol.

« Ladite pierre vous sera attachée aux pieds pour la question extraordinaire. »

Le supplice de l'estrapade est particulièrement aggravé. Étrangement calme, abattue même, à cet instant Jaquemine éclate en sanglots, à la surprise de tous. Elle se met à genoux devant le juge-président comme pour le supplier :

« Sieur-juge, je vous veux tout advouer ».

Un murmure de satisfaction parcourt les membres du Conseil présidial. Pour eux, la partie est maintenant gagnée.

Le président pose aussitôt la question primordiale :

« Ainsi, vous estes sorcière et l'advouez ?

– Ouy, sieur-juge. Je l'advoue. Je suis sorcière.

Le président s'adresse au greffier :

« Escrivez, greffier »

Puis à Jaquemine :

« Vous avez connivé à Satan ?

– Ouy. J'advoue.

– Où vous l'avez rencontré pour la première fois ?

– Sous le cerisier.

– Que faisoit-il ?

– Il estoit couché avec vipère sur luy.

– Il vous a parlé ?

– Il m'a demandé d'aller à sargogue à nuit-close.

– Vous estes allée ?

– Ouy, sieur-juge.

– Et quantes fois ?

– J'y ay point compté.

– Comment vous alliez ?

– J'estois emportée dedans l'air par sortilège.

– Vous avez toujours reveü Satan à synagogue ?

– Ouy, sieur juge.

– Comment il estoit ?

– Tout de noir et avoit deux cornes au-dessus de l'un et l'aultre des œuils.

– Il estoit vesteü[1] ?

1- Il estoit vesteü : il était vêtu.

– Ouy. Mais il posoit son hault-de-chausses.

– Pour quoy ?

– Pour qu'on luy baisottoit le cul ».

Un murmure réprobateur unanime s'élève dans la salle. Le greffier semble outré. Le président se tourne vers lui en disant :

« *Scribere necesse est : cujus diaboli arum bucca sua osculabat*[1] » Bien que scandalisé en apparence, le juge-président n'en poursuit pas moins l'interrogatoire sur le même sujet. Il demande à Jaquemine, trop bouleversée pour être émue par cet intermède :

« Il estoit à l'enseigne de lune ?

– Non. Il estoit nuit-close et seulement lumière courante à terre.

– Il vous a connue charnellement ?

– Ouy, sieur-juge. J'advoue.

– Quantes fois ?

– Ouy, sieur-juge.

– Il avoit compagnie a vous[2] par la partie de la nature comme les hommes ?

– Ouy, par la partie honteuse[3].

– Et il estoit comment ?

– Je la sentois molle et toujours bien froide. »

À cet instant, le président, après avoir ouï de tel-

1- *« Il est nécessaire d'écrire : "De sa bouche, elle a baisé le diable". »*

2- *A vous : avec vous.*

3- *Partie honteuse : partie sexuelle.*

les précisions, qu'il avait volontairement provoquées, se tourne à nouveau vers le greffier :

« *Sunt verba contumeliosa. Necesse est scribere iterum : et cognosulat carnaliter qui diabolus habebat suum membrum sicut homo sed frigidu*[1]. »

Jaquemine, maintenant debout dans sa chemise de justice, se trouve lasse. Elle semble faire des « obenigna[2] » au président mais s'asseoit sur le sol. Cette femme étrange sans cheveux, la tête inclinée, au visage tuméfié, paraît être démoniaque aux yeux des juges. Négligeant son bras gauche trop douloureux, elle tend la main droite. Dans cette attitude un peu théâtrale, elle persévère dans l'énoncé de ses péchés, si graves soient-ils, à en paraître provocante :

« Sieur-juge, une fois, à nuit-close, j'estois changée en loup.

– Grâce à Satan ?

– Ouy. Et j'ay coureü par les bois.

– Vous estiez à nouveau en chaleur ?

– Ouy, et j'ay conneü un loup en rut.

– Charnellement ?

– Ouy, sieur-juge.

– Et vous avez mesfaict[3] a luy ?

1- *« Ce sont des paroles choquantes. Il est à nouveau nécessaire d'écrire : Il l'a connu charnellement lui, diable, qui avait son membre comme celui d'un homme, mais glacé ».*

2- *Obenigna : révérence à des gens dont on dépend.*

3- *Mesfaict : faire mal, mal faire. A : avec.*

– Ouy, j'advoue.

– Quel mesfaict ?

– Avons dévoré la Marie Crespin. À nuit-close, a aultre loup.

– À nuit-close, ladite Marie Crespin n'estoit point comme lune, à couvert des loups[1]. »

À cet instant, il regarde le crâne rasé et brillant de Jaquemine : « Et que sont devenus poils de loup ?

– Diable seul le sçait.

– Il a esté trouvé dedans votre chosal pots pleins de poudre et graisse. Estoit donc poudre et graisse humaines de ladite Marie-Crespin ?

– Il en estoit dons de Satan pour faire périr gens et bestes. »

L'interrogatoire de Jaquemine s'interrompt un instant. Les membres du Conseil présidial se cherchent des yeux. Ils en arrivent presque à douter des crimes qu'elle confesse si spontanément sur un ton pathétique. Sa culpabilité est certaine. Elle a avoué être une sorcière, avoir été complice de Satan. Le maître-chirurgien, toujours présent, en est même à se demander si « l'esprit mélancholique la jette à la manie ».

Évoquant à nouveau les réunions sabbatiques avec Satan, le président lui demande :

1- *Lune à couvert des loups : c'est-à-dire, en sûreté, loin des loups, comme l'est la lune.*

« Pour aller à synagogue, vous aviez compagnes et compagnons ? »

Jaquemine demeure silencieuse un instant. Elle ne veut pas entraîner Pierrine. Elle se sait perdue. Ses « aveux » l'ont en quelque sorte soulagée. Dénoncer son amie qui est innocente serait la condamner. Son comportement se modifie. Elle redevient plus calme, baisse la main. D'une voix qu'elle voudrait convaincante, elle proteste :

« J'estoie seule, toujours, sieur-juge.

– À l'assemblée de la synagogue, vous avez eu à connoistre des gens ?

– Non point. Il estoit nuit-close.

– Mais il estoit lumière.

– Quasy lumière esteinte. »

La demande de dénonciation est instamment renouvelée. Le président l'exhorte jusqu'à l'admonester. Mais en vain. Jaquemine persiste à nier avoir eu des complices.

S'il est donc avéré que Jaquemine est une sorcière, ses aveux ne satisfont pas pour autant le Conseil présidial. Il lui faut connaître les noms de ses complices que, malgré ses dénégations, elle a pu avoir. On veut les châtier tout aussi durement.

Pour la faire céder, le seul recours est encore la torture. Aussi, après un rapide délibéré, est-il décidé de soumettre Jaquemine à « la question extra-ordinaire », après autorisation du maître-chirurgien.

Le lendemain, c'est à nouveau le supplice de l'estrapade, cependant plus atroce par la surcharge d'une masse de pierre pesante environ cinquante livres[1]. Elle sera fixée à la ligature des pieds.

Après avoir clairement exposé ce que serait ce supplice, le président s'efforce d'obtenir un dernier aveu. Étant élevée au-dessus du sol, le corps très alourdi, « ladite accusée sera atteinte et convaincue de dire la vérité du cas à elle imposé de dire la vérité ».

Alors commence le supplice. L'élévation avec une telle surcharge pondérale déclenche une intolérable douleur aux épaules qui se luxent dans un effroyable craquement. Jaquemine ne peut supporter davantage, Satan l'a abandonnée. Le « *donatum taciturnitatis* » n'est plus. Elle crie de douleur, éclate en sanglots.

Au maximum de la hauteur, le soldat de justice lâche la corde. Jaquemine s'abîme sur le sol. Non seulement son visage, mais ses jambes ont particulièrement pâti de cette chute aggravée par un tel poids.

Elle roule sur le flanc et gémit.

« Mon Dieu, je vous pardonne, je pardonne à tout le monde, faictes-moy mourir. »

On la menace de renouveler le supplice si elle persiste à se taire. Or ses pieds contusionnés et son visage meurtri sont très douloureux. D'une voix haletante, elle avoue :

1- Environ trente kilogrammes.

« Il est vray. J'advoue. Mon compagnon estoit Nicolas Clément.

– Vous voulez rien dire d'aultre ?

– Non. Je vous pardonne et je pardonne à tout le monde. Faictes-moy mourir. »

Cette réplique présentée pour la dernière fois au milieu des larmes sera répétée encore.

« L'assemblée de justice » et la séance de torture elle-même durent depuis bientôt trois heures ou peu s'en faut. Devant ce délai à ne point dépasser, et après l'avis du maître-chirurgien sur l'état de la sorcière, le président commande de la détacher. Des soins lui sont donnés avant son retour dans la prison.

Selon la règle du droit, une nouvelle assemblée doit avoir lieu en la salle de géhenne. Elle se tient le surlendemain, soit lundi, vingt-cinquième de mai et fête de sainte Marie-Magdelène de Pazzis.

Mais la mise à la question n'aura pas lieu, bien que Jaquemine demeure lèvres closes. Son état inspirerait la pitié au Conseil présidial si elle n'était pas une sorcière.

La tête rasée, le visage et surtout le menton, déformés par « les tumeurs des playes et le saignement de nez », sont plus impressionnants que les larmes de ces yeux tuméfiés. Dans sa robe de justice tachée de sang et d'excréments, elle ne peut se tenir debout Elle est assise sur le sol, les bras pendants, bloqués par la douleur.

Elle confirme la complicité de Nicolas Clément avec Satan. Même « il a péché charnellement avec Luy », qui, à cette occasion était devenu démon succube telle une femelle.

Cet aveu est enregistré par le greffier. Il sera lourd de conséquence pour ledit accusé.

On est arrivé au stade final de la procédure. « L'acte de question » est terminé.

Deux jours plus tard, le sieur-procureur a rédigé ses « conclusions indéfinitives ». L'action judiciaire doit se poursuivre.

Le commung bruict, les différents témoignages, les preuves trouvées dans le chosal et surtout les aveux de Jaquemine légitiment l'accusation de sorcellerie. Pour ce « crime reconneü », elle est condamnée à la peine du supplice réservé aux sorcières. Toutefois, cette condamnation doit être entérinée par le Souverain Sénat de Savoie siégeant en la ville de Chambéry. Et il peut s'écouler plusieurs semaines avant l'arrivée du messager apportant le décision prise en séance plénière par cette haute juridiction. Le délai peut même s'étendre à trois mois.

Jaquemine est toujours en prison. Elle a gardé sa chemise de justice de plus en plus souillée. Son bras gauche est inerte et l'épaule douloureuse au moindre mouvement. Sa main droite blessée et enflammée la gêne lors des repas, pour se saisir de l'écuelle ou du pot d'eau. Les fers aux chevilles entravent tout déplacement déjà rendu pénible par la douleur des pieds.

Quand elle veut « descharger son ventre des gros excréments » dans un angle de son cachot, elle ne manque pas de se tacher.

Les jours et les semaines s'écoulent interminablement pour elle, cloîtrée dans ce local où le soleil ne pénètre jamais. Au cours de la journée, l'animation de la ville lui paraît lointaine. Dans la demi-obscurité où elle croupit, les cris des marchands, l'aboiement des chiens, le hennissement des chevaux lui parviennent très assourdis : les murs sont si épais et la fenêtre « grillée » si étroite…

Jaquemine n'a plus la notion du temps. Elle ne compte pas les jours. Elle devine parfois que l'un d'eux est un dimanche quand les cloches sonnent à la volée pour appeler les fidèles à l'église. Elle se contente alors de prier le Seigneur pour implorer son pardon.

Elle ne sait pas, de façon certaine, quel sera son destin. Elle ne connaît pas le verdict définitif de son procès. Elle ne s'en soucie pas outre mesure. Sorcière, elle l'est. N'en a-t-elle pas fait l'aveu ? Le mot seul entraîne la peine de mort. D'ailleurs peu lui importe de mourir, même sur un bûcher. Elle avait ouï dire par sa mère que dans une paroisse voisine, à Saint-Gervais, une femme avait été brûlée « pour avoir causé de griefs préjudices par l'invocation des desmons ».

La perspective de son trépas lui fait évoquer celui de Georges. Le reverra-t-elle alors ? Seule la mort peut les réunir un jour qu'elle envisage proche, sans angoisse avec, au contraire, un fol espoir au fond du cœur.

Un matin, les cloches retentissent à nouveau. C'est pour la grand'messe dominicale, pense Jaquemine.

La porte de la prison s'entrebâille. Le geôlier entre prudemment. Il apporte la pitance de la journée.

« Il est dimanche ? » demande Jaquemine.

– Il est mercredi.

– Il est point dimanche ? Et les cloches ?

– Non. Il est feste de Saint Jean-Baptiste et vogue au pays[1] ». Il s'éloigne sans plus attendre.

Cette fête célébrée le vingt-quatrième de juin l'est avec faste.

Une heure après sexte, la porte s'ouvre brusquement. Un caporal et deux soldats se présentent. En l'état actuel, Jaquemine est emmenée non dans la salle de géhenne mais dans celle de justice. Le Conseil présidial au grand complet est en place dans ses fauteuils.

1- Vogue : (local) fête locale annuelle.

La séance débute par une invocation solennelle à Dieu. Jaquemine vêtue de sa seule robe de justice demeure debout, soutenue par les deux soldats assermentés.

Dans un calme apparent, elle attend le déroulement de son procès. Il tire à sa fin.

Elle apprend ainsi que la veille, à nuit tombante, un messager à cheval a porté au président la sentence du Sénat réuni en haute-cour de justice.

« Et suivant ayant invoqué le nom de Dieu, de juger justement sans omission ni support encontre ladite criminelle Jaquemine Revil sur la demande dudit Conseil présidial du Genevois rière la ville d'Annecy, devoir estre jugée en vie corps et bien à estre suppliciée jouxte ses forfaits et maléfices pour avoir renié Dieu son Créateur et pris le Diable pour son maistre dès si long temps, devoir estre conduite un jour de marché ou de feste ayant la hart au col[1] par les carrefours de ladite ville d'Annecy, et aultres lieux accoutumés jusqu'au lieu-dit Paquier pour estre ladite Jaquemine Revil mise attachée à un pilier de bois sur un eschafaut quy à ces fins y sera dressé garny et entouré de paille allumée des quatre coins, a grace de *retentum curiae*[2], ainsi estre bruslée et finir ses jours jusque réduite de son corps en cendres, jet-

---

1- *La hart au col : la corde au cou.*

2- *Grace de* retentum curiae *: avec grâce de clémence de l'assemblée, mesure de clémence.*

tées au vent pour exemple et terreur à tout aultre tels misérables délinquants et malfaiteurs. »

D'autres précisions sont incluses dans l'énoncé.

Jaquemine doit payer les frais très importants de son procès. Elle est donc « condamnée en l'amende de dix livres fortes en réparation de l'église de ladite paroisse et quinze semblables envers Son Altesse Royale le Duc aux dépens, dommages et intérêts et frais de justice à prendre sur ses biens ». Ne sont pas oubliées les importantes « espices des juges et leurs assesseurs ».

Jaquemine n'a pas prêté attention à la lecture de ces textes. Cela n'a plus grande importance pour elle.

La sentence rendue est immédiatement exécutoire.

Un prêtre est venu auprès de Jaquemine. Elle le reconnaît. Il a exorcisé à plusieurs reprises la salle de justice où elle se trouve et qui se vide de tous les assistants.

Jaquemine est seule avec lui. Il lui ordonne de quitter ses sabots, l'aide à se mettre à genoux. La douleur de ses jambes la contraint à s'appuyer de son bras droit sur le sol. Il regarde un instant le visage défiguré de cette sorcière, ses yeux tuméfiés, son crâne rasé, ombré de la teinte rousse d'un fin duvet, son menton maculé de sang et la robe de justice à l'aspect repoussant par maintes taches provenant de la nature ou d'ailleurs.

Il lui parle brièvement de sa fin prochaine, l'exhorte à confesser ses péchés, non seulement ceux commis avec Satan, mais tous les autres.

Elle reconnaît être une grande pécheresse et répond à toutes les questions. Ses yeux s'embuent de larmes à l'évocation du péché de chair avec un homme d'Église.

Le prêtre est visiblement troublé devant tant de culpabilité. Il ne veut et ne peut cependant compatir à la triste destinée de cette femme. Une trop grande émotion le rendrait complice de Satan.

Il enjoint à Jaquemine de faire amende honorable devant l'église de Notre-Dame-de-Liesse et de demander pardon de ses fautes au Seigneur.

L'extrême onction lui est refusée comme il se doit aux sorcières. Mais ses aveux lui assurent le salut de son âme et lui évitent les peines éternelles. Elles les aurait immanquablement subies si elle avait caché ses rapports avec Satan, persévérant ainsi dans le reniement de Dieu.

Jaquemine est à nouveau encadrée par les soldats de justice. Dans son état, ils sont contraints de l'aider, non sans lui avoir mis « la hart au col » et dans la main droite, la seule valide, un brandon allumé, d'un poids de deux livres.

Nu-pieds, elle franchit en leur compagnie le pont sur le Thiou. Ils la remettent aussitôt entre les mains d'un groupe de « pénitents noirs » qui l'attendaient de l'autre côté de la rivière.

Ils sont impressionnants dans leur longue robe funèbre, la tête entièrement recouverte d'un sac en forme de capuchon, le visage voilé de la même teinte lugubre. Pour leurs fautes commises, il leur est imposé une pénitence publique. Ainsi, ils doivent nu-pieds, un cierge à la main assister les condamnés jusqu'au lieu de leur supplice.

Pour une même mission, ils sont accompagnés des membres de la Confrérie religieuse de Sainte-Croix et Miséricorde, fondée par le Révérendissime Évêque François de Sales en l'an mil cinq cent quatre-vingt-quatorze.

Un groupe important s'est formé avec, en tête le Conseil présidial, suivi des soldats de justice, très intimidants avec leurs longues lances en main.

Dans l'état de Jaquemine, on est contraint d'avancer lentement. Après être passé entre les arcades de la ruelle Filastre, on parvient devant l'église de Notre-Dame-de-Liesse.

La place, de faible étendue, est déjà envahie par une foule hostile. Les fenêtres des maisons à l'entour regorgent de leurs habitants, nobles ou bourgeois. Tout comme les manants devant l'église, ils sont avides d'assister à l'arrivée de la sorcière et à la scène de l'abjuration.

Depuis poitron-minet, par la ville à son de trompe puis à la messe, on a appris qu'en ce jour de fête, une femme coupable de sorcellerie allait être châtiée.

Cette annonce a réjoui le cœur de la populace. Ainsi, par la promesse de ce spectacle, ce jour est doublement férié.

Déjà, « l'exécuteur de haulte justice[1] » et son aide ont préparé l'instrument du supplice au lieudit le Paquier.

L'apparition de la sorcière en robe de justice « pour honneur et révérence à Dieu » et à l'aspect étrange provoque un murmure réprobateur. Devant l'église, sont groupés le corps religieux au complet ainsi que châtelain et syndics. Il rehaussent par leur présence la solennité de cette cérémonie.

Jaquemine, la sorcière est contrainte de s'agenouiller à même la terre, tout en maintenant droit le brandon. Des cris s'élèvent pour la maudire. Ils s'arrêtent alors que le président du Conseil présidial s'avance. Impressionnant dans sa longue robbe, il impose le silence. Le calme revenu, il lit la sentence du Sénat et d'une voix solennelle, il ordonne à Jaquemine Revil, sorcière de faire amende honorable « *coram populo*[2] ».

D'une voix entrecoupée, autant par l'émotion que par la douleur subie, elle commence la confession.

1- Exécuteur de haulte justice : bourreau.

2- « En présence du peuple ».

Elle avoue ses péchés, surtout celui d'avoir connivé à Satan, même charnellement. Après un long soupir, elle termine en récitant la formule prescrite : « J'ay mal et meschamment renoncé à Dieu et à la Religion pour suivre et adorer le Diable et a[1] son aide faire crimes et maléfices de quoy je demande pardon à Dieu et à son Altesse Royale et à la justice. »

Assaillie par des huées et des coups de sifflet, elle s'effondre, lâche son brandon qui s'éteint

Cette chute jugée théâtrale fait redoubler la tension de la foule. Les pénitents noirs se resserrent autour de Jaquemine, comme pour la protéger. Ils la relèvent. À ce moment, un prêtre s'avance. Il porte bien haut une simple croix. Le cortège se reforme. Il s'engage lentement, parmi la foule bruyante, dans la large « charrière[2] » de Notre-Dame-de-Liesse.

Jaquemine suit, soutenue par deux des pénitents noirs, eux-mêmes entourés des membres de la Confrérie de Sainte-Croix et Miséricorde. Puis viennent les groupes des notabilités religieuses et des laïques dont le Conseil présidial au grand complet.

À l'entrée dans la charrière du Paquier, le ciel se couvre. Le soleil a disparu derrière un nuage très sombre. Le vent se lève.

1- A : avec.

2- Charrière : ruelle assez large pour permettre le passage des charrettes.

Une fois franchie la porte de l'enceinte des remparts, un spectacle tragique agresse les yeux. Sur l'étendue herbeuse du Paquier, déjà envahie par la foule et que prolonge à l'infini l'immense nappe d'un grand lac, s'élève la sinistre image d'un échafaud. Il est au premier plan, assis sur un imposant bûcher de paille et de bois, surmonté d'un pilier.

Tout autour et au loin, par les montagnes, de nombreux feux sont allumés, les feux de la Saint-Jean. Dans la foule en liesse, s'élèvent des cris de joie, des chants, des ovations sur fond musical des accents de rebec et du grondement de tabourin.

Les multiples éclatements des « boetes[1] » sont soudainement dominés par un éclair suivi d'un brutal grondement de tonnerre. Il coïncide avec l'arrivée de la sorcière accueillie par les huées de la populace, subitement retournée et qui s'amasse à la hâte en un large cercle autour de l'échafaud.

Les officiels et leur suite sont au premier rang. Plus que les lances des soldats, le groupe lugubre des pénitents noirs impressionne la multitude devenue presque silencieuse. Ils sont toujours aux côtés de Jaquemine, elle-même face au prêtre qui lui présente la croix, lui enjoint à nouveau de demander pardon de ses fautes au Seigneur. Soutenue par un pénitent et la tête penchée, elle semble ne pas entendre. Elle n'est déjà plus de ce monde.

1- Boetes : (local) pétards.

Sur ordre, l'exécuteur de haulte justice et son aide la hissent sur l'échafaud. Ils la ligotent sans ménagement au pilier. À ce moment, s'élèvent les cris. On hurle son impatience, on voue la sorcière à la mort. La musique des instruments, l'éclatement des boetes reprennent de plus belle. C'est vraiment la fête. On voudrait déjà voir le bûcher s'embraser.

Mais, par suprême clémence de la part du Sénat et à la suite de son amende honorable, Jaquemine la sorcière bénéficie de « la grâce de *retentum curiae* ». Aussi, pour atténuer son supplice, est-elle, aux yeux de tous, étranglée sur l'échafaud par l'exécuteur de haulte justice alors que le prêtre élève et présente haut la croix. Cette « mesure de grâce » suscite la réprobation unanime. On voulait voir la sorcière brûlée vive. On réclame le supplice.

L'exécuteur de haulte justice descend l'échafaud. Un brandon allumé en main, il veut enflammer le bûcher. Le temps orageux s'est subitement aggravé. La grêle se met à tomber. Elle provoque les hurlements de la foule déchaînée contre une telle sorcière. Ainsi elle avait bien pactisé avec Satan. Et Il tente de lui venir en aide une dernière fois.

La chute de la grêle diabolique est de courte durée. Satan s'est rendu compte qu'Il était intervenu trop tard.

Cependant l'exécuteur de haulte justice doit s'y prendre à deux reprises pour allumer la paille parsemée de grêlons. La populace trépigne d'impatience. Satan essaie-t-Il à nouveau de sauver le corps de la sorcière après lui en avoir acheté l'âme ?

Le bûcher s'embrase enfin. Le feu brûle aussitôt la robe de justice de la sorcière. Jaquemine apparaît nue un très court instant mais les flammes l'entourent...

Enfin, Satan l'a définitivement abandonnée.

Une odeur de chair grillée se répand dans la plaine envahie par la fumée...

Presque tout a brûlé. Il reste encore des ossements dont le crâne de Jaquemine. L'exécuteur de haulte justice ravive le feu. Il y jette un sac contenant toutes les pièces du procès de ladite Jaquemine Revil, coupable de crime de sorcellerie. Il faut que tout ce qui la concerne soit anéanti.

Ainsi, la communauté des fidèles sera purifiée de cette sorcière et de ses pratiques malfaisantes. Aucun d'eux ne pourra et ne devra être tenté d'offenser le Seigneur en connivant, comme elle, à Satan.

De Jaquemine, il n'est plus qu'un amas de cendres. Elles doivent disparaître à jamais.

À grandes pelletées, l'exécuteur de haulte justice et son aide les portent sur la rive du lac où ils les jettent à la volée.

Le vent en disperse une partie en une poussière impalpable. Elle s'évanouit dans l'air, tout au loin, en direction des nuages.

En direction du ciel où l'âme de Jaquemine a sollicité d'entrer.

Et le Seigneur, empli, il est vrai, d'infinie miséricorde, l'a bien voulu accueillir.

Elle s'y trouve maintenant, au comble de la félicité, loin des hommes, loin du Diable.

Dans l'attente du Jugement dernier.

Pour son effet dissuasif, le supplice d'une sorcière avait lieu dans la paroisse de son domicile. Le choix d'Annecy dans ce roman est la seule liberté avec la réalité historique que je me suis permise.

Docteur Charles Socquet

GLOSSAIRE

A

a : avec.
accouvé : avec.
adjouster : ajouter.
advouer, adveü : avouer, aveu.
aiguage (droit d') : avantages dûs au seigneur et se rapportant à l'eau.
alangoury : tombé en profonde affliction.
amas : rassemblement.
ancelle : planchette de bois ; bardeau servant de tuile.
apostume : tumeur infectée, bubon.
après-disnée : après-midi.
après-souper : entre repas du soir et coucher.
acquiéter : calmer, reposer.
arguer : critiquer.
arquebuser : tirer un coup de feu (arquebuse).
arrière-faix (ou secondines) : placenta.
ascensement : en location.
attouchement : contact.
auroit : aurait. Ait s'écrivait « oit » et se prononçait « ouet ».
aveline : grosse noisette.
avoyer : mettre en route (sur la voie) une besogne.

B

baguer : paralyser.
bailler : donner.
baisotter : donner des baisers répétés.
banal : utilisé moyennant redevance au suzerain.
bandoulière : ceinture en écharpe sur l'épaule gauche.
bastard : bâtard (enfant).

battre aux champs : battre la marche.
baudrier : (porte-épée) ceinture en écharpe sur l'épaule droite.
béat : calme.
bédière (local) : chenal amenant l'eau au moulin.
béer : perdre son temps, se reposer.
béguine : (local) coiffe.
besogner : travailler.
bissextre : bissextile.
bled : grains de céréales.
boeste aux ames : boîte où sont reçus les dons de charité.
bougre de ver : c'est une injure.
bouter : éjecter, chasser.
braguette : ouverture sur le devant du haut-de-chausses.
brandon : torche.
brochet : tuyau alimentant en eau la roue du moulin.
busque : baleine (de corset).
busquières : où se logent les baleines.
but (au) : dans le but de.

C

cabache : (local) corbeille d'osier pour recevoir les cadeaux.
caqueteux : bavard, cancanier.
caractères : talismans.
cassine : petite maison isolée.
céans : à l'intérieur.
celer : cacher.
censat : locataire.
cense : redevance.
cérat : pommade (graisse + cire).
chaises (haultes) du chœur de l'église et réservée aux prêtres (deuxième rang).
chaises (basses) pour les novices.

chaland : acheteur,
chaloir : avoir de l'importance. « Peu me chaut » : peu m'importe.
chardon bénit : plante centaurée.
charme : enchantement magique.
charnier : cimetière.
charrière : ruelle assez large pour permettre le passage d'une charrette.
chartre : langueur, amaigrissement.
chastelain : châtelain représentant du seigneur local.
cheveler : tirer par les cheveux.
chicoter : contester.
chiche : avare.
chier des yeux : pleurer à chaudes larmes.
chisse : meule inférieure, immobile, dite « dormante » d'un moulin.
choir - cheü : chuter - chuté, tombé.
chosal : (local) masure.
commung bruict : rumeur.
Complies : office religieux après Vêpres : troisième heure canoniale de nuit, vingt et une heures.
conniver à : complice de.
cornette : soldat porte-étendard.
corps de juppe à busquières : corset avec baleines.
cotte : jupe paysanne.
cottet : part d'imposition.
couillon : peureux, poltron.
courtil : (local) jardin.
couvert : couverture de maison, toiture.
couvert (à couvert des loups) : en sûreté.
couverte : couverture de lit.
créju : petite lampe à huile (local).
croéson (local) : fruit du pommier sauvage.
crotton : (local) prison.

crevaille : repas où on se goinfre.
crevé interne des manches : ouverture interne d'une manche.
cueillette : quête.
curial : chargé de la gestion matérielle de la cure.

D

darbon : (local) taupe.
déclos : mal fermé.
nuit déclose : fin de la nuit
de quy : dont
despécher : mettre dehors, chasser.
dedans : dans.
dessus : sur.
devant : avant
dessous : sous.
diffamer : avoir mauvaise réputation.
diane (battre la) : sonner le réveil.
dinanderie : ustensiles de cuisine en cuivre.
disme : dîme, redevance, ecclésiastique surtout.
doit : doigt. Également unité de longueur : un quart de pouce, soit zéro centimètre neuf.
douzième heure : heure après les Vêpres (dix-huit heures).

E

égrège : (rang social) petit notable.
émine : mesure de farine.
empyème : abcès.
empletter : acheter.
encrouer : se dit d'un arbre qui, en tombant, emmêle ses branches avec celles d'un autre.
enmontagner : (local) aller en chalet d'alpage.
énerguméné : possédé du démon.

enquis : soumis à interrogatoire.
enseigne : étendard.
ensuivre les vestiges : calquer les mêmes agissements.
entour : à l'entour, près de, autour.
esbaudir : se réjouir.
épulotique (remède) : cicatrisant
escamper : partir, fuir.
eschauffer : mettre en colère, irriter.
eschute : droit de succession sur un bien sans héritier direct.
escouiller : châtrer.
espices : indemnités que s'offrent les magistrats en fin de procès.
espine : vertèbre.
esprit de vin : eau-de-vie.
eü (cheü, veü...) : se prononce u.

F

faisant feu : foyer, habitation.
famé : réputé.
faute : manque, besoin. (faire) : manquer. (avoir) : avoir besoin.
favetier : astreint aux redevances féodales.
feu persique : zona
flux du ventre : diarrhée.
fleurs : règles de la femme. Ainsi nommées car elles précèdent l'arrivée du « fruit » (l'enfant).
florin : monnaie valant douze sols.
foin : terme de mépris
fomentation : applications locales humides de décoction de plantes.
fondement : postérieur, région anale.
forcer : violer brutalement.
fouir : creuser.

fysique : (local) sorcellerie.
fourner : mettre au four.

G

gabelle : impôt sur le sel.
galetas : lieu habitable.
gâpian : (local) douanier.
garantir : mettre en sûreté.
garder (se) : prendre garde.
gavion : gosier.
gourmand : qui mange avidemment.
graine : (local) céréales, surtout orge.
gré (prendre en) : accepter.
grief : grave, douloureux.
grillé : grillagé.
grogneux : de mauvaise humeur.
grosse (femme) : enceinte.
guetter : (local) chercher à voir.
guigne : variété de cerises brunes.

H

hart au col (la) : la corde au cou.
haut-de-chausses : sorte de culotte.
haut-mal : épilepsie.
hétique : hectique (fièvre avec dépérissement).
herbe apollinaire : jusquiame.
herbe de la Saint-Jean : armoise.
herbe à la Reyne : tabac.
heure du berger : instant où une femme est disposée à faire l'amour.
heures canoniales : heures auxquelles on récite les différentes prières.
Prime : heure 12e de nuit ; début du jour : 6 heures.
Tierce : heure 3e de jour, 9 heures.

Sexte : heure 6e de jour, midi.

None : heure 9e de jour, 15 heures.

Douzième de jour (après Vêpres) : début de la nuit, 18 heures.

Complies : heure 3e de nuit, 21 heures.

Vigiles ou Matines : heure 6e de nuit, minuit.

Laudes : heure 9e de nuit, 3 heures.

hoirie : héritage.

huchement : hurlement (d'un loup).

huis : porte.

I

idoine : propre à, convenable, propice.

il : ce, cela, c'. Il est : c'est.

ire : colère.

improuver : reprocher, calomnier.

incommodités : maladie qui ne retient pas au lit mais très douloureuse.

incube : démon à figure d'homme pour exciter la femme.

incubus : oppression (à respirer).

instance (avec) : de façon pressante.

interrogats : questions, interrogations.

J

jacter : bavarder.

joc (mettre à) : mettre à l'arrêt.

jocquier : rester à ne rien faire.

joint à : lié avec.

journal : mesure de surface (deux mille neuf cent quarante-huit mètres carrés.)

jouxter : près de, avoisiner.

L

lamenter : pleurer, déplorer.

Laudes : 4e heure canoniale, 9e de nuit, 3 heures.
lèvres (garder une chose sur les) : garder lèvres closes : garder le silence.
linceul : drap de qualité médiocre.
litron : (mesure de capacité) douze onces : soit quatre cent grammes environ.
livre : (mesure de poids) environ cinq cent cinquante grammes.
lochies : écoulement sanglant après accouchement
louance : location.
lune (vieille) : lune descendante.

M

male-nuit (donner la) : user d'un charme pour empêcher de dormir.
malheure (à la) : en maudissant une mauvaise rencontre.
manne : exsudat sucré du frêne.
martinet (à fer) : forge.
meffaire : faire du mal à quelqu'un.
mémoratif : avoir en mémoire.
merce Dieu : juron populaire.
méridienne : sieste.
mignotise : caresse, flatterie.
mi-jour : midi.
miton-mitaine : qui ne fait ni bien ni mal.
moderne : actuel (syndic moderne).
mondé : débarrassé de son écorce.
mondifier (une plaie) : la nettoyer, la désinfecter.
Monts (les) : la chaîne des Alpes.
moult : beaucoup.
monnaie :
- trois deniers : un liard.
- douze deniers : quatre liards, ou un sol.
- douze sols : un florin.

sept florins : un ducaton.
montagne (local) : alpage.

N

nature (chez la femme) : vagin.
naguères : il y a peu de temps.
niguedouille : nigaud.
none : quatrième heure canoniale (quinze heures, neuvième de jour).
nuit-close : pleine nuit

O

obénigna (faire des) : faire des révérences à quelqu'un de qui on dépend.
octane : (mesure de capacité) soixante litres ou trente-six kilos de grain.
oing : pommade grasse, souvent avec axonge (saindoux).
onguent : pommade avec résine et graisse.
once : (mesure de poids) trente grammes cinq.
ordures de l'oreille : cérumen.
ouïr : entendre.

P

parfum : plante ou bois dont la fumée passe pour désinfecter.
parfumer : utilisation du « parfum ».
parrochains : (local) paroissiens.
patron (d'une chapelle) : celui qui l'a fait construire et la dote.
pauvre honteux : personne réduite à la mendicité et qui tente de s'en cacher.
péculat : accusation de détournement d'argent.
percevoir : entendre.
persicaire : (plante) renouée persicaire.

pertuys : trou.
peson : balance romaine.
picorée : pillage.
picoterie : chamaillerie, querelle.
pied : (mesure de longueur) zéro mètre trente-trois.
pinte : (mesure de capacité) zéro litre quatre-vingt-treize.
pique : lance au long manche (quatre mètres soixante).
pôche : (local) louche.
point : état de santé.
poitron (ou potron)-jaquet : quand, tôt le matin l'écureuil montre son derrière.
poitron minet : (idem) le chat. Lever du jour.
porte-pannier : colporteur.
pot : (mesure de capacité) deux litres trois.
pouce : (mesure de longueur) deux centimètres sept.
pource que : parce que.
pourpoinct : sorte de veste.
prime : première heure canoniale, début du jour - 6 heures.
prinse : prise.
pubes : pubis (os du bassin au bas-ventre).
pulvérin : sac de cuir contenant la poudre et attenant à la bandoulière.

R

riffer : dévorer gloutonnement
riotte : conflit, dispute (riotteux).
robbe : long vêtement recouvrant tout le corps.
rouet : petite roue d'acier.
rang social :
- honneste : de condition modeste.
- honorable : paysan aisé, artisan.
- égrège : fermier riche, petit notable.
- discret : père de famille fortuné.
- maistre : (maître) homme de loi, notaire.

S

sapper : détruire.
sarcotique (remède) : régénératif.
sentiment : sensibilité.
sexte : troisième heure canoniale, midi. Sixième du jour.
scrupule : (mesure de poids) un gramme vingt-sept
satyrion : plante, genre orchidée.
sonner au ban : publication d'un ordre supérieur.
soubterrer : enterrer.
soubterreux : fossoyeur.
sous-pied : sol, plancher ou autre d'un bâtiment.
spectable : avocat, médecin.
sieur : riche, rentier.
stalande : (local) Noël.
starvan : (local) petit génie domestique un peu malicieux.
strangurie : difficulté d'uriner.
stupéfié : engourdi.
subsécutivement : par conséquence.
succube : démon à figure de femme pour exciter l'homme.
suite (avoir) : être poursuivi.
syndic (moderne) : haut-magistrat des communiers (maire actuel).
synagogue ou sargogue : (local) réunion sabbatique avec Satan.
synoque (fièvre) : fièvre continue.

T

tabourin : petit tambour populaire.
taille : impôt foncier.
tantin (un) : un tantinet, un peu.
tierce : deuxième heure canoniale, neuf heures. Troisième du jour.
toise : (mesure de longueur) deux mètres sept

toise carrée : (mesure de surface) sept mètres carrés trente-sept.
tonnelle : sorte de piège à filet.
toquer : frapper.
traleyson : (local) ensemble de solives soutenant un plancher.
trémie : sorte d'entonnoir qui dirige le grain sur les meules du moulin.
tressière (à) : qui ne s'ouvre que d'un seul côté.
troisième (heure) de nuit : office des Complies, soit vingt et une heures.

U

utenciles : prestation à fournir obligatoirement aux soldats.

V

viande de Caresme : poisson.
vigile (jour) : jour veille d'une fête religieuse.
Vigiles (ou Matines) : troisième heure canoniale, sixième de nuit : minuit
vît : verge d'un homme.
vuidé : vidé, viré.

BIBLIOGRAPHIE

Abolition des droits seigneuriaux en Savoie. Max Bruchet. 1979.

Académie du Faucigny. Mémoires et documents I, IV, VII.

Almanach du vieux savoyard. Années 1952, 1966, 1968, 1971.

Albert (grand et petit).

Anthologie et histoire littéraire au XVIIe siècle. André Lagarde et Laurent Michard.

Archives d'Annecy.

Archives de Chambéry. (documents Palluel-Guiltard).

Archives de Genève.

Archives paroissiale de Megève.

Armées de l'histoire. Uniformes n° 63. (Document Jacques Gaiddon).

Artisanat et métiers de tradition. Monde alpin et rhodanien. 1979.

Aspects de la société chambérienne au XVe siècle. Réjane Brondy. 1977.

Au temps aventureux de la quête du Graal. Roger-Henri Guerrand. 1960.

Brigades de Savoie. Baron du Bourget. 1922.

Notre Bonneville. Paul Guichonnet. 1981.

Césarine. Charles Socquet. 1983.

Classes rurales en Savoie au XVIIIe siècle. François Vermale. 1911.

Cluses et le Faucigny. Abbé Lavorel. 1979.

Collectio sine apparais absolutionem exorcismorum. 1813.

Collection littéraire XVIIe siècle. Bordas.

Croyances, récits, pratiques et tradition. Charles Joisten. Monde alpin et rhodanien. 1982.

Culte populaire des saints en Savoie. Van Gennep. 1973.

Diable et sorcellerie dans les Alpes françaises depuis le XVe *siècle.* Armand Van Werden. 1985.

Diableries et sorcellerie en Savoie. Michèle Brocard Plaut 1986.

Dictionnaire Grillet. J. L. 1807.

Dictionnaire universel. Antoine Furetière. 1690.

Documents: Acciardo (Megève). Fenouil (Paris). Fugier (Megève). Gaiddon J. (St-Leu-La-Forêt). Mabboux Uranie (Megève). Perrin Hugues (Megève). Guichonnet Paul (Bonneville). Macaigne Pierre (Paris). Jean Rey (Megève). Ritz (chanoine Annecy). Sermondade (curé Megève). Ours Odile (Megève). François Rivet (Chambéry).

Émigration marchande savoyarde aux XVIIe *et* XVIIIe *siècles à Nancy/Cluses.* Chantal et Gilbert Maistre. 1986.

Encyclopédie théologique: dictionnaire des cérémonies et rites sacrés. Abbé Vigne. 1846.

Espadon satyrique. Claude d'Esternod. 1619.

Essai sur le droit pénal en Savoie de 1440 à 1723. Henri Duvillaret (document Paul Guichonnet).

Le fléau des sorcières. Roland Villeneuve. 1983. (document Pierre Macaigne).

Flos latinitatis. 1779.

Gendarmes: treize siècles d'histoire. Louis Mauris Saurel.

Guide des archives de Haute-Savoie (supplément).

Heures nouvelles dédiées au Roy. 1745.

Histoire d'Annecy et villes de France. 1987.

Histoire de la collégiale de Sallanches. F. Coutin. 1941. (document Yves Sage).

Histoire du diocèse de Genève. Henri Baud. 1985.
Histoire généalogique de la Royale Maison de Savoie. Samuel Guichenon. 1650.
Histoire générale des Religions. Librairie A. Guillet. 1947.
Histoire et légendes de Savoie. Galerie savoyarde. 1933.
Histoire de Genève des origines à 1798. Société histoire et archéologie de Genève.
Histoire de Sallanches. James Pierre. 1974.
Histoire de la Savoie. Ménabréa. 1976.
Histoire de la Savoie. Sous la direction de Paul Guichonnet.
Histoire de la Savoie. Victor de Saint-Genis. 1868.
Histoire du Sénat de Savoie. Eugène Burnier. 1865.
Histoire de la sorcellerie. Paul Morelle. 1946.
Histoire d'Ugine. Académie Salésienne Tome XLVIII. 1975.

Les jésuites. Alain Guillermon. 1975.

Larousse encyclopédique.
Larousse étymologique. 1978.
Larousse des prénoms et des Saints. Pierre Pierrard. 1976.
Livre des conjurations et des sortilèges. J.-P. Abraham. 1964.
Livre des simples médecines. Moyen Âge. Platéarius.

Magistrats et sorciers en France au XVIe siècle. Robert Mandrou. e 1980.
Le manger au XVe siècle. Le Messager Boiteux, 1983.
Le marteau des sorcières. Henri Institoris et Jacques Sprenger. 1480 (document Hugues Perrin).
Médecine aisée. Leclerc, médecin du Roi. 1600 (document Uranie Mabboux).
Medicine antiqua. Codex Vindobonensis 93. XIIIe siècle.
Megève et son passé. Ch. Socquet 1979.
Miroir de l'histoire
Armement au XVIIe siècle. Mars 1981.

Les cloches. Juillet 1962.
Conditions paysannes sous Louis XIV. Mai 1956.
Épidémies démoniques. Décembre 1956.
Inventaire de sorcellerie. Avril 1965.

Missel latin françois de Paris. 1752.

Missel quotidien et vespéral. Dom Gaspard Lefèbre. 1977.

Mosaïque d'histoire en Savoie. 1983. Société Savoisienne d'histoire et archéologie. Tome LXXXVIII.

Pauvreté et assistance au XVIe *siècle*. S.S.H.A. Yannick Fouquet. 1986.

Peste en Savoie aux XIe *et* XVIe *siècles*. Nicolas Greslou. 1973.

Prince de Belzebuth. La mort d'un sorcier. Jean Leredou. 1912.

Procès de sorcellerie. Roland Villeneuve. 1979.

La Réforme catholique en Savoie. Bernard Grosperrin. 1984.

Religion populaire. N°s 1 - 4. Paul C. Jugot. 1977.

Rituel romain. (document Curé Sermondade).

Rosier de Saint François. Numéro jubilaire. Mai 1949.

Sabbats et bûchers autour des Monts Maudits. André Faramaz. 1983.

Saint François de Sales et nous. Jacques Lovie. 1986.

Savoie. Identités et influences. Sociétés savantes de Savoie. 1984.

Savoie. De la Réforme à la Révolution française. 1985. Roger Devos. Bernard Grosperrin.

Secrets et vertus des plantes médicinales. Sélection du Readers Digest. 1977.

Secrets des Jésuites. Joseph Thomas. 1984.

Sorcellerie d'hier et d'aujourd'hui. François Moine. 1984.

Sorcellerie en Savoie. Mad. Ribotton Clos. 1975.

La sorcière au village. XVe, XVIIIe *siècles*. Robert Muchenbled. 1978.

Sorcières (Quand on brûlait les). Colette Piat. 1983.
Sortilèges et talismans. Georges Mucheny. 1962.
Sources régionales de la Savoie. Christian Abry. Roger Devos.
Souverain Sénat de Savoie. Anne Buttin. 1983.

Au temps aventureux du Graal. Roger-Marie Guerrand. 1960.

Vêtements et costumes dans la Savoie traditionnelle. 1983. Gérard Colomb. Louise Alain. Cadenne.
La vie au Moyen Âge. Robert Delort. 1981.
La vie quotidienne en Savoie. Conflans. 1976.
Le vieux Chambéry. Gabriel Pérouse. 1974.
Visites pastorales de Saint-François de Sales. Chanoine Rebord.

Achevé d'imprimer
en octobre 2007
sur les presses de Brodard & Taupin
pour le compte et le plaisir de

La Fontaine de Siloé

à Montmélian
en Savoie